미스터리 클락

미스터리 클락

MYSTERY
CLOCK

기시 유스케 지음 | 이선희 옮김

창해

완만한
자살

1

노노가키 지로는 글록 17을 형광등 불빛에 비춰보았다. 오
스트리아에서 설계·생산되는 자동권총으로, 부품 대부분이
플라스틱이지만 크기가 커서 제법 묵직하다. 하지만 위험에
처했을 때, 이런 장난감 같은 플라스틱 총에 목숨을 맡기고
싶지는 않다. 그가 가장 사랑하는 총은 스위스의 시그사우어
P232SL이다. 재질이 스테인리스 스틸인데, 크기가 작아서 글
록 17보다 가볍고 양복 안주머니에 휴대할 수도 있다.

글록 17의 최대 특징은 안전장치다. 안전장치를 풀지 않아
도 방아쇠를 당기면 자동으로 발사된다. 이 구조에 익숙지 않
으면 사고가 나기 십상이지만, 오늘 계획에는 안성맞춤이다.
안전장치가 아예 없는 토카레프 TT-33이어도 좋았겠다. 하

지만 오리지널은 이미 골동품으로 취급받아 구하기가 힘들다. 흔히 볼 수 있는 중국산 복제품은 조잡하게 만들어져 자주 폭발하곤 한다. 따라서 언제부턴가 쓸데없이 안전장치가 추가되었다.

그는 9밀리미터짜리 파라블럼 총탄이 빼곡히 든 탄창을 글록 17에 끼운 뒤. 책상 서랍에 넣었다.

자, 문제는 지금부터다. 상대가 아무리 얼간이라도 목숨을 빼앗으려면 세심하게 신경써야 한다. 가장 중요한 건 상대가 살의를 눈치채지 못하게 해야 한다는 점이다. 그러기 위해서는 연기력이 필요하다.

노노가키는 책상 위의 거울을 보며 자연스럽게 미소 지은 뒤 방에서 나왔다.

도쿄 도내에 있는 낡은 4LDK(방 네 개에 거실과 식당, 부엌이 딸린 구조) 아파트였다. 응접실에는 검은색 가죽 소파와 나지막한 탁자가 있고, 식당 겸 부엌에는 사무용 책상 외에 냉장고와 전자레인지가 놓여 있다. 얼핏 평범한 사무실 겸 가정집으로 보인다. 하지만 평범하지 않은 점이 몇 가지 있었다.

거실에 해당하는 제일 큰 방의 벽 쪽에 신단(神壇)이 차려져 있고, 일본도가 두 자루 걸려 있었다. 또한 눈살을 찌푸리게 만드는 요란한 장식품이 많았다.

창문은 모두 방범창이었는데, 일반 주택용과 구조나 강도가 달랐다. 베란다 새시의 바깥쪽에 철제 격자를 박아, 마치 짐승의 우리에 있는 것처럼 답답했다. 비상시 옆집 베란다로 갈 수 있는 경량 칸막이는 철판으로 막혀 쓸모가 없는 상태였다. 또한 베란다 난간에서 천장까지 튼튼한 철망이 가로막아 밖에서는 참새 한 마리 들어올 수 없었다.

여기는 관동지역 협기회(俠氣會) 누시파 사무실 중 하나다. 조직 소유의 건물이라면 반대파의 습격에 대비해 설계 단계부터 창문을 작게 하거나 벽을 두껍게 하는 등 요새화할 수 있었을 것이다. 하지만 채무자에게 강탈한 아파트는 이 정도가 한계다.

"미쓰오! 어디 있어?"

노노가키가 큰소리로 외쳤다. 거실 소파에서 누군가 굴러 떨어지는 소리가 들렸다.

"으아……! 형님."

미쓰오는 잠에 취한 눈으로 차렷 자세를 취했다.

"또 대낮부터 낮잠이냐?"

"아뇨. 안 잤습니다."

"구라칠래?"

"진짭니다. 누워 있긴 했지만, 잠을 자진 않았습니다!"

혼날까 봐 두려웠는지, 미쓰오는 끝까지 상황을 인정하지 않았다. 노노가키는 여느 때처럼 호통을 치고 싶었으나, 애써 참았다.

"뭐 상관없고, 네게 물어볼 말이 있다."

그렇게 말하면서 가볍게 오른손 스트레이트를 날렸다. 미쓰오는 몸을 살짝 비켜 주먹을 피했다.

"후후. 피하지 말라고 했지?"

노노가키는 연기가 아니라 진짜로 웃었다. 이런 말도 오늘이 마지막이라고 생각해서인지 무심코 웃음이 나왔다.

"죄송합니다. 몸이 멋대로……."

미쓰오는 미간을 지푸리며 머리를 긁적였다.

핫타 미쓰오는 프로 권투선수 출신으로, 플라이급 일본 랭킹에 오른 적도 있었다. 격투형 파이터로 한때는 그럭저럭 인기를 누렸다. 하지만 오랫동안 견뎌온 펀치의 영향으로 망막박리(망막이 공막에서 벗겨져 시력 장애를 일으킨 상태)가 일어나 은퇴하지 않을 수 없었다. 그 후 펀치드렁크(뇌에 잦은 충격을 받은 권투 선수들에게 흔히 나타나며, 혼수상태와 기억 상실, 치매 등의 증세를 보임) 증상이 나타나면서 가벼운 정신장애까지 보여 반쯤 노숙자처럼 살게 되었다.

그런 미쓰오를 데려온 사람이 노노가키였다. 10년 전만 해도 폭력조직이 권투 흥행에 깊숙이 관여했었다. 따라서 미쓰오의 시합을 몇 번 보았고, 은퇴하기 얼마 전에는 권투 도박에 이용하려 했다. 한때 링 위에서 빛나던 인물의 비참한 모습에 가여운 마음이 든 것도 부인할 수 없다. 하지만 진짜 이유는 언제든지 이용하고 버릴 수 있는 부하가 필요해서였다.

노노가키에 대한 미쓰오의 충성심은 타의 추종을 불허했다. 노노가키가 그에게 총알받이가 될 것을 명령한다면 즉시 권총을 빼든 채 돌진할 것이다. 하지만 전화받는 것 말고는 어떤 일을 시켜도 제대로 해낸 적이 없었다. 그럼에도 중요한 순간을 위해 키울 가치가 있다고 판단했다.

그런 미쓰오가 노노가키 자신에게 위험한 존재가 되리라고는 상상도 못했다.

"잠깐 따라와."

노노가키는 방으로 들어가 가죽의자에 앉았다. 미쓰오가 불안한 얼굴로 책상 앞에 섰다.

"큰형님 돌아가시던 날 말이야, 기억나?"

"물론입니다."

미쓰오는 침통한 표정을 지었다. 지난달 사망한 오카자키 마사쓰구는 조직의 넘버 투로, 조직원들의 존경을 한몸에 받았다. 물론 노노가키는 예외였지만.

"그날 네가 한 행동을 다시 말해 봐."

"저……, 어디부터 말입니까?"

"자고 있었지?"

"아닙니다. 자지 않았습니다. 잠시 누워 있었을 뿐입니다."

"야단치려는 게 아니야. 그저 사실을 알고 싶은 거라고."

노노가키는 화를 참으며 다정한 목소리로 말했다.

"그리고 네가 잠을 잔 건 어쩔 수 없는 일이었는데 뭐. 내가 준 위스키봉봉(위스키를 넣어 만든 초콜릿) 때문이잖아?"

"아닙니다. 그게 왜 형님 때문입니까?"

미쓰오는 허둥지둥 고개를 흔들었다.

"예전에 술을 하도 많이 마셔 뇌가 쪼그라들고 간도 너덜너덜해져 지금은 안 마시는 거잖아. 오랜만에 술이 들어가니 금방 취기가 올라와 정신을 잃은 거 아냐?"

"이제는 술을 마시지 않습니다! 보스께서 그렇게 하라고 하셨기 때문입니다!"

미쓰오가 침을 튀기며 말했다.

"술이 백약 중 으뜸이라는 사람이 많은데 모두 터무니없는 소리라고, 술은 몸을 망가뜨린다고, 술을 마시는 행위는 제 목을 천천히 조르는 것과 마찬가지라고 말씀하셨죠."

노노가키는 손을 들어 미쓰오의 입을 다물게 했다.

"알았어, 알았어. 하지만 삼시 세끼보다 술을 더 좋아하는 건 맞잖아. 그런 네가 불쌍해 위스키봉봉이라도 준 거야."

"네. 맛있었습니다."

미쓰오의 입에서 당장이라도 침이 흘러내릴 것 같았다.

"그걸 누구한테 말했어? 그날 내가 위스키봉봉 준 것 말이야."

미쓰오는 그러다 목이 끊어지지 않을까 걱정될 만큼 머리를 세차게 흔들었다.

"아무에게도 말하지 않았습니다. 형님께서 말하지 말라고 하셨기 때문입니다."

거짓말을 할 경우 말과 행동에서 금방 표시가 나는 녀석이다. 이 말은 믿어도 될 것이다.

"그래서 어떻게 했지? 그때 소파에서 졸고 있었던 게지?"

"소리가 들려서 벌떡 일어났습니다."

"총소리?"

"넷! 소파에서 굴러 떨어졌는데, 재빨리 일어나서 가봤더니만……."

당시 광경이 떠올랐는지 미쓰오는 몸을 부르르 떨었다.

"이 방이지? 큰형님이 지금 내 자리에 앉아 있었고."

"넷!"

"죽은 건 금방 알았겠지? 그 다음에 어떻게 했어?"

"황급히 뛰어나가서……."

"이 방에서?"

"네. 그런 다음 전화를 걸었습니다. ……형님이 받지 않아서 사카구치 형님에게요."

"그리고?"

"밖으로 뛰어나갔습니다."

"왜 밖으로 나갔지?"

"너무 놀라고 당황해서 그랬습니다. 사무실에 혼자 있는 것도 무서웠고요."

그 덕분에 미쓰오는 총을 맞지 않았다. 물론 결국에는 처리할 수밖에 없는 상황이지만.

"뭐 어쩔 수 없지. 큰형님의 갑작스런 자살로 너도 패닉 상태였을 테니까."

노노가키는 몸을 앞으로 내밀고 미쓰오를 뚫어지게 쳐다보았다.

"내가 알고 싶은 건 그 후의 일이야. 미친 사람처럼 아파트를 계속 뛰어다닌 거지?"

"어떻게 해야 좋을지 몰라서 그랬습니다."

"그러다 아파트 복도에서 아래를 내려다본 거냐?"

"차 소리가 나서 그랬습니다."

"그때 마침 출발하는 차가 있었고. 차종이 뭐였지?"

"푸가였습니다."

"번호판도 봤겠지?"

"넷."

미쓰오는 자동차 번호를 막힘없이 대답했다. 권투선수였기 때문인지 동체시력이 장난 아니다. 한 달이나 지난 일이니 까맣게 잊기를 기대했건만.

"그 번호판이 누구 거지?"

미쓰오는 곤란한 표정으로 우물쭈물했다.

"괜찮으니까 대답해. 누구 차야?"

"형님의……."

노노가키는 고개를 끄덕였다.

"그 사실을 누군가에게 말했어?"

"아무에게도 말하지 않았습니다! 범인을 찾을 테니 아무에게도 말하지 말라고 형님이 그러셨기 때문입니다!"

"그래, 내가 그랬지. 누군가 내 차를 멋대로 사용했거든. 조사 결과 그놈이 누구인지 대강 파악했어."

"네? 누구였습니까?"

미쓰오가 눈을 동그랗게 떴다.

"확실해지면 말해줄게. 그런데 그놈이 누구든 큰형님이 자살한 건 확실해. 조직에서 조사한 결과도 그렇잖아. 그건 너도 알고 있지?"

"넷. 물론입니다!"

미쓰오는 몇 번이나 고개를 끄덕였다. 하지만 눈동자가 좌우로 데굴데굴 굴러다녔다.

이놈은 지금 거짓말을 하고 있다. 노노가키는 그렇게 확신했다.

미쓰오는 오카자키의 죽음이 자살이 아닐지도 모른다고 의심하고 있다. 불쌍하긴 하지만 이 얼빠진 놈을 처리해야 할 이유가 더욱 명확해졌다.

애초에 쓰레기 같은 오카자키 놈이 쓸데없이 주둥이를 놀리지 않았다면 이놈까지 죽일 필요는 없었을 텐데…….

노노가키의 뇌리에 대단한 인물인 양 거드름을 피우던 오카자키의 과장된 목소리가 되살아났다.

"이건 즉시 엄벌에 처해질 일이야. 하지만 장차 우리 조직을 짊어질 놈이라고 생각해 보스께 보고조차 하지 않고 이렇게 기회를 주는 거라고."

오카자키는 굵은 눈썹 밑의 큰 눈을 부라리며 노노가키를 쳐다보았다. 도편수처럼 짧게 자른 스포츠머리에 야쿠자 영화의 주인공을 연상시키는 단정한 얼굴. 시대착오적 나르시시즘에 빠진 한심한 녀석이었다.

"큰형님, 저는 조직에서 금지시킨 일에 손을 댄 적이 없습니다. 과거 시부야에서 어울리던 놈들이 도와달라고 사정하는 바람에 뿌리치지 못하고……."

그러자 오카자키의 입에서 불호령이 떨어졌다.

"제정신이야? 네놈은 이제 시부야의 건달이 아니야. 네 뒤에는 누시파라는 간판이 있다고. 알아, 몰라?"

노노가키는 결심했다. 오카자키는 묘하리만큼 결벽증이 있는 데다 폼잡기를 좋아하는 녀석이었다. 하지만 전투력이 강했고, 자신을 배신한 상대에게는 소름 끼칠 만큼 냉혹했다. 다행히 마약거래 사실은 아직 꼬리가 잡히지 않았다. 만에 하나 발각된다면 조직에서 내쫓기는 건 가벼운 처벌이고, 자칫 목숨을 내놓아야 할지도 몰랐다. 그 전에 어떻게든 손을 써야 한다.

어차피 조직을 장악하려면 언젠가는 처리해야 할 방해꾼이다. 그렇다면 이번 기회에 없애는 게 최선이다.

"알겠습니다. 큰형님께서 시키는 대로 하겠습니다. 주변을 정리할 때까지 며칠만 시간을 주시겠습니까?"

"좋아. 사흘 주겠다. 정리가 끝나는 대로 보고해."

노노가키는 깊숙이 고개를 숙였다. 하지만 오카자키 말대로 할 생각은 털끝만큼도 없었다.

권총 보관고에서 오카자키의 총을 훔친 노노가키는 이틀 후 오카자키를 사무실로 불러냈다. 노노가키가 도착했을 때 사무실에는 오카자키와 미쓰오가 있었다. 그런데 위스키봉봉 한 통을 전부 먹은 미쓰오는 시뻘겋게 달아오른 얼굴로 소파에서 잠들어 있었다.

"이제 정리가 끝난 건가?"

오카자키가 고개를 들고 물었다.

"네. 이렇게 하기로 했습니다."

노노가키는 권총을 매끄럽게 꺼내 그의 미간에 들이댔다. 오카자키가 오른손으로 권총을 잡으려는 순간 노노가키는 방아쇠를 당겼다.

귀를 찢는 굉음이 울려 퍼졌다. 그와 동시에 뇌의 점액질이 벽에 흩어졌고, 오카자키는 의자에 주저앉은 채 축 늘어졌다.

응접실에서 미쓰오가 놀라 일어나는 소리가 들렸다. 노노가키는 재빨리 책상 뒤로 숨었다. 바로 앞에 목숨을 잃은 오카자키의 손이 축 늘어져 있었다.

미쓰오가 안으로 뛰어들어왔다. 그는 오카자키의 모습을 보고는 괴상한 소리를 지르며 오열했다. 그리고 이내 밖으로 뛰어나갔다.

노노가키는 슬며시 일어나 오카자키의 손에 권총을 쥐여주었다. 바로 바닥으로 떨어졌지만 그의 지문만 묻으면 된다.

미쓰오는 옆 방에서 누군가에게 전화를 걸었다. 노노가키의 휴대폰은 꺼두었으니 아마 사카구치일 것이다.

노노가키는 천천히 방에서 나갔다. 지금 미쓰오를 죽이면 오카자키의 자살 시나리오가 무너지게 된다. 하지만 상황에 따라서는 어쩔 수 없는 일이다.

그런데 미쓰오가 한발 먼저 사무실에서 뛰쳐나갔다. 노노가키도 조용히 사무실을 빠져나왔다. 계단을 이용해 1층까지 내려간 뒤 CCTV의 사각지대를 통과해 차에 탔다. 시동을 걸고 차를 출발시켰을 때만 해도 그는 자신의 계획이 성공했다며 미소 지었다. 미쓰오가 현장에 아무도 없었다고 증언할 것이다. 그런데 아파트 위에서 자신의 차를 목격했을 줄이야.

"형님, 왜 그러십니까?"
노노가키가 입을 다물자 미쓰오가 걱정스러운 얼굴로 물었다.
"아무것도 아니야. ……잠시 큰형님을 생각했어."
노노가키의 대답에 미쓰오는 숙연한 표정을 지었다.
"참, 좋은 걸 보여주지."
"좋은 거요? 뭔데요?"
미쓰오의 얼굴이 기대감으로 환해졌다.
노노가키가 천천히 책상 서랍을 열었다.

그로부터 몇 분 뒤, 노노가키는 사무실 문을 열고 복도로 나왔다. CCTV가 자신을 비추고 있음을 의식하며 그는 문 안쪽을 향해 한두 마디 말을 던졌다. 그리고 엘리베이터 쪽으로 천천히 걸음을 옮겼다.
도중에 휴대폰을 꺼내 단축번호를 누른 그는 누군가에게 이런저런 지시를 내렸다. 그리고 복도 중간에서 잠시 걸음을 멈추었다.

엘리베이터에서 내리자 30여 분 전에 호출한 이누야마 나오토의 모습이 눈에 들어왔다. 노노가키의 자동차 푸가 옆에서 따분한 얼굴로 담배를 피우고 있었다.

노노가키는 전화를 끊으며 아파트 현관을 빠져나왔다.

"수고하셨습니다, 형님!"

이누야마가 정중히 고개를 숙이며 푸가 뒷문을 열었다. 평소 엄격하게 다스려서인지 동작에 긴장감이 넘쳤다.

노노가키가 다가가자 이누야마가 코를 움찔거렸다.

노노가키는 속으로 욕설을 퍼부었다. 이 똥개 같은 녀석! 네가 경찰견이냐? 지금 무슨 냄새를 맡는 거냐?

노노가키는 몸을 돌려 아파트를 올려다보았다. 아직인가?

"잠깐만 기다려."

노노가키가 차에 타려다 멈추었다. 이누야마는 의아한 표정을 지었다.

"아무래도 요즘 누가 나를 도청하는 것 같아. 혹시라도 발신기가 없나 좀 살펴봐."

"네에……."

이누야마가 바닥에 엎드려 차 밑을 확인했다. 노노가키는 똥개에게 딱 맞는 일이라며 속으로 비웃었다.

"아무것도 없는 것 같습니다."

"그래? 좀 더 자세히 살펴봐."

노노가키가 그렇게 말하는 순간, 총소리가 울려 퍼졌다.

이누야마는 튕기듯 일어나서 아파트를 올려다보았다. 총소리가 들린 곳은 아파트 상층에 있는 사무실 쪽이었다. 누시파는 실전 경험이 풍부한 폭력조직이다. 그것이 총소리라는 건 이누야마도 금방 알아차린 듯했다.

이누야마는 긴장한 얼굴로 노노가키의 지시를 기다렸다.

입가에 미소가 번지는 걸 참으며 노노가키는 이누야마와 아파트 안으로 들어갔다.

2

에노모토 케이는 누시파의 사무실 문을 열기 위해 악전고투 중이었다.

두께 1.6밀리미터의 접이식 철문을 안쪽에서 3.2밀리미터의 철판으로 보강해 놓은 탓에, 드릴로 구멍을 뚫기가 쉽지 않았다. 더구나 현관 우편함을 안쪽에서 용접해 섬턴 돌리기도 할 수 없었다.

보통 사람은 상상도 할 수 없는 원 도어 6로크 시스템(문 하나에 잠금장치가 여섯 개 달린 것)이 사용 중이고, 피킹(자물쇠를 여는 것)이나 범핑(실린더 자물쇠, 특히 핀 실린더 자물쇠를 열 때 이용하는 특수가공 키로 문을 여는 방법)에 대한 대책도 완벽하며 드릴로도 열 수 없는 자물쇠가 붙어 있었다.

이런 문을 여는 건 요금을 훨씬 더 받아야 한다. 하지만 상대가 상대인 만큼 바가지를 씌우기도 어려웠다.

"아직 멀었어요?"

아까부터 연신 재촉하는 사람은 누시파 보스의 딸인 누시 미사코였다. 스무 살이 될까 말까 한 예쁘장한 소녀지만, 길고 가느다란 눈에서는 보통 사람에게선 볼 수 없는 날카로운 빛이 뿜어져 나왔다.

케이 뒤로 미사코의 경호원처럼 보이는 사카구치와 자물쇠 따기를 의뢰한 이누야마가 서 있었다. 또한 그 뒤에는 복잡한 표정으로 팔짱을 낀 노노가키라는 남자가 있었다. 거만한 태도나 고급 양복으로 볼 때 조직의 간부인 듯했다. 보스인 누시 다케하루는 암으로 입원 중이라고 한다.

"죄송합니다. 좀 더 걸릴 것 같습니다."

"이봐, 열쇠쟁이. 아까부터 계속 좀 더 좀 더 하고 변명만 늘어놓잖아!"

우락부락한 풍모에 기골이 장대한 사카구치가 조바심을 내며 소리쳤다.

"보다시피 평범한 문이 아니라서요. 그런데 열쇠가 왜 없죠?"

가만히 있으면 계속 몰아붙일 것 같아 케이는 부드럽게 반격했다.

"여기 열쇠는 노노가키 씨가 관리하지?"

미사코가 뒤를 돌아보며 물었다.

"그건 그렇지만 열쇠를 잃어버리거나 빼앗기면 큰일이잖습니까? 그래서 되도록 갖고 다니지 않습니다."

노노가키란 남자는 190센티미터 가까운 장신으로, 얇은 눈썹 밑의 길게 째진 눈이 거의 깜빡거리지 않았다. 주변의 모든 것을 내려다보는 오만불손한 태도가 사람을 불쾌하게 만들었다. 하지만 그 역시 미사코에게만은 조심스러운 듯했다.

"한 사람은 사무실에서 늘 대기하므로 이런 상황을 미처 예상치 못했습니다."

"최악의 상황에 대비해 여벌 열쇠는 있어야 하잖아?"

"은행 대여금고에 넣어두었는데, 공교롭게도 오늘이 일요일이라……."

케이는 어이가 없었다. 이건 실수라기보다 일부러 취한 행동이라고밖에 생각할 수 없다. 이런 얼빠진 짓이 어디 있는가?

다음 순간, 케이는 미간을 찌푸렸다. 노노가키에게서 이상한 냄새가 났기 때문이다.

이건 위스키다……. 한 치의 빈틈도 없는 외모와 달리 스스로를 억제하지 못하는 알코올 중독자인가? 만약 그렇다면 갑자기 난폭해질 위험성이 있다.

"은행에 강력히 요청해 대여금고를 열어달라고 하는 게 어떨까요? 사정을 설명하면……."

케이의 말에 사카구치가 달려들 듯이 고함을 질렀다.

"사정을 설명하지 않으려고 네놈을 부른 거잖아!"

"요즘 같은 상황에 경찰의 주목을 받을 만한 일은 하고 싶지 않아요."

미사코 역시 우울한 목소리로 말했다.

"하지만 안에 있는 사람이 갑자기 쓰러져 의식을 잃기라도 했다면……."

케이는 험악한 분위기에 하려던 말을 집어삼켰다.

이런 식으로 자물쇠를 하나하나 피킹하다 보면 몇 시간이 걸릴지 모른다. 그는 한 번 열다 포기한 구멍에 다시 도전해 보기로 했다.

드릴의 날 하나가 못 쓰게 됐지만, 20분쯤 걸려 가까스로 구멍을 관통시켰다. 케이는 그곳에 섬턴 돌리기를 삽입했다. 하지만 마음대로 되지 않았다. 안쪽에 플라스틱으로 만들어진 섬턴 가드가 붙어 있었던 것이다.

섬턴 돌리기를 빼낸 뒤, 이번에는 '아이아이 중지(中指)'라는 특수제작 도구로 바꾸었다. 섬턴의 마술사라는 지인에게 받은 것이다. 끝에 달린 톱니로 가드를 깨트리고 간신히 섬턴을 돌리는 데 성공했다.

결국 잠금장치 여섯 개를 돌파하는 데 한 시간 반 이상이 걸렸다. 하지만 그 정도도 기적이라고 할 만큼 고난이도 작업이었다.

그런데 문(두꺼운 철판을 붙여놓은 문은 경첩이 용케 견뎠다고 여길 만큼 무거웠다)을 열려고 하자 뭔가가 걸렸다. 안쪽에 도어 가드가 설치되어 있었던 것이다.

"아아……. 또 있어요?"

미사코가 한숨을 쉬었다.

"걱정 마십시오. 이건 시간이 별로 안 걸리니까요."

케이는 전용 공구를 사용해 도어 가드를 간단히 제거했다. 그 자리에 있던 사람들 모두 안으로 서둘러 들어가려 했다.

"그러면 전 여기서 실례하겠습니다."

케이는 살짝 고개를 숙였다. 여기서 요금을 받지 않으면 헛고생이 될지도 모른다. 하지만 더 이상 관여하지 않는 게 좋을 듯했다.

발길을 돌리려는 순간, 미사코가 그의 팔을 잡았다.

"에노모토 씨도 같이 들어가요."

"아닙니다. 제 일은 끝났습니다."

"아빠가 당신은 믿을 수 있는 사람이라고 하셨거든요. 우리 조직원 외에 증인이 필요할 수도 있어서 그래요."

미사코는 진지한 눈빛으로 심장이 덜컹 내려앉을 법한 말을 했다.

"아가씨, 잠깐만요. 사무실에 외부인을 들이는 건 곤란합니다."

그렇게 난색을 표한 사람은 노노가키였다. 그렇다. 계속 그렇게 주장해라! 케이는 마음속으로 박수를 보냈다.

"저도 그렇게 생각합니다. 이번만은 노노가키의 말대로 하십시오."

사카구치도 재빨리 동의했다.

어? 케이는 고개를 갸웃거렸다. 사카구치와 노노가키는 사이가 안 좋은 모양이다. 더구나 별다른 호칭 없이 노노가키의 이름만 말하다니, 둘의 지위가 비슷하든지 사카구치가 조금 높은지도 모른다.

"열쇠쟁이, 이제 돌아가도록 해. 오늘 본 건 누구에게도 말하면 안 돼!"

사카구치의 말에 케이는 알겠다고 대답했다.

됐다! 이제 철수다, 철수!

하지만 미사코의 한마디가 케이의 희망을 산산조각냈다.

"아니에요, 에노모토 씨도 입회해 줘요. 자, 어서 들어가요."

케이는 미사코에게 이끌려 누시파 사무실로 들어갔다.

기이한 상황을 먼저 알아차린 건 눈이 아니라 코였다. 화약 냄새다. 설마 실내에서 불꽃놀이를 하지는 않았으리라.

보고 싶지 않다.

무엇을 보게 될지 상상이 되었다. 증인 같은 건 되고 싶지 않았다. 하지만 케이의 상상은 최악의 형태로 적중했다.

한 남자가 맨 안쪽 방에서 의자에 앉은 채 숨져 있었다. 등받이에 몸을 기대고 천장을 향해 입을 벌린 자세였다. 방에는 화약 연기가 희미하게 떠다니고, 축 늘어진 손끝 아래로 권총이 떨어져 있었다.

자신의 입을 향해 총을 쏘았는지 뒷머리에 커다란 구멍이 뚫리고, 벽으로 피와 뇌의 점액질이 흩어져 있었다.

"자살이군."

노노가키가 "날씨 참 좋군"이라고 말하듯 아무렇지도 않게 중얼거렸다.

"큰형님 때와 같아. 뒤따라가고 싶었는지도 모르지."

"말도 안 돼. 미쓰오 씨가 왜……. 믿을 수 없어. 아니, 이런 일은 있을 수 없어. 미쓰오 씨가 왜? 분명히 누군가에게 살해된 거야!"

충격으로 미사코의 얼굴이 창백해졌다.

"아가씨, 저희 사무실은 평범한 아파트와 다릅니다. 창마다 튼튼한 방범창이 달려 있는 완벽한 밀실이죠. 누가 들어와 미쓰오를 죽이는 건 불가능합니다."

노노가키가 타이르듯 말했다.

밀실이라는 말에 케이는 마음속으로 한숨을 쉬었다. 왜 이런 사건이 나를 늘 따라다니는 걸까? 경찰에 신고하자고 해봤자 들을 리 만무한 자들이다.

"미쓰오 씨가 왜 자살해야 하지?"

미사코는 도저히 받아들일 수 없는 듯했다.

"큰형님을 많이 따랐거든요. 큰형님이 자살했을 때 사무실에 있었으니 뭔가 책임을 느꼈겠죠. 어쩌면 깊이 생각하지 않고 순간적으로 결정했을지도 모릅니다."

노노가키가 담담하게 말했다.

케이는 마음속으로 혀를 찼다. 사체가 있는 것만도 황당한데, 이야기가 점점 이상한 방향으로 흘러갔다. 관여하고 싶지 않은 마음이 굴뚝같았다. 하지만 그와 동시에 사체와 방의 모습에서 묘한 느낌을 받았다.

케이는 바닥에서 몇 밀리미터짜리 작은 종잇조각을 주웠다.

"이건 뭐죠? ······검은색 마분지 같군요. 마분지를 작게 잘
랐네요."

"화약 냄새가 납니다."

이누야마가 종잇조각에 코를 대더니 말했다.

눈썹을 모으며 쳐다보던 노노가키는 황급히 눈길을 피했다.

"그게 뭔데요?"

미사코가 물었다.

"잘 모르겠습니다. 하지만 자살이라기엔 좀 이상합니다."

케이가 미쓰오의 입을 가리키며 말했다. 입술과 앞니가 날
아간 상태였다.

"자살할 때는 보통 확실히 끝내기 위해 권총을 입에 뭅니다.
그런데 입에서 총을 조금 뗀 상태로 발사한 것 같아요."

"역시 누군가 쏘았다는 거예요?"

"뭐야? 네놈이 형사야? 열쇠쟁이 주제에 어디를 쓸데없이
끼어들고 그래?"

노노가키가 불쾌하다는 듯 케이를 견제했다.

"여벌열쇠가 있으면 밖에서 잠글 수 있죠? 에노모토 씨, 아
까 도어 가드를 쉽게 열던데, 밖에서도 그걸 잠글 수 있나요?"

"도어 가드와 체인은 침입을 순간적으로 막아주는 것들이
라 방법만 알면 밖에서도 쉽게 열고 잠글 수 있어요. 아까 제
가 사용한 특수한 공구조차 필요 없습니다."

"아니 지금 내 짓이라는 거야?"

노노가키는 미사코에게 겨누지 못하는 창끝을 케이에게로

향했다.

"⋯⋯어쨌든 CCTV 영상을 살펴보죠."

난폭해 보이는 거구의 남자들 사이에서 상황을 좌지우지하는 사람은 미사코였다.

모두 모여 CCTV 영상을 확인했다. 사카구치가 심각한 표정으로 고개를 끄덕이며 말했다.

"노노가키가 사무실을 나갈 때만 해도 미쓰오는 살아있었던 것 같습니다. 나가면서 문에 손을 대지 않았으니, 자물쇠를 채운 것도 미쓰오라고밖에 볼 수 없고요. 노노가키가 다시 돌아올 때까지 CCTV에는 아무것도 찍히지 않았어요. ⋯⋯아가씨, 미쓰오는 역시 자살한 것 같습니다."

"당연하지. 설마 나를 정말로 의심한 건 아니겠지?"

노노가키가 사카구치를 노려보았다.

"이런 짓을 할 놈은 너밖에 없으니까."

사카구치는 노노가키의 거친 눈길을 태연히 받았다.

"알았어. 미쓰오 씨가 가엾긴 하지만⋯⋯. 에노모토 씨, 이 일은 아무에게도 말하지 말아주세요."

미사코가 말했다.

사카구치가 뱀가죽 지갑에서 만 엔짜리 10여 장을 꺼내 케이에게 건넸다.

"잠깐만요. 자살이라고 결론내리는 건 시기상조 아닐까요?"

이대로 돈을 받고 떠나는 게 좋다는 사실은 알고 있다. 하지만 케이는 도저히 그럴 수가 없었다.

"까불지 마! 네놈이 끼어들 데가 아니라니까 그러네!"

노노가키의 위협적인 태도를 미사코가 제지했다.

"에노모토 씨, 무슨 근거로 그런 말을 하는 거예요?"

"타이밍이 이상하지 않으세요? 왜 혼자 사무실을 지키다 죽었을까요?"

"그거야 혼자 있을 때가 아니면 권총을 꺼낼 수 없기 때문이겠지."

노노가키가 토해내듯 말했다.

"아무리 그래도 안에서 문을 잠그고 자살할 경우 조직에 피해가 간다는 건 알았을 겁니다."

"천만에. 미쓰오는 술 때문에 뇌의 절반이 녹아내렸거든. 자기가 뒈진 다음 일까지는 생각 못했을 거야."

노노가키의 비아냥에 주변 분위기가 썰렁해졌다.

"말이 너무 심하잖아!"

미사코가 버럭 화를 냈다.

"술이요? 미쓰오 씨가 혹시 알코올 중독이었나요?"

케이의 질문에 미사코가 대답했다.

"네. 그래서 가끔 기억이 흐릿할 때도 있고, 복잡한 지시를 알아듣지 못할 때도 있었죠. 하지만 주변에 피해를 주는 일은 절대로 없었어요."

"요즘도 가끔 술을 마셨나요?"

"천만에. 미쓰오는 술이라면 환장했지만 보스 말을 듣고 딱

끊었어. 이런 상태에서 술을 계속 마시는 건 스스로 목을 조르는 행동이며, 완만한 자살이나 마찬가지라고 하셨거든."

이번에는 사카구치가 대답했다.

음주는 완만한 자살이다……. 자주 사용되는 표현이다. 하지만 케이는 흠칫 놀랐다. 그 순간 뿔뿔이 흩어졌던 조각들이 하나로 이어지는 듯했다.

"어떤 방법이 사용되었는지 대충 알겠어요. 이건 자살이 아니라 엄연한 살인입니다."

"정말이에요? 어떻게 죽은 거죠?"

미사코가 노노가키를 힐끗 쳐다보며 말했다.

"그걸 설명하기 전에 몇 가지만 말씀해 주시죠. 오카자키 씨가 사망했을 때의 상황도 미쓰오 씨와 비슷했나요?"

"네. 지난달에 권총을 이용해 자살했어요. 미쓰오 씨와 똑같은 의자에 앉아서요."

미사코가 시선을 아래로 향했다. 괴로운 기억인 듯했다.

"그때도 총을 쏜 곳이 입이었나요?"

"아뇨. 미간이었어요."

"이상하군요. 각도가 안 맞으면 총알이 두개골에 부딪혀 빗나갈 가능성도 있고, 총구를 대기에는 미간보다 관자놀이가 더 자연스러울 텐데요. 자살이 틀림없나요?"

"틀림없어. 손에서 화약 냄새가 났으니까."

이누야마가 말했다. 그때도 경찰에 신고하지 않고 처리한 모양이다.

"아까 노노가키 씨가 그러셨죠? 당시 미쓰오 씨도 사무실에 있었다고요."

"오카자키 씨를 발견한 사람이 미쓰오 씨예요. 그날 전화 당번이라 사무실에 혼자 있었는데, 오카자키 씨가 들어오더니 방으로 가더래요. 소파에서 꾸벅꾸벅 졸다 권총 소리에 놀라 가봤더니 죽어 있었다고……. 에노모토 씨, 혹시……."

흑요석처럼 새까만 미사코의 눈동자에 암표범처럼 날카로운 빛이 깃들었다.

"두 사람이 같은 방법으로 살해됐다는 거예요?"

"그건 아닐 겁니다. 둘 다 자살로 보이게 만든 걸 보면 동일인의 범행일 가능성이 높지만요."

케이가 용기를 짜내서 대답했다. 이 세계에서는 일단 입 밖으로 나간 말은 잘못 알았다거나 착각했다는 변명이 통하지 않는다. 이 조직의 보스인 누시 다케하루가 없는 지금, 최악의 경우 자신을 감싸줄 사람이 아무도 없었다.

"미쓰오 씨가 졸았다고요? 범인이 뭔가를 먹였을 가능성이 큰데, 어쨌든 그 사이 범인이 침입했을 수 있습니다. 조직원이라면 오카자키 씨에게 접근해도 이상할 게 없었을 테죠. 범인은 의자에 앉아 있던 오카자키 씨 미간에 갑자기 총을 들이댔을 겁니다."

"하지만 큰형님 손에서 분명히 화약 냄새가 났어. 경찰이 조사했더라도 화약 찌꺼기 반응이 나왔을 거야. 미쓰오 말에 따르면 총소리가 한 번밖에 안 났고, 발견된 총알도 한 발뿐이었다고. 따라서 총을 쥐여주고 한 발 더 쏘았을 리는 만무해."

이누야마가 반론을 제기했다.

"오카자키 씨가 자기도 모르는 사이 총을 쥐게 된 것 아닐까요? 그 순간 총알이 발사되면 손에 화약 연기가 묻게 됩니다."

사람들은 일제히 숨을 들이마셨다. 너무도 단순해 알아차리지 못했을지 모른다.

"하지만 총소리를 듣자마자 미쓰오 씨가 방으로 갔다고 했어요."

"그런 다음 어떻게 했죠?"

"방에서 뛰어나와 전화를 걸었을 거예요."

"그런 다음은요?"

"아파트 여기저기에서 갈팡질팡한 것 같아요. 사무실에 혼자 있기 무서웠겠죠."

"그때 CCTV가 있었나요?"

폭력조직 사무실에 CCTV는 필수품이다.

"그래. 하지만 그때 상황은 녹화되지 않았어."

사카구치의 입에서 신음 같은 소리가 흘러나왔다.

"왜죠?"

"하드 디스크가 가득 찼는데, 어찌된 일인지 덮어쓰기 스위치가 꺼져 있더군."

사카구치가 노노가키를 힐끗 노려보았다.

"미쓰오에게 맡긴 게 실수였어."

노노가키는 입술을 비틀며 시치미를 뗐다.

"그렇다면 범인은 잠시 이 방의 어딘가……, 책상 뒤쯤 숨어 있었겠죠. 그러다 미쓰오 씨가 나간 뒤 빠져나갔을 겁니다."

케이는 그렇게 말하고 노노가키의 표정을 살폈다. 노노가키는 입을 다문 채 얼음 칼날처럼 날카로운 눈빛으로 케이를 노려보았다.

"만약 누군가 오카자키 씨를 죽인 거라면 절대로 용서 못해요. 그런데 그게 이 사건과 무슨 관계죠?"

미사코의 질문에 케이가 대답했다.

"이건 어디까지나 상상인데요. 미쓰오 씨가 오카자키 씨 사망 현장에서 범인에게 불리한 뭔가를 목격한 것 아닐까요? 입을 막으려고 살해한 게 아닐까 싶은데요."

그러자 노노가키가 음침한 미소를 지으며 말했다.

"재미있는 열쇠쟁이군. 마음에 들어. 그런데 이렇게까지 하는 이상 그냥 넘어갈 수는 없지. 대놓고 나를 범인으로 지목하고 있잖아."

노노가키가 케이 옆으로 다가와 험악한 표정으로 내려다보았다.

"증명해 봐. 내가 그랬다는 걸 증명하면 네 녀석 승리야. 하지만 증명하지 못하면, ……알고 있지? 보스 지인이어도 상관없어. 우리 조직 얼굴에 침을 뱉는 이상 어느 한쪽이 죽는 것밖엔 길이 없다고."

"……알겠습니다. 그러면 증명을 해야겠군요."

케이는 마음을 굳혔지만, 재수에 옴 붙은 날이라고 생각했

다. 왜 돈 한 푼 안 되는 일에 목숨을 걸었을까? 솔직히 말하면
울고 싶은 심정이었다.

3

"먼저 이 사무실 말인데요. 쉽게 찾아보기 어려운 완벽한 밀
실입니다. 그 점은 노노가키 씨 말씀이 맞아요."

사건 내용을 대강 들은 뒤, 케이가 창문을 가리키며 말했다.

"창문의 격자는 강도 높은 스테인리스 스틸로, 이렇게 두꺼
운 걸 보니 특별히 주문 제작한 것 같군요. 일반 가정용 방범
창과 달리 침입도 탈출도 불가능합니다. 베란다 역시 파리보
다 큰 생물은 철망을 통과할 수 없습니다. 따라서 범인에게 현
관문 말고는 출입할 방법이 없었을 거예요."

"하지만 CCTV에는 아무도 찍히지 않았어. 노노가키 말고
는⋯⋯."

사카구치가 눈썹을 모으고는 지옥의 염라대왕보다 무서운
눈빛으로 노노가키를 쳐다보았다.

"그래서 범인은 노노가키 씨 말고는 생각할 수 없습니다."

"아아! 이 열쇠쟁이, 결국 나를 범인으로 지목하는군. 한번
내뱉은 말은 되돌릴 수 없는 법. 그건 알고 있겠지?"

노노가키가 웃으면서 말했다. 하지만 그를 제외하고 웃는
사람은 없었다.

"그런데 그 일이 가능한가? 노노가키가 밖으로 나오고 안에서 문을 잠글 만한 사람은 미쓰오밖에 없었잖아."

사카구치가 팔짱을 끼며 말했다.

"잠깐만요. CCTV에 미쓰오 씨 모습은 찍히지 않았잖아요. 혹시 그때 이미 살해된 건가요?"

미사코가 진지한 표정으로 물었다. 어딘지 모르게 준코를 연상시켰다.

"아니요. 문을 잠근 사람은 분명히 미쓰오 씨였을 겁니다. 노노가키 씨가 밖에서 문을 잠그기란 불가능하니까요. 열쇠도 없었고, 문에 손을 대지 않은 건 CCTV 영상이 증명하죠."

"그렇다면 말이 안 되잖아요. 역시 자살이라고밖에……."

미사코는 귀신에 홀린 듯한 표정을 지었다.

케이가 말없이 서 있는 키 큰 남자를 향해 물었다.

"노노가키 씨, 현관 밖으로 나오자마자 어딘가에 전화하지 않으셨나요?"

노노가키는 아무 말도 하지 않았다. 그러자 미사코가 대신 반응을 보였다.

"전화요? 무슨 뜻이에요?"

"CCTV 영상을 세밀하게 살펴보니, 노노가키 씨가 화면에서 벗어나기 직전 안주머니를 더듬는 것처럼 보이더군요."

케이의 말에 모두들 노노가키를 쳐다보았다.

"……그래, 전화했어. 그게 어쨌다는 거야?"

"상대가 누구였습니까?"

"그게 네놈과 무슨 상관이야?"

노노가키가 버럭 소리를 질렀다.

"노노가키 씨, 대답해요."

미사코의 재촉에도 그는 입을 열지 않았다.

케이가 다시 다그쳤다.

"전화 이력을 조사하면 즉시 알 수 있습니다."

"흥! 내 휴대폰 기록을 어떻게 조사할 셈이지?"

노노가키가 입꼬리를 올리며 비웃었다.

"휴대폰을 직접 조사할 필요는 없어요. 사무실 전화의 착신 이력만 살펴보면 되죠. 사무실 전화에 당연히 당신 휴대폰 번호가 남아있을 테니까요."

케이와 노노가키를 제외한 사람들 표정이 어리둥절해졌다.

"뭐야. 노노가키가 나가자마자 사무실에 전화를 걸었다는 거야? 왜?"

"잠깐! 옛날에 드라마에서 본 적이 있어! 전화로 미쓰오에게 죽으라고 명령한 거 아냐?"

노노가키는 도발하듯 입술을 일그러뜨리며 대꾸했다.

"사카구치 씨. 예전부터 생각했는데, 혹시 바보 아냐? 물론 미쓰오는 내가 시키는 일이라면 물불을 가리지 않았지. 아무리 그래도 전화로 죽으란다고 죽는 놈이 어디 있겠어?"

그러자 사카구치가 진지하게 되받아쳤다.

"최면술을 이용했겠지. 미쓰오는 최면에 걸려 있었어. 그런 미쓰오에게 전화해 잠재의식 속에 있는 키워드를 말함으로써 자살하게 만든 거지."

어쩌면 사카구치는 외모와 어울리지 않게 미스터리 드라마의 팬인지도 모른다.

"내게 그런 능력이 있다면 미쓰오에게 전화하기 전에 네놈한테 했을 거야."

노노가키는 어이가 없다는 듯 두 손을 펼치며 어깨를 들썩거렸다.

케이가 재빨리 그들의 대화를 중단시켰다.

"……최면술을 이용해 미쓰오 씨를 자살하게 만들었다는 가설에는 무리가 있는 것 같아요. 최면술로는 평소 하지 않던 일을 시킬 수 없다고 하더군요. 따라서 자살하게 만드는 건 불가능하겠죠."

"노노가키 씨, 조금 전 질문에 대답해요. 미쓰오 씨에게 전화해 무슨 말을 한 거지?"

미사코가 다시 다그치자 노노가키는 마지못해 대답했다.

"혹시라도 낮잠 자지 말고 똑바로 전화받으라고 이야기했을 뿐이에요."

"그런 거라면 밖으로 나오자마자 전화할 필요가 없잖아. 사무실에서 말하면 됐을 텐데."

"깜빡했어요."

노노가키는 흉악할 뿐만 아니라 억지를 부리는 인물이기도 한 것 같다.

"열쇠쟁이, 이 말을 처음 꺼낸 건 당신이잖아. 최면술이 아니라면 노노가키가 전화로 무슨 말을 한 거지?"

노노가키가 미꾸라지처럼 빠져나가자 사카구치는 화살을 케이에게 돌렸다.

"확실한 건 모르겠지만, 노노가키 씨 말이 맞지 않을까요?"

"뭐야? 무슨 뜻이야? 그런 말로 미쓰오를 어떻게 죽였다는 거지?"

예상 밖의 대답이었는지 사카구치의 목소리가 거칠어졌다.

"전화를 걸어서 미쓰오 씨를 죽게 만든 건 아닙니다. 오히려 죽지 않게 했을 겁니다. 총소리가 났을 때 자신이 사무실에 없었다는 걸 증명해 줄 사람을 만나기 전까지는요. 총소리가 들린 건 노노가키 씨가 1층에 내려간 다음이었죠?"

잠시 침묵이 내려앉았다.

"전화 통화는 상관이 없나요? 그저 미쓰오 씨가 아무 짓도 못하게 만들었을 뿐이란 건가요?"

미사코가 머릿속을 정리하듯 천천히 말했다.

"그렇습니다."

"거기까지는 그렇다 치자고. 대체 미쓰오는 왜 자살한 거지?"

사카구치가 두 손으로 얼굴을 감싸며 물었다.

"범인은 트릭을 사용했을 겁니다."

케이는 노노가키를 힐끔 쳐다보았다. 그의 얼굴에 불안한 기색이 역력했다.

"제가 생각한 트릭으로 미쓰오 씨를 살해했다면, 범인은 어딘가에 움직이지 못할 증거를 남겼을 겁니다."

"증거라고요? 그게 뭔데요?"

미사코가 미간에 주름을 잡으며 물었다.

"권총입니다."

"권총이요? 그거라면 현장에 남아 있었잖아요?"

"모형 권총이라고 하는 게 낫겠군요. 범인은 그걸 처분해야 했을 겁니다."

케이는 사람들을 데리고 복도로 나갔다. 그리고 예리한 눈길로 나란히 있는 다른 집 문들을 쳐다보았다.

"범인은 사무실에서 나와 복도를 통과해 엘리베이터를 타고 1층으로 내려갔습니다. 사무실 앞과 마찬가지로 엘리베이터 안에도 CCTV가 있고, 1층에는 이누야마 씨가 있었어요. 따라서 증거를 감추었을 것으로 생각되는 장소는 사무실에서 엘리베이터까지 가는 복도 어딘가겠죠."

케이는 천천히 복도를 걸으며 말을 이었다.

"이 아파트는 낮에는 사람이 거의 없는 것 같군요. 그렇더라도 사람이 살고 있는 집은 이용할 수 없었겠죠. 따라서 가능성이 있는 곳은 여기뿐입니다."

케이가 가리킨 곳은 문패가 없는 집이었다.

"전기 계량기가 돌아간 흔적이 없지만, 조직 관계자라면 여기가 빈집인지 아닌지 당연히 알겠죠?"

"그래. 여기는 아무도 안 사는 빈집이야."

사카구치가 대답했다.

"어디 문을 열어볼까요?"

다음 순간, 케이의 뒤통수에 차가운 물체가 와서 닿았다.

"됐어. 네 녀석의 헛소리를 들어줄 시간은 더 이상 없다. 이 자리에서 죽어줘야겠어."

"노노가키. 총을 집어넣어!"

미사코가 차갑게 말했다.

"안 됩니다. 이런 애송이한테 바보 취급을 당하고도 가만히 있는다면 조직 이름에 먹칠하는 것이나 다름없습니다. 아무리 아가씨 말씀이라도 따를 수 없습니다."

"그만두지 못해?"

이제 사카구치가 노노가키에게 총을 겨누었다. 이자들은 항상 총을 휴대하는가? 케이는 마른침을 삼켰다. 제정신이 아니다. 갑자기 불심검문이라도 받으면 끝장 아닌가?

"흥! 네놈이 방아쇠를 당기기 전에 내가 먼저 이 열쇠쟁이를 쏘고 말 거다."

"그래? 어디 해보시든가."

노노가키의 협박에 사카구치가 태연한 표정으로 말했다. 그게 무슨 소리야? 케이는 속으로 비명을 질렀다.

그런데 그때 엘리베이터가 도착했다.

"이 미친놈들! 복도에서 뭐하는 짓이야?"

가래가 끓는 노인의 목소리. 케이는 마음 깊은 곳에서 안도의 한숨을 내쉬었다.

"보스!"

"입원 중 아니신가요?"

깜짝 놀란 조직원들이 앞다투어 안부를 물었다.

"이놈이고 저놈이고 한심한 녀석들만 있어서, 마음 편히 병원에 있을 수가 있어야지. ……에노모토 씨, 수고 많았네."

"그보다 이것 좀 어떻게 해주십시오."

"둘 다 집어넣지 못해?"

누시 다케하루의 명령에 사카구치가 총구를 내렸다.

"노노가키 너도!"

노노가키는 잠시 망설이다 불만스런 표정으로 총을 내렸다.

"죄송합니다. 제가 미쓰오를 죽였다는 말에 도저히 참을 수가 없어서……. 이 열쇠쟁이가 말도 안 되는 소리를 지껄이지 뭡니까?"

노노가키는 누시 다케하루에게 투정이라도 부리듯 말했다.

케이는 겨우 고개를 돌려 누시를 쳐다보았다. 3기에 접어든 암으로 안색이 흙빛이었다. 하지만 등줄기는 꼿꼿했다. 양쪽에 우락부락한 경호원을 대동했는데, 양복 안주머니로 손이 가 있는 걸 보면 그들 역시 총을 소지했으리라. 요즘처럼 폭력 조직에 대한 단속이 심한 때에 총을 갖고 다니다니, 도대체 생각이란 게 있는 자들인가?

"에노모토 씨, 무슨 일인가?"

누시의 질문에 미사코가 작은 목소리로 그동안의 상황을 설명했다.

"……범인이 이 집에 감춘 증거란 게 뭐지?"

"지금 보여드리겠습니다."

케이는 빈집의 자물쇠를 피킹하기 시작했다. 누시파 사무실과 달리 흔한 실린더 자물쇠라서 평소 같으면 몇 초 만에 열었을 것이다. 하지만 권총으로 협박당한 뒤라서인지 피크와 텐션을 몇 번이나 떨어뜨릴 뻔했다.

케이는 피킹하며 입을 열었다.

"이누야마 씨에게 물어볼 게 있는데요."

"대답해."

누시의 명령에 이누야마가 고개를 끄덕였다.

"오늘 여기 온 건 무엇 때문인가요?"

"노노가키 형님이 차를 운전해 달라고 해서……."

"그런 일이 자주 있었나요?"

"아니……, 거의 없어. 평소엔 직접 운전하시거든."

쓸데없는 말 하지 말라는 의미인지 노노가키가 헛기침을 했다.

"노노가키 씨가 1층으로 내려왔을 때 뭔가 이상한 점은 없었나요?"

"이상한 점? 딱히 없었는데……."

"냄새를 잘 맡는 것 같더군요. 이 마분지에 스며든 화약 냄새를 알아차렸죠?"

케이는 작업복 주머니에서 아까 주운 검은색 마분지 조각을 꺼내 보여주었다.

"그게 뭔데?"

"노노가키 씨에게서 무슨 냄새가 나지 않았나요?"

노노가키는 이누야마를 노려보았다.

"참, 그러고 보니……."

이누야마가 퍼뜩 생각난 듯 입을 열었다.

"냄새요?"

미사코가 미간을 찌푸리며 물었다.

"아까 사무실 문을 딸 때 노노가키 씨에게서 냄새가 났습니다. 알코올……, 위스키 냄새 같은 게 났을 텐데요."

케이의 말에 이누야마는 크게 고개를 끄덕였다.

"맞아, 냄새가 났어! 그것도 싱글몰트. 은은한 술통 냄새와 서양배 같은 과일향이 나는……."

"그래서 저는 노노가키 씨가 알코올 중독이라 대낮부터 술을 마신 줄 알았는데, 그렇지 않은 것 같군요. ……아, 열렸습니다."

마침내 빈집의 문이 열었다. 문 안쪽에 신문함이 달려 있다. 케이는 그것을 열고 손을 집어넣으려다 생각을 바꾸었다. 자칫 경호원들의 오해를 사서 위험한 상황이 전개될 수 있었다.

"미사코 씨, 미안하지만 안에 있는 물건 좀 꺼내주겠어요?"

케이의 요청을 받은 미사코가 신문함에 손을 넣어 무언가를 꺼냈다. 검은색 자동권총이었다.

"얘야, 사카구치에게 건네거라."

누시의 걱정스러운 표정에 케이가 말을 이었다.

"괜찮습니다. 아마 물총일 겁니다."

"물총요? 말도 안 돼요. 이건 글록 17······. 틀림없이 진짜예요."

미사코가 재빨리 반박했다.

"네. 그렇게 생각하는 게 당연하지만, 아마도 진짜를 개조해서 만든 물총일 겁니다. 총구를 보세요."

케이의 말에 총구를 들여다본 미사코는 멍하니 입을 벌렸다.

"정말이에요. 구멍이······."

총구는 막힌 상태였는데, 바늘로 찌른 것처럼 구멍이 작게 뚫려 있었다.

"한번 쏴보십시오."

미사코는 케이에게 총구를 향했다. 그런 다음 방향을 위로 하고 방아쇠를 당겼다. 그러자 약간의 액체가 뿜어져 나왔다. 위스키 냄새가 났다.

"글렌피딕 12년산이군."

이누야마가 중얼거리듯 말했다.

"느낌상으로는 진짜 권총과 거의 같을 겁니다. 반대로, 진짜 권총의 총구에 작은 구멍을 뚫어 검은 마분지 뚜껑을 씌워도 그 물총과 구별이 안 되겠죠."

"무슨 말이지? 난 하나도 모르겠네만."

누시가 곤혹스러운 표정을 지었다.

"혹시 물총에 술을 넣어 입 안으로 쏴본 적 없나요?"

미사코는 그제야 상황을 알아차린 듯했다.

"설마, ······그런 식으로 미쓰오 씨를 속였다는 거예요?"

"네. 범인은 물총에 고급 위스키를 넣어두고 사무실에서 자신의 입 속으로 몇 번 발사했을 겁니다. 진짜 총과 무게와 감촉이 같다는 걸 보여주기 위해 미쓰오 씨에게 물총을 만져보게 했을지도 모르죠. 그런 다음 범인은 물총을 서랍에 넣고 외출했을 겁니다. 물론 서랍은 잠그지 않았을 테고요. 금주 중인 미쓰오 씨로서는 견디기 힘든 유혹이었을 거예요. 결국 노노가키 씨와 통화를 마친 뒤 더 이상 못 참고 서랍에서 물총을 꺼냈겠죠."

케이는 노노가키를 보며 말을 이었다.

"하지만 그건 물총이 아니었습니다. 서랍에 물총을 넣어둔 척하고 범인이 갖고 나온 거죠. 그곳에 있던 건 진짜 권총이었습니다. 총구에 작은 구멍이 뚫린 마분지가 씌워져 있어, 미쓰오 씨는 당연히 물총이라고 생각했겠지만요. 입을 벌리고 방아쇠를 당기자 자동으로 총탄이 발사되었고, 미쓰오 씨는 사망했습니다. 입에서 조금 떨어뜨려 쐈기 때문에 마분지 뚜껑뿐만 아니라 입술과 앞니까지 날아간 겁니다."

"그만하면 됐네."

누시가 음산한 목소리로 중얼거리듯 말한 뒤 노노가키를 쳐다보았다.

"그렇게 비열한 방법을 쓰다니. 의리에 살고 의리에 죽는 우리 조직에서 결코 있을 수 없는 일이야. 잔인한 놈 같으니라고."

"그럼 오카자키 씨도 당신이 죽였겠군."

미사코가 이글거리는 눈빛으로 노노가키를 노려보았다.

"잠깐만! 이건 함정이야! 이놈이 나를 함정에 빠뜨리려는 거라고! 내가 그랬다는 증거는 어디에도 없잖아!"

노노가키의 얼굴이 창백해졌다.

"네 녀석 변명은 이제 지긋지긋해. 증거는 더 이상 필요치 않다."

사카구치가 그렇게 말하며 노노가키에게 총을 겨누었다. 이누야마와 두 경호원도 노노가키를 향해 총을 들었다.

"일이 끝났으니, 저는 이만 실례하겠습니다."

케이는 고개를 숙인 뒤 재빨리 현장을 빠져나왔다. 조직원들이 막아섰으나 누시가 보내주라며 턱짓을 했다.

보수는 한 푼도 못 받았다. 하지만 지금은 그게 문제가 아니다. 엘리베이터 안에서 그는 검지로 양쪽 귀를 막았다.

차에 올라타 시동을 건 순간, 아파트에서 메마른 총소리가 울려퍼졌다.

이 아파트에는 청력 나쁜 주민들만 살고 있는 게 틀림없다.

케이 역시 신경쓰지 않기로 했다. 아마 누군가 폭죽이라도 터트린 것이리라.

거울나라의
살인

1

지쇼크 시계의 백라이트를 켜자 액정화면에 오전 0시 23분이라는 글씨가 나타났다.

에노모토 케이는 주변에 인기척이 없음을 확인하고 덤불로 다가갔다. 낮에 숨겨둔 밀리터리 백팩을 찾고 철제 울타리를 넘어 미술관 부지로 들어갔다.

단독주택이나 아파트와 달리 대형 시설에는 외주 보안업체라는 관문이 있다. 하지만 신세기 아트뮤지엄은 그런 부분이 허술했다. 울타리의 흔들림이나 압력을 감지하는 센서는 보통 와이어로 만들어지는데, 미관상 부착되지 않았다. 적외선 센서의 경우 크게 눈에 띄지 않지만, 이곳처럼 부지에 울퉁불퉁한 곳이 많으면 몇 대로 해결하기 어렵다. 또한 나무들이 부지 주변을 에워싸고 있다. 혹시 바람에 나뭇가지라도 흔들리면 오작동되기 십상이라 도입을 포기한 것 같았다.

물론 CCTV는 여러 대 설치되어 있지만 절반 이상이 모형이었다. 따라서 사각지대를 뚫고 침입하는 일이 그로서는 식은 죽 먹기였다.

하지만 미술관 건물은 역시 쉽지 않았다.

목제처럼 보이는 정면의 현관문에는 두꺼운 강판이 포함되어 드릴로 구멍을 뚫기가 쉽지 않다. 문에는 비접촉식 IC 자물쇠가 달려 있고, 센서 라이트와 진짜 CCTV가 설치되어 있다.

뒷문과 미술품 반입구는 언뜻 보기에도 단단한 철문과 셔터가 있어 이쪽도 돌파하기가 어려울 듯하다.

남은 건 창문뿐인데, 가정용과는 차원이 다른 두꺼운 방범용 이중유리가 끼워져 있다. 부자연스러운 진동이 생기면 유리센서가 반응해 함부로 손을 댈 수도 없었다.

하지만 난공불락의 요새처럼 보이는 미술관도 집요하게 파고들면 침입할 수 있다.

케이는 암벽등반용 신발로 갈아 신고 손끝에 초크 가루를 묻혔다. 그리고 도로에서는 잘 보이지 않는 곳을 선택해 미술관 외벽에 자리잡았다.

빗물용 물받이라도 있으면 야자열매를 따는 원숭이가 무색할 만큼 재빨리 올라갈 자신이 있었다. 하지만 유명 건축가가 설계한 건물에는 그런 것이 보이지 않았다. 그래도 실용성보다 디자인을 우선한 건물에는 반드시 그에 따른 약점이 있게 마련이다.

이곳의 가장 큰 약점은 외벽이다. 철평석을 복잡하게 쌓아올려 보기에는 근사하지만, 대신 손으로 잡거나 발을 디딜 곳이 생겨났다. 케이는 백팩을 메고 재빨리 몸을 날려 눈 깜짝할 사이 지붕 위로 올라섰다.

지붕은 기와나 컬러베스트가 아니라 천연석을 얇게 깎아낸 진짜 슬레이트였다. 케이는 지붕이 깨지지 않도록 조심했다. 한 장이라도 깨지면 다른 슬레이트를 깨지 않고 교체하기가 어려운 상황이라, 자칫 전체를 다시 깔아야 할 수도 있다. 보통은 크게 개의치 않지만, 이번에는 신경써야 했다.

목표는 채광용 천창이다. 폴리카보네이트로 만든 지름 1.5미터의 돔 모양으로, 콘크리트 틀 안에 수많은 대갈못이 박혀 있다. 이것을 하나씩 깨뜨리다 보면 날이 새고 말 것이다.

케이는 백팩에서 큼지막한 병을 꺼냈다. 뚜껑을 열고 주입용 노즐을 부착해 대갈못 위에 투명한 액체를 떨어뜨렸다. 전체적으로 작업을 마친 다음 다시 처음부터 대갈못에 액체를 주입했다.

액체의 정체는 유기용제인 이염화메틸렌으로, 폴리카보네이트 수지를 단시간에 녹일 수 있었다. 하지만 기체로 변하면 클로로포름 같은 마비작용이 있어, 자칫 흡입했다가는 정신이 아득해져 지붕에서 떨어질지도 모른다. 케이는 얼굴을 돌리고 숨을 깊이 들이마시지 않도록 조심했다.

이염화메틸렌은 모세관 현상으로 대갈못의 머리와 폴리카

보네이트 판 사이에 고여 폴리카보네이트를 부식시킨다. 몇 번 반복해서 떨어뜨리는 사이 유기용제가 구멍을 더욱 깊게 만들었다.

몇 분 후 대갈못 주변의 폴리카보네이트가 완전히 녹아서 흐물흐물해졌다. 케이는 드라이버로 대갈못 주변을 깎아낸 뒤 살며시 천창을 떼어 지붕에 올려놓았다.

그런 다음 백팩에서 꺼낸 가면을 쓰고 천창 틀에 밧줄을 감아 옭매듭을 만들어 미술관으로 내려갔다. 건물은 2층짜리였지만, 1층의 층고가 높아 보통 건물의 4층 높이쯤 되어 보였다.

케이는 카펫이 깔린 복도를 조심스럽게 걸어갔다. 벽에 그림이 몇 점 걸려 있고, 니치(벽면을 오목하게 파서 만든 공간)에는 고가로 보이는 미술품과 공예품들이 조명을 받고 있었다. 하지만 그는 눈길조차 주지 않았다.

그보다 천장 근처에서 그를 노려보는 CCTV가 마음에 걸렸다. 케이스가 진짜였기 때문에 그것이 모형이라는 사실을 몰랐다면 이렇게까지 대담할 수 없었을 것이다.

관장실은 복도의 막다른 곳에 위치했다. 중후한 마호가니 문을 조용히 열었다. 천장의 코프 조명은 꺼지고, 커다란 책상 위에 놓인 초록색 뱅커스 스탠드만 켜져 있었다.

불길한 예감이 뇌리를 스쳤다. 그는 푹신한 카펫을 지나 가까이 다가갔다.

불길한 예감은 즉시 현실이 되었다. 2미터가 넘는 책상 뒤쪽으로 한 남자가 쓰러져 있었다.

관장이다…….

케이는 재빨리 몸을 숙이고 상대의 목덜미를 짚었다. 역시 맥박이 없다. 머리 윗부분에 상처를 입었는지 흰 머리카락이 피로 물들어 있었다.

옆에 60센티미터쯤 되는 청동 조각상이 떨어져 있다. 뱅커스 라이트의 희미한 불빛으로도 피가 묻은 게 보였다. 이걸로 머리를 내려친 모양이다.

물론 이런 것에 손을 댈 만큼 어리석지는 않다.

함정에 빠졌다……. 케이는 그렇게 확신했다.

도대체 누구에게.

그렇게 할 만한 인물은 이미 시체가 되어 그의 눈앞에 누워 있다.

그는 일어서서 관장실 안을 둘러보고 신속하게 철수하기 시작했다. 복도를 걷는 것만으로 들어올 때의 몇 배나 되는 긴장감에 휩싸여야 했다. 만약 이것이 함정이라면 CCTV가 모형이 아닐 수 있다. 만일을 위해 가면 쓰기를 잘했다.

귀를 기울이자 계단 밑에서 사람 말소리가 희미하게 들려왔다. 사흘 후로 다가온 특별전을 준비하는 사람들이 틀림없었다.

현재 이 미술관은 밀실이나 마찬가지다. 문득 그런 생각이 머리를 스쳤다. 관장의 몸은 아직 따뜻하고 피도 마르지 않았다. 살해된 지 한 시간도 안 되었으리라.

미술관에 침입할 때까지 두 시간쯤 차에서 대기하며 정면 입구를 감시했지만, 출입한 사람은 아무도 없다. 즉, 범인은 아직 안에 있을 가능성이 높다.

바로 경찰을 부른다면 귀중한 증거가 사라지기 전에 범인의 꼬리를 잡을 수 있을지도 모른다. 하지만 지금은 도망치는 게 상책이다. 이런 상태에서 잡히면 용의자가 될 수밖에 없기 때문이다.

전속력으로 밧줄을 타고 올라간 케이는 천창의 테두리를 짚고 지붕으로 이동했다. 발밑에서 슬레이트 한 장이 소리를 내며 깨졌다.

그는 얼굴을 찡그렸다. 실수다! 이런 실수를 잘 안 하는 편인데. 생각보다 많이 당황한 모양이다. 또 다른 실수를 하지 않도록 평소보다 몇 배 주의해야 한다.

하지만 지붕 교체비용이 추가된다고 해도 의뢰인은 신경쓰지 않을 것이다. 만약 의뢰인이 앞에 있다면, 그런 건 신경쓰지 말고 자신을 살해한 범인이나 찾아달라고 할 것이 틀림없다.

아오토 준코는 육감을 믿지 않는다.

물론 형사사건의 변호를 맡다 보면 직감의 중요성을 느끼게 되는 일이 많다. 의뢰인이 유죄인지 무죄인지 판단하기 어려운 경우에는 이치가 아니라 감으로 판단하기도 한다. 하지만 직감의 정체는 '인간의 뇌가 처리하지 못한 방대한 정보—시각만이 아니라 청각이나 후각으로 얻은 정보—의 이면에서 작용하는 무의식이 일종의 패턴을 읽어낸 것'이라고 생각한다.

그런데 우연히 본 TV 뉴스에서 무의식이 무엇을 읽어내 경고음을 울렸는지는 바로 알지 못했다.

이날 오전에 준코는 의뢰인 두 명과 상담한 뒤 밀린 일을 처리했다. 그리고 가까운 라멘집에서 조금 늦은 점심을 먹었다. 사실 만두도 한 접시 주문하고, 차슈멘에 다진 마늘을 듬뿍 넣고 싶었다. 하지만 사람을 만나는 게 직업인 변호사로서 참을 수밖에 없었다.

차슈멘을 기다리다 별 생각 없이 TV를 봤는데, 살인사건 뉴스가 흘러나왔다.

어젯밤 1시경, 신세기 아트뮤지엄의 2층 관장실에서 히라마쓰 게이지 관장이 사망한 채 발견되었다는 소식이었다. 정수리에 둔기로 얻어맞은 상처가 있고, 옆에는 유명작가의 청동상 모조품이 놓여 있었다고 한다. 사인은 구타에 의한 뇌좌상으로, 사후 한 시간쯤 지난 상태였다.

사건 당시 미술관 출입구는 모두 잠겨 있었다. CCTV 영상을 봐도 저녁시간 이후에 출입한 사람은 없었다. 1층 전시실에서 사흘 후로 예정된 특별전 관련 작업이 진행되었지만, 이상한 소리를 들은 사람은 아무도 없었다.

하지만 미술관 천창의 파손 소식이 알려지면서, 경찰에서는 미술품 절도범의 우발적인 살인으로 판단해 수사를 진행 중이라고 했다.

차슈멘이 나왔다. 준코는 꼬들꼬들한 면을 먹으며 생각에 잠겼다.

뭔가 이상하다.

신세기 아트뮤지엄은 현대예술 전문의 사립미술관이다. 오래전 친구들이 초대권을 구해 '청동의 우주로'라는 제목의 기획전을 보러간 적이 있었다. 몇 톤에 이르는 거대한 작품이 많았는데, 그중 제일 큰 작품—청록색 향고래의 골격 표본—은 실내 전시가 어려워 잔디밭에 설치되었다. 애초 현대예술은 미술품 절도범이 노릴 만한 대상이 아니다. 더구나 천창으로 침입했다면 도망칠 때도 그곳을 염두에 두었을 것이다. 들고 도망칠 수 있는 크기와 무게라면 소품일 텐데, 그렇게까지 노릴 만큼 고가의 작품이 있었을까?

……더구나 작품은 보통 전시실이나 창고에 보관한다. 범인이 왜 관장실로 갔을까? 피해자의 관점에서 생각할 때, 침입자를 발견하면 즉시 소리를 지를 텐데…….

그것만이 아니다.

아까부터 묘한 예감이 엄습했다.

하지만 잊어버리자. 생각해 봤자 어쩔 수 없는 일이다. 어쨌든 뉴스만으로 제대로 된 상황을 파악하기는 어렵다. 또한 이 사건이 자신과 관계있을 가능성은 거의 없었다.

준코는 차슈멘 국물을 모조리 들이켰다.

레스큐 변호사 사무실로 돌아가자 생각지 못한 손님이 기다리고 있었다.

"아오토 변호사, 오랜만이군."

의자에서 일어나며 인사한 사람은 올려다봐야 할 만큼 키가 큰 남자였다.

"고노 형사님. ……무슨 일이세요?"

준코는 자신도 모르게 미간을 찌푸렸다. 고노 미쓰오 경부보는 경시청 수사1과의 베테랑 형사로, 살인사건 해결 신기록 보유자라고 한다. 과거 밀실 살인사건에서 두세 번 마주친 적이 있는데, 좋은 느낌은 아니었다. 괴팍하고 오만하며 우락부락한 얼굴에 뱃살이 출렁거렸다. 더구나 입냄새가 지독했다.

고노 경부보가 콧등에 주름을 잡았다.

"라멘 먹었나? 마늘 냄새가 지독하군. 고객들 만나기 전에 가글이라도 하는 게 어때?"

아뿔싸! 준코는 자기도 모르게 손으로 입을 가렸다. 다진 마늘을 추가하지 않아도, 라멘 국물에는 이미 마늘이 듬뿍 들어 있었다.

함정에 빠진 심정이었다. 점심때 먹은 음식을 지적받는다는 건 견딜 수 없이 수치스럽고 불쾌한 일이다. 하필이면 입냄새 지독한 대머리황새에게 지적을 당하다니.

"……무슨 일로 오셨죠?"

준코는 정색하며 물었다. 빨리 용건을 끝내고 싶다.

"혹시 에노모토가 어디 있는지 알까 해서."

"에노모토 씨요? 가게에 없나요?"

에노모토 케이의 표면적인 직업은 신주쿠에 있는 'F&F 시큐리티 서비스' 사장이다.

"가게는 임시휴업 중이고 휴대폰도 꺼져 있더군."

고노는 눈을 부릅뜨고 준코를 내려다보았다.

준코는 그에게 앉으라고 권한 뒤 자신도 의자에 앉았다.

"그렇다면 저도 연락이 안 되겠네요. 에노모토 씨에게 급한 일이라도 생겼나요?"

그러자 고노는 복잡한 표정을 지었다.

"잠시 이걸 보겠나?"

그는 봉투에서 사진을 꺼내 테이블 위로 던졌다. 이자의 오만방자한 태도에 지금 와서 화를 내봤자 소용없는 일일 것이다. 준코는 사진을 유심히 살폈다. CCTV 영상을 인쇄한 것인 듯했다.

"누구로 보이지?"

가이 포크스(Guy Fawkes. 가톨릭 탄압에 저항하며 화약음모 사건을 일으킨 영국인) 가면을 쓰고 검은색 점퍼를 입은 남자가 넓은 복도를 걷고 있었다.

준코는 충격을 받았다. 틀림없다.

"……이게 뭔가요?"

상대에게 질문을 던지되 정보는 거의 주지 않는 게 고노의 특징이다. 그런데 이번에는 조금 달랐다.

"뉴스 못 봤나? 어젯밤 뉴스 말이야. 신세기 아트뮤지엄에서 살인사건이 있었어."

준코는 경악했다.

"아까 라멘집에서 봤어요. 이게 그 사진인가요?"

"복도에 CCTV가 두 대 있지. 눈에 띄는 카메라는 모형이지만, 벽에 걸려 있던 그림에 핀홀 카메라가 설치되어 있었어. 그 카메라에 정확히 찍혔네."

고노는 굵은 손가락으로 준코가 들고 있던 사진을 두들겼다.

"선생이라면 알겠지? 이 녀석이 누군지 말이야."

위압적인 목소리와 함께 질식할 것 같은 입냄새가 진동했다. 준코는 무의식중에 몸을 뒤로 빼고 팔짱을 꼈다.

"글쎄요. 얼굴이 가려져 있어 잘……."

고노, 즉 대머리황새는 준코가 뒤로 물러난 만큼 몸을 앞으로 내밀었다.

"진실만 말해주면 좋겠는데……. 오늘 여기에 나 혼자 왔네. 선생의 솔직한 의견을 듣고 싶어서지. 경찰에서는 사진 속 남자를 살인사건의 범인으로 보고 있어. 하지만 나는 생각이 달라."

"왜죠?"

"녀석을 잘 아니까. 물건은 훔쳐도 사람을 다치게 하거나 죽일 녀석은 아니야. 그런데 이대로 있으면 곤란해질 거야. 그렇게 되기 전에 어떤 사정인지 듣고 싶네."

준코는 재빨리 머리를 굴렸다. 대머리황새의 말은 거짓이 아닌 듯하다. 그렇다면 지금은 협조하는 편이 케이를 위해 좋을지도 모른다. 더구나 사진에 대한 솔직한 느낌을 말하는 것뿐이라면 지금보다 상황이 나빠지지는 않을 것이다.

"……사진 속 남자는 에노모토 씨 같아요."

"흐음, 그렇게 생각하는 이유가 뭐지?"

말투와 태도가 아까보다 친근하게 느껴졌다.

"일단 체격과 분위기가 그 사람 같아요. 가면은 'F&F 시큐리티 서비스'에서 본 적이 있고요. 점퍼도 본 적이 있는 것 같아요."

대머리황새가 천장을 올려다보며 탄식했다.

"빌어먹을! 역시 그렇군."

"경찰에서도 사진 속 남자를 에노모토 씨라고 생각하는 건가요?"

대머리황새는 고개를 흔들었다.

"그렇게 짐작하는 건 아마 나뿐일 거야. 사진만으로 단정하기는 어려우니까. 하지만 수법을 분석해 포위망을 서서히 좁혀나가겠지. 동영상을 분석하면 걸음걸이 인식을 통해 녀석의 정체가 밝혀질 거야."

"범인이 천창으로 침입했죠?"

"그래. 천창 일부를 특수약품으로 녹여서 떼어냈지."

"에노모토 씨가 자주 사용하는 방법인가요?"

"아니."

대머리황새는 다시 머리를 흔들었다. 어딘지 모르게 맹금류를 연상시키는 동작이었다.

"보통때는 자물쇠 따기 기술을 구사해 흔적을 남기지 않아. ……하지만 가끔 멜팅 버스트(Melting Burst)를 사용하기도 하지. 열쇠구멍에 강산을 주입해 실린더를 녹이는 거야. 이번에 사용한 방법과 비슷하다고나 할까?"

"요즘 도둑은 화학도 잘 알아야겠군요."

"가능한 건 뭐든지 사용하는 세상이니까. 보안이 허술한 약품창고를 알고 있어 웬만한 약품은 쉽게 조달하는 것 같더군."

역시 어젯밤 신세기 아트뮤지엄에 침입한 사람은 케이 같다.

"그 사람이 범인이 아니라는 근거는 있나요?"

대머리황새가 팔짱을 꼈다.

"첫째, 이건 침입 사실을 들켜 우발적으로 저지른 사건이 아니라 계획살인이야."

"그걸 어떻게 알죠?"

"피해자는 사무실 안쪽에 있는 책상과 의자 사이에 쓰러져 있었어. 정수리에 타박상이 있는 걸로 볼 때 의자에 앉아있다가 당한 일이야. 즉, 범인에게 마음을 놓고 있었든지 적어도 방심한 상태였다는 거지. 범인은 피해자의 빈틈을 이용해 범행을 저지른 것 같아."

범인에게 처음부터 살의가 있었다는 건가? 그렇다면 더욱 케이의 범행이라고 생각하기 어렵다.

"또 한 가지, 에노모토의 범행이 아니라고 가정하면 현장은 밀실이 돼."

"네?"

준코는 아연한 표정을 지었다.

"어젯밤 외부에서 미술관에 침입한 사람은 녀석뿐이야. 히라마쓰 관장 외에 관내에 있던 사람이 셋인데, 조사 결과 범행 시각에는 아무도 관장실에 가지 않았지."

"그렇다면 에노모토 씨가 더 불리한 것 아닌가요?"

그러자 대머리황새가 준코를 힐끔 쳐다보았다.

"계획살인이었다면, 이 세상 어느 바보가 자기 외에 범행이 불가능한 상황을 만들고 사람을 죽이겠나?"

"아⋯⋯."

그제야 준코도 사태가 이해되었다.

"그래, 녀석은 함정에 빠진 거야."

대머리황새가 돌아간 뒤 준코는 팔짱을 낀 채 생각에 잠겼다. 뉴스를 보고 불안감을 느낀 이유가 이제 이해되었다.

천창을 이용해 들어간 침입자를 제외하고 아무도 출입하지 않은 미술관⋯⋯. 완전한 밀실에 가까운 상황이다. 그리고 물건을 훔치기 위해 침입한 남자. 이 두 가지 사실에서 무의식중에 케이를 떠올렸던 것이다.

하지만 지금 할 수 있는 일은 아무것도 없다. 대머리황새는 케이가 연락해 오면 알려달라고 했다. 하지만 경찰에 잡혀 변호사가 필요하지 않는 이상 케이가 먼저 연락하리라곤 생각하기 어려웠다. 밀실 수수께끼를 푸는 건 그의 주특기니까.

그때 휴대폰이 울렸다. 놀랍게도 상대는 케이였다.

"여보세요."

그녀는 애써 아무렇지 않은 척 전화를 받았다.

"아오토 변호사님. 상황은 대머리황새에게 대충 들었죠? 경찰의 창끝이 저에게 향하는 건 시간문제예요. 그 전에 문제를 해결하고 싶은데 도와주겠어요?"

묻고 싶은 것들이 목구멍까지 치밀어 올라와 준코는 심호흡을 했다.

"고노 씨가 다녀간 걸 어떻게 알았죠?"

"그 건물로 들어가는 걸 봤으니까요. 하마터면 마주칠 뻔했습니다."

"범인이 에노모토 씨인가요?"

무죄를 확신했지만 일부러 그렇게 물었다.

"아뇨. 제가 관장실에 들어갔을 때 이미 죽어 있었어요."

"그렇군요. 그런데 왜 한밤중에 미술관에 침입한 거죠?"

준코는 그가 적어도 도둑이라는 사실만은 인정하게 만들고 싶었다.

"히라마쓰 관장에게 의뢰받기 때문이에요."

"네?"

준코의 목소리가 자기도 모르게 커졌다. 파티션 너머로 누가 들으면 곤란하다. 준코는 휴대폰 주변을 손으로 막고 목소리를 낮추었다.

"관장이 왜 그런 의뢰를……?"

"관장은 신세기 아트뮤지엄의 CCTV 시설을 불안하게 생각했습니다. 저에게 의논하기에 실제로 침입할 수 있다는 걸 보여준 거죠."

"천창을 부수고 말이에요?"

천창을 수리하려면 비용이 만만치 않을 것이다.

"달리 방법이 없었으니까요."

케이의 거침없는 대답에 준코는 흠칫 놀랐다.

케이가 히라마쓰 관장에게 의뢰받았다는 건 사실일지도 모른다. 하지만 진짜 목적은 다른 데 있지 않을까? 어쩌면 두 사람이 공모해 미술관에서 뭔가를 훔쳐내려고 한 건 아닐까? 아니면 미술품에 걸린 보험금이 진짜 목적 아니었을까?

그렇게 생각하면 천창을 부수고 침입한 것도 이해가 된다. 그곳으로 도둑이 들어갔다는 증거를 남겨야 했을 테니까.

"냄새가 납니다."

"네?"

준코는 반사적으로 입을 가렸다.

"살인현장은 완벽한 밀실이었어요. 하지만 제가 어젯밤 들어간다는 사실을 몰랐으면 그런 공작을 할 필요가 없죠."

아아, 그것 말인가?

"범인은 처음부터 나에게 죄를 뒤집어씌울 생각이었던 거예요. ……따라서 제가 현장에 가면 범인에게 들킬 가능성이 크죠. 변호사님, 좀 도와주겠어요?"

신세기 아트뮤지엄은 도내의 서쪽 외곽지역에 위치한 사립 미술관이다. 지금은 전시물을 교체하는 중이라 잠시 문을 닫은 상태다. 정면 입구에 출입 금지를 알리는 노란색 테이프가 둘러쳐지고, 수많은 경찰관이 부산스럽게 드나들고 있었다.

대머리황새에게 미리 이야기해 놓은 덕분에 준코는 별다른 제재 없이 들어갈 수 있었다.

"에노모토 씨, 처음에 뭘 보면 되죠?"

준코는 팔찌 형식의 손목시계에 작은 목소리로 물었다. 핸드백에 있는 스마트폰과 블루투스로 이어져 통화가 가능했다.

"일단 히라마쓰 관장의 비서였던 스즈키 시게코 씨에게 이야기를 들어보세요. 어젯밤 관내에 남아 있던 사람은 특별전을 준비하던 세 명뿐이라고 합니다. 그들이 관장실에 가지 못했던 이유를 알고 싶군요."

"……시게코라는 사람이 범인일 가능성은 없나요?"

"시게코 씨는 어젯밤 거기에 없었어요. 또 한 번밖에 안 만났지만, 살인을 저지를 사람으론 보이지 않았습니다."

스즈키 시게코는 50대로 준코보다 짧은 숏컷 헤어스타일을 하고 있었다. 옅은 화장에 회색 바지정장과 단화 차림의 그녀는 보자마자 유능한 비서라는 느낌이 들게 했다. 얼굴은 매우 초췌한 상태였는데, 이번 사건으로 충격을 받은 듯했다.

"저희 미술관에서 이런 일이 발생하다니, 도저히 믿기지가 않아요. 예전부터 관장님께서 방범시설이 좀 불안하다고 하셨거든요. 그래서 에노모토 씨에게 와달라고 부탁한 거예요. 그런데 하필 그때 이런 일이 발생하다니…….'

시게코의 목소리가 가늘게 떨렸다.

"삼가 고인의 명복을 빕니다."

준코는 진심을 담아서 말했다.

"에노모토 씨는 지금 지방으로 출장을 갔어요. 저에게 상황을 보고 오라더군요."

"그래도 변호사님이 대신 오실 줄은 몰랐어요."

시게코는 준코의 명함을 보며 의아한 표정을 지었다.

"예전에 이런 사건을 담당한 적이 있어서요."

"이런 사건이라면, 살인사건 말인가요?"

"네. 그것도 밀실 살인사건이죠."

"밀실이요? 이번 사건이 밀실 살인사건이라고요?"

시게코가 고개를 갸웃거리며 중얼거렸다.

1층의 제1전시실로 들어가자 150평 이상의 넓은 공간이 벽 같은 것으로 구분돼 있었다.

"이것이 작품인가요?"

"네. 이번 기획전의 하이라이트인데, 놀이공원에 있는 '거울의 방'을 본떠서 만든 미로예요."

시게코는 그렇게 말하며 입간판을 가리켰다. '거울나라의 미궁—Through the looking-glass'라고 쓰여 있었다.

"이나바 도오루라는 아티스트의 작품이죠."

그 이름은 뉴스로 들은 적이 있다. 그의 작품이 외국 유명 경매에서 수억 엔에 낙찰되었다는 내용이었다.

시게코에 따르면, 착시나 눈속임 그림의 테크닉을 구사하는 현대예술의 선봉장으로 예술과 체험형 엔터테인먼트를 결합해 외국에서도 높이 평가받는다고 했다.

'거울나라의 미궁'은 루이스 캐럴의 동화인 『거울나라의 앨리스』에서 따온 듯하지만, 미로 입구에서 보이는 막다른 곳에는 거대한 얼굴 오브제 같은 것이 놓여 있었다.

"미로에도 이런저런 장치가 있어요. 벽에 홀로그래피가 나타나는 등 여러 시각적 효과를 즐길 수 있죠."

준코는 한 걸음 물러서서 미로 전체를 바라보았다.

"……이 전시실을 빠져나가 반대편 출구에 도착하면 2층으로 올라갈 수 있는 거죠?"

시게코는 준코가 무슨 뜻으로 그렇게 묻는지 알아차린 듯했다.

"그래요. 관장실이 있는 2층으로 가려면 계단으로 올라가거나 엘리베이터를 타야 해요. 엘리베이터에는 CCTV가 있죠. 계단은 두 군데인데, 정면 현관의 안쪽 계단으로 가려면 정면 현관이나 제1전시실 입구를 비추는 CCTV에 노출됩니다. 다른 계단으로 가려면 제1전시실을 빠져나가야 하는데, 전시실 안의 CCTV에 반드시 찍히는 구조고요."

"어젯밤에는요?"

"영상을 확인했는데 2층으로 간 사람은 아무도 없었어요.

즉, 천창에서 침입한 도둑 말고는 관장실로 들어갈 수 없었다는 말이죠."

시게코는 그 '도둑'이 범인이라고 굳게 믿는 것 같았다.

"관장실로 가는 방법은 그 세 가지뿐인가요?"

준코의 질문에 시게코가 잠시 생각에 잠겼다.

"좀 힘들긴 하지만 한 가지 더 있어요. 정원 옆의 외부 복도를 지나 비상구로 들어오면 안쪽 계단으로 갈 수 있어요. 하지만 외부 복도는 정원에 있는 CCTV에 찍히거든요."

"그 영상도 확인하셨나요?"

"네. 모두 경찰에 제출했어요."

네 곳 모두 CCTV가 철저히 감시하고 있다. 만약 여기에 밀실트릭이 끼어든다면…….

"CCTV를 속이는 트릭이군요."

준코가 손목시계를 향해 중얼거렸다.

"제 생각도 그래요."

이어폰을 타고 케이의 대답이 들렸다.

"네? CCTV가 어떻다고요?"

시게코가 의아한 얼굴로 물었다.

"아니에요, 혼잣말이에요. ……어젯밤 관내에 남아 있던 세 사람은 이 전시실에 있었나요?"

"네. 아마도 작업 도중 몇 번씩은 들락거렸을 거예요."

준코는 체육관 정도 크기의 제1전시실을 찬찬히 살펴보았다. CCTV를 속이는 트릭이라면 세 곳도 제외할 수 없다. 하지만 단순히 복도를 찍는 카메라와 비교하면 이런저런 장치들이 잔뜩 놓여 있는 이곳이 제일 수상쩍다.

"저쪽 출구를 비추는 게 이건가요?"

준코가 앞쪽 벽에 설치된 CCTV를 가리켰다. 눈에 잘 띄지 않는 돔형이 아니라 투박한 상자 모양인 이유는 절도나 장난을 막기 위해서일 것이다.

"네. 공간이 직사각형이라 카메라 두 대를 대각선으로 설치해 전체를 커버하도록 했어요."

"사각지대는 없나요?"

"글쎄요……. 본래 이쪽 카메라가 맞은편 벽과 출구를, 맞은편 카메라가 이쪽 벽과 입구를 찍는데, 미로 때문에 맞은편 출구는 찍히지 않아요."

뭐? 맞은편 출구가 찍히지 않는다고? 준코는 맥이 빠졌다.

"그럼 CCTV에 찍히지 않고 여기서 나가는 게 가능한 거잖아요?"

준코의 말이 채 끝나기도 전에 시게코가 고개를 흔들었다.

"아니에요. 불가능해요. 출구로 가려면 오른쪽과 안쪽 벽의 가장자리를 지나가거나 왼쪽 창가를 통과해야 해요. 어쨌든 미로 내부를 지나가야 하죠. 하지만 벽의 가장자리는 앞쪽 CCTV에, 왼쪽 창가는 맞은편 CCTV에 찍힙니다."

"그렇다면 미로 안을 빠져나가면 되지 않나요?"

"미로 입구는 이쪽 CCTV가, 출구는 반대편 CCTV가 지키고 있어요. 중간에도 반드시 CCTV에 노출되는 곳이 한 군데 있고요."

준코는 실망감을 감출 수 없었다. 그렇게 이중삼중으로 감시한다면 카메라를 속이기란 불가능하리라.

"다만 CCTV에는 높이에 따른 사각지대가 있어요. 장소마다 좀 다른데, 미로 입구 근처는 바닥에서 50센티미터까지 찍히지 않아요. 원래의 설치 목적이 벽에 걸린 그림이나 전시대의 조각을 지키는 거니까요."

"네?"

준코는 어이가 없었다. 그런 건 진작 말해줘야지!

"그럼 바닥을 기어가면 미로에 몰래 들어갈 수 있나요?"

"아뇨. 그건 불가능해요."

시게코는 다시 심각한 표정으로 고개를 흔들었다. 이 사람과 대화를 이어가자니 케이와는 다른 의미에서 조바심이 치밀었다.

"미로 입구에 들어서자마자 '험프티 덤프티(영국 전래동요에 나오는 주인공. 담벼락에서 떨어져 깨진 달걀을 의인화함)의 얼굴'이 보여요."

미로 입구의 커튼이 양쪽으로 젖혀진 상태라 정면의 막다른 곳에 있는 은색 패널이 보였다. 한가운데에 있는 거대한 달걀 모양의 얼굴이 시선을 사로잡았다.

그때 젊은 여성이 다가왔다. 아직 여대생처럼 보인다. 머리는 대충 뒤로 묶고 화장기는 없으며, 화가 같은 작업복에 면바지 차림이었다.

"소개할게요. 이시구로 미레이 씨예요. 이나바 선생님의 어시스턴트로 일하고 있죠. 어젯밤에도 이나바 도오루 선생님, 야마모토 겐타 씨와 같이 특별전을 준비했어요. 미레이 씨, 이분은 아오토 변호사님이에요. 어젯밤 사건을 조사하러 오셨는데, 협조해 주겠어요?"

"네. 그럴게요."

변호사라고 해서인지 미레이는 긴장한 표정으로 준코를 쳐다보았다. 맑고 커다란 눈이 인상적인 아름다운 여성이었다.

시게코가 말했다.

"미레이 씨도 신진 아티스트로 주목받고 있어요."

"그렇지 않아요. 이제 막 걸음마 단계인걸요."

미레이는 수줍은 듯 미소를 지었다. 맑고 순수한 모습에 준코는 호감을 느꼈다.

"이 미로도 이나바 씨와 같이 만드셨나요?"

준코의 질문에 미레이는 진지한 표정으로 고개를 흔들었다.

"전부 이나바 선생님 아이디어예요. 저희는 옆에서 돕기만 했고요."

"너무 겸손하신 것 아니에요?"

"사실이에요. 저로서야 이나바 선생님 프로젝트에 참가하는 것만으로도 영광이죠. 많은 공부가 되기도 하고요. 선생님의 발상은 독특함을 뛰어넘어 이 세상에 하나밖에 없으니까요."

말의 구석구석에서 이나바에 대한 존경심이 전해졌다.

어쩌면 이 사람은 아티스트로서가 아니라 한 남성으로서의 이나바에게 빠진 건 아닐까?

"미로 안을 봐도 될까요?"

"물론이죠. 제가 안내해 드릴게요."

준코가 미레이를 따라 미로로 들어가려는 걸 보고 경찰관이 다가왔다. 하지만 이내 되돌아갔다. 대머리황새가 그 경찰관에게 뭔가를 이야기했다. 입냄새 지독한 들짐승 같은 사내지만, 이번에 그의 도움을 받는 건 행운이었다.

"어서 들어오세요."

준코는 마침내 미로에 들어섰다. 심장이 쿵쾅거렸다.

'험프티 덤프티의 얼굴'은 『마더 구스(Mother Goose. 영국의 전승 동요집)』에 나오는 유명한 달걀 캐릭터다. 분명히 이런 느낌의 시였다.

험프티 덤프티, 담 위에 앉아 있었네
험프티 덤프티, 쿵 떨어졌네
임금님의 모든 말들도, 임금님의 모든 신하들도
험프티 덤프티를 원래대로 해놓을 수 없었다네

험프티 덤프티는 이 미로의 모티브인 『거울나라의 앨리스』에도 등장하는데, 앨리스와 대화도 나누었을 것이다.

준코는 정면에서 험프티 덤프티의 얼굴을 바라보았다. 배경의 패널이 검은색이라 조금 떨어진 곳에서 보면 짤막한 손발이 달린 달걀 모양의 얼굴이 허공에 떠 있는 것 같다.

"이 얼굴은 아직 미완성인가요?"

손발의 경우 패널에 그림으로 그려져 있지만 얼굴은 입체였다. FRP(섬유강화 플라스틱)로 만들었을까? 색깔을 입히지 않아서 진짜 달걀처럼 새하얗다.

"완성된 거예요. 관객이 들어오면 프로젝터로 얼굴에 색깔이 있는 영상을 쏘죠. 그러면 애니메이션처럼 말을 하거나 자유롭게 표정을 바꿀 수 있어요."

미레이는 한순간 표정이 밝았다가 어젯밤 비극이 떠올랐는지 이내 우울한 얼굴이 되었다.

"험프티 덤프티가 관객에게 양자 택일의 질문을 던져요. 그 질문에 따라 관객은 좌우의 어느 한쪽 길로 가게 되죠."

준코는 검은색 패널을 만져보았다. 천장에 매달린 레일과 바닥에 설치된 레일을 따라 좌우로 움직이는 듯했다. 패널과 좌우 앞쪽에 있는 벽 사이에 60센티미터쯤 틈이 있었다. 하지만 튀어나온 험프티 덤프티의 얼굴이 가로막아 아무리 마른 사람이라도 지나가기는 어려웠다.

"여기서 빠져나가려면 패널을 좌우 어느 한쪽으로 움직여야 하죠?"

"네. 입구에서 여기까지 기어올 경우 CCTV에 찍히지 않아요. 하지만 패널을 움직이면 험프티 덤프티의 얼굴이 움직이게 되고, 그 부분이 녹화됩니다."

"그렇군요."

준코는 패널을 밀어보았다. 하지만 상하 레일과 고정되어 꼼짝도 하지 않았다. 억지로 틈을 벌려 빠져나가기란 불가능해 보였다.

"험프티 덤프티의 얼굴을 제게도 보여주세요."

이어폰으로 케이의 목소리가 들렸다. 준코는 스마트폰으로 꼼꼼히 촬영하다 새로운 의문이 솟구쳤다.

이걸 만들기 위해서는 비용이 많이 들었을 것이다. 미로 입구에 왜 이런 게 필요했을까? 어느 한쪽 길을 선택하도록 하기 위해서라면 좀 더 단순하게 만들어도 되지 않을까? 어쩌면 미로를 밀실로 만들어, 여기서 빠져나가는 건 불가능하다고 주장하기 위해서 아닐까?

준코가 보기에 그러한 주장은 충분히 성공적이었다. CCTV에 찍히지 않고 범행현장으로 가려면 미로를 빠져나가야 한다. 그러려면 일단 미로로 들어가야 하는데 그 방법이 전혀 떠오르지 않았다.

밖으로 나가기 위해서는 일단 안으로 들어가야 한다.

문득 그런 문장이 머리에 떠올랐다. 어딘지 모르게 마더 구스로도 이어지는 신비한 세계. 무엇이었을까? 잠시 생각하다 제네시스의 〈더 카펫 크롤러스(The Carpet Crawlers)〉라는 노래의 후렴구라는 사실이 떠올랐다.

'We've got to get in to get out.'

⋯⋯들어갔다고 하자.

준코는 일단 자신의 생각대로 미로를 통과하기 시작했다.

실제 전시에서는 스모크스크린이나 레이저 광선, 4면 홀로그램 같은 것이 등장해 환상적인 세계를 만들어낸다고 한다. 하지만 지금도 충분히 신비한 느낌을 맛볼 수 있었다.

'거울나라의 미궁— Through the looking-glass'라는 제목에 걸맞게 험프티 덤프티의 얼굴 말고도『거울나라의 앨리스』에 등장하는 캐릭터인 체스의 여왕이나 기사, 사자, 유니콘 등이 잇달아 나타났다.

발상의 원점은 아까 들은 것처럼 놀이공원에 있는 거울의 방이었다. 미로의 벽은 안쪽으로 검은색, 거울, 유리의 세 종류가 섞여 있는데, 시각과 자신이 어떤 곳에 있는지 헷갈리도록 교묘하게 배치되어 있었다. 거울이나 유리도 무색이 아니라 여러 색깔의 필름을 붙여, 조명이 닿는 위치에 따라 다양한 효과를 만들어내는 듯했다. 한편, 바닥은 온통 무광의 검은색이었다.

미레이가 조심스럽게 말했다.

"실은 바닥에도 거울을 깔고 싶었는데, 여성 관객이 많아서요."

그렇다. 바닥이 거울이면 치마를 입은 여성은 들어갈 수 없게 된다.

시게코에 따르면, 입구 근처는 바닥에서 50센티미터까지 CCTV의 사각지대라고 했다. 만약 범인이 몸을 낮추고 기어갔다면 CCTV에 찍히지 않았으리라.

준코는 〈더 카펫 크롤러스〉의 가사가 떠오르며 온몸에 소름이 돈았다. 제네시스의 보컬 피터 가브리엘이 카펫 위를 기어 다니는 기이한 사람들에 대해 노래했기 때문이다.

범인은 이 미로의 바닥을 기어서 관장을 죽이러 갔을까?

하지만 잠시 걸어가자 그런 일이 불가능해 보이는 곳이 나왔다. 미로의 중간쯤 될까? 폭이 3미터쯤 되는 전시실 입구에서 유리벽이 이어지고, 벽 위에서 트럼프 병사들이 안쪽을 향해 차양처럼 몸을 기울이고 서 있었다. 또한 거대한 재버워크(『거울나라의 앨리스』에 나오는 괴물) 피규어가 유리벽을 향해 떡하니 자리잡고 있었다. 마른 드래건을 연상시키는 괴물인데, 무슨 이유에서인지 조끼와 몸에 꽉 끼는 타이츠를 입었다. 갈고리발톱이 달린 긴 발가락으로 미로의 벽을 움켜쥔 채, 아득한 위쪽을 향해 메기 수염처럼 보이는 더듬이가 달린 물고기 같은 머리를 치켜들고 있다.

이 주변의 사각지대가 바닥에서 몇 센티미터까지인지는 모르지만, 기어서 지나가면 보이지 않을지도 모른다. 하지만 다른 부분과 반대쪽 벽이 결정적으로 달랐다. 온통 거울로 되어 있어 바닥이 훤히 보였다. 나중에 CCTV 영상을 확인해 봐야겠지만, 이런 상태면 바퀴벌레가 기어가도 보이지 않을까?

상관없다. 일단 끝까지 가보자.

준코는 새로운 의문을 뒤로하고 걸음을 옮겼다. 그런데 아무리 걸어가도 출구가 나타나지 않는다.

"처음 방문한 사람은 미로를 빠져나가는 데 최소한 10분 이상 걸릴 거예요. 안내자가 없으면 다람쥐 쳇바퀴 돌듯 빙글빙글 돌도록 이런저런 함정이 마련되어 있죠."

준코가 악전고투하는 모습을 보고 미레이가 웃으며 말했다.

"함정요? 어떤 거죠?"

이렇게 작은 규모의 미로에서 어떻게 헤매도록 한다는 걸까?

"반듯하게 보이는 통로도 실은 미묘하게 방향을 틀어놓았어요. 이나바 선생님이 트릭아트 전문이거든요."

"트릭아트요? 공간이 뒤틀려 있어 사람이 크게 보이거나 작게 보이는 것 말인가요?"

"네. 이나바 선생님은 그런 기법을 재빨리 아트에 받아들이셨어요. 머리가 굳어진 미술평론가들은 지금도 한때의 유행 정도로 취급하지만요."

미레이의 중얼거림에서 평소 그녀가 가졌을 울분이 엿보였다.

"……알았어요. 항복할게요. 어디로 가면 될까요?"

준코가 백기를 들자 미레이는 눈 깜짝할 사이에 출구로 안내했다. 출구가 있으리라곤 상상도 할 수 없는 방향이었다.

"미로를 만든 분이라면, 빠져나가는 데 시간이 거의 들지 않겠네요?"

"네. 보통걸음으로 30초도 걸리지 않아요."

미로의 출구 앞쪽은 투명한 유리가 가로막고 있었다. 미로 내부와 달리 옅은 붉은색이었는데, 사람이 지나가면 CCTV에 찍힐 정도였다. 바닥 쪽에 사각지대가 있더라도 미로 내부와 마찬가지로 유리 맞은편에 거울벽이 있었다. 흡혈귀가

[신세기 아트뮤지엄 내부]

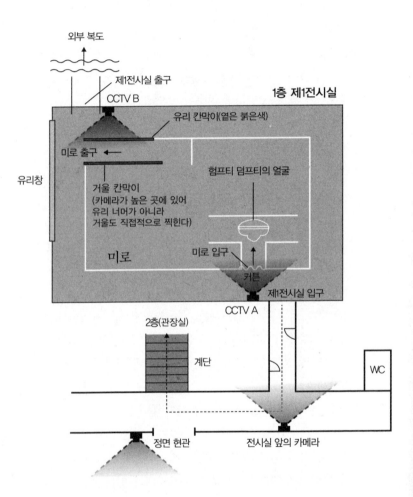

외부 복도

제1전시실 출구

CCTV B

1층 제1전시실

유리 칸막이(옅은 붉은색)

유리창

미로 출구

헙프티 덤프티의 얼굴

거울 칸막이
(카메라가 높은 곳에 있어
유리 너머가 아니라
거울도 직접적으로 찍힌다)

미로 입구

미로

커튼

제1전시실 입구

CCTV A

2층(관장실)

계단

WC

정면 현관

전시실 앞의 카메라

아니라면 거울에 비칠 테고, 그 모습은 당연히 CCTV에 찍혔을 것이다.

미로를 빠져나왔더라도 문제가 남아 있다. 범인이 몸을 낮춰 카메라를 피해도 전시실 유리창을 통해 반사된 모습이 찍힐 것이다.

이것은 확인해 보나마나다. 준코는 한숨을 쉬었다.

이 미로는 CCTV를 피해 들어갈 수 없으며, 미로를 통과하는 도중과 마지막에도 CCTV에 노출되는 곳이 있다. 아무리 생각해도 수상쩍지만 일단 제외할 수밖에 없다.

"……알았어요. 제1전시실 미로를 통과해 관장실에 가는 건 역시 불가능할 것 같군요."

준코의 말에 미레이가 따지듯 물었다.

"변호사님, 혹시 저희 세 사람 중에 범인이 있다고 생각하세요?"

"딱히 그런 건 아니에요. 가능성을 하나씩 없애는 게 중요하니까요."

준코는 등줄기가 서늘해졌지만 슬쩍 얼버무렸다. 미레이는 이해할 수 없다는 표정을 지었다.

"또 보고 싶은 게 있으신가요?"

시게코가 손목시계를 힐끔 쳐다보며 말했다. 안 그래도 미술관 재오픈과 특별전을 준비하느라 바쁜데, 살인사건까지 겹쳐 정신이 없는 것 같다.

"CCTV 영상을 볼 수 있을까요?"

"전부 보려면 빨리감기로 돌려도 시간이 많이 걸릴 텐데요?"

"괜찮아요. ……진실을 확인하고 싶어서 그래요."

준코의 말에 시게코는 의아해하는 표정으로 고개를 끄덕였다.

3

맨 처음 확인한 것은 제1전시실 앞의 복도를 찍는 CCTV 영상이었다.

히라마쓰 관장의 사망 추정시각은 어젯밤 0시에서 0시 30분 사이이다. 그런데 그 시간에는 거의 찍힌 게 없었다.

다만 밤 11시 30분쯤 제1전시실에서 나온 사람이 있었다.

"누구죠?"

준코의 물음에 시게코는 조심스러운 목소리로 "이나바 선생님이세요"라고 대답했다. 한창 바쁠 텐데도 준코와 같이 CCTV 영상을 확인해 주었다.

이나바는 제1전시실에서 나와 왼쪽으로 향했다. 그곳에 있는 화장실에 갔다고 한다. 정면 현관 앞의 계단으로 가려면 오른쪽으로 움직여야 한다.

아무리 생각해도 2층으로 가는 건 불가능해 보였다. 준코는 다음 카메라 영상을 확인했다.

미술관의 외부 복도와 정원을 찍는 CCTV 영상은 더 따분했다. 전혀 찍힌 게 없었다. 빨리감기 속도를 최대로 했지만 마찬가지였다.

역시 문제는 제1전시실에 있는 두 대의 CCTV 영상이었다. 미로에 트릭이 있을 수 있어, 이쪽은 당일 점심시간 이후 영상부터 확인하기로 했다. 편의상 제1전시실 입구의 CCTV를 A, 반대편 카메라를 B로 칭했으며, 사람들이 계속 드나들어 자세하게 메모했다. 또한 중요한 부분은 사인펜으로 덧써서 굵게 만들었다.

☆ **제1전시실 CCTV 영상(2대)**

I. 오후 2시 30분~오후 7시 30분 : CCTV A, B

→이나바 도오루, 이시구로 미레이, 야마모토 겐타가 제1전시실에서 작
  업하고 있다. 세 사람이 미로를 수시로 드나든다.

II. 오후 7시 34분~오후 7시 36분 : CCTV A, B

→이나바가 CCTV 밑에 사다리를 놓고, 벽을 향해 몸을 숙인 채 작업
  하고 있다(CCTV A).

→갑자기 전기차단기가 내려가고 조명이 꺼진다. 원인은 밝혀지지 않
  았다.

→야마모토가 기계실로 가서 2분 후 전기차단기를 올린다. 조명이 완
  전히 회복된다.

→그 사이에 CCTV 기능이 정지됨으로써 **영상에 약 2분의 공백이 발**

생한다.

→세 사람은 제각기 휴식을 취하거나 미리 준비한 도시락을 먹는다.

Ⅲ. 오후 7시 36분~오후 10시 16분

→이나바가 휴식을 마치고 입구에서 미로로 들어가 커튼을 닫는다 (CCTV A).

→이나바가 미로의 출구 부근에 나타났다. **출구 바로 앞에 옅은 붉은색 의 투명한 유리 칸막이가 있는데, 그곳을 통해 모습이 보인다. 등 뒤 쪽의 거울벽에도 그 모습이 선명하게 비친다**(CCTV B).

(거울에 검은색 바닥까지 비치므로, 이곳을 기어서 통과했다면 CCTV에 찍혔을 것이다.)

→출구로 나온 이나바의 모습이 **제1전시실 유리창에 비친다.** 하지만 다 시 미로 안으로 돌아가 관장실로 갈 기회는 없었다(CCTV B).

Ⅳ. 오후 11시 16분~오후 11시 25분

→이나바가 미로 입구로 나온다(CCTV A). 그곳에서 **CCTV B 쪽으로 가 서 카메라 바로 밑에서 작업한다.** 무슨 작업인지는 보이지 않지만, 약 1분마다 카메라에 모습이 비친다. 꼭 알리바이를 만드는 것 같다 (CCTV B).

→미레이와 야마모토는 미로 밖에 있다. 이나바의 지시에 따라 미로에 전시할 인형을 색칠하느라 정신없다(CCTV A).

Ⅴ. 오후 11시 26분~오후 11시 54분

→이나바의 지시에 따라 미레이와 야마모토가 기자재를 가지러 가느라 제1전시실에서 나온다(CCTV A).

→미로 앞에서 작업 중이던 이나바(CCTV A)의 모습이 갑자기 보이지 않는다.

VI. 오후 11시 55분~오전 0시 15분

→제1전시실로 돌아와 미로 밖에서 작업하는 미레이와 야마모토의 모습이 몇 번 확인된다(CCTV A). 하지만 이나바의 모습은 한 번도 보이지 않는다.

→단, **험프티 덤프티의 얼굴이 움직이지 않은 걸 보면(CCTV A) 미로에 들어갈 수는 없었을 것이다.**

→가령 미로에 들어갔더라도 출구 근처의 투명한 유리 칸막이 너머로 모습이 보이지 않고, **등 뒤의 거울이나 제1전시실 유리창에도 비치지 않은 걸 보면 출구를 통해 관장실로 가는 건 불가능하다.**

VII. 오전 0시 16분

→이나바가 나타난다(CCTV A).

→미로로 들어가지 않고 **CCTV B의 바로 밑에서 작업한다(CCTV A).**

→이나바가 미로 입구에서 안으로 들어가 **입구의 커튼을 닫는다(험프티 덤프티의 얼굴은 한동안 보이지 않는다)(CCTV A).**

VIII. 오전 0시 29분

→2층 천창으로 케이가 침입한다. 케이는 곧장 관장실로 향하며, 1분 후

에 나와 로프를 타고 천창으로 탈출한다(제1전시실이 아니라 부근의
복도에 설치된 핀홀 카메라 영상).

Ⅸ. 오전 0시 35분~오전 0시 45분

→이나바가 미로 출구에서 나온다. **출구 앞 통로에서 투명한 유리 칸막**
이 너머로 모습이 확실하게 보인다. 등 뒤의 거울벽에도 모습이 선
명하게 비친다(CCTV B).

→이나바가 즉시 출구에서 미로로 돌아오더니(CCTV B), 다시 커튼을 열
고 입구로 나온다(CCTV A).

Ⅹ. 오전 0시 48분

→이나바가 미로에서 나와 오늘은 작업을 그만 끝내자고 말한다. 세
사람은 철수할 준비를 한다. 전시실 조명이 꺼지자마자 CCTV 영상
은 즉시 적외선 암시(暗視) 모드로 바뀐다. 영상이 약 1초쯤 끊긴다.

Ⅺ. 오전 0시 56분~오전 0시 59분

→이나바가 관장에게 내선전화를 건다. 관장이 받지 않는다.

→**관장실로 간 야마모토가 관장의 사체를 발견하고 황급히 나온다.** 미
레이가 110번에 신고한다.

Ⅻ. 오전 1시 6분

→ 경찰이 도착한다.

영상을 몇 번이나 멈추고 확인한 탓에, 여기까지 보는 데 2시간 반 이상이 걸렸다.

"그래, 알았어……."

준코의 중얼거림에 시게코가 화들짝 놀란 표정을 지었다.

"알았다니, 뭘 알았다는 거예요?"

"범인요."

"무슨 뜻이죠? 천창으로 침입한 도둑이 범인이잖아요?"

"반드시 그렇다곤 할 수 없어요."

준코는 대머리황새에게 들은 말을 전했다. 히라마쓰 관장의 죽음은 강도에 의한 우발적 살인이 아니라 계획살인일 가능성이 높다는 내용이었다.

"그럼 범인이 누구라는 건가요? CCTV 영상을 보면 관장실에 갈 수 있었던 사람이 한 명도 없잖아요."

"예외가 한 명 있다는 걸 모르시겠어요?"

준코가 조용하게 말했다.

"글쎄요……."

"잠깐만요. 나도 모르겠는데요?"

이어폰으로 케이의 음성이 벌레소리처럼 가냘프게 들려왔다.

"여기예요."

준코가 메모한 수첩을 시게코 쪽으로 향하게 했다. VIII 부분에 케이의 이름이 쓰여 있는 걸 깨달은 준코는 황급히 손으로 가리며 XI 부분을 가리켰다.

"뭐죠?"

"야마모토 겐타 씨예요. 이 사람이 유일하게 관장실에 갈수 있었잖아요?"

시게코는 입을 벌린 채 말을 잇지 못했다.

"야마모토 씨가 관장실에 갔을 때 히라마쓰 관장님은 살아계셨어요. 상대가 야마모토 씨라면 관장님이 안심하고 앉아있었던 게 이해가 되고요. 야마모토 씨가 관장님을 죽이고 사체 발견자로 위장한 거죠."

잠시 침묵이 흘렀다.

"관장님은 왜 내선전화를 받지 않았을까요?"

시게코가 불신하는 눈으로 준코를 보았다.

"그건 그러니까……."

"더구나 야마모토 씨에게는 관장님을 죽일 만한 동기가 없어요."

"조사해 보면 뭔가 나올지 않을까요?"

"변호사님, 지금 제정신이에요? 제가 들어갔을 때 관장은이미 죽어 있었어요! 그건 제 눈으로 확인했다고요!"

귀 안쪽에서 케이가 버럭 소리쳤다.

"그건……. 어?"

"그리고 경찰에 따르면, 관장의 사망 추정시각은 오전 0시에서 0시 30분 사이예요. 시간이 안 맞잖아요?"

"으음. 그 점은 저도 좀 이상하다고 생각했어요."

패색이 짙음을 깨달은 준코는 슬쩍 말을 돌렸다.

"무슨 뜻이죠?"

"사망 시각을 어떻게 그처럼 정확하게 알아낸 거죠?"

논점을 다른 곳으로 돌리는, 그녀의 닌자 같은 변신술이 등장했다.

"경찰이 즉시 도착했기 때문 아닐까요?"

"사후 경과시간은 보통 직장 내 온도로 측정하는데, 사후 2시간까지 거의 같아요. 그런 다음 10시간까지는 1시간에 1도, 그 이후는 한 시간에 0.5도씩 떨어지죠."

준코는 전문지식을 늘어놓으며 케이를 어리둥절하게 만들었다.

역시 밀실을 깨뜨리지 않는 이상 이 사건은 해결하기 어려울 듯하다.

4

준코가 시게코의 배웅을 받는데, 신세기 아트뮤지엄 현관에서 경찰과 옥신각신하는 사람이 있었다.

"안으로 들어가게 해주십시오."

"그건 곤란합니다."

"내 작품만 확인하면 됩니다."

"죄송합니다."

제복 차림의 경찰관과 입씨름하는 사람은 위아래로 검은색 옷을 입은 앙상한 체구의 남자였다. 마흔 살쯤 되었을까? 눈초리가 날카롭고 넓은 이마에 머리칼이 한 줄기 내려와 있었다. 언뜻 봐도 아티스트임을 알 수 있는 외모였다. 조금 전까지 CCTV 영상에서 지겨울 만큼 본 이나바 도오루였다.

"선생님, 무슨 일이세요?"

시게코가 재빨리 다가가서 말을 걸었다.

"보면 모르겠어요? 경찰 나리께서 제1전시실에 못 들어가게 하는군요."

이나바는 '경찰 나리'라는 단어에 비아냥을 담았다. 경찰관이 발끈한 표정을 지었다.

"이분은 아티스트인 이나바 선생님이세요."

시게코의 부탁에도 경찰의 반응은 냉정했다.

"현장은 아직 출입 금지입니다."

조금 전까지만 해도 이렇게 까다롭지 않았는데……. 준코는 고개를 갸웃거렸다.

그때 대머리황새가 얼굴을 잔뜩 찌푸리며 다가왔다. 준코는 어떻게 좀 해달라는 신호를 눈으로 보냈다.

"여긴 살인사건 현장입니다. 잠시만 기다려주십시오."

190센티미터가 넘는 대머리황새가 음침한 눈으로 내려다보면 대부분 겁을 먹었다. 그런데 이나바는 예외였다.

"살인사건 현장이요? 제1전시실은 관계가 없잖아요. 관장님이 살해된 건 2층 관장실이잖습니까?"

"꼭 그렇다곤 할 수 없어서 말이야."

대머리황새는 귀찮아졌는지 이내 반말로 돌아갔다.

"무슨 뜻이죠?"

"현장은 밀실이었지. 그런데 밀실의 경계선이 꼭 관장실 문이라곤 할 수 없어. 좀 더 확대될 가능성이 있지. 경우에 따라서는 제1전시실까지 포함될 수 있다는 말이야."

"밀실?"

이나바는 덩치 큰 남자의 머리가 좀 이상한 것 아니냐는 표정으로 주변 사람들을 쳐다보았다. 준코의 우려대로 대머리황새의 얼굴이 점점 험악해졌다.

"누군가 천창으로 침입해 관장님을 살해하고 도망쳤다……. 난 그렇게 들었는데요."

"자세한 건 말할 수 없지만 꼭 그렇다곤 할 수 없어. 천창으로 침입한 누군가가 범인이 아니라면 현장은 밀실이 되는 거지."

"잠깐만요. 그렇다면 그건……."

이나바를 따라온 대학생처럼 보이는 남자가 가만히 있을 수 없다는 듯 끼어들었다. 키는 크지 않지만 근육이 탄탄했다. CCTV에서 이미 지겨울 만큼 본 이나바의 미대생 제자 야마모토 겐타였다.

"혹시 우리를 의심하는 건가요? 어젯밤 이 미술관에 있었던 사람은 관장님 말고 우리 셋뿐이니까요."

"혹시가 아니라 바로 그거야, 꼬마야."

대머리황새가 큼지막한 얼굴을 야마모토에게 들이댔다. 그

의 태도는 민주경찰이 아니라 태평양전쟁 이전의 특별 고등
계 형사나 경찰 앞잡이에 가까웠다.

"그래서 당신들을 제1전시실로 들여보낼 수 없어. 혹시 증
거라도 은폐하면 큰일이니까 말야."

"……그러면 미레이 씨는 왜 들여보낸 거죠?"

시게코가 가까스로 용기를 내 따지듯 물었다.

"아까? ……그건."

대머리황새는 잠시 머뭇거렸다. 하지만 '그렇게 예쁜 여자
가 범인일 리 없잖아'라는 속마음이 만화책에 나오는 대사처
럼 모두에게 뻔히 보였다.

그는 우격다짐으로 화제를 뒤집었다.

"더 재미있는 이야기를 해주지. 이번에 죽은 히라마쓰 관장
말이야, 이런저런 소문이 있더군. 여기 관장으로 취임하기 전
에 화랑을 경영했는데, 미술품을 이용해 돈세탁을 한 것 같아.
당신을 일약 스타로 만든 것도 관장의 힘이었다던데?"

대머리황새가 이나바를 똑바로 쳐다보며 말을 이었다.

"당신 작품의 가격을 높이기 위해 경매를 조작한 것 같다는
제보도 있었어."

이나바의 하얗고 잘생긴 얼굴이 창백하게 변했다. 그는 눈
도 깜빡거리지 않고 대머리황새를 노려보며 두 주먹을 불끈
쥐었다.

"그래그래, 그런 반응을 보고 싶었어. 적어도 당신에겐 동
기가 있지."

대머리황새는 옅은 비웃음을 남기고 그 자리를 떠났다. 이나바는 억지 미소를 지으며 사람들을 둘러보았다.

"이거 참 난감하군요. 돌아가신 관장님을 나쁜 사람처럼 말해 나도 모르게 발끈했어요."

"그래요. 저도 정말 화가 나요. 저렇게 막돼먹은 사람이 경찰이라니, 믿을 수가 없군요."

시게코도 고개를 끄덕였다.

"대머리황새는 예외적인 경우죠. 저렇게 난폭한 경찰은 저 사람이 유일할 거예요."

준코 역시 동의했다.

"대머리황새요?"

야마모토가 의아한 표정으로 물었다.

"이름은 고노인데, 보다시피 저렇게 생겼잖아요. ……참고로 대머리황새는 아프리카에서 서식하는 굉장히 크고 난폭한 새인데, 썩은 고기를 먹어 입냄새가 굉장하죠."

준코의 말에 그곳에 있던 사람들 모두 웃음이 터졌다.

"그나저나 누구시죠?"

이나바가 물었다.

"아아, 실례했어요. 아오토 준코라고 합니다. 변호사예요."

준코는 시게코에게 말했던 것과 똑같이 설명했다. 케이의 이름을 말하자 이나바의 표정이 살짝 달라졌다.

"혹시 에노모토 씨를 만나신 적이 있나요?"

"아뇨, 없습니다. 이름은 관장님께 들은 것 같군요."

이나바가 어색하게 웃었다.

그때 준코의 이어폰으로 케이의 목소리가 들려왔다.

"관장이 그자에게 내 이름을 말했을 리 없어요."

"네?"

준코가 무심코 얼빠진 목소리로 되물었다.

이나바는 자신에게 한 말이라고 생각했는지 설명을 추가했다.

"관장님께서는 예전부터 미술관 방범상황을 걱정하셨거든요. 그래서 전문가에게 상담할 생각이라고……."

"관장이 나에게 일을 의뢰한 건 극비였습니다."

정말로 방범만 의뢰했는지는 분명하지 않다. 케이는 냉정한 목소리로 말을 이었다.

"관장 말고 제 이름을 아는 사람은 시게코 씨뿐이에요. 다른 사람에게는 말할 이유가 없으니까요. 대머리황새의 말처럼 이나바 도오루라는 사람이 진범임에 틀림없는 것 같군요."

준코는 이나바의 얼굴을 뚫어지게 쳐다보았다. 유명 아티스트라는 점은 차치하고라도 섬세하고 온화해 보이는 것이 상당한 미남이었다. 정말로 이 사람이 살인범일까?

"왜 그렇게 보시죠?"

이나바가 딱딱한 미소를 지으며 준코를 쳐다보았다.

"아까 대머리황새, 즉 고노 경부보가 한 말이 사실일까요?"

"돈세탁이나 경매 조작 말인가요? 말도 안 돼요! 모두 근거 없는 헛소문입니다."

이나바는 불쾌한 듯 입술을 일그러뜨렸다.

"그래요?"

"누군가 성공하면 이상한 소문을 내는 사람이 어디나 있죠. 더군다나 이쪽 세계는 좁아서 질투하는 사람들이 많아요. 경찰이 그런 이야기를 믿을 줄은 꿈에도 몰랐습니다."

고개를 끄덕이려던 준코의 눈에 시게코의 모습이 들어왔다. 시게코는 준코의 시선을 피하는 듯 눈을 내리깔았다. 혹시 짐작 가는 일이 있는 걸까?

시게코와 미레이의 말을 종합해 보면 이나바는 순수한 예술가 타입인 듯하다. 이런 사람은 살인범에 어울리지 않는다.

하지만 피해자인 히라마쓰 관장이 범죄에 손을 댔다면 이야기가 달라진다. 자신의 작품이 추악한 비즈니스에 이용된 사실을 알고 크게 분노했더라도 이상할 게 없다.

그런데 아무리 분노가 극에 달했어도 이렇게 순수한 사람이 살인으로 자신의 울분을 풀려고 했을까?

준코로서는 케이의 추측이 이번만은 틀렸기를 바라는 수밖에 없었다.

결국 이나바와 야마모토는 제1전시실에 들어가지 못한 채 철수했다.

준코가 좀 더 미술관을 살펴보고 싶다고 하자, 시게코는 그렇게 하라며 자리를 떴다.

시게코가 사라지자마자 준코는 손목시계를 향해 속삭였다.

"어떻게 할까요? 다시 제1전시실로 가볼까요?"

"그 전에 관내를 한 바퀴 돌아보세요. 제1전시실을 지나지 않고 2층 관장실로 가는 게 불가능한지 확인해 보고 싶군요."

준코는 케이의 말을 듣고 제1전시실 앞으로 갔다. 입구 정면 복도에 CCTV가 있어 제1전시실 출입자들이 영상으로 기록된다.

제1전시실을 나오면 왼쪽으로 화장실이 있고 그 다음은 막다른 곳이다.

오른쪽으로 가면 조금 전까지 머물렀던 정면 현관이다. 맞은편에 2층으로 올라가는 계단이 있는데, 여기에는 CCTV가 설치되어 있지 않다.

준코는 2층으로 올라가보았다.

복도에 카펫이 깔리고 벽에는 그림이 걸려 있다. 그리고 그림 밑으로 작은 조각품이나 공예품이 놓여 있었다.

천장에 있는 CCTV는 모형이라, 조금 전 확인한 영상에는 포함되지 않았다.

대머리황새가 보여준 사진은 벽의 그림에 설치된 핀홀 카메라 영상이라고 한다. 그 말을 떠올리고 자세히 살피자 어떤 액자에 작은 구멍이 뚫려 있었다.

"……그렇군요. 그건 몰랐네요."

준코가 보낸 사진을 보고 케이가 중얼거렸다.

"그런데 이상해요. 관장 부탁으로 보안상황을 확인하기 위해 에노모토 씨가 침입한 거잖아요. 그런데 왜 핀홀 카메라에 대해 말하지 않았을까요?"

한순간 케이가 침묵했다.

"……글쎄요. 그건 잘 모르겠습니다. 그냥 잊어버린 걸지도 모르죠. 아무튼 이제는 물어볼 수조차 없게 되었네요."

케이는 분명히 관장에게 특별한 의뢰를 받았을 것이다. 방범상황만 확인하는 것이 아니라 좀 더 특별한…….

혹시 뭔가를 훔쳐내기로 한 건 아닐까? 어쩌면 케이에게 보험금 사기의 파트너가 돼달라고 부탁했는지도 모른다. 그와 동시에 케이를 함정에 빠뜨리려 했을지도…….

준코는 케이가 파손한 천창을 올려다보았다. 마치 도둑이 여기로 들어왔다고 과시하는 것처럼 보였다.

"관장실 쪽으로 가주세요."

준코는 복도를 지나 살인사건 현장인 관장실 내부를 들여다보았다. 입구에 노란색 테이프가 둘러져 있고, 안에는 아직 감식반이 조사 중이었다. 아무리 대머리황새가 편의를 봐준다고 하더라도 그곳에는 들어갈 수 없다.

준코는 조용히 복도로 돌아와 다른 계단으로 향했다. 계단을 내려가자마자 제1전시실 안쪽 출입구가 보였다.

준코의 설명을 들은 케이가 중얼거렸다.

"역시 범인은 어느 한쪽 계단으로 올라간 것 같아요. 그런데 어느 쪽이든 중간에 CCTV가 있군요. 범인이 CCTV를 속인 게 분명합니다."

준코가 미간에 주름을 잡았다.

"잠깐만요. 범인이 어느 쪽 계단을 사용했든 에노모토 씨가 찍힌 핀홀 카메라에 찍혔을 거예요. 관장실로 가려면 그 그림 앞을 지나야 하니까요."

준코는 다시 계단을 올라가 핀홀 카메라가 설치된 그림을 보았다.

"아뇨. 거기에 카메라가 있다는 사실만 알면 충분히 피할 수 있어요."

"어떻게요?"

"핀홀 카메라의 시야는 굉장히 좁습니다. 더구나 액자에 들어 있기 때문에 찍는 범위가 한정돼 있죠. 벽에 몸을 붙이고 액자 밑을 기어서 지나가면 찍히지 않을 거예요."

범인은 여기서도 복도를 기어간 걸까? 〈더 카펫 크롤러스〉의 가사를 떠올리자 준코의 등줄기가 서늘해졌다.

"하지만 핀홀 카메라가 있는 걸 아는 사람은 소수잖아요. 어쩌면 관장님과 시게코 씨 정도 아닐까요? 이나바 씨도 그렇게 세밀한 것까진 몰랐을 테고요."

"그것 말고도 범인은 일반적으로 알 수 없는 것까지 파악하고 있었습니다."

"그게 뭔데요?"

"관장의 의뢰를 받아 제가 한밤중에 미술관에 잠입하는 것요. 그러한 의뢰를 받을 때 관장실에는 아무도 없었어요."

"그렇다면……."

"관장실에 도청기가 있을 겁니다. 면밀히 조사하라고 대머리황새에게 전해주세요."

준코는 올라왔던 계단을 내려가 정면 현관을 지나 제1전시실로 향했다. 그러다 입구를 감시하는 카메라를 노려보며 잠시 생각에 잠겼다. 이 카메라만 속이면 계단을 지나 쉽게 2층으로 갈 수 있다.

불현듯 생각나는 게 있어 영상을 보며 적었던 메모를 다시 한 번 살펴보았다.

적혀 있지 않다. 조금 전에는 자신도 중요하게 여기지 않았다. 하지만 이나바는 분명히 그렇게 행동했다. 그 영상을 똑똑히 기억하고 있다.

"그런가? ……그랬던가?"

두 손을 뺨에 대고 무의식중에 중얼거렸다. 준코의 중얼거림이 케이에게도 들린 것 같았다.

"뭔가 알아냈어요?"

케이의 목소리에서 생기가 느껴지지 않았다. 딱히 기대감을 갖는 것 같지는 않다.

"네, 겨우요. 제1전시실 미로에 시선을 빼앗기기 쉬운데, 그 미로 자체가 거대한 레드 헤링(Red Herring. 주의를 다른 곳으로 돌리거나 혼란을 유도해 상대방을 속이는 것) 같아요."

"가짜 단서, 즉 속임수였다는 건가요?"

"네. 범인은 관장실로 가기 위해 제1전시실을 통과할 필요가 없었어요. 그냥 평범하게 복도를 지나간 거죠."

"그렇다면 CCTV에 찍혀야 하잖아요."

"네, 찍혔어요. 조금 전 확인한 영상에 범인, 즉 이나바 도오루가 제1전시실에서 나와 복도에서 왼쪽으로 간 장면이 있어요. 왼쪽에 위치한 화장실에 간 거라고 하더군요."

"계단이 왼쪽에 있나요?"

"아뇨. 오른쪽에 있어요."

"그러면 말이 안 되잖아요."

준코는 웃음을 터트리고 싶었다. 그렇게 큰소리치던 케이도 현장을 직접 못 보니 머리 회전이 잘 안 되는 것 같다. 지금까지 계속 무시당했는데 마침내 설욕할 기회가 찾아왔다.

"에노모토 씨도 잘 알 거예요. 요즘 CCTV에는 좌우반전 기능이라는 게 있죠."

최근 아파트 현관에 CCTV를 설치했을 때 관리인이 그렇게 말했다. 무엇 때문에 그런 기능을 만들었는지는 잘 모르지만.

"……일부 기종에 한정되었을 텐데요."

"하지만 이 카메라는 가능할 거예요."

"확인했나요?"

"당연히 있지 않을까요? 안 그러면 밀실 수수께끼가 풀리지 않아요."

준코는 강하게 주장했다.

"알겠어요. 좌우반전 기능이 있다고 칩시다. 그러면 어떻게 되죠?"

자신의 패배를 인정하기 싫은지 케이가 귀찮은 듯 말했다.

"그 장면만 좌우가 반전되어 있는 거죠. 이나바가 왼쪽으로 간 것 같지만, 실제로는 오른쪽으로 갔어요. 돌아올 때도 마찬가지고요. 왼쪽에 있는 화장실에 다녀온 것 같지만, 오른쪽 끝의 2층으로 이어지는 계단에서 내려온 거예요!"

케이는 잠시 침묵을 유지했다. 준코는 속으로 승리의 기분을 음미했다.

"원격조종으로 좌우반전 기능을 어떻게 작동시켰을지는 일단 제쳐두죠. CCTV가 설치된 복도는 완벽하게 좌우대칭인가요?"

"네. 거의 그래요."

사실 별로 자신이 없었다. 하지만 언뜻 봤을 때 그런 느낌이었다. 영상을 자세히 살펴보면 미세한 차이가 발견될지도 모르지만.

"이나바는 어디서 나타났나요?"

"CCTV의 정면인 제1전시실 입구에서요."

"영상 어딘가에 비상구 표시 같은 게 찍히지 않았나요?"

준코는 흠칫 놀랐다. 비상구 표시는 분명 본 적이 있다. 어쩌면 영상에도 찍혔을지 모른다. 하지만 그 정도는 어떻게 될 것이다.

"비상구 표시를 미리 바꿔서 붙여두면 되잖아요?"

"붙이는 건 그렇다고 쳐도 그걸 언제 제거했을까요? 그보다 알기 쉬운 건 문입니다."

케이는 나른한 목소리로 말했다.

"문요?"

준코는 케이가 무슨 말을 하는지 알 수 없었다.

"좌우를 반전시키면 거울나라처럼 문 열리는 방향이 반대가 되죠. 가령 닫혀 있더라도 손잡이 위치가 반대가 됩니다."

준코는 눈을 가늘게 뜬 채 CCTV에 찍히고 있는 복도를 쳐다보았다. 그리고 깊은 한숨을 쉬었다.

만약 영상의 좌우를 반전시켰다면 한눈에 알아볼 수 있었을 것이다.

"……나중에 영상을 다시 확인해 볼게요."

"그래요. 일단 그렇게 해주세요."

케이가 귀찮은 듯 말했다.

준코는 왼쪽으로 가서 남성용과 여성용 화장실을 들여다보았다. 물론 밖으로 나갈 수 있는 여지는 전혀 없었다.

포기하려는 마음이 들 때 머릿속에서 시게코의 말이 떠올랐다.

"좀 힘들긴 하지만 한 가지 방법이 더 있어요. 정원 옆의 외부 복도를 지나 비상구로 들어오면 안쪽 계단으로 갈 수 있어요. 하지만 외부 복도는 정원에 있는 CCTV에 찍히거든요."

2층으로 가기 위해 일단 밖으로 나간다는 건 모순일지도 모른다. 세 사람 중 누군가 밖으로 나갈 기회가 있었는지는 영상을 다시 살펴봐야 알 수 있지만 말이다.

준코는 정면 현관으로 나와 건물 주변을 빙 돌았다.

"지금 어디예요?"

케이가 의아해하는 목소리로 물었다.

"미술관 뒤쪽에 있는 외부 복도예요."

[미술관 뒤쪽 계단과 외부 복도]

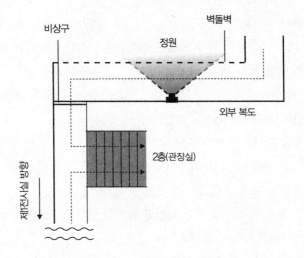

준코는 잔디 쪽으로 걸어가 외부 복도를 살펴보았다.

여기를 지나면 제1전시실을 지나지 않아도 뒤쪽 계단으로 갈 수 있다. 하지만 문제는 CCTV다.

이곳 카메라는 옥외 사양으로 정원 전체를 찍고 있다. 외부 복도의 영상 역시 조금 전 확인했다.

그런데……. 갑자기 떠오른 생각에 준코는 몸을 떨었다.

이 방법이라면 CCTV를 속일 수 있을지도 모른다. 아니, 속였다고밖에 생각하기 어렵다. 이나바 도오루는 트릭아트의 명수 아닌가?

"그래요! 역시 여기밖에 없어요!"

"뭔가 알아냈어요?"

케이가 한숨을 쉬며 물었다.

"네. CCTV에는 외부 복도의 중간부분이 찍혀 있었어요. 바닥과 벽돌로 된 벽요. 하지만 폭이 몇 미터에 불과한 이 구간만 잘 빠져나가면 관장실로 갈 수 있죠. 잠깐만 기다리세요. 지금 사진을 보낼게요."

메일로 사진을 보내자 케이가 즉시 대답했다.

"……지금 보고 있어요. 어떻게 하면 CCTV에 찍히지 않고 그곳을 지나갈 수 있죠?"

"보통 사람은 힘들겠죠. 하지만 범인이 시각효과를 잘 아는 미술가라면 방법이 있어요."

준코는 여운을 주기 위해 일부러 나지막하게 말했다. 하지만 케이가 얼마나 공감했는지는 알 수 없다.

"무슨 방법인가요?"

"눈속임 그림이에요! 왜 좀 더 일찍 생각나지 않았을까요? 곰곰이 생각해 보면 그거야말로 이나바 도오루의 주특기 아닌가요?"

"어떤 눈속임 그림을 사용했다는 거죠?"

"벽돌벽에 벽돌 그림을 그린 가리개를 비스듬하게 세운 거예요."

"아하, 하지만 CCTV 영상으로 알아차릴 수 있을 텐데요."

케이의 목소리는 마치 웃을 준비를 하고 있는 듯했다.

준코는 회심의 미소를 지었다. 그 질문을 기다리고 있었던 것이다.

"아마 이렇게 했을 거예요. 비스듬한 가리개가 평행으로 보이도록, 아래로 갈수록 벽돌을 작게 그려 원근법을 해결했겠죠. 색조를 바꾸면 각도 차이도 눈에 띄지 않을 거고요. 세워놓은 가리개 끝을 벽돌벽의 줄눈에 맞추면 이음매도 잘 안 보이지 않을까요?"

"아하, 그렇군요."

"완성된 작품을 실제로 세운 뒤, 모니터를 보면서 벽돌 크기나 색조를 조정했을 거예요."

"……프로 미술가가 그렇게까지 했다면 CCTV 영상으로 판별이 어려울지도 모르겠군요."

케이의 입에서 신음소리가 흘러나왔다. 해낸 것인가. 드디어 해냈다!

"벽돌벽과 세워놓은 가리개 사이의 삼각형 터널을 지나면 관장실로 갈 수 있잖아요. 돌아올 때도 마찬가지고요."

"밀실 풀이로는 거의 완벽하군요."

됐다! 준코는 무심결에 승리의 포즈를 취했다. 마침내 케이보다 먼저 정답에 도달했다.

돌이켜보면 참으로 기나긴 여정이었다. 시체가 되어 나뒹군 과거의 가설을 생각하면 눈시울이 뜨거워진다.

마치 역사 드라마에서 칼을 맞고 쓰러져간 엑스트라처럼 몇 초 만에 어이없이 쓰러진 수많은 아이디어들이여, 편히 잠들

거라. 산더미 같은 시체와 강물 같은 피를 뛰어넘어 드디어 영광을 차지했노라.

"……그러려면 상당히 큰 장치가 남게 되는데, 범인이 그걸 어떻게 처리했을까요?"

준코의 입에서 "으윽!" 하는 신음소리가 자신도 모르게 새어나왔다.

"나중에 처리할 걸 예상했을 테니 쉽게 분해되도록 만들지 않았을까요? ……에노모토 씨가 사용하는 약품 같은 걸로 순식간에 녹인다든지……."

그렇게 말하면서도 준코는 스스로 말이 안 된다고 생각했다.

"혹시 그랬다고 해도, 사건이 일어난 뒤 CCTV가 계속 작동했다면 그 모습이 영상으로 남았을 겁니다."

준코는 그 자리에서 무릎을 꿇고 쓰러질 뻔했다.

니코니코 동화(동영상 공유 서비스)처럼 뇌리에 수많은 orz(사람이 엎드려 좌절하는 모습을 나타내는 이모티콘 형식의 신조어)가 흘러갔다.

끝났다…….

"하지만 변호사님께서 도와주신 덕분에 많은 걸 알게 됐어요."

케이의 말투는 뜻밖에도 진지해다.

"정말요?"

준코는 반신반의하며 물었다.

"역시 범인은 제1전시실의 미로를 지나 2층으로 간 것 같습니다. 그것 말고는 가능성이 없으니까요."

"어떻게요?"

"실제로 검증해 보지 않으면 알 수 없어요. 제 눈으로 직접 보고 손으로 만져봐야죠. 다행히 아직 지명수배는 내려지지 않은 듯하니 모레 거기로 가보려고요."

"모레요? 내일이 아니라요?"

"내일은 가봐야 할 곳이 있어서요."

케이의 목소리에서 힌트를 발견한 듯한 느낌이 배어났다.

"알았어요. 그러면 저는 내일도 미로를 조사해 볼게요."

유예기간이 하루 더 있다면 케이보다 수수께끼를 먼저 풀게 될지도 모른다. 그러면 단숨에 오명을 벗을 수 있지 않을까?

"잘 부탁합니다."

평소와 달리 케이는 저자세로 나왔다.

"범인은 제1전시실 미로를 지나 관장실로 간 것 같습니다. 그렇다면 트릭의 핵심이 CCTV를 속이는 거겠죠. 그걸 잘 확인해 보십시오."

"CCTV를 속이는 게 가능할까요? 사람의 눈처럼 착각을 이용할 순 없잖아요. 영상은 확실히 찍혀 있고요."

준코는 계속 마음에 도사렸던 의문을 말했다.

"생물인 탓에 사람 눈에는 분명히 맹점이 있습니다. 하지만 CCTV에는 기계 고유의 약점이 있죠."

아! 혹시…….

"롯폰기센터 빌딩 사건 때 에노모토 씨가 말했던 거 말인가요? 몇 초에 1프레임씩밖에 녹화되지 않는다든지."

"타임랩스 비디오 말인가요? 아닙니다."

준코는 핵심을 찔렀다고 생각했다. 하지만 케이로부터 냉정한 대답이 돌아왔다.

"그건 CCTV 자체라기보다 녹화장치의 약점이죠. 최근에는 하드디스크가 많이 저렴해져, 영상을 잘게 잘라서 녹화할 필요가 없어요."

"그럼 기계 고유의 약점이란 게 대체 뭐죠?"

정말 그런 게 있다면 CCTV를 설치해도 안심할 수 없지 않은가? 준코는 거주 중인 아파트의 현관을 떠올렸다.

"약점이라면 몇 가지라도 들 수 있어요. 첫째, 예외는 있지만 각도가 고정되어 있다는 것. 둘째, 최근에는 좋아졌지만 해상도가 별로 좋지 않다는 것. 셋째, 전원이 끊기면 끝이고 강한 빛을 받으면 힐레이션(halation. 광선이 너무 세서 피사체의 주변이 뿌예지는 일)을 일으킨다는 것. 그리고 최대 약점은 단안(單眼)이라는 거죠."

"단안요?"

준코는 오딜롱 르동(Odilon Redon. 프랑스의 화가)의 〈키클롭스〉라는 그림을 떠올렸다. 그리스 신화에 등장하는 외눈박이 거인인데, 목가적이면서 어딘지 모르게 근원적인 공포를 자극했다.

"두 눈으로 보는 인간과 달리 CCTV 영상은 원근이나 깊이를 알 수 없어요."

"아아, 그러고 보니 그렇네요."

깊이와 관계가 있다면 조금 전 일소에 부친 눈속임 그림에 가까운 트릭일지도 모른다.

"하지만 약점을 어떻게 파고들었는지는 잘 모르겠군요. 관문은 세 가지입니다. CCTV에 찍히지 않고 미로로 들어가는 방법. 미로 중간에 있는 유리벽과 거울 사이의 공간을 빠져나가는 방법. 마지막으로 미로를 빠져나가는 방법."

그 가운데 어느 것도 짐작이 되지 않았다. 케이에게 일축당할 만한 가설조차 떠오르지 않았다. 또다시 뇌리에 수많은 orz가 떠다니는 것 같았다.

"일단 미로를 차분하게 관찰해 보세요. 이나바 도오루가 범인이라면, 자신을 투명인간으로 만들어주는 미로를 설계했을 거예요. 그렇다면 어딘가에 반드시 부자연스러운 점이 있을 겁니다."

"하지만 미로라는 게 원래 부자연스럽지 않나요?"

"문제는 어떤 의도로 부자연스럽게 만들어졌느냐는 겁니다. 엔터테인먼트 연출과 밀실트릭이 노리는 효과는 정반대니까요."

한쪽은 보여주고 한쪽은 은폐하는 것이므로 분명히 목적은 서로 반대다.

"이나바 씨는 예전에도 같은 주제로 미로를 만든 적이 있다고 하더군요. 나스에 있는 〈천사의 면류관〉이라는 미술관에서 전시했는데, 내일 거기 좀 다녀오려고요. 변호사님은 루이스 캐럴을 잘 아는 분에게 조언을 구하는 게 어떨까요?『거울나라의 앨리스』를 순수하게 표현할 때 필요 없거나 어울리지 않는 부분을 체크해 달라고 하세요."

준코는 케이의 말을 수첩에 꼼꼼히 적었다.

조금 전까지만 해도 자신감이 넘쳤는데 점점 자신에게 주어진 짐이 무겁게 느껴졌다.

돌이켜보니 케이처럼 수상쩍은 남자를 찾아간 이유는 롯폰기센터 빌딩에서 발생한 밀실 살인사건의 수수께끼를 풀기 위해서였다. 그런데 케이를 위해 밀실 수수께끼를 풀게 될 줄이야. 어쩐지 사기라도 당한 듯한 기분이 들었다.

5

"처음 뵙겠습니다. 저는 이런 사람입니다."

준코는 남자가 내민 명함을 살펴보았다. '라스대학 특임명예교수, 보로고브연구소 수석연구원, 일본 루이스캐럴학회 각별고문, 지샤네 고'라고 쓰여 있었다. 직함도 이해가 안 되지만 이름은 더 이상했다.

"아오토 준코라고 합니다. 여기까지 오시게 해서 죄송해요."

준코 역시 명함을 건네며 상대방을 관찰했다.

키가 작고 통통했지만 얼굴은 놀라울 만큼 컸다. 특히 볼이 불룩해 동그란 눈과 합쳐지면 「이웃집 토토로」의 고양이버스가 연상되었다. 코스프레라도 하듯 실크 모자를 쓰고 푸르푸앵(몸에 꽉 끼는 남성 재킷) 같은 기묘한 윗도리를 입고 있었다.

"지샤네 씨가 루이스 캐럴 연구의 일인자라고 들었어요."

그러자 그는 득의양양한 표정을 지으며 눈썹을 위아래로 꿈틀거렸다.

"일인자요? 그건 좀 과도한 수식어일 수 있겠네요. 어쩌면 그 말로는 부족할지도 모르겠고요."

"……저."

준코는 마음속으로 한숨을 쉬었다. 나는 왜 이런 기인이나 괴짜만 만나는 걸까? 최근 들어 케이가 평범하게 느껴지는 건 익숙해졌기 때문만은 아니리라.

"제가 잘 몰라서 그런데, 라스대학은 어디에 있나요?"

"rrrrr……! RATH입니다! R 발음이 중요하죠."

지샤네가 혀를 최대한 굴리며 말했다.

"르……라스인가요?"

"아뇨아뇨. 그게 아니라 RATH요! rrrrrrrrrrr……!"

지샤네는 얼굴이 새빨개질 때까지 계속 혀를 굴렸다. 프로펠러 같은 폭발음이 신세계 아트뮤지엄 로비에 울려퍼졌다. 경비원처럼 보이는 사내가 연신 이쪽을 힐끔거렸다. 이러면 곤란하다.

"저, 그건 이제 됐고요."

준코는 황급히 지샤네를 제지하며 말을 바꾸었다.

"그러면 보로고브연구소라는 건……?"

"BOROGOVE! BORrrrrr……."

지샤네가 다시 혀를 굴리기 시작하자 준코는 황급히 두 손을 흔들었다.

"알겠습니다. 아무튼 전화로도 말씀드렸듯이, 지금 이곳에서 이나바 도오루 씨가 『거울나라의 앨리스』를 모티브로 미로 작품을 만들고 있어요."

"아아, 이나바 도오루 씨요? 재능이 뛰어난 예술가죠. 저는 항상 이렇게 생각했습니다. 그는 후세에 기억될 만한 훌륭한 걸작을 남기든지, 아니면……."

그는 돌연 눈썹을 모으더니 어두운 표정으로 눈을 내리깔았다.

"아니면 뭔가요?"

준코는 마른침을 삼키며 물었다.

"후세에 기억될 만한 훌륭한 걸작을 하나도 남기지 않을지도 모릅니다."

그는 쓸쓸한 표정으로 고개를 흔들며 말을 이었다.

"옛날부터 그에게 친근감을 느꼈어요. 얼굴이 저랑 많이 닮은 것 같은데, 제 입으론 뭐라고 말할 수가 없군요. 어떻게 생각하시나요?"

"……글쎄요. 척추동물이라는 공통점은 있는 것 같아요."

코 양쪽에 눈이 있고 코 밑에 입이 있는 거라면 거의 똑같다고 할 수 있다.

"아오토 선생."

그때 대머리황새가 다가왔다. 그는 준코를 내려다보더니 수상쩍어하는 눈길로 지샤네를 보았다.

"도도?"

지샤네는 눈을 반짝이며 대머리황새를 올려다보았다. 『이상한 나라의 앨리스』에 나오는 도도새를 말하는 걸까? 아무런 선입견이 없더라도 대머리황새에게 새의 느낌을 받는지 모를 일이다.

"고노 씨, 이쪽은 루이스 캐럴 연구가인 지샤네 씨예요. 지샤네 씨, 이쪽은 경시청의 고노 경부보예요."

준코는 두 사람을 서로 소개했다. '지샤네'란 이름을 발음하기가 매우 힘들었다.

"선생, 지금 에노모토가 어떤 상황인지는 알고 있지? 이대로 있다간 틀림없이 범인으로 구속될 거라고."

대머리황새의 표정이 자못 심각했다. 지샤네 때문에 준코까지 장난을 치는 것으로 여기는 듯했다.

"네, 알고 있어요. ……그래서 미로를 검증하기 위해 지샤네 씨를 모신 거예요."

대머리황새가 힐끔 쳐다보자, 지샤네는 공룡을 올려다보는 어린아이처럼 눈을 반짝였다. 하지만 이내 얼굴을 찡그린 채 시선을 피했다.

"그렇다면 빨리 끝내줘. 당신들 편의 봐주는 걸 위쪽에 보고하지 않은 상태야. 알려지면 곤란하다고."

대머리황새는 그렇게 말하고 재빨리 그 자리를 떠났다.

"이쪽이에요."

준코는 앞장서며 지샤네를 안내했다.

"이나바 씨가 나스에 있는 〈천사의 면류관〉에서 똑같은 테마로 미로를 만들었다고 들었어요. 전화해 봤더니 지금은 철거했다더군요."

"그거라면 몇 번이나 봤습니다."

지샤네가 가슴을 펴고 자랑스럽게 덧붙였다.

"몇 번이라고 할까, 물론 몇 번이기는 하지만 몇 번씩이나 봤지요. 아니, 몇 번이기는 하지만 몇 번씩……이라고 할까?"

"완결성이라고 할까, 완성도는 어떠셨어요?"

지샤네의 말이 계속 이어질 듯한 불길한 예감에 준코는 재빨리 질문을 던졌다.

"바로 그겁니다! 완결돼 있었고, 완성돼 있었습니다!"

"제 말씀은 걸작이었는가 하는 거예요."

지금까지의 변호사 인생에서 이렇게 대화하기 힘든 상대는 처음이었다. 이 사람에 비하면 케이는 평범한 축에 속했다.

"걸작이요? ……아니, 그것과는 거리가 멀었어요."

지샤네는 화난 사람처럼 고개를 휙 돌렸다.

"그래요?"

어쩌면 이나바의 재능은 세상의 평가만큼 뛰어나지 못한 게 아닐까? 아니면 지샤네의 비평적인 시선이 너무 엄격한 걸까?

"그건 엄청난 걸작입니다! 한마디로 말해 걸작과도 거리가 멀죠!"

지샤네가 입에 거품을 물고 말했다. 표현이 뭔가 이상하지 않은가?

"어느 부분이요?"

"뭐니 뭐니 해도 입구! 더 훌륭한 것은 출구! 주목해야 할 곳은 그 사이입니다!"

그냥 간단히 전부라고 말하면 되잖아.

그때 스즈키 시게코가 나타났다.

"변호사님, 미로는 보셨어요?"

시게코는 지샤네를 보고 눈이 커졌다.

"아직 안 봤어요. 지금부터 보려고요. ……이쪽은 이 뮤지엄의 시게코 씨, 이쪽은 루이스 캐럴 연구가인 지샤네 씨예요. 지샤네 씨는 예전에 〈천사의 면류관〉에서 같은 테마의 미로를 보셨대요."

"어머나! 그 유명한 지샤네 선생님이세요? 소문은 익히 들었어요. ……체셔 고양이랄까, 그보다 모자가게 주인 같은 코스프레네요. 전시는 아직 미완성 상태지만 참고가 되시길 바랄게요."

이 기묘한 남자가 유명인이 맞긴 한 건가? 준코는 지샤네를 다시 보았다.

"……하지만 이나바 선생님은 여전히 출입 금지예요. 아직 마무리 작업이 남아 있는데, 이런 상태론 특별전에 맞출 수 있을지……."

시게코는 한숨을 쉬었다.

"특별전에는 맞출 수 있을지 모릅니다!"

지샤네가 자신만만하게 말했다.

"그러면 좋겠는데요. 그런데 왜 그렇게 생각하세요?"

시게코가 의아해하는 얼굴로 물었다.

"어쩌면 특별전에는 맞출 수 있게……."

"그럼 나중에 뵐게요!"

준코가 지샤네의 말을 황급히 가로막았다. 시게코는 귀신에 홀린 듯한 표정으로 고개를 갸웃거리며 그곳을 떠났다.

그런데 지샤네가 그녀의 뒤를 따라가려 했다.

"선생님, 어디 가시려고요?"

준코가 깜짝 놀라 지샤네의 팔을 잡았다.

"지금부터 아오토 변호사님과 거울나라의 미로를 보기로 했거든요."

지샤네는 뒤를 돌아보며 '누구세요?' 하는 표정으로 그렇게 말했다.

준코의 얼굴이 굳어졌다. 설마…….

"저 사람이 아오토 변호사라고요?"

준코가 시게코의 뒷모습을 가리키며 물었다.

"그래요."

지샤네는 고개를 끄덕이며 대답했다.

"저는 누구죠?"

"이곳에서 일하는 시게코 씨죠."

지샤네는 얼굴을 찡그리며 말했다.

지금 제정신이야? 준코는 마음속으로 화를 냈다. 시게코는 50대인 데다 외모도 그 나이로 보인다. 나이 차이는 둘째치고, '너무도 아름다운 변호사'로 『법조 저널』이나 『변호사 통신』에 실리기까지 한 자신과 비교하다니…….

　아니, 문제는 그게 아니다.

　"지샤네 씨, 혹시 사람 얼굴을 잘 기억 못하신다든지…….'

　준코가 조심스럽게 물었다. 예전에 그런 증상이 있는 사람에 관해 들은 적이 있다.

　"당치도 않습니다. 지금 무슨 말을 하는 건가요?"

　지샤네의 얼굴에 분노의 감정이 드러났다.

　"죄송합니다. 제가 무례한 말을 했네요."

　"잘 기억하지 못하는 정도가 아니라 사람 얼굴을 전혀 인식하지 못합니다."

　지샤네는 그렇게 말한 뒤, 자신의 농담이 마음에 들었는지 손뼉을 치며 웃었다. 웃을 일이 아닌 듯하지만.

　"이건 안면인식장애, 즉 Prosopagnosia예요. PROSOPAGNOSIA! Prrrrrrrrrr……!"

　지샤네는 다시 목소리를 높이며 혀를 굴리기 시작했다.

　"네네! 발음은 잘 알겠어요!"

　준코의 만류에 그는 혀 굴리는 것을 멈추었다.

　"저는 제가 안면인식장애란 걸 자랑스럽게 생각합니다. 루이스 캐럴도 안면인식장애가 있었다고 하더군요."

　"……그래요?"

준코는 한숨을 쉬었다. 이번 조사에 먹구름이 드리워졌다는 생각이 들었다.

"참고로 말씀드리면 제가 아오토 변호사거든요."

"혹시 그렇지 않을까 생각했습니다. 제가 감이 좋거든요."

지샤네는 또다시 득의양양한 표정을 지으며 눈썹을 위아래로 꿈틀거렸다.

"저 사람은 누군지 아세요?"

준코가 멀리 떨어져 있는 대머리황새를 가리켰다.

지샤네는 즉시 대답했다.

"도도새입니다."

"……저 사람에 대해 아시나요?"

"저렇게 덩치가 크고 입냄새가 지독한 새는 달리 없으니까요."

이 거리에서 입냄새를 맡을 수 있는지 없는지는 둘째치고, 사람 얼굴을 알아보지 못하는 것 외에 그의 인지능력은 정상 같았다.

미로 입구에 선 지샤네는 딱딱하게 굳은 표정으로 '험프티 덤프티의 얼굴'을 물끄러미 바라보았다.

"어떠신가요?"

잠시 기다린 후 준코가 조심스럽게 물었다.

"이건 도대체……?"

지샤네는 그렇게 중얼거리며 팔짱을 꼈다.

"뭔가 이상한 점이 있나요?"

준코가 그를 보며 물었다. 벌써 뭔가를 알아차린 걸까?

"이 하얗고 둥근 건 뭐지요?"

준코는 그 자리에 털썩 주저앉을 뻔했다. 〈더 카펫 크롤러스〉 때처럼 수많은 orz들이 눈앞을 가로질렀다. 다른 것은 몰라도 루이스 캐럴에 대한 지식만은 기대했는데…….

"험프티 덤프티의 얼굴이에요! 모르시겠어요?"

무심코 비난하는 말투가 되었다. 지샤네는 눈을 동그랗게 떴다.

"그렇군요! 아하하! 그렇다면 표면에 있는 모양 같은 게 얼굴이란 건가요?"

안면인식장애란 말은 거짓이 아닌 듯하다.

"음? 어떻게 된 거죠? 이 주변에 수많은 orz가 흐르고 있군요."

지샤네는 눈앞의 공간을 탐색하듯 쳐다보았다.

"네?"

준코의 가슴이 철렁 내려앉았다.

말도 안 돼! 그게 보일 리가…….

"험프티 덤프티의 얼굴은 모르지만, 험프티 덤프티도 작가인 루이스 캐럴처럼 안면인식장애라는 설이 유력하죠."

지샤네는 얼굴을 찡그린 채 뒤를 돌아보았다.

"……험프티 덤프티는 가공의 존재 아닌가요?"

"『거울나라의 앨리스』에서 험프티 덤프티와 앨리스가 헤어질 때 나눈 대화가 그걸 가리킵니다."

지샤네는 콧소리가 심한 네이티브 같은 발음으로 그 부분
을 암송했다.

"'I shouldn't know you again if we *did* meet,' Humpty
Dumpty replied in a discontented tone, giving her one of
his fingers to shake; 'you're so exactly like other people.'

'The face is what one goes by, generally,' Alice remarked
in a thoughtful tone.

'That's just what I complain of,' said Humpty Dumpty.
'Your face is the same as everybody has-the two eyes,
so-' (marking their places in the air with his thumb) 'nose in
the middle, mouth under. It's always the same. Now if
you had the two eyes on the same side of the nose, for
instance-or the mouth at the top-that would be *some*
help.'

'It wouldn't look nice,' Alice objected. But Humpty
Dumpty only shut his eyes and said, 'Wait till you've
tried.'"

"번역하면 이렇게 되나요? 험프티 덤프티는 말했다. '나는
사람 얼굴을 구별할 수 없어' 앨리스는 대답했다. '당신 얼굴
이 더 구별하기 힘들어요. 어디서 봐도 평범한 달걀이니까
요.'"

준코는 영어에는 자신이 없었다. 하지만 타고난 추리력과

뛰어난 감으로 번역을 시도했다.

"멋지게 틀렸습니다."

지샤네는 한쪽 눈썹을 꿈틀거리며 어이없다는 표정을 지었다.

"험프티 덤프티는 이렇게 말했습니다. '만약 다시 만나도 너를 알아보지 못할 거야. 너는 다른 사람들과 너무나 똑같으니까'. 앨리스는 사려 깊은 목소리로 대답했습니다. '보통은 얼굴로 구분하잖아요?' 험프티 덤프티가 대답했습니다. '문제는 그거야. 네 얼굴은 다른 사람과 그만큼 똑같아. 다들 눈이 두 개이고 한가운데에 코가 있으며 그 밑에 입이 있지. 만약 네 코의 한쪽에 눈이 두 개 붙어 있거나 입이 위쪽에 있다면 구별하는 데 조금은 도움이 되었을 텐데.'"

"안면인식장애가 있다면 평소 그런 식으로 느끼겠죠."

사람 얼굴을 구별하기 위해 매번 추리력과 감을 발휘해야 한다면 얼마나 힘들까?

"……그런데 험프티 덤프티가 왜 여기에 있어요?"

준코는 당황스러웠다. 그것은 내가 묻고 싶은 말이다.

"그 이유를 제게 물으시면……. 특별한 의미가 있는 것 아닌가요?"

그러자 지샤네는 단호하게 부정했다.

"이건 아무런 의미가 없어요. 『거울나라의 앨리스』에서는 벽난로 선반 위에 놓인 거울에 고양이를 비추는 사이 앨리스가 거울을 빠져나갑니다. 원제목의 앞부분에 있는 'Through the looking-glass'란 말 역시 '거울을 통해서'라는 뜻이죠. 때문에 〈천사의 면류관〉에 만든 미로 입구에는 입장객이 거울 안을 빠져나갈 수 있도록 되어 있어요. 거울이 은빛 안개처럼 녹아들어가는 시각적 효과는 원작 내용에 충실하면서도 창의성이 뛰어났습니다."

그의 논리적인 설명이 이어졌다.

"제가 '뭐니 뭐니 해도 입구!'라고 말한 건 그런 부분을 높이 평가했기 때문입니다. 그런데 여기에 험프티 덤프티가 있는 건 이상합니다. 아무런 필연성이 없어요. 원작에서 험프티 덤프티가 등장하는 건 6장으로 이야기 중반쯤이죠."

그렇다면 역시 밀실트릭을 위해 놓아둔 걸까?

지샤네가 험프티 덤프티 앞에 섰다. 얼굴이 크고 땅딸막한 그의 모습이 험프티 덤프티와 잘 어울렸다.

"아직은 질문이 나오지 않아요. 그 패널은 미닫이로 돼 있어서, 좌우 어느 쪽으로 움직이면 들어갈 수 있어요."

준코의 설명을 흘려듣던 지샤네는 험프티 덤프티의 얼굴을 힘껏 잡아당겼다.

"아! 억지로 잡아당기지 마세요! 패널을 좌우로 움직이면 되니까⋯⋯."

그때 '빠직!' 하고 뭔가 부서지는 소리가 났다. 동시에 지샤네는 엉덩방아를 찧었다. 그의 두 손에 험프티 덤프티의 얼굴이 들려 있었다.

"괜찮으세요?"

준코가 황급히 옆으로 다가갔다.

"제가 험프티 덤프티였다면 산산조각났겠죠."

그는 일어나면서 눈썹을 꿈틀거리며 천진난만하게 웃었다.

"저는 괜찮습니다. 험프티 덤프티도 보시다시피 무사……."

하지만 험프티 덤프티의 얼굴 끝에 커다란 금이 보였다. 패널에서 억지로 떼어낼 때 깨진 모양이다.

준코는 망연자실했다. 어떻게 이런 일이……. 마더 구스의 노래가 떠올랐다.

험프티 덤프티, 담 위에 앉아 있었네

험프티 덤프티, 쿵 떨어졌네

임금님의 모든 말들도, 임금님의 모든 신하들도

험프티 덤프티를 원래대로 해놓을 수 없었다네

이런! 지금 동화를 떠올릴 때가 아니다. 준코는 머리를 흔들고 현실로 돌아왔다.

완성되기 직전의 작품이 망가져버렸다. 지샤네를 직접 데려온 이상 책임을 피하기 어렵다. 당연히 배상 이야기가 나올 테고, 오브제 하나의 가격으론 끝나지 않으리라. 특별전을 개최하지 못하게 될 경우 손해배상액이 어마어마할 것이다.

안 돼, 안 돼! 이나바 도오루에게 사죄하고 어떻게든 수리해 사용하도록 부탁하는 수밖에 없다.

험프티 덤프티의 얼굴은 뒤쪽에서 패널 구멍에 단단히 끼워져 있었던 모양이다. FRP 소재로 만들어졌는지 단단하고 튼튼해 보였지만, 밤에 길거리에서 파는 가면처럼 얄팍하다는 느낌도 들었다. 뒤쪽은 앞쪽과 똑같은 흰색인데, 텅 비어서인지 갈라진 부분이 한층 도드라져 보였다.

준코는 한숨을 쉬었다.

"슬픈 일이 벌어졌네요. 이쪽에서 밀거나 뒤쪽에서 잡아당겼으면 쉽게 빼낼 수 있었을 텐데요."

지샤네가 남의 일처럼 태연하게 말했다. 이제 와서 그렇게 말하는 건 버스 지나간 뒤 손을 흔드는 격 아닌가? 준코는 화가 치밀었다.

잠깐만. 앞에서 세게 밀면 범인이 빠져나갈 수 있지 않았을까……?

아니다. CCTV가 험프티 덤프티의 얼굴 윗부분을 비추고 있으니 아랫부분을 밀면 각도가 달라진 게 드러날 것이다. 사람이 통과할 수 있을 정도인 30센티미터쯤 움직였으면 분명히 눈에 띄었으리라. 더구나 조심히 밀지 않으면 반대편으로 떨어질 테고.

그때 지샤네가 험프티 덤프티의 얼굴을 패널에 원래대로 고정시켰다. 또 이상한 소리가 났지만 신경쓰지 않았다. 끝이 깨졌기 때문인지 이번에는 쉽게 들어갔다. 갈라진 부분은 패널에 가려져 언뜻 봐서는 알 수 없었다.

준코는 숨을 들이마셨다. 설마 이대로 모르는 척하려는 건가?

"이제 안을 보죠."

그는 아무 일도 없었던 것처럼 패널을 왼쪽으로 움직였다. 그리고 오른쪽 통로를 통해 안으로 들어갔다.

준코도 말없이 그 뒤를 따랐다. 나중에 이나바 도오루에게 제대로 설명하고 사죄할 생각이었다.

······지금은 일단 다음 단계로 넘어가자.

지샤네는 미로를 걸으며 연신 고개를 갸웃거렸다.

"뭔가 이상한 게 있으신가요?"

준코가 묻자 그는 바닥을 가리켰다.

"어째서 여기까지 까맣게 한 거죠? 마치 갈까마귀나 타르 통 같군."

"바닥도 거울로 작업하고 싶었는데 여성 관객들 때문에 이렇게 했대요."

준코는 미레이에게 들은 대로 설명했다.

"거울이 아니라서 검게 한다고? 어째서 어찌하여 양자택일뿐?"

그는 묘한 트집을 잡았다.

"······글쎄요. 왜일까요?"

거울이 아닐 경우, 반대로 빛을 반사하지 않는 편이 좋기 때문 아닐까?

"지난번에 보았던 미로 바닥은 체크무늬 모양의 바닥이었죠. 『거울나라의 앨리스』에서······."

지샤네는 계속 7·5조로 말하고 싶은 듯했다. 하지만 더 이상 생각나지 않는지 포기했다.

"등장인물의 움직임은 체스에서 말의 움직임을 따라가고 있어요. 거울에 비쳐 바닥의 체크무늬가 끝없이 확대되어 보이므로, 이곳에 들어온 사람은 거대한 체스판 위에 서 있는 듯한 기분을 맛볼 수 있죠."

"새까만 바닥보다는 흑백의 체크무늬가 더 즐거울지도 모르겠네요."

"그것뿐만이 아닙니다. 체크무늬는 착시와 궁합이 좋아요. 예전에는 미로에서 프로젝터를 이용해 작고 하얀 점들을 움직이게 하거나 깜빡이게 함으로써 바닥이 부풀거나 비틀리는 것처럼 착각하게 만들었죠."

그렇게 매력적인 연출을 포기하면서 바닥을 새까맣게 바꾼 이유는 무엇일까?

준코의 머릿속에서 무언가가 번뜩였다.

그런가? 범인은 CCTV에 찍히지 않기 위해 바닥을 새까맣게 만든 게 틀림없다. 그렇다면 트릭은 저절로 분명해진다.

이 자리에 케이가 없는 것이 매우 유감스러웠다.

지샤네는 연신 고개를 갸웃거렸다. 그러다 고개가 끊어지지 않을까 걱정될 정도였다.

"……ㅇ ㅇ ㅇ ㅇ ㅇ ㅇ ㅇ."

지샤네는 두 팔을 앞뒤로 뻗는 기묘한 자세로, 최대한 고개를 비틀며 몸을 떨었다.

"지, 지샤네 씨. 괜찮으세요?"

"으으으……, 아아아아아……, rrrrrrr!"

"지, 지샤네 씨……?"

다음 순간, 지샤네의 목이 툭 떨어졌다.

준코는 공포심으로 기절할 것 같았다. 하지만 자세히 보자 실크 모자가 떨어진 것일 뿐이었다.

그는 다시 모자를 쓰면서 말했다.

"도저히 이해할 수가 없군요. 거울나라라면서 거울도 별로 없고……. 특히 아쉬운 건 거울의 문이 사라진 겁니다."

"거울의 문이요?"

"앞쪽의 세 갈래 길에는 반드시 거울의 문이 있습니다. 세 개의 문 가운데 하나만 올바른 길에 있죠. 자세히 보면 정답을 알 수 있는 구조입니다."

"어떤 식으로 정답을 알 수 있나요?"

"예를 들어, 세 개 중 하나만 좌우가 반전되지 않는다든지……."

"좌우 반전이 안 되는 거울도 있나요?"

그런 일은 있을 수 없지 않은가?

"의외로 흔해요. 거울 두 개를 직각으로 맞춰보면 '어라? 어떻게 이런 일이! 내가 오른손을 들었는데 거울 속에서도 오른손을 드네?'"

지샤네는 노래하듯 대답했다.

"다음은 조금 전의 험프티. 정답이 아닌 두 개의 문 모두, 거울에 비치는 내 얼굴이 이상하네? 두 눈이 코의 어느 한쪽에 있다든지, 입이 이마에서 웃고 있다든지."

어떤 식으로 만들면 그렇게 보일까?

"백미는 역시 출구의 앞쪽. 붉은 여왕을 안고 거울을 보면 어찌된 일일까? 거울 안에서 내가 안고 있는 건 검은 고양이가 아닌가."

그는 싫증이 났는지 다시 평범한 말투로 돌아왔다.

"이건 『거울나라의 앨리스』에서 앨리스가 현실세계로 돌아오는 장면을 충실히 재현한 겁니다. ……앨리스는 못된 장난을 친 붉은 여왕을 잡아서 '너 같은 건 흔들어서 새끼고양이로 만들어 주겠어!'라고 소리치는데, 붉은 여왕이 어느새 새끼고양이로 변하고, 정신이 들자 앨리스도 원래 있던 세계로 돌아오죠. 제가 아까 '더 훌륭한 건 출구!'라고 말한 이유는 그 독창적인 시각효과에 찬사를 보낸 거였습니다."

……거울 숫자를 대폭 줄인 건 CCTV에 쓸데없는 영상이 찍히지 않도록 하려는 의도 아닐까?

"그럼 이 미로의 완결성이랄까, 완성도는 별로인가요?"

"보시다시피 아직 완성되지 않았습니다. 미완성이죠."

"그게 아니라 걸작인지 아닌지 알고 싶어요."

조금 전에도 분명히 이런 대화를 나누었다.

"과연 이게 걸작인가? 그건 의견이 갈리겠죠. 작가의 천재적인 재능을 감안해 평가하자면……."

그는 한 박자 쉬더니 토해내듯 말했다.

"아무리 봐도 걸작과는 거리가 멉니다."

"만일을 위해 확인하자면 대걸작이라는 의미에서……?"

"단도직입적으로 말씀드리면 졸작, 범작, 우작, 쓰레기. 돈과 시간의 낭비."

지샤네 씨, 아무리 그래도 그건 너무 심하지 않아요? 준코는 미로를 둘러보았다.

이 모든 게 살인을 위한 트릭이라면 이나바 도오루는 악마에게 자신의 예술을 판 셈이다.

준코는 경비실에서 다시 녹화된 영상을 확인했다. 지샤네도 옆에서 같이 화면을 보았다. 이나바 도오루가 CCTV에 찍히지 않는 장치를 미로에 만들었으리라는 의심은 이미 확신으로 바뀌었다. 문제는 현재 그런 장치의 흔적조차 찾아볼 수 없다는 점이다.

지난번 영상을 봤을 때는 어떻게 장치를 만들고 어떻게 미로를 빠져나갔는지를 탐색하는 게 주요 목적이었다. 이번에는 그 장치를 어떻게 처리했는지도 확인해야 한다.

사건이 일어났던 날 밤, 지금 보는 영상이 끝나자마자 경찰이 도착해 현장을 봉쇄했다. 이나바와 제자들은 미로에 들어갈 수 없었으므로 뒤처리하는 모습이 CCTV에 분명 찍혔을 것이다.

"작업하는 모습을 보고 알아낸 게 있으신가요?"

준코가 지샤네에게 물었다.

"보로고브는 배고픕니다."

"네?"

"거울을 줄이는 건 커다란 약점. 그 커다란 약점을 연구로 보완. 노력했단 흔적은 눈에 보이나 예전의 미로보다 훨씬 못하다. 이제 와서 이런 건 의미가 없다."

제발 7·5조는 그만둬! 준코의 머릿속이 욱신거리기 시작했다.

"……아까 말씀드린 것처럼 범인은 이 미로를 지나 관장실로 간 것 같아요. 문제는 세 가지예요. CCTV에 찍히지 않고 어떻게 입구로 들어가 미로를 통과해 출구로 나왔느냐…….."

"그래요. 재미있군요. 그런데 두 가지는 확실합니다. 남은 수수께끼는 오직 하나. 어떻게 나왔느냐는 것뿐이죠."

지샤네가 치아를 드러내며 활짝 웃었다.

"네? 그게 무슨 뜻이죠?"

준코는 자신의 귀를 의심했다.

"범인은 포복 상태로 기어갔어요. 그러니 CCTV에 찍히지 않은 게 당연하죠."

준코는 마음속으로 발끈했다. 그 정도는 나도 생각했다고요. 그렇게까지 바보는 아니니까.

"기어가면 미로의 CCTV에는 분명 찍히지 않아요. 하지만 예외가……."

"예를 들면 여기 말인가요?"

지샤네가 화면을 가리켰다. 미로 도중에 있는 '그 부분'이 화면에 나타났다.

폭이 3미터쯤 되는 공간에 유리벽이 있었다. 벽 위로 안쪽을 향해 차양처럼 기울어진 트럼프 병사들이 늘어서고, 한가운데에는 거대한 재버워크 피규어가 떡하니 자리잡았다. 조끼와 타이츠를 입은 마른 드래건을 연상시키는 괴물이다. 갈고리발톱이 달린 기다란 발가락을 미로의 벽에 올린 채, 물고기 같은 머리, 메기 수염처럼 보이는 더듬이가 달린 머리를 치켜들고 있었다.

바닥과 가까운 공간은 CCTV에서 비껴나 기어서 지나가면 보이지 않을 것이다. 그런데 다른 부분과 반대편 벽의 모습이 달랐다. 한 면이 온통 거울로, 바닥이 그곳에 훤히 비친다. CCTV 영상으로도 확인이 끝났지만, 아무리 몸을 낮추어도 여기를 통과했다면 그 장면이 보일 것이다.

"여기는 지나가지 않을 수 없고, 지나가면 반드시 영상으로 남지 않나요?"

준코는 겨우 7·5조를 잊고 반문했다.

"그렇게 여기는 게 아마추어의, 아아! 지나치게 한심한 경박함이여!"

지샤네의 얼굴에 비아냥의 웃음이 가득했다.

"믿을 수가 있는 건 자신의 눈뿐? 자신을 믿는 것도 정도가 있지. 당신의 반짝이는 눈동자만큼 간단히 속는 것이 어디 있으랴. 지금 보고 있는 게 과연 무언지, 아름다운 두 눈을 부릅뜨고서, 다시 한 번 똑똑히 보시옵소서."

케이에게 매번 지적당하는 통에 나름 내성이 생겼다고 자신했다. 하지만 7·5조로 무시당하는 일은 생각했던 것보다 화를 더 돋우었다.

"저의 천진난만한 눈동자에는⋯⋯."

맙소사! 지샤네에게 넘어가 준코 자신도 7·5조로 말할 뻔했다. 그녀는 헛기침을 한 뒤 말했다.

"설명해 주시겠어요? 어떻게 하면 CCTV에 찍히지 않고 여기를 빠져나갈 수 있죠?"

"그 장면을 볼까요? 빨리감기를 해주시겠습니까?"

"그렇게 말씀하셔도 범인이 찍히지 않았으니 어딘지 모르잖아요?"

준코는 노골적으로 항의했다. 눈에 보이지 않는 범인이 가로지르는 장면을 보여 달라는 건 잇큐 스님(15세기 일본의 선승)이 병풍에서 호랑이를 쫓아내라고 한 것과 같지 않은가?

"범인이 찍히지 않아도 압니다. 이 재버워크가 그 표시죠."

"이게 왜요?"

"화려하게 움직이는 장면을 찾으면 됩니다."

지샤네는 자신만만하게 말했다. 움직인다고? 준코는 반신반의하며 영상을 빨리 돌렸다.

있다! 그 장면을 발견한 순간, 준코는 자기도 모르게 망연자실했다. 사람들이 찍히지 않아 지난번 확인할 때 그냥 지나쳤을 것이다. 분명히 재버워크가 몸 전체를 흔들며 갈고리발톱을 움직이고 입을 벌리곤 했다.

"이게 움직일 줄은 어떻게 아셨어요?"

"예전의 미로와 똑같았으니까요. 이나바 씨가 그대로 사용했겠죠."

지샤네는 새하얀 치아를 드러내며 웃었다.

"그럼 범인이 지나갈 때 움직인다는 건 어떻게 아셨나요?"

"그런 편이 시각적 효과가 커서 불가능하다는 느낌을 주기 때문이죠."

지샤네는 이나바가 사용했을 법한 트릭을 설명해 주었다. 준코는 그 이야기를 아연한 얼굴로 들을 수밖에 없었다. 현대 기술이 이렇게까지 발전하다니. 그런 일이 가능하리라곤 상상도 하지 못했다.

"트럼프 병사들이 늘어선 벽, 부자연스럽다고 생각하지 않았어요?"

지샤네의 질문에 준코는 순간적으로 당황했다.

"부자연스러운가요?"

애초 자연스러운 건 아무것도 없지만.

"트럼프들이 등장하는 건 『이상한 나라의 앨리스』입니다. 『거울나라의 앨리스』라면 체스의 말을 세워야겠죠."

"그럼 왜 여기에 트럼프 병사를 세워놓은 거죠?"

준코가 화면을 가리키며 물었다. 그러자 지샤네가 설명했다.

"유리벽 위쪽에서 빛이 새어나오면 들키기 때문이죠. 여기라면 몸을 낮추지 않고 손을 크게 흔들며 지나갈 수 있습니다."

어떻게 이런 일이. 준코는 감탄사가 절로 나왔다. 루이스 캐럴에 관해서라면 이 기묘한 남자가 케이보다 뛰어난 명탐정일지 모른다.

"……한 가지 더요. 범인, 즉 이나바 도오루 씨가 어떻게 미로로 들어갔을까요?"

그러자 지샤네는 고개를 갸웃거리며 대답했다.

"어떻게요? 이상할 건 아무것도 없습니다. 그냥 평범하게 기어서 들어갔죠."

"하지만 입구에 있던 험프티 덤프티의 얼굴 때문에 빠져나가기가 어렵지 않았을까요?"

"지금은 그렇지만, 당시의 영상은 다릅니다."

지샤네의 대답에 준코는 말을 잇기가 어려웠다.

"말도 안 돼. ……아무리 봐도."

"아무리 봐도? 선입견에 사로잡힌 뇌가 할 수 있는 건 한 가지 생각밖에 없어요."

지샤네는 준코를 보며 오만한 얼굴로 선언했다.

"내가 지금 보는 건 있는 그대로, 날 속일 수 없다는 생각뿐이죠."

6

준코는 미로로 들어가 출구까지의 과정을 더듬어보았다. 미레이가 말했던 대로였다. 처음에는 헤맬지 모르지만, 순서를 알고 있으면 30초도 걸리지 않는다.

도중에 몇 군데에서 몸을 낮추자 미로의 벽에 가려져 2대의 CCTV를 피할 수 있었다. 어제 들은 지샤네의 의견이 맞다면 CCTV에 찍히지 않고 미로로 들어갈 수 있다. 지샤네의 말대로라면 미로의 가운뎃부분도 문제없다.

남은 문제는 어떻게 나갔느냐다.

준코는 출구의 몇 미터 앞에서 걸음을 멈추었다.

결승점까지 이어진 최후의 직선 코스는 칸막이가 투명하고 희미한 붉은색이지만 CCTV에 완전히 노출된다.

여기를 어떻게 빠져나갔을까?

준코는 반대편 거울벽을 쳐다보았다. 역시 붉은색이 희미하게 들어 있지만 자신의 모습이 선명하게 비친다. 망연히 서 있는 모습은 조사 중인 미모의 변호사가 아니라, 몰래 주머니에 물건을 넣다 CCTV에 찍힌 좀도둑 같았다.

그때 뒤쪽에서 웃음소리 같기도 한 음침한 숨소리가 느껴졌다. 재빨리 돌아보자 케이가 부자연스럽게 시선을 피하며 미로의 벽을 조사하는 척했다.

"범인이 미로에서 어떻게 빠져나갔는지 알고 있죠?"

어제 다녀온 나스의 미술관에서 상당한 수확이 있었던 것 같다.

"아뇨. 생각보다 어려운 문제라서요. 문제는 출구 앞의 투명한 벽입니다. 여기를 지나며 CCTV에 찍히지 않을 수 있는 방법은……."

케이는 얼굴을 찡그리며 고개를 흔들었다.

어쩌면 좋은 기회일지도 모른다. 준코는 마음 깊은 곳에서 부글부글 끓어오르는 투지를 느꼈다. 케이보다 트릭을 먼저 밝혀낸다면 다시는 무시당하지 않을 것이다.

준코는 검은색 패널이 깔린 바닥을 노려보았다.

이 위를 범인이 지나갔다. 그럼에도 CCTV에 찍히지 않았다. 그렇다면…….

그때 문득 생각이 났다. 왜 지금까지 알아차리지 못했을까?

"알았다!"

"뭐를 말입니까?"

케이는 별로 기대하지 않는 듯한 얼굴로 물었다.

"……카멜레온이에요! 이 상황에서 CCTV를 속이는 방법은 그것 말고 없잖아요."

"무슨 말인지 대강 짐작은 가지만, 만일을 위해 설명을 부탁드려요."

그는 선하품을 집어삼키면서 말했다. 하지만 그것은 오기로밖에 보이지 않았다. 준코는 재빨리 바닥을 가리켰다.

"범인은 새카만 옷을 입고 검은색 바닥을 포복 자세로 지나갔어요."

드디어 알아냈다. 틀림없다. 정답은 이것이다. 이나바 도오루가 검은 옷을 입고 있지 않았는가?

"검은 옷을 입고 검은 바닥을 기어가면, 카멜레온처럼 보호색이 되어 눈에 띄지 않는단 말인가요?"

136

"네. CCTV 해상도가 옛날보다 좋아졌다곤 하지만, 그래봤자예요. 범행 당시 어두컴컴했고, 제가 본 영상도 꽤 흐리멍덩했으니까요."

그러자 케이는 땅이 꺼져라 한숨을 내쉬었다.

"겨우 그 정도로 CCTV에 찍히지 않는다면 얼마나 편할까요?"

"편해요? 그게 무슨 말이에요? 에노모토 씨 본업과 관계가 있나요?"

준코는 차가운 눈길로 눈앞의 도둑을 쳐다보았다.

"아무것도 아닙니다."

케이가 헛기침을 하며 말을 이었다.

"실험해 보면 금방 알 수 있지만, 빛을 조금도 반사하지 않는 완벽한 검은색은 존재하지 않아요. 탄소 나노튜브로 만든 반타블랙(Vantablack)이라면 빛의 반사율이 0.04퍼센트밖에 되지 않으니 CCTV 영상에서 캄캄하게 보이겠죠. 따라서 완전한 보호색을 얻으려면 옷과 바닥 모두를 반타블랙으로 만들어야 해요. 어떤 검은색 옷이라도 이 바닥의 명도와는 다르고, 바닥에서 튀어나온 물체에는 여러 각도에서 비쳐진 빛이 구부러지기 때문에 붕 뜬 것처럼 보입니다. 그러니 아무리 해상도가 낮은 CCTV라도 최소한 뭔가가 움직인다는 것쯤은 알 수 있죠."

뭐야? 준코는 맥이 빠졌다.

그게 정말인가? 실험도 하지 않고 이렇게 간단히 부정하다니.

　CCTV B에 담긴 영상에서 바닥 부분이 새카맣게 보였다. 따라서 보호색 트릭을 사용했으리라 생각했는데.

　……잠깐만. 상황은 더 단순하지 않을까?

　"알았다!"

　준코는 다시 소리쳤다. 하지만 케이는 반응을 보이지 않았다. 다시 "알았다!"고 말하며 얼굴을 쳐다보자, 그는 고개를 돌리며 마지못해 대꾸했다.

　"이번엔 또 어떤 얼……, 가설인가요?"

　"'얼'이라뇨?"

　준코는 케이를 노려보았다.

　"얼……, 얼빠진……이 아니라 이번에는 얼마나 재치 있는 가설인가 해서요."

　지금 깨달은 건 아니지만 이 도둑은 손버릇뿐만 아니라 성격도 나쁘다. 이번에 꼭 맞혀 '황당한 추리'라는 말은 입에도 못 올리게 만들겠다.

　"사망 추정시각 다섯 시간 전에 제1전시실 전기차단기가 내려갔잖아요?"

　"그렇죠."

　케이의 얼굴이 조금은 진지해졌다.

　"어시스턴트로 일하고 있는 야마모토 씨가 기계실로 가서 차단기를 올릴 때까지 약 2분간 영상이 끊겼죠. ……예를 들어, 이나바 씨가 제1전시실에 있으면서 차단기를 내리는 게 가능할까요?"

"그건 간단해요. 콘센트를 조작해 쇼트시키면 되니까요."

"그렇다면 범인이 그런 식으로 2분간 공백을 만들고 그 사이에 일을 꾸민 거예요."

"어떻게요?"

케이가 몸을 앞으로 내밀었다.

"범인은 투명한 유리 칸막이에 검은 종이와 천을 붙였어요. 유리에 비치는 바닥의 라인에 맞춰서요."

신랄한 비난을 예상했지만 케이는 의외로 고개를 끄덕였다.

"보이면 곤란한 부분을 새카맣게 칠해 아무것도 없는 것처럼 보여주는 일은 마술에서 자주 사용되는 기법이죠. 이번 사건에서 범인의 발상은 분명히 마술사에 가까운 것 같아요."

"네. 종이를 붙이는 건 2분으로 충분하잖아요?"

예상치 못한 긍정적인 반응에 준코의 목소리가 커졌다.

"그렇죠……. CCTV의 각도를 생각하면 최소한 5미터의 검은색 종이가 필요하지만, 불가능한 건 아닙니다."

됐다! 이번에야말로 빙고다.

"그런데 벽에 눈속임 그림을 설치했을 거라는 가설과 마찬가지로, 그것을 떼어내고 처분할 시간이 없어요."

실망감이 성난 파도처럼 준코를 습격했다. 역시 그런가?

"작업이 끝나고 어두워지면서 CCTV에 찍히지 않는 순간이 아주 잠깐 있었는데요……."

"한순간 가지고는 안 됩니다. 설령 떼어냈다고 해도 5미터

나 되는 종이를 두 명의 어시스턴트 몰래 처분하기란 불가능해요."

"마술사들이 흔히 사용하는, 순식간에 불타는 종이도 있잖아요."

케이는 이번에야말로 입이 찢어져라 하품을 했다.

"아무리 그래도 5미터짜리 종이를 한순간에 불태울 수 있겠어요? 더구나 유리 칸막이만 덮는 것으론 해결이 안 돼요. 범인 모습이 뒤쪽 거울에도 비칠 테니까요. 제1전시실 유리창에도 그렇고요."

뭐야! 역시 그런가? 항상 결과는 똑같다.

준코는 다시 주눅이 들었다. 아무리 열심히 생각해도 정답에 도착한 적이 없다. 나는 영원히 '황당한 추리'만 내놓아 계속 무시당할 운명이란 말인가?

케이는 투명한 칸막이에 다가가 표면을 어루만지는가 싶더니, 조금 뒤로 물러나 CCTV B를 쳐다보았다. 팔짱을 낀 채 생각에 잠겼으나 뾰족한 해결책은 떠오르지 않는 듯했다. 그는 난감하다는 듯 오른손으로 머리를 긁적이더니 왼손을 허리에 댔다.

그 모습이 등 뒤의 거울에 선명하게 나타났다. 하릴없이 바라보던 준코는 묘한 위화감을 느꼈다.

케이는 그 자리에서 두세 걸음 걸어갔다.

"잠깐만요! 거기서 움직이지 말아요!"

준코가 날카롭게 소리치자 케이는 나른한 시선으로 이쪽

을 보았다.

"왜 그러죠?"

"잠깐만 그대로 있어 보세요."

준코는 거울에 비친 케이의 모습을 똑바로 쳐다보았다. 도대체 어디가 이상한 걸까?

정답을 즉시 알아챘다.

"에노모토 씨, 시계요."

"네?"

"거울에 비친 문자반이 좀 이상해요."

뒤를 돌아 자신의 모습을 본 케이가 흠칫 놀랐다.

"이건……."

왼쪽 손목에 차고 있던 지쇼크의 문자반이 까맣게 보였던 것이다. 그는 황급히 지쇼크를 확인했다.

"이상이 없는데……."

지쇼크를 다시 거울에 비춰보았다. 팔의 각도를 서서히 바꾸는 사이 문자반은 다시 새까맣게 변했다.

"그래! 범인이 광학적 트릭을 사용한 게 아닐까 싶었는데, 실제로 그랬군."

케이는 끓어오르는 감정을 가까스로 참는 듯 고개를 흔들었다.

"왜 이렇게 보이죠?"

준코는 마치 마술을 보는 듯했다. 케이가 팔을 움직일 때마다 거울에 비친 문자반이 까매지거나 원래대로 돌아오거나 했다.

"이게 바로 범인을 미로에서 탈출시킨 트릭입니다."

케이가 히쭉 웃으면서 말했다.

"틀렸어…….."

이나바 도오루는 크로키용 흑연심 홀더를 내던졌다.

얼마 전까지만 해도 스케치북을 펼치자마자 새로운 아이디어가 샘처럼 솟구쳤다. 하지만 지금은 아무것도 나오지 않는다. 작은 아이디어 한 조각도.

내 창의력은 완전히 말라버린 걸까?

그는 텀블러를 들고 아틀리에 구석의 냉장고로 다가가 얼음을 몇 개 넣었다. 그런 다음 싱글몰트 위스키를 듬뿍 따랐다. 하지만 그 위스키가 관장 히라마쓰에게 받은 거라는 사실이 불현듯 떠올랐다.

"빌어먹을!"

이나바 도오루는 텀블러를 벽으로 힘껏 내던졌다. 새하얀 벽에 호박색 얼룩이 번지고 진한 향기가 주변으로 피어올랐다.

"죽어서까지 저주하는 거야? 도대체 나한테 왜 이래?"

그는 이를 악다물고 중얼거렸다.

"아니, 그게 아냐……. 내가 대체 무슨 짓을 저지른 거지?"

그때 이나바 도오루의 머리에 히라마쓰의 입가에 맴돌던 미소가 문득 떠올랐다.

"오오! 이나바 선생, 무슨 일로 오셨죠?"

히라마쓰는 입을 크게 벌리고 라미네이트한 새하얀 치아를 보이며 미소 지었다. 마치 탈춤을 출 때 사용하는 사자탈의 이빨 같았다.

"선생 작품이 대단한 평가를 받고 있습니다. 경매 때마다 고가를 경신하고, 미술연감에서도 톱클래스를 차지하는 중이죠. 현역 작가 중 이런 수준에 오른 사람은 아무도 없습니다. 덕분에 일찍부터 선생에게 주목한 나까지 콧대가 높아졌어요."

"헐값으로 모조리 사들인 것들이라 웃음이 절로 나시겠습니다."

이나바의 비아냥에 히라마쓰는 "어허!" 하며 부채로 자기 머리를 두들겼다. 옛날 할아버지들이 하던 리액션이었다.

"지금 당장 선생에게 돌려드릴 수 없는 건 너그럽게 용서해주세요. 판매나 홍보에 비용이 많이 드는 게 사실이니까요. 하지만 선생의 작품값을 이렇게까지 끌어올려줬으니, 그건 내게 고마워해도 되지 않을까요? 앞으로 내……, 우리 미술관이 얻은 사소한 이익의 수십 배는 벌어들일 테니까요."

이나바는 커다란 책상으로 다가가 히라마쓰를 내려다보았다.

키 작은 남자의 콤플렉스인지 올려다보는 상황을 좋아하지 않는 히라마쓰는 "흠!" 하고 콧김을 내뿜더니 몸을 뒤로 젖혔다. 그러고는 카펫을 발로 차고 바퀴 달린 의자를 뒤로 움직이며 이나바를 올려다보았다.

"전속계약에 묶여 앞으로 10년간 당신에게 이익을 갖다 바쳐야 하죠."

히라마쓰는 표정이 굳어지려는 걸 가까스로 참으며 미소 지었다.

"진정하세요. 선생은 아직 젊어요. 10년은 눈 깜짝할 사이 죠. 그런 다음에는 누구나 부러워할 만한 생활이 기다리고 있 습니다. 항간에서 흔히 말하는 벼락부자들과는 달라요. 부와 명성을 마음껏 손에 넣을 수 있는 진정한 셀러브리티 생활 이……. 아니, 잠깐만요."

히라마쓰는 반론을 제기하려는 이나바를 손으로 제지했다.

"물론 작품의 거래 가격과 선생에게 지급되는 보수가 많이 달라 속상한 마음은 이해합니다. 하지만 조금 전에도 말한 것 처럼 선생 작품을 세상에 내놓고, 이렇게까지 높은 평가를 받 게 된 데는 내 공이 컸다는 걸 알잖아요? ……아니, 조금만 더 들어보세요."

히라마쓰는 의자에서 일어나 등을 쭉 펴고 관장실 내부를 성큼성큼 걸었다. 굽이 높은 신발을 신어도 160센티가 될동말 동하지만, 특유의 존재감 덕분에 실제보다 커보였다. 그는 관 장실 구석에 있는 선반에서 싱글몰트 위스키를 꺼내 텀블러 에 따랐다. 한잔 마시겠냐는 식으로 이나바를 향해 텀블러를 들어올렸다. 하지만 이나바는 고개를 흔들었다.

"선생에게 드리는 보수 말인데요. 좀 더 검토해야 하지 않 을까? 주변에서 그런 목소리가 커지고 있는 것도 사실입니다. 뭐니 뭐니 해도 현대미술의 촉망받는 작가 중 한 사람이니까요. 그에 걸맞게 살아야 체면이 서겠죠. 그래서 말인데요. 아직 정해지진 않았지만 퍼센티지를 크게 올리는 방향으로 생각 중입니다. 뭐 기대하셔도 좋을 겁니다."

이것으로 이야기가 끝났다는 듯 그는 기분 좋은 얼굴로 위스키를 한 모금 마셨다.

"제가 납득할 수 없는 건 보수가 아닙니다!"

이나바의 말에 히라마쓰는 깜짝 놀란 표정을 지었다.

"네? 보수가 아니라고요?"

"네. 물론 관장님을 은인으로 생각합니다. 미대를 나오긴 했지만 아무런 실적도 없고 무명에 가까웠던 제게 제작비용을 지원해 주시고, 살 곳과 먹을 걸 제공해 주신 은혜는 평생 잊지 못할 겁니다. 그 후에도 제 작품을 늘 칭찬해 주시고, 적극적으로 외국에 팔아주셨죠. 현재의 제가 있는 건 모두 관장님 덕분이라고 생각합니다. 그런 의미에서 보수에 대해 불평할 수는 없죠."

히라마쓰는 고개를 끄덕이며 흡족한 표정을 지었다.

"선생이 그렇게 말해 주시니 지금까지의 고생이 전부 사라지는 것 같군요. ……하지만 선생에 대한 보수는 재산정하겠습니다. 그렇게 하지 않으면 계속 찜찜할 테니까요."

"내가 납득할 수 없는 건 당신의 연금술이야!"

다음 순간, 히라마쓰의 얼굴에서 웃음기가 사라졌다.

"……물론 소더비 경매장에는 미리 손을 써놨습니다. 하지만 선생 작품에 힘이 없으면 아무리 공작을 해도 그렇게 높은 금액이 따라붙을 수 없어요. 최종 낙찰자는 나도 모르는 사람이에요. 느닷없이 입찰가가 300만 달러까지 뛰었을 때 제일 놀란 사람은 바로 나였습니다."

히라마쓰는 위스키를 입에 머금은 채 그때 일을 떠올리는 듯했다.

"이렇게 생각할 수 없을까요? 그때까지 알려지지 않아 부당하게 싼값에 거래되었던 작품을 정당하게 평가받기 위한 행위였다고. 내가 한 일은 불법이 아니라 미술계의 흔한 관행이죠."

"그게 아닙니다. 내가 연금술이라고 표현한 건, 그런 식으로 비싸게 팔린 내 작품을 이용한 당신의 더러운 장사를 가리키는 겁니다!"

이나바는 히라마쓰에게 바짝 다가갔다. 히라마쓰는 입에 머금었던 위스키가 갑자기 쓰디쓴 약쑥으로 변한 듯한 표정을 지었다.

"……무슨 말입니까?"

"이것저것 전부 다요. 비자금에 탈세, 심지어 불법 정치헌금까지. 작품에 그만한 가치가 있다는 보증만 있으면 매매를 가장해 더러운 돈을 세탁할 수 있죠."

당시 히라마쓰가 지었던 표정을 이나바는 지금도 선명하게 기억한다. 그것은 부당한 트집이라는 분노도, 정곡을 찔렸다는 경악도 아니었다. 이 젊은 놈이 어디까지 알고 있을까 하는, 바닥을 알 수 없는 의심 가득한 표정이었다.

"이거 단단히 오해한 모양이군요."

히라마쓰는 텀블러를 손에 든 채 이나바를 피해 다시 책상으로 돌아갔다. 생각을 정리하는 듯한 발걸음이었다. 잔뜩 힘이 들어간 어깨는 마음속 긴장감을 보여주는 듯했다.

"그런 이야기를 대체 누구에게 들었나요? 물론 선생 작품을 자주 거래하는 건 사실이지만, 그건 실적을 만들기 위해서예요. ……마음에 걸리는 거래가 있다면 구체적으로 말해주겠소?"

책상에 앉은 히라마쓰는 다시 침착함을 되찾았다.

"최근의 모든 거래입니다."

구체적으로 말할 수는 없었다. 작품 이름까지 대면 도청기의 존재를 들킬지도 모른다.

"전부라고 하는 건 좀……. 내가 어떻게 하면 이해하시겠소? 필요하다면 장부를 보여드릴 수도 있어요."

확증은 잡지 못했다고 판단했는지 히라마쓰의 목소리에 여유가 느껴졌다.

"관장님의 경영 수완이 뛰어나다는 건 저도 인정합니다. 이 미술관도 관장님께서 취임한 뒤 누적되었던 적자가 한꺼번에 해결된 것 같더군요."

"예술이 오래 살아남으려면 물 쓰듯 돈을 쓰는 후원자나 조금은 현실을 볼 수 있는 경영자가 필요하죠. '눈을 뜨고 꿈을 보는' 사람 말입니다."

히라마쓰는 보는 이의 속이 메슥거릴 만큼 만족스런 표정

을 지었다. 어떤 경우라도 스스로를 정당화할 수 있는 능력이
부러울 정도였다.

"이제 됐나요?"

이나바는 죽을힘을 다해 자신을 억누르며 말했다.

"당신은 내 작품으로 돈을 벌 만큼 벌었지. 하지만 더는 참
을 수 없어!"

그러자 히라마쓰가 비아냥거리며 말했다.

"아뇨. 앞으로도 계속 참아야 할 겁니다. 어린아이처럼 행
동하면 곤란하죠."

"당신의 범죄행위를 고발할 생각은 없어요. 다만 저를 자유
롭게 놔달라고 부탁하는 것뿐입니다."

이나바의 말에 히라마쓰가 웃음을 터트렸다.

"지금 협박하는 건가요? 나를 고발한다고? 흥! 세상이라곤
모르는 예술가 선생이 그렇게 할 수 있을까요?"

"할 수 있습니다. 이미 결심했으니까요!"

"꼭 그렇게 하겠다면 말리진 않겠어요. 하지만 결과는 안 봐
도 뻔합니다. 증거 불충분으로 아마도 내가 기소되는 일은 없
을 거예요."

"하지만 당신이 저지른 악행은 세상에 알려지겠죠."

하지만 히라마쓰는 동요하지 않았다.

"그래요. 어차피 사방에서 비난이 쏟아지겠죠. 그런 건 문
제가 되지 않습니다. 이래봬도 얼굴이 꽤 두껍거든요. ……그
런데 예술가 선생은 어떨까요? 세상 사람들은 경매에서 작품

가격을 끌어올리는 일에 선생도 관여했다고 생각하지 않을까요? 이거 안타까워서 어쩌나? 훌륭한 예술은 똥칠을 당하고, 명예는 영원히 회복되지 않겠죠. 예술가 선생, 그렇게 되어도 괜찮은가요?"

산전수전 다 겪은 남자를 상대하는 일은 처음부터 승산이 없었다.

이나바는 암울한 심정에 사로잡혔다. 그래서 죽이는 수밖에 없었다. 관장의 범죄행위에 가담하려 했던 에노모토 케이를 범인으로 만들어서. 어차피 히라마쓰가 그자를 함정에 빠뜨리려 했으므로 절도에서 살인으로 누명의 죄목이 바뀌는 것뿐이다.

이나바는 아틀리에 안을 빙빙 돌아다녔다. 히라마쓰를 살해한 일은 털끝만큼도 후회되지 않는다. 그놈은 예술 세계에 둥지를 튼 독벌레이다. 누군가 제거하지 않으면 안 되었다.

그런데 그 대가로……

이나바는 미완성 오브제 앞에 섰다. 자신의 손에 피를 묻힌 순간부터 창조의 기쁨과 영감이 어딘가로 사라졌다. 뮤즈는 두 번 다시 미소를 지어주지 않을지도 모른다.

"빌어먹을!"

이나바는 크로스보(격발식 활)를 꺼냈다. 작품에 참고하기 위해 구입했으나 이제는 쓸모없는 물건에 불과했다. 어차피 이 작품을 완성할 수 없다면 내 손으로 매장시켜 주겠다.

그는 크로스보에 강철 화살을 끼우고 오브제를 향해 쏘았다. 연약한 재질의 오브제는 산산조각나며 사방으로 흩어졌다. 히라마쓰를 살해했을 때 조금도 느껴지지 않던 고통이 가슴으로 파고들었다.

그때 아틀리에의 문이 열리고 미레이가 들어왔다.

"선생님! 어떻게 된 거예요?"

그녀는 무참하게 깨진 오브제를 보고 걸음을 멈추었다. 마트용 비닐봉투가 손에서 떨어졌다.

"아무것도 아니야. ……이건 실패작일 뿐이야."

"하지만……."

"오늘은 됐어. 혼자 있게 해주겠나?"

미레이는 쓸쓸한 표정으로 우두커니 서 있다가 "알겠습니다"라고 말했다. 그런 다음 아틀리에를 떠났다.

이나바는 천장을 올려다보았다. 정말로 이제 끝일까?

그때 휴대폰이 울렸다.

액정 화면에 낯선 번호가 떴다.

"여보세요?"

"이나바 선생님인가요?"

케이였다. 만난 적은 없지만 도청기를 통해 목소리를 들은 적이 있다.

"무슨 일이죠?"

"드릴 말씀이 있습니다. 지금 신세기 아트뮤지엄으로 와주실 수 있나요?"

"무슨 일입니까?"

"히라마쓰 관장님이 수많은 부정한 일에 가담했다는 증거가 입수됐습니다."

"그래요?"

이나바는 차가운 가슴으로 중얼거렸다. 이제 아무래도 상관없었다.

"이 사실이 밖으로 드러나면 여러모로 문제가 될 겁니다."

"그렇겠죠."

"그에 대해 의논을 나누고 싶은데요. ……서로를 위해서요."

"알겠습니다. 하지만 처리할 일이 몇 가지 있어요. 오늘밤 12시라도 괜찮을까요?"

케이는 잠시 생각하더니 "그럼 12시에 뵙죠. 제1전시실 미로 앞에서 기다리겠습니다"라고 말한 후 전화를 끊었다.

이나바는 보일 듯 말 듯 고개를 흔들었다.

12시? 내가 왜 그렇게 말한 걸까?

크로스보가 눈에 들어왔다. 케이라는 작자도 히라마쓰와 같은 부류일 것이다. 사회를 좀먹는 해충은 모두 제거하는 수밖에 없다.

7

"에노모토 씨, 어디 계십니까?"

제1전시실의 조명은 어두컴컴했다.

"여기 있습니다."

정면에서 목소리가 들렸다. 케이는 미로 안에 있는 듯했다. 높은 받침대 같은 곳에 서 있는지, 미로의 벽 위로 케이가 고개를 내밀었다.

"거기서 뭐하세요?"

이나바는 크로스보가 들어 있는 봉투를 뒤로 감추었다.

"시간적 여유가 있어 미로에 대해 조사 중입니다. 그런데 흥미로운 사실을 알아냈어요."

"그래요? 그게 뭡니까?"

"그날 밤 당신이 어떻게 이 미로를 빠져나가 히라마쓰 관장을 살해했는지, 그 방법 말입니다."

어차피 허세일 것이다. 이나바는 조용히 봉투를 열었다. 쓸데없이 옥신각신하지 말고 지금 죽일까?

······하지만 그렇게 서두를 일이 아닐지도 모른다. 일단 이 자가 어디까지 알아냈는지 궁금하다.

이나바는 희미하게 미소를 지었다.

"내겐 알리바이가 있어. CCTV 영상도 안 봤나?"

준코는 마른침을 삼키며 상황을 지켜보았다. CCTV 영상은 선명했다. 또한 마이크를 설치해 놓아 같은 공간에 있는 듯 목소리가 잘 들렸다.

"느낌이 좋군. 녀석이 본색을 드러내면 즉시 체포하자고."

대머리황새가 히죽거리며 말했다.

"전 자꾸 불길한 예감이 들어 가슴이 두근거려요."

준코의 말에 대머리황새는 뭐가 그렇게 걱정되냐고 물었다.

"무슨 일이 생길 경우, 제1전시실로 달려가려면 시간이 걸리잖아요?"

"걱정 마. 에노모토는 그렇게 어설픈 방법은 쓰지 않아."

그렇다면 다행이지만.

준코의 시선이 모니터로 돌아왔다.

"CCTV 영상은 봤습니다. 하지만 밀실은 이미 깨졌어요. 당신은 그날 밤 제1전시실 미로를 지나 관장실로 가서 살인을 저질렀죠."

케이의 말에 이나바는 흥미진진한 눈빛을 보냈다.

"어떻게 살해했다는 거지? 나는 미로에 들어가지 않았어. 만약 들어갔다면 카메라에 험프티 덤프티의 얼굴이 움직이는 게 찍혔을 거야."

케이가 조용히 고개를 끄덕였다.

"그렇겠죠. 실은 어제 나스에 다녀왔습니다."

이나바의 얼굴에 미묘한 파장이 일었다.

"당신이 예전에 만든 '거울의 미로'와 이번에 만든 '거울나라의 미궁'을 비교하기 위해서죠. 양쪽 모두 당신이 아니면 만들 수 없는 세계라고 생각했는데, 개인적으론 전작이 더 우수하게 느껴지더군요."

"그런가?"

이나바의 얼굴에 따분함이 깃들었다.

"어제는 이쪽에 특별손님을 초대했습니다."

"누구지?"

이나바의 얼굴에 긴장감이 감돌았다. 아까부터 등 뒤로 감춘 봉투가 마음에 걸렸다.

"지샤네 고 선생님이죠. 아시나요?"

이나바는 크게 심호흡했다.

"물론이야. 몇 번 만났지. 몇 번을 만나도 내 얼굴은 기억하지 못하시겠지만."

"전해들은 이야기인데, 지샤네 선생님은 몇 군데에서 저와 같은 점을 느끼셨다고 합니다."

케이는 담담하게 말을 이었다.

"이번 작품은 창의성이라곤 손톱만큼도 없는 자기 모방에 불과하며, 지난번보다 수준이 떨어진다고 말입니다."

"독설을 내뱉으셨군."

이나바가 쓴웃음을 지었다.

"개인적으로 이번 미로에 창의성이 없다곤 생각지 않습니다. 단지 그 방향이 잘못되었을 뿐이죠."

"하고 싶은 말이 뭐지?"

"조금 전에 말한 험프티 덤프티의 얼굴 말인데요."

케이는 이나바가 아니라 엉뚱한 방향을 쳐다보았다.

"지샤네 선생님은 CCTV 영상을 보고 한눈에 간파하셨다더군요. 그날 밤 험프티 덤프티의 얼굴 앞뒤가 뒤집혀 있었다고 말이죠."

이나바는 자신의 몸이 굳어지는 걸 느꼈다.

"뒤집혀? 무슨 말이지?"

이나바는 살짝 미소를 지었지만, 얼굴에 동요하는 기색이 역력했다.

케이는 건조한 목소리로 대꾸했다

"범인은 범행을 저지르기 전 험프티 덤프티의 얼굴을 뒤집어 패널에 끼워두었을 겁니다. 원래 몸을 낮추기만 하면 CCTV에 찍히지 않고 미로 입구에서 들어갈 수 있었죠. 하지만 그 얼굴이 가로막아 더는 나아갈 수 없었어요. 험프티 덤프티의 얼굴이 끼워진 패널을 좌우로 움직이면 그 모습이 CCTV에 찍히니까요. 그런데 그 얼굴이 앞으로 튀어나오지 않고 오목하게 들어가 있다면 이야기가 달라집니다."

"뒤집혀 있었다면 영상을 보자마자 한눈에 알 수 있지 않을까?"

그렇게 말하며 이나바가 케이를 노려보았다.

"조금 전 뒤쪽을 확인해 봤는데, 색깔이 같고 얼굴도 모호해 거의 구별되지 않더군요. 차이는 오목면이냐 볼록면이냐 하는 것뿐입니다."

"그것처럼 큰 차이가 어디 있나? CCTV 영상에서 깊이는 알 수 없다 쳐도 튀어나와야 할 부분이 움푹 들어가 있으면 당연히 눈에 띄지 않을까?"

이나바의 말에 케이가 자신만만한 태도로 대답했다.

"잘 아시겠지만 대부분은 그걸 모르거든요. 미로 입구에 있는 험프티 덤프티의 얼굴을 보십시오."

그쪽을 쳐다본 이나바의 얼굴이 굳어졌다.

"아마도 전시실에 들어온 순간부터 저걸 보셨겠죠. 본인이 직접 만들었으면서도 내내 뒤집혀 있다는 사실을 알아채지 못했잖아요?"

"아무리 봐도 평범한 얼굴로 보이는데요?"

준코가 혼잣말처럼 중얼거렸다. 모니터를 통하니 볼록면으로밖에 보이지 않는다.

"움푹 들어간 부분이 왜 튀어나온 것처럼 보이지?"

대머리황새가 그렇게 말하며 얼굴을 찡그렸다.

"홀로마스크 착시라는 현상이래요. 재미있는 건, 얼굴 말고 도형에서는 발생하지 않는다더군요."

"왜 얼굴만 특별한 거지?"

"인간에게는 타인의 얼굴을 구별하는 게 매우 중요한 일이라서, 뇌에 얼굴을 인식하기 위한 특별한 부위가 있대요. 다른 곳과 달리 얼굴을 순간적으로 판단할 수 있게요."

분명히 얼굴은 특별하다. 자신처럼 뛰어난 미모는 물론이고, 고노 경부보처럼 특이한 얼굴에도 용의자를 떨게 만드는 효과가 있다.

"그런데 그것 때문에 움푹 들어간 사람의 얼굴은 알아보기 힘들대요. 그런 경우는 실제로 존재하지 않으니까요. 그래서 뇌가 무의식중에 수정해 튀어나온 것처럼 인식하는 거예요. 육안으로도 속을 정도니 원근법이 적용되지 않는 CCTV 영상은 더욱 그렇겠죠."

"어제 왔던 이상한 남자는 왜 속지 않은 거지?"

"지샤네 선생님은 안면인식장애거든요."

준코는 시게코를 자신으로 착각해 따라가려던 지샤네를 떠올렸다.

"얼굴 인식에 문제가 있어, 그분에게는 험프티 덤프티의 얼굴도 올록볼록한 달걀 모양의 물체로밖에 보이지 않죠. 그래서 움푹 들어간 걸 바로 알아차렸어요. 일반적으로 안면인식장애나 조현병에 걸린 사람에게는 홀로마스크 착시가 일어나지 않는다더군요."

"……상당히 흥미롭군. 분명히 입구에는 CCTV의 사각지대가 있지. 그 얼굴이 방해하지 않았다면 미로로 들어갈 수 있었을 거야. 하지만 그렇게 들어간다고 해서 끝이 아니잖나?"

이나바는 눈을 깜빡거리다 재빨리 포커페이스로 표정을 바꾸었다.

"미로 내부는 어떻게 하지? 재버워크가 있는 곳은 전면이 유리고 안쪽은 거울이야. CCTV에 찍히지 않고 통과하긴 어려울 텐데?"

케이는 여전히 미소를 잃지 않았다.

"그것도 지샤네 선생님이 가르쳐주셨죠. 예전 미로에서도 사용된 기법인데, 투명하게 보인 유리벽은 순간조광유리를 사용한 스마트스크린이었어요."

"저건 또 뭐야?"

들어본 적 없는 말이 계속 튀어나오자 대머리황새가 다시 얼굴을 찡그렸다.

"순간조광유리라는 건 유리 두 장 사이에 액정을 끼워 넣은 거예요. 전기가 들어오면 투명하고 전기가 꺼지면 불투명해지는데, 스마트스크린은 불투명할 때 뒤쪽에서 영상을 쏘면 순간적으로 영화 스크린으로 변해요."

"이쪽에서는 투명한 유리를 본다고 생각하지만, 실제로는 후면 영사(Rear Projection) 방식의 영화를 본다는 건가?"

"거대한 재버워크 인형은 예전에 만든 미로에서 억지로 가져온 것 같더군요. 머리 위쪽은 벽 위로 튀어나오고 몸은 투명한 유리벽 너머로 보이는 구조인데, 그날 밤 재버워크가 크게 움직일 때 유리벽 너머로 보인 영상은 프로젝터로 등 뒤에서 쏜 거였죠. 움직임을 정확히 맞춘 건 이나바 씨의 기술 덕분이었을 겁니다. 그런데 한 가지 다른 점이 있었어요. 그 뒤쪽을 지나가는 이나바 선생이 찍히지 않았다는 겁니다."

이나바는 케이의 설명을 말없이 듣다가 고개를 들었다.

"……그래. 그게 가능하다는 점은 인정하지 않을 수 없겠군. 실제로 미로의 그 부분은 스마트스크린 기능이 있는 순간 조광유리야."

"이제 모든 걸 인정하시죠."

"하지만 미로의 출구는 어떻게 설명할 거지? 재버워크가 있는 곳과 마찬가지로 CCTV를 향해 투명한 유리벽이 있고, 뒤쪽에 거울이 붙어 있지만 순간조광유리가 아니잖아?"

"분명히 아니죠. 하지만 당신이 가장 자신만만해하던 마지막 트릭이 이미 드러났습니다."

"……무슨 말이야?"

"돈짱에게 설명한 것과 달리 시간 순으로 말씀드리죠. 당신이라면 알 만한 내용이니까요."

돈짱이라고? 케이의 말에 준코는 순간 멈칫했다. 설마 나를 가리키는 건 아니겠지…….

"돈짱? 그게 누구지?"

이나바 역시 의아해하는 표정으로 미간을 찌푸렸다.

"아, 실례했습니다. 그냥 이쪽 얘기예요. 그날 밤 말인데요, 범행을 저지르기 약 다섯 시간 전 제1전시실 전기차단기가 내려갔죠."

이나바는 허를 찔린 듯한 표정을 지었다.

"차단기가 내려가도록 하기 위해 분전반을 조작할 필요는 없어요. 콘센트에 이물질을 넣고 쇼트시키면 되니까요. 당신은 출구쪽 CCTV 바로 밑에 미리 사다리를 놔두고, 옆에 있던 콘센트를 이용해 차단기를 내려가게 만들었죠."

"내가 왜 그런 짓을 하지?"

"전원을 끄고 CCTV 기능을 정지시키기 위해서죠. 야마모토 씨가 기계실로 가서 분전반 차단기를 올려 다시 전기가 들어올 때까지 약 2분이 걸렸습니다. 당신은 녹화가 중단되는 동안 CCTV에 일안 리플렉스용 편광렌즈를 장착했겠죠."

준코는 낮에 들은 케이의 설명을 떠올렸다.

"……어떻게 이렇게 되죠?"

준코는 마술을 보는 심정이었다. 케이가 팔의 각도를 바꿀 때마다 거울에 비친 지쇼크의 문자반이 까매졌다 원래대로 돌아왔다 했다.

"편광필터입니다."

케이는 날카로운 눈빛으로 거울을 쳐다보았다.

"편광필터라면, 카메라나 선글라스에 사용되는 것 말인가요?"

"네. 어떤 경우 사용하는지 알아요?"

준코는 가진 지식을 총동원했다.

"카메라에 편광렌즈를 끼우면 쓸데없는 빛을 차단해 사진을 깨끗하게 찍을 수 있죠. 선글라스에 끼우면 빛이 번지는 걸 막아줘 눈이 피곤하지 않다고 하고요."

"맞아요. 대략의 원리도 아시죠?"

준코는 고개를 가로저었다. 케이가 손을 위아래로 흔들며 물결무늬를 만들었다.

"빛은 물결이기 때문에 이런 커브를 그리며 진동합니다. 문제는 그 방향이에요. 세로로 진동하는 것도 있고, 가로로 진동하는 것도 있으며, 비스듬하게 진동하는 것도 있죠. 이게 편광입니다."

준코는 고개를 끄덕이면서 속으로 깜짝 놀랐다. 빛이나 전자파를 흔히 물결무늬라고 표현한다. 하지만 단지 개념을 나타내는 것이라고 생각했지 실제로 물결무늬라고 생각한 적은 없었다.

"편광렌즈나 편광필터는 블라인드 같다고 생각하면 됩니다. 가령 가로로 긴 슬릿(빛을 제한하여 통과시키는 장치)의 경우, 가로 방향의 편광은 통과하지만 세로로 진동하는 편광은 통과할 수 없어요. 따라서 편광필터를 통과한 빛은 편광 방향이 일정해 편하게 볼 수 있죠."

대략 이해가 되었다. 그런데 왜 시계의 문자반이 까맣게 보인 걸까? 준코의 의문을 알아차린 듯 케이가 덧붙였다.

"편광필터에는 각각 방향이 있습니다. 가로방향의 편광만 통과하는 편광필터에 세로방향의 편광필터를 겹치면 어떻게 보일까요?"

"처음에는 가로방향 외의 빛이 차단되고, 세로방향 외의 빛도 통과할 수 없으니……. 아! 그래서 깜깜해지는 건가요?"

준코는 케이의 지쇼크를 보며 대답했다.

"빙고!"

케이는 오늘 처음으로 정답을 맞힌 학생을 대하듯 빙긋이 웃었다.

"시계의 액정화면에 편광필터가 사용되죠. 그런데 이 거울에 비추면 각도에 따라 까맣게 됩니다. 이 거울에도 편광필터가 부착되어 있는 거죠."

준코는 잠시 생각에 잠겼다.

"거울에 사용된 편광필터와 시계 문자반의 편광필터 방향이 일치할 때는 일반적으로 보이고, 방향이 90도 다를 때는 까매진다는 거군요."

"그래요."

"그게 CCTV에 찍히지 않고 미로를 빠져나온 트릭과 무슨 관계인가요?"

"범인은 미로의 출구 근처에 편광필터를 부착했어요. CCTV 앞쪽의 투명한 유리 칸막이와 이 거울이죠."

케이가 시선을 위로 향하며 말을 이었다.

"그리고 또 한 군데."

편광렌즈라는 단어를 들은 이나바의 얼굴에 당황스러운 기색이 역력했다.

"편광렌즈를 끼우면 빛의 투과량이 감소하죠. 하지만 전기가 복구된 후에는 카메라가 자동으로 조리개를 조절해 영상이 어둡지 않았습니다. 물론 그 모든 걸 이미 계산했겠죠."

"그래서? CCTV에 편광렌즈를 달면 어떻게 된다는 거야?"

이나바는 태연함을 가장했으나 목소리가 어딘지 모르게 부자연스러웠다.

"그것뿐이라면 특별히 달라지는 건 없습니다. 하지만 편광
필터 두 개가 겹쳐질 경우 이야기가 달라집니다. 문제는 미로
의 출구 근처에 있는 투명한 유리 칸막이와 거울인데, 당신은
거기에 시트지 모양의 편광필름을 미리 붙여놨어요. 평범한
회색 필름을 붙이면 부자연스러울까 봐, 빛의 투과량을 조금
희생해 약간 붉은색이 감도는 필름을 말이죠."

"잠깐만! CCTV에 내 영상도 있을 거야. 미로의 출구 근처
에 있는 영상 말이야. 그때 내 모습이 정상적으로 찍히지 않
았나?"

케이는 담담하게 대꾸했다.

"분명히 투명한 유리 칸막이 너머로 당신 모습이 보였어요.
또한 반대편 거울과 유리창에도 당신 모습이 반사되어 보였
죠. 하지만 그건 그 시점에 CCTV의 편광렌즈와, 투명한 칸막
이 및 거울에 붙인 편광필름의 방향이 일치했기 때문입니다.
그래서 투명한 칸막이나 거울에 붙인 편광필터를 통과한 빛이
CCTV의 편광렌즈를 그대로 통과할 수 있었던 거죠."

케이의 추궁은 점점 더 날카로워졌다.

"CCTV 영상을 보는 사람들에게 당신은 그런 식으로 강조
했어요. 미로를 나올 때 반드시 CCTV에 모습이 찍힌다고요.
그것은 마술사의 행위와 같습니다. 마술사는 상자에 들어가
기 전 관객에게 바닥이 있다는 사실을 강조하죠. 하지만 비밀
버튼을 누르면 빠져나가는 구멍이 나타납니다. ⋯⋯다섯 시

간 후, 당신은 기회를 엿보다 빠져나가는 구멍이 나타나도록 만들었어요. 아마 천잠사(산누에의 고치에서 뽑은 실. 낚싯줄에 이용) 같은 걸 잡아당겼겠죠. 마술용 소도구인 인비저블 스레드 (Invisible Thread. 눈에 보이지 않는 실)라면 육안으로도 보이지 않을 정도니 CCTV에 당연히 찍히지 않을 테고요."

"천잠사? 그걸 잡아당기면 어떻게 되지?"

뻔뻔스럽게 나가기로 작정했는지 이나바는 재미있다는 표정을 지었다.

"카메라에 부착한 편광렌즈를 회전시키죠. 그것도 정확히 90도를. 이렇게 하면 평범한 곳에 있는 영상에는 아무런 변화가 없어요. 편광렌즈의 방향이 달라져도 투과하는 빛의 양은 거의 같으니까요. 하지만 편광필름을 붙인 투명한 칸막이와 거울은 상황이 다릅니다. 편광필터 두 개는 방향이 서로 90도가 달라, 양쪽 모두를 통과할 수 있는 편광이 없고 두 개를 겹치면 까매지죠. 그렇게 한 다음 몸을 낮춰 미로를 빠져나가면 당신 모습이 찍히지 않아요."

"……유리 칸막이와 거울이 갑자기 까매지면 영상을 본 사람들이 눈치채지 않을까?"

"그 지점이 당신의 교활한 부분이에요. 편광필름을 전면에 붙이지 않은 점 말입니다. 아마도 CCTV의 각도를 꼼꼼히 확인했겠죠. 검은 바닥이 투명한 벽에 비치는 부분과 거울에 비치는 부분에 딱 맞춰 붙였더군요. 원래 까맸던 부분이 더 까매졌을 뿐이니 영상으로는 구분이 안 되죠."

케이는 반론의 여지를 가차없이 제거했다.

"유리창에 반사되는 건?"

이나바의 목소리에서 힘이 빠졌다. 자신의 패배를 알아차린 듯했다.

"투명한 유리라든지 수면에서 반사되는 빛을 프레넬 반사라고 하더군요. 거울이나 금속 같은 전반사(全反射)와 달리 특정 방향의 편광뿐이라 유리창에는 편광필름을 붙일 필요가 없었을 겁니다."

케이의 대답은 막힘이 없었다.

"유리 칸막이와 거울에 붙인 편광필름은 유리창에 반사된 모습과 일치하도록 각도를 맞추었겠죠. CCTV의 편광렌즈도 처음에는 같은 방향이었지만, 렌즈를 90도 회전시키면 칸막이 너머나 거울에 비치는 모습과 동시에 유리창에 반사된 모습이 사라지는 구조입니다."

"하지만 그런 다음에도 CCTV에 내 모습이 찍혔을 텐데?"

이나바는 괴로운 얼굴로 중얼거렸다. 그 말이 채 끝나기도 전에 케이가 대답했다.

"히라마쓰 관장을 살해하고 돌아와서, 당신은 편광렌즈를 원위치시켰어요. 그곳을 통과하면 CCTV에 찍힌다는 인상을 남기기 위해서죠."

"……그렇다면 그 편광렌즈가 아직 CCTV에 남아있겠군."

"천만에요. 당신이 그런 실수를 저지를 리 없잖아요."

케이는 치아가 보일 만큼 활짝 웃으며 덧붙였다.

"그날 밤 당신이 작업 종료를 알리고 제1전시실 조명을 끄자, 비상구 전등만 빼고 전시실이 캄캄해졌죠. CCTV가 적외선 암시 모드로 바뀐 순간, 당신은 또 하나의 천잠사를 잡아당겨 편광렌즈를 제거했어요."

"그렇다면 증거가 하나도 남아있지 않겠군."

"유리 칸막이와 거울에 붙인 편광필름이 지금도 남아있습니다. 그걸 어떻게 설명할 거죠?"

이나바는 어깨를 들썩였다.

"미로에 수많은 빛의 트릭을 만들 예정이었으니, 편광필름을 붙인 게 이상한 일은 아니잖아?"

케이는 고개를 가로저었다.

"유감스럽지만 그런 변명은 통하지 않아요. CCTV를 완벽하게 속였다고 생각하겠죠? 하지만 편광렌즈를 회전시킬 때 영상에 확실한 흔적이 남았습니다."

"흔적?"

이나바의 시선이 허공을 방황했다.

"CCTV 영상을 면밀히 조사하다 부자연스러운 부분을 한 곳 발견했습니다. 전시실 유리창에 반사된 모습이 전부 1분 사이에 사라진 겁니다. 그때 당신이 CCTV에 장착한 편광렌즈를 90도 회전시키지 않았다면 이 기묘한 현상은 설명이 되지 않아요."

이나바는 고개를 떨구며 깊은 한숨을 쉬었다. 이제야 패배를 깨달은 것 같다.

"……당신은 대체 뭐하는 사람이야?"

"방범 컨설턴트입니다. 그날 밤 히라마쓰 관장의 의뢰로 이곳에 침입했다가 당신이 파놓은 함정에 빠졌죠."

"방범? 그 반대겠지. 당신도 히라마쓰와 비슷한 부류로, 똑같은 구멍에 사는 벌레일 거야."

"히라마쓰 관장은 분명히 청렴결백한 사람은 아니었어요. 그래도 굳이 변호하자면, 선악을 모두 집어삼킨 인물이라고 생각합니다."

"선악을 집어삼켜? 말은 번지르르하게 잘하는군. 좋은 건 누구나 기꺼이 집어삼키지. 그런데 더러운 것들까지 태연하게 집어삼키는 작자는 쓰레기 아닌가? 가짜 청동상에 맞아죽기 딱 적당한 녀석이었어."

이나바가 토해내듯 말했다.

"그럴지도 모르죠. 하지만 사람에겐 다양한 측면이 있게 마련입니다. 히라마쓰 관장이 미술 브로커로서 때로는 불법에 가까운 일을 했지만, 한편으로 어려운 사람들을 위해 열심히 활동했던 건 아시나요? 그림에 재능이 있지만 가정형편이 안 되는 아이들을 위해 장학재단을 만든 것은요?"

케이의 말투가 다시 조용해졌다.

"돈 때문에 당신 작품을 더럽힌 관장에게 분노를 터트리는 건 충분히 이해합니다. 그와 인연을 끊고 자유로워지고 싶었던 마음도요. 하지만 아무리 그렇더라도 일방적으로 단죄하고 사람을 죽이는 건 용서받을 수 없습니다."

"그래, 용서받을 수 없다……. 그럴지도 모르지."

이나바는 천천히 크로스보를 들어 케이에게 향했다. 그 모습을 화면으로 지켜보던 준코는 흠칫 놀랐다. 설마…….

"이나바 씨, 당신이 지금까지 추구해 온 건 전부 허상 아닐까요? 작품에 대한 평가도, 명성도, 부도."

케이는 크로스보가 보이지 않는 사람처럼 꼼짝도 하지 않았다.

"인생은 원래 환상 같은 것이니까."

이나바는 케이를 조준했다.

"당신은 히라마쓰 관장을 살해할 필요가 없었습니다. 이미 알고 있을 겁니다. 당신 앞을 가로막고 있는 나 역시 허상에 불과하다는 사실을."

다음 순간, 이나바가 크로스보를 쏘았다.

화살은 케이의 목덜미를 정확히 관통했다. 미로에 쓰러졌는지 케이의 모습은 더 이상 보이지 않았다.

준코는 비명을 지르며 벌떡 일어섰다. 그녀가 정신을 차렸을 때는 미술관 복도를 전력질주하고 있었다.

이럴 수가. 이렇게 되다니. 설마. 설마…….

준코가 제1전시실로 뛰어든 순간, 대머리황새와 경찰도 그곳에 도착했다.

이나바는 차분한 모습으로 우두커니 서 있었다. 대머리황새가 무기를 버리라고 소리치자 그는 크로스보를 바닥에 내려놓은 후 두 손을 들었다.

"에노모토 씨!"

준코가 소리쳤다. 그러자 미로 입구 쪽에 있던 험프티 덤프티의 얼굴이 옆으로 움직였다.

"무슨 일 있어요? 왜 그렇게 급해요?"

아무 일도 없었다는 듯 나온 사람은 케이였다.

"에노모토 씨……. 지금 목에 화살이……."

"그건 제 허상이에요."

케이는 준코와 사람들을 미로 안으로 들어오게 했다. 그리고 직경 3미터쯤 되는 UFO 모양의 오브제를 가리켰다.

"이건 오목거울 두 개를 위아래로 붙인 겁니다. 제가 있던 곳은 두 개의 오목거울 사이인데, 위쪽 오목거울의 구멍 주변에 제 허상이 떠오르게 되어 있어요. 하이테크 기기를 사용하지 않아도 오목거울만 있으면 입체영상을 만들 수 있습니다."

이나바의 입에서 신음소리가 흘러나왔다.

"빌어먹을! 옛날에 내가 만들었던 거잖아? ……왜 이런 곳에 있지?"

"'부재의 증명(알리바이)'이라는 작품이죠. 〈천사의 면류관〉에서 빌려왔습니다."

"……빌려왔다고?"

"시간이 급해 무단차용이라는 형태로 말이죠. 나중에 돌려주러 가야 하는데, 이렇게 화살이 박혀버렸네요. 어떻게 할까요?"

이나바는 말문이 막혔다.

"이나바 도오루. 히라마쓰 게이지 관장 살인혐의로 체포하겠다."

대머리황새가 수갑을 채우자 그는 목이 터져라 소리쳤다.

"왜 나만 체포하는 거야? 불공평하잖아! 이 도둑놈도 체포하라고!"

미스터리
클락

1

"깨끗한 건 더럽고, 더러운 건 깨끗하다……."

모리 레이코가 큼지막한 와인잔을 눈앞으로 치켜들었다. 그리고 아름다운 루비색 와인을 빙빙 돌리며 중얼거렸다. 명문여대 재학 중 미스터리 작가로 화려하게 데뷔한 지 어느덧 30년이 되었다. 하지만 50대에 접어든 지금도 미모는 변함이 없었다. 그녀의 옆얼굴을 멍하니 바라보던 아오토 준코는 그야말로 '아름다운 마녀'라는 표현이 딱 어울린다고 생각했다.

"『맥베스』에 나오는 마녀의 대사군요."

옆자리에 앉은 모토지마 고이치가 서핑으로 탄 얼굴에 주름을 잡으며 레이코에게 미소 지었다. 대형 출판사인 도비시마쇼텐의 편집장이자 레이코의 첫 편집자인 만큼 작가 인생 30주년 만찬회에 초대받는 건 이상한 일이 아니었다. 하지만 레이코를 바라보는 시선에서 훨씬 깊은 애정을 느낄 수 있었다.

레이코도 마음을 터놓는 상대에게만 보여주는 최고의 미소로 대꾸했다.

"네. 내겐 아주 중요한 말이에요. 미스터리의 정수니까 실제 인생에도 통하지 않을까요?"

그러고 보니 20여 년 전 모토지마와 레이코의 더블 불륜이 주간지를 장식했었다. 진짜 불륜이었다면 미남미녀 커플로 사람들의 관심을 한몸에 받았으리라. 하지만 두 사람 모두 그런 의혹을 단호하게 부정했다. 그런데 나중에 둘 다 이혼했다. 가짜뉴스로 부부 사이에 골이 생겼을 가능성도 있다. 한편으로, 어쩌면 불륜이 사실이었을지도 모른다. 서로를 향한 눈빛을 보면 그런 생각을 하지 않을 수 없었다.

"오래전 연극에서—데이코쿠 극장이었던가—맥베스 역할을 한 적이 있어요. 세 마녀의 특수 메이크업이 상당히 음침하고 인상적이었는데, 대사가 가슴에 와닿지 않더군요."

그렇게 말한 사람은 배우인 가와이 마사히코였다. 이미 세상을 떠난 레이코 언니의 외아들이자 그녀의 유일한 핏줄이다. 키가 크고 다정한 인상으로 젊은 시절에는 꽤 주목을 받았다. 하지만 최근 들어 영화나 TV 출연이 거의 없었고, 눈 밑의 다크서클이나 혈색 나쁜 피부가 피폐한 삶을 짐작케 했다. 오늘 만찬회에 초대된 이유는 알 수 없지만, 조금이라도 연줄을 만들어 주려는 레이코의 배려 아닐까?

"한마디로 사물의 본질을 잘 확인하라는 뜻일 거야. 겉모습이 번지르르하다고 알맹이까지 아름답다곤 할 수 없으니까."

구마쿠라 쇼고가 모토지마를 힐끔 쳐다보며 끈적하게 말했다. 왜 이런 자리에 그를 초대했는지 준코는 이해하기 어려웠다. 아이는 없지만 레이코의 전남편이었던 만큼 모토지마에게 감정이 좋을 리 없었다. 큰 병원을 경영하는 내과 의사라는 자존심과 잠에 취한 두더지를 연상시키는 외모에 대한 열등감이 내면에서 충돌하는지, 거만과 비굴 사이를 왔다 갔다했다.

"……저는 셰익스피어가 야구에 대해 말한 줄 알았습니다."

케이가 묘한 말을 꺼냈다. 준코는 미간을 찌푸렸다. 이 자리에 있는 것도 어울리지 않는데, 무슨 말을 하려는지 이해가 안되었다. 이 산장에 고가의 미술품 컬렉션이 있으니 방범 전문가를 소개해 달라……. 그런 레이코의 요청을 받고 몹시 망설이면서도 케이를 소개해 준 사람이 준코였다.

"야구요? 무슨 뜻이죠? 더구나 셰익스피어 시대에는 야구가 없었잖습니까?"

가와이가 어이없다는 얼굴로 물었다.

"Fair is foul, and foul is fair."

굵은 저음의 바리톤 목소리로 대답한 사람은 도키자네 겐키였다. 레이코의 현재 남편이자 일부에서 컬트적 인기를 구가 중인 미스터리 작가다. 팔꿈치에 다른 천을 덧댄 갈색 코듀로이 재킷을 입은 모습에서 작가라는 느낌이 물씬 풍겼다. 하지만 웰링턴형 안경 너머의 눈을 거의 깜빡이지 않아, 물끄러미 바라보기라도 하면 몹시 불편해졌다.

"에노모토 씨가 원문을 잘 모르실 것 같아서요. '페어'와 '파울'을 혼동하면 야구를 가리키는 것처럼 보이죠."

"저 사람 말은 진지하게 안 받아들이셔도 돼요. 원래 좀 비뚤어진 사람이거든요."

준코의 말에 레이코가 조용히 미소를 지었다.

"지금 여기에 모인 사람들 모두 그렇지 않을까요? 비뚤어진 사람들의 모임이죠. 하지만 아무리 그래도 야구는 아니에요. 깨끗한 건 더럽다……. 삼라만상에 통하는 명언이라고 생각해요."

"그래요. 더러운 건 깨끗해요."

준코는 맞장구를 쳤다. 그러자 휠체어에 앉아 있던 히키지 사부로가 더는 참을 수 없다는 듯 웃음을 터트렸다.

"하하하! 그렇다면 여기 있는 여성들이 모두 아름답다는 건가!"

아무도 다음 말을 잇지 못했다. 넓은 응접실에는 히키지의 공허한 웃음만 메아리쳤다.

준코는 어이가 없었다. 그의 말은 농담이 아니었다. 그저 무례하기 짝이 없는 헛소리였다. 여기 있는 여성은 모리 레이코와 비서인 사사키 나쓰미, 그리고 준코까지 세 사람뿐이다. 아름다운 마녀인 레이코와 법조계에서 최고의 미모를 자랑하는 자신은 말할 것도 없고, 나쓰미도 모델에 버금갈 만큼 아름다웠다. 가사 도우미로 일하는 야마나카 아야카가 있지만, 적어도 이렇게 꾀죄죄한 노인네에게 더럽다는 말을 들을 정도는 아니다.

오늘 초대손님 중에서 가장 이해할 수 없는 사람이 바로 히키지, 즉 히키 영감이었다. 레이코나 도키자네 쪽에서 보면 선배 미스터리 작가겠지만, 집필에서 손을 뗀 지 이미 오래였다. 그렇다고 현역 시절에 대단한 작품을 쓴 것도 아니다.

"지금 알았는데 저 그랜드파더 클락 말이에요. 진자가 움직이고 있군요. 예전에 왔을 때는 고장나서 작동이 안 됐잖아요?"

분위기를 수습하기 위해서인지 가와이가 응접실 벽의 오래된 괘종시계를 보며 말했다. 오후 7시 29분을 가리켰다.

레이코가 떨떠름한 표정으로 대꾸했다.

"수리했어. 너도 알다시피 굉장히 오래됐잖아. 교체할 부품이 없대서 만들어 달랬더니, 정말 비싸더라고."

도키자네가 자랑스러운 얼굴로 보충 설명을 했다.

"하지만 그만한 가치는 충분했죠. 구스타프 베커 사 제품으로, 120년 전 특별히 주문해서 만든 거라더군요. 소리가 너무 커서 시보는 멈추게 했지만요."

2미터가 넘는 괘종시계를 그랜드파더 클락이라고 한다던데, 만약 아파트였다면 천장에 닿았을 것이다. 우아한 조각이나 상아의 상감 같은 화려한 장식을 보면 맨 처음 주문자는 귀족이나 굉장한 부호였음이 틀림없다.

케이가 그 옆에 있는 다른 시계를 보고 재빨리 물었다.

"왜 시계 옆에 다른 시계를 놔두셨죠?"

그랜드파더 클락 옆의 장식 선반에 오래된 노란 플라스틱 플립시계가 놓여 있었다. 전원 플러그를 벽의 콘센트에 연결해 그랜드파더 클락과 마찬가지로 7:29라는 숫자가 나타났다.

준코의 머릿속에 어떤 기억이 떠올랐다. 초등학생 시절 이런 자명종 시계가 있었는데…….

그때 두 개의 판이 파닥파닥 움직이더니 7:30으로 바뀌었다. 준코는 자기도 모르게 손목시계를 쳐다보았다. 4, 5초밖에 차이나지 않는다.

레이코는 지긋지긋해하는 눈길로 도키자네를 보았다.

"그랜드파더 클락이 맞는지 안 맞는지를 저걸로 확인한다지 뭐예요? 그렇게까지 시간에 집착할 필요는 없는데 말이에요. 더구나 시계를 수집하는 사람이니 이왕이면 세련된 시계를 갖다놓으면 오죽 좋겠어요."

"저게 어때서요. 좀 오래되긴 했지만 그럴듯하잖아요? 뭐, 제가 수집하는 건 전부 이런 싸구려뿐이죠. 저와 달리 아내의 컬렉션은 박물관급이니 나중에 꼭 보시기 바랍니다."

준코는 미심쩍어하는 눈빛으로 케이를 쳐다보았다. 설마 그걸 노리는 건 아니겠지.

"정확한 시간이 필요하면 최신식 시계가 더 좋지 않을까요? 거실에 있는 전파시계처럼 말이죠."

모토지마의 말에 레이코는 얼굴을 찡그렸다.

"아이 참, 모토지마 씨까지 그럴 거예요? 그 시계는 질색이라고요."

그 말에는 준코도 동감이었다. 디자인이 어쩌나 기계적이고 차가운 느낌인지, 그 시계가 왜 그곳에 걸려 있는지 보자마자 고개가 갸웃거려졌다. 아무리 좋게 보려 해도 레이코의 취향과 어울리지 않았다.

도키자네는 머리를 긁적이며 열심히 변명했다.

"거실은 남쪽의 가든 테라스와 마주해 표준전파를 수신할 수 있지만, 여기까지는 닿지 않습니다. 거실과 똑같은 전파시계를 제 서재에도 걸어놨는데, 창문이 북쪽에 있어서인지 감도가 별로 안 좋아요. ……나중에 거실에는 좀 더 아름다운 시계를 걸어놓을 겁니다."

"디자인 때문만은 아니에요. 이런 산속에서 왜 전파시계가 필요하죠? 난 쿼츠시계도 필요 없다고 생각해요. 정확한 시간으로 수정해야 직성이 풀리다니, 그건 강박관념의 노예나 마찬가지잖아요?"

"이거 참 난감하군요. 전파시계가 아내 취향에 안 맞는 건 알았지만, 이렇게까지 싫어하는 줄은 몰랐습니다. ……알겠습니다. 안톤 슈나이더의 뻐꾸기시계가 있으니 내일이라도 바꾸죠."

히키 영감이 얼굴을 일그러뜨리며 이야기에 끼어들었다.

"한심하군. 레이코 여사 말이 맞네. 이렇게 인적 드문 도원경에 살면서 왜 시간에 얽매이려고 하지? 1초마다 죽음에 가까워지는 걸 그렇게 실감하고 싶은가?"

레이코의 산장이 있는 곳은 전기와 수도, 가스, 전화가 들어오지 않는 이와테 현 모리오카 근교의 산속이었다. 히키 영감이 웬일로 맞는 말을 한다는 생각이 들었다.

그때 나쓰미가 조심스럽게 입을 열었다.

"……저는 시계 움직이는 게 좋아요. 초침 소리가 심장의 고동 같지 않나요? 그랜드파더 클락이 다시 작동했을 때 얼마나 기뻤는지 몰라요."

"흠. '이 가슴의 고동이야말로 사신(死神)의 발소리'라는 유명한 말도 몰라?"

히키 영감이 묘한 이야기를 꺼냈다.

"그런 말은 처음 들어보는데요?"

"책을 통 안 읽는군. 내 대표작인 『세이킬로스의 묘비명』에 나오는 구절이잖아?"

준코는 마음속으로 그런 걸 어떻게 다 아냐고 항의했다.

"내가 작품에 그런 대사를 써넣은 게 1960년대였지. 그런데 최근 『코끼리의 시간, 쥐의 시간』이란 책을 읽었는데, 코끼리든 쥐든 동물들의 평생 뛰는 박동 수가 모두 비슷하다더군."

"저도 봤습니다. 보자마자 『세이킬로스의 묘비명』을 떠올리고, 히키지 선생님의 선견지명에 새삼 박수를 보냈죠."

도키자네가 입에 발린 소리를 했다. 입술에 침이나 바르고 거짓말해라. 왜 이렇게 히키 영감을 떠우는지 이상했다.

"으음. 심장은 남은 생명을 표시하는 시계에 불과하지. 심장은 내 생명을 유지함과 동시에 남은 수명을 표시하는 아이러니한 역할을 맡고 있다네."

이렇게까지 뒤틀리게 생각할 수 있는 건 역시 작가이기 때문일까? 그렇게 생각하자 준코 입에서 감탄사가 흘러나왔다.

"내 심장에는 최신 과학기술을 이용해 진짜 시계를 집어넣었지만 말이야."

"페이스메이커를 장착하셨죠?"

레이코가 안쓰러운 얼굴로 말했다.

"그렇다네. 내 심장의 진자가 멈출 듯하면 전자시계가 찌릿찌릿 기운을 넣어주는 훌륭한 구조지. 하지만 이제 곧 심각한 위험에 직면할 거야. ……거기 아가씨."

히키 영감이 갑자기 준코를 불렀다.

"네? 왜요?"

아가씨라고 불린 게 얼마 만인가? 기분은 나쁘지 않았다.

"그렇게 눈을 동그랗게 안 떠도 돼. 소녀부터 젊은 여자, 중년여성, 심지어 노파들까지 나는 아가씨라고 부르니까."

"……그러세요?"

자신이 어디에 포함된 건지는 묻지 않기로 했다.

"아까 언뜻 봤는데, 휴대폰인가 스마트폰을 가지고 있더군. 잠시 보여줄 수 있나?"

"아, 네……."

준코는 핸드백에서 아이폰을 꺼냈다.

"물론 전원은 껐겠지?"

"아뇨. 켜놓았는데요."

"뭐야? 페이스메이커가 오작동이라도 하면 어쩌려고 그래? 그런 기계들이 내뿜는 전파가 페이스메이커에 얼마나 치명적인지 모르는 건가?"

"아뇨. 그건 알고 있지만……."

애초 페이스메이커 이야기는 듣지 못했고, 최근 출시된 휴대폰은 전파 출력이 약해 3센티미터 이내로 다가가지 않으면 괜찮다.

"……아까 보니 통화권 이탈지역으로 나오더군요. 그러면 괜찮지 않나요?"

준코는 자기도 모르게 우물쭈물하며 변명했다.

그러자 히키 영감이 눈을 희번덕거렸다.

"통화권 이탈지역이라서 괜찮다고? 그게 무슨 망발이야? 휴대폰은 기지국과 항상 연락을 취하려 하기 때문에 통화권을 이탈했을 때 가장 강한 전파를 내보낸다는 거 몰라? 그건 상식이야, 상식!"

"죄송해요. 지금 끌게요."

준코는 몸을 움츠리며 황급히 스마트폰 전원을 껐다. 히키 영감의 시선이 한 바퀴 도는 사이 초대손님 전체가 휴대폰을 꺼내 서둘러 전원 버튼을 눌렀다.

"휴대폰이야말로 미스터리 작가에게는 웬수덩어리지. 휴대폰이 등장하면서 트릭에 얼마나 많은 제약이 발생하는지 알아? 어마어마한 걸작이 되고도 남았을 아이디어를 나는 세 개나 창고에 처박아두었다고. 게다가 독자들은 비싼 통화요금과 데이터 사용료를 지불하느라 책을 사지 않고 말이야!"

히키 영감의 목소리가 한층 커졌다.

"급히 통화해야 할 필요가 있다면 몰라도, 공공장소에서 휴대폰을 만지작거리는 자들은 바나나 껍질을 벗기느라 정신없는 원숭이와 마찬가지 아닌가? 그중에서도 최악의 물건은 스마트폰이야. 스마트 좋아하시네. 기계는 그렇다 쳐도, 인간들이 왜 자진해서 스마트폰의 노예가 되려고 하지? 정말 어리석기 짝이 없다니까! 스마트폰은 즉시 '지랄폰'이라고 이름을 바꿔야 해!"

준코는 어이가 없었다. 이렇게 괴상망측한 노인네를 왜 파티에 초대했을까?

"스마트폰, 아니 지랄폰에 홀린 사람들은, 시간을 주체하지 못하는 자들을 위해 만든 어플 때문에 인생의 귀중한 순간들을 낭비하고 있어! 가장 참을 수 없는 건 사람들과 같이 있으면서 고개를 숙인 채 지랄폰에 몰두하는 무례한 작자들이야! 그보다 더 큰 모욕이 어디 있겠나? 당신은 따분하기 짝이 없는 데다 상대할 가치도 없는 인간이라고 선언하는 것이나 마찬가지 아닌가?"

히키 영감의 사자후는 그 후에도 10여 분쯤 더 이어졌다. 하지만 모두들 고개를 숙이고 듣는 수밖에 없었다. 주방에서 디저트를 가져온 아야카가 히키 영감의 시퍼런 서슬에 압도당해 우두커니 서 있을 정도였다.

잠시 후 에사시 사과로 만든 애플파이가 마음에 들었는지 히키 영감은 얌전해졌다. 천만다행이었다.

"여러분, 이제 거실로 옮길까요?"

식사가 끝나고 레이코가 그렇게 말하는 순간, 준코는 가슴을 쓸어내렸다. 이제 히키 영감과 되도록 떨어져 앉을 생각이었다. 식당에서 거실로 들어서며 히키 영감이 어디에 자리잡는지 신중하게 확인했다. 그때 도키자네가 말을 걸었다.

"아오토 변호사님, 정말 죄송합니다. 히키지 선생님의 휴대폰 알레르기를 미리 말씀드려야 했는데, 제가 깜빡했네요."

"그건 괜찮은데요……. 두 분은 히키지 씨와 옛날부터 친하셨나요?"

그러자 도키자네가 눈도 깜빡이지 않고 말했다.

"친해요? 히키지 선생님과요? 농담이시죠?"

거실로 들어서며 레이코는 조금 전 거론된 전파시계를 보았다. 정각 **오후 8**시였다.

2

거실은 20평이 넘었다. 메탈파이어 사가 만든 커다란 난로에서 새빨간 불꽃이 활활 타오르고 있었다. 사람들은 바의 카운터에서 도키자네와 나쓰미에게 각자 원하는 음료를 받은 후 후미노티의 거대한 소파에 앉았다.

준코는 벨 에포크(19세기 말에서 20세기 초반의 풍요로운 시대) 시대의 샴페인을 한 모금 마시고는 무심결에 만족스러운 한숨을 내쉬었다. 케이를 보자, 싱글몰트 위스키를 마시면서 고양이처럼 편안한 표정을 짓고 있었다. 분위기가 좋아 히키 영감의 존재조차 거슬리지 않았다.

문득 조금 전 화제에 올랐던 전파시계가 눈에 들어왔다. 거실과 식당의 경계쯤에 걸려 있었다. 원형 문자반에는 제조사 로고와 짧은바늘의 궤적을 가리키는 동심원 말고는 아무런 장식도 없었다. 단순한 아라비아 숫자에 검은 바늘뿐이라서 시간이 금방 눈에 띄었다. 하지만 관공서나 은행에서 사용될 만큼 평범해 아무리 봐도 이곳과는 어울리지 않았다.

모토지마가 주변을 두리번거리며 말했다.

"집이 참 훌륭하군요. 쇼토의 집도 호화주택이었죠. 저 같은 서민은 그저 부러울 따름입니다."

레이코는 셜리 템플 잔을 만지작거리며 말했다.

"그 집이 연건평은 꽤 됐지만 땅은 50평밖에 안 됐거든요. 그런데 매물로 내놓았더니 순식간에 구매자가 나타나더라구요. 그 돈으로 이걸 짓고도 남았어요."

"그야 그렇겠지. 진정한 노른자위였으니까. 그걸 팔았단 소리를 듣고 얼마나 아까웠는지 몰라. 그런데 이 산장에 그렇게나 많은 돈이 들었다는 거야?"

구마쿠라가 야마자키 위스키에 물을 섞은 잔을 들고 끈적하게 말했다.

"부지가 3천 평쯤 되는데, 땅값은 그렇게 비싸지 않았습니다. 역시 건축비와 시설비가 돈을 잡아먹었죠."

도키자네가 직접 만든 우롱하이를 입으로 가져가며 대답했다. 알코올 기운이 얼굴에 나타나지 않는 체질 같았다.

"겉으로 보기엔 통나무집 같지만, 아내가 원하는 대로 전자파나 방사능을 막을 수 있게 뼈대를 철근과 콘크리트로 했어요. 이런 산꼭대기까지 사람과 자재를 동원하느라 상당히 힘들었습니다. 처음부터 전기는 들어오지 않았고요."

"왜 이런 산속을 선택했죠?"

가와이가 물었다. 술을 좋아하는지 와일드 터키를 이미 두 잔이나 비웠다.

"글쎄. 공기가 깨끗한 곳으로 오고 싶기도 했지만, 그보다 전화에서 해방되고 속세와 좀 떨어지고 싶었어."

레이코의 말에 모토지마가 공감하며 맞장구쳤다.

"하긴 데뷔 후 거의 쉬지 않고 달렸으니까요. 지칠 만도 하세요."

"그렇다고 대단한 일을 한 건 아니에요. 나보다 훌륭한 작품을 쓰신 분들도 많고요. 그런데 생각지도 못했던 천식에 걸리는 바람에 발이 묶이고 말았죠. 구마쿠라 씨와 같이 살 때라 진찰을 받을 수 있었지만요."

레이코가 겸손하게 말했다.

"최근에는 성인 천식도 많으니까. 어쨌든 일찌감치 공기 좋은 곳으로 옮기기를 잘했어. 그런 점에서 볼 때 작가가 참 부럽군. 우리 같은 사람들은 직업상 쉽게 옮길 수가 없잖아."

그렇게 생각해서인지, 구마쿠라도 레이코에게는 부드럽게 말하는 듯했다.

"그래요. 여기로 온 다음부터는 기침도 가라앉고 모든 걸 긍정적으로 생각하게 되었죠. 그래서인지 글을 쓰고 싶은 마음이 솟구쳤어요. 그런데 하필 그때 바스테트가 죽어서……. 얼마나 힘들었는지 몰라요."

레이코의 갑작스러운 말에 분위기가 숙연해졌다. 어리둥절해하는 멤버들에게 도키자네가 상황을 설명했다.

"바스테트는 아내가 사랑했던 고양이예요. 아비시니안이었을 겁니다. 밖에서 먹지 말아야 할 거라도 먹었나 봐요. 갑자기 고통스럽게 발버둥치더니 동물병원에 데려갈 틈도 없이……."

레이코는 그만 이야기하라는 듯 고개를 가로저었다.

"죄송해요. 한동안 우울증에 빠져 글도 못 썼는데, 남편이 곁에 있어준 덕에 가까스로 일어설 수 있었어요."

그러자 모토지마가 일부러 밝은 목소리로 말했다.

"이제 컨디션을 되찾으셨잖아요? 지난달 『야성시대』에 실린 단편을 보니 여전히 예리하시던데요?"

가와이도 미소를 지으며 다정하게 말했다.

"오늘 이모님 밝은 얼굴을 봐서 저도 마음이 놓여요."

준코는 레이코가 한동안 신간을 내지 않았다는 사실을 떠올렸다. 큰마음 먹고 환경을 바꾸었는데, 반려동물의 죽음으로 우울의 늪에 빠졌던 것이리라.

"그건 그렇고, 이렇게 아무것도 없는 곳에 용케 집을 지었군. 원래는 나무만 있었던 거지?"

구마쿠라가 농담처럼 물었다.

"여관이 있었습니다. 교통편이 좋지 않아 문을 닫았는데, 덕분에 산장을 지을 수 있는 땅이 확보된 거죠."

도키자네도 밝은 목소리로 대꾸했다.

"여관 일부가 아직 별채에 남아 있어요. 오늘 그쪽에서 주무시면 됩니다."

"안 그래도 초대된 사람들이 다 어디서 잘까 궁금하던 참이었어요. 옛날에 나온 B급 호러 가운데 사람들을 전부 죽여 만찬회 식재료로 삼는 게 있었는데……."

가와이가 그렇게 말하며 웃음을 터트렸다.

사람들을 전부 죽였다면 그 많은 요리는 누가 다 먹었을까?

"전기와 수도를 다시 정비하는 게 힘들지 않으셨나요?"

케이가 위스키 잔에서 얼굴을 들고 질문했다. 그러자 도키자네가 자랑스럽게 대답했다.

"그렇게 힘들지는 않았습니다. 다행히 우물물은 수질 기준을 충족해 마셔도 되고, 프로판가스가 배달돼 불도 마음껏 사용할 수 있죠. 만일을 위해 장작도 산더미처럼 쌓아놓았고요."

돈을 댄 사람은 레이코라도 건축설계사와 의논해 직접 집을 지은 사람은 자신이라는 의미이리라.

"물론 힘들지 않았다면 거짓말이겠죠. 가장 힘든 건 전기였습니다. 남쪽 경사면을 내려가면 작은 강이 흐르는데, 그 덕분에 여관이었을 때부터 마이크로 수력발전기가 있었어요. 그런데 너무 낡아서 발전 효율이 좋은 최신 기종으로 교체하고, 경사면 중간에 태양광 패널을 설치했습니다. 양쪽에서 만든 전기를 축전지에 저장하면 여기서 사용하는 전력 전부를 해결할 수 있죠."

"기계설비는 어디에 있나요?"

케이가 방범 컨설턴트의 얼굴로 물었다.

"수력발전기는 강가의 오두막에 있습니다. 그곳과 태양광 패널에서 전깃줄을 끌어와 옥외의 축전지에 연결한 다음, 인버터를 통해 본채와 별채로 끌고가죠."

"분전반은요?"

"정원에 커다란 철제 상자가 있는데, 축전지나 DC-AC 인버터와 같이 그 안에 들어 있습니다."

케이가 보일 듯 말 듯 이마를 찌푸렸다.

"내일 아침 자세히 보겠지만, 축전지나 분전반이 옥외에 있는 건 방범상 문제가 됩니다. 누군가 차단기를 내리면 CCTV나 적외선 센서 기능이 정지되니까요."

그러자 레이코가 가볍게 웃으며 변명하듯 말했다.

"내가 이것저것 요구해서 그래요. 동일본대지진 이후 전력회사를 믿을 수 없게 되어, 만일의 사태에 대비해 전력은 자급자족하고 싶었어요. 하지만 큰 전지나 기계를 본채에 포함시키고 싶지 않았거든요. 전자파를 그렇게 무서워할 필요는 없다는 걸 알고 있지만요."

히키 영감이 그녀를 재빨리 두둔했다.

"아닐세. 현명한 선택이야."

"이제 와서 전기설비를 안으로 옮기기는 힘들 테니, 에노모토 씨께서 되도록 전기를 사용하지 않고 방범할 수 있도록 도와주세요."

아무리 케이가 방범 전문가라 할지라도 그것은 상당히 어려운 문제 아닐까?

"전화는 어떻게 하나요? 전화선도 없고, 휴대폰도 통화권에서 벗어나면 급할 때 곤란하잖습니까? 게다가 인터넷을 사용할 수 없으면 여러모로 불편하지 않나요?"

모토지마의 질문에 레이코가 단호하게 대답했다.

"지붕에 위성 인터넷의 파라볼라 안테나가 있어요. 잠시 인터넷을 사용하거나 원고를 보내는 건 문제 없어요."

"만일의 경우에는 이게 있고요."

도키자네가 일어서더니 캐비닛에서 굵은 안테나가 달린 무전기 같은 걸 꺼내왔다.

"위성휴대전화입니다. 여기는 산꼭대기라 하늘이 탁 트여 있어 정원에서 아무런 문제 없이 사용할 수 있죠. 대규모 재해가 발생했을 때 일반 휴대폰이나 집전화보다 훨씬 유용하다는 사실이 이미 실험으로 입증되었어요."

아무리 산간벽지라도 위성을 사용한 시스템이 두 개나 필요할까? 준코는 묘한 느낌을 받았지만 깊이 생각하지 않기로 했다.

미스터리 작가 세 명과 편집자가 있기 때문인지 자연스럽게 화제가 미스터리 담론으로 넘어갔다.

"……도키자네 씨 작품 가운데서는 역시 『시계장치 살인』이나 『시간은 화살과 같다』처럼 치밀한 트릭이 인기가 있더군요."

모토지마가 도키자네의 대표작을 거론하며 덧붙였다.

"심리학을 전공해서인지 초기 작품에는 심리 트릭이 많았는데, 요즘은 기계 트릭에 치우친다고나 할까요?"

"기계 트릭이라면, 그거 말인가? 끈을 잡아당겨 밖에서 자물쇠를 잠그는 것 말이야. 난 아무리 생각해도 어린애 속이기 같던데."

구마쿠라의 눈이 절반쯤 풀려 있었다. 가슴에 쌓인 우울을 술로 해소하는 유형 같은데, 항상 레이코의 현재 남편인 도키자네에게 그 화살이 향하는 듯했다.

"그렇게 단순한 이야기는 요즘 아무도 안 씁니다."

모토지마가 쓴웃음을 지었다.

"하지만 복잡하다고 좋은 건 아니잖아? 너무 복잡하면 독자 입장에서는 혼란스럽기만 하지. 그렇게 볼 때 아직은 심리 트릭이 성인들에게 더 먹히지 않을까? 에도가와 란포도 그렇게 말했던 것 같은데?"

구마쿠라는 계속 태클을 걸었다.

"지금은 미스터리도 많이 진화해 단순하게 기계 트릭과 심리 트릭을 구별하는 건 의미가 없습니다. 트릭의 목적 또한 착각 유발, 즉 환영을 만들어내는 것으로 바뀌고 있죠. 목적은 심리적 효과지만 그걸 완성해 나가는 수단은 기계적인 트릭입니다."

도키자네는 대학에서 강의라도 하듯 자세히 설명했다.

"새로운 트릭이 계속 나올까요? 지금까지 미스터리 단막극에 몇 번 출연했는데, 전부 배를 잡고 웃을 만큼 진부한 트릭이나 유명한 작품의 표절이었어요."

그렇게 말하는 가와이의 입매가 살짝 일그러졌다. 좋은 추억이 아닐는지도 모른다.

"단품으로는 거의 나왔을지도 모르죠. 앞으로는 여러 가지 트릭을 엮어서 승부하는 수밖에 없지 않을까요?"

도키자네는 그렇게 말한 뒤 케이를 향했다.

"실은 오늘밤 에노모토 씨 말씀을 기대하고 있습니다. 지금까지 많은 밀실사건을 해결하셨더군요."

"아오토 변호사님이 해결한 사건들 말인가요? 저는 단지 현장조사를 도왔을 뿐입니다. 가설은 대부분 변호사님이 독창적인 관점으로 생각해낸 것들이에요."

케이가 거침없이 말했다.

그러자 사람들 시선이 준코에게 쏠렸다. 준코는 "그건 그래요"라고 말한 뒤 샴페인 잔을 입으로 가져갔다. 두고 보자.

"조금 전 이야기와도 관계가 있는데, 본격 미스터리의 트릭은 점차 마술처럼 변해가고 있습니다. 이런 이론을 주장하는 사람이 아직 저 혼자지만요."

도키자네가 눈을 반짝이며 말했다.

"에노모토 씨가 해결……이라고 할까, 관여한 사건 중에서 클로즈업 매직(마술사와 가까운 거리에서 즐기는 마술) 같은 게 있으시죠? 증인이 지켜보는 가운데 아무도 모르게 밀실을 깨트리고 감쪽같이 재구성한 사건 말입니다."

준코도 생각났다. 매우 해결하기 힘든 사건이었다. 옛날부터 이과 과목을 싫어해서 그런지 특히 어렵게 느껴졌다.

"네. 범인이 중학교 이과 선생님이었죠. 학생들의 관심을 끌기 위해 깜짝쇼 같은 과학실험을 자주 했는데, 트릭도 그런 지식을 바탕으로 만들어졌습니다."

케이는 사람들에게 사건 내용을 간단히 설명했다. 널리 보도되었지만 자세한 부분까지는 알려지지 않았다. 범인의 교활한 계획을 들은 사람들의 얼굴에 놀라운 기색이 역력했다.

"그 사건의 본질은 도키자네 씨의 말씀처럼 단순한 과학지식의 악용이라기보다 사람들 눈앞에서 펼쳐진 클로즈업 매직이었다고 생각합니다."

도키자네는 그 말에 만족스러운 미소를 지었다.

"그것이 바로 트릭의 마술화입니다. 기계 트릭은 마술로 말하면 소재나 장치에 해당하는데, 그것만으론 불완전하죠. 말과 행동으로 교묘하게 이끌어나가는 등 사람들에게 보여지는 부분도 중요합니다. 기계적인 트릭은 심리를 이용한 연출과 어울려야 비로소 사람들 마음에 환영을 만들어낼 수 있죠."

"그렇게 되면 전체적인 범행계획이 더욱 더 복잡해질 것 같군요."

모토지마가 얼굴을 찡그렸다. 책을 내는 쪽에서 보면 내용이 지나치게 어려울 경우 독자가 한정된다. 따라서 적당한 선에서 절충해 주기를 바라는 심정이리라.

"네. 최근에는 활자만으로 모든 걸 설명하는 데 한계를 느낄 정도입니다. 그림을 넣는 것도 한계가 있고요. 물론 영상으로 만들면 일목요연하지만요."

도키자네가 자조적으로 말했다.

"작가가 그렇게 말하면 어떡해? 그러면 소설 자체를 부정하는 것 같잖나? 트릭에 편중되었다는 말도 그래. 시대착오적이라고 하면 지나칠지 모르지만 좋고 나쁨이 있는 것 아닐까? 여러 트릭을 엮는다든지 복잡하게 만드는 것이 정말로 미스터리가 나아가야 할 길일까? 레이코……, 모리 레이코의 작품이 지금도 잘나가는 건 미스터리에 트릭 같은 건 없어도 좋다, 오히려 인간이 있었으면 좋겠다. 그렇게 생각하는 독자가 많기 때문 아닌가?"

술이 들어가자 구마쿠라의 말투는 더욱 끈적해졌다.

"꼭 그렇다곤 할 수 없습니다. 트릭이 없어져 아쉬워하는 독자들도 많으니까요. 역시 균형이 중요하다고 할까? 양쪽 모두 필요하다고 생각합니다."

모토지마가 상황을 수습하듯 말했다.

"구마쿠라 씨 말씀이 맞을지도 모릅니다. 아내에 비하면 제 작품은 분명히 마이너지요. 그런데 소수지만 출간되기를 애타게 기다리는 독자도 있습니다. 그 사람들을 위해 쓴다……는 건 역시 거짓말이겠죠. 실은 제가 좋아서 쓰는 것뿐입니다."

도키자네는 겸손하게 말했다. 그러자 레이코가 한숨을 쉬며 끼어들었다.

"저 같은 경우, 옛날부터 트릭에 관심이 많았지만 솔직히 젬병이에요. 데뷔 후 머리에 떠오른 트릭을 확인과정 없이 썼다가 실행 불가능하다는 혹평을 받았죠. 내가 달라진 건 남편을 만나고 충격을 받은 다음이에요. 어떤 작품을 썼는데, 이 트릭이 성립하느냐고 전화로 물어봤죠."

모토지마가 기억을 떠올리며 고개를 끄덕였다.

"『밀월의 끝』이었습니다. 아내가 집에서 파티를 하며 남편이 탄 차를 절벽에서 추락시키는 트릭이 나오죠. 그 대목의 심리 묘사랄까, 서스펜스는 일품이었습니다."

"네. 그런데 남편은 트릭이 불가능한 이유를 스무 개쯤 들었어요. 하나하나가 전부 치명적이었죠. 그 당시 얼마나 좌절했는지 몰라요."

"또 오버하는군요. 고작해야 다섯 개 정도였어요."

"다섯 개라도 마찬가지예요. 그 말을 듣고, 그렇게 결점이 많은 트릭은 사용할 수 없다는 생각이 들었죠. 그런데 남편이 한 시간만 기다려달라고 하더군요. 정확히 한 시간 후 팩스가 도착했는데, 보자마자 깜짝 놀랐어요. 모든 결점이 수정되어 실현 가능하게 바뀌었더라고요."

"그렇게 허점 많았던 트릭을 어떻게 수정한 거죠?"

가와이가 웃으며 끼어들었다. 그런데 모처럼 타오르려던 분위기에 히키 영감이 찬물을 끼얹었다.

"기존의 트릭을 살짝 손봤을 뿐, 독창성이라곤 눈을 씻고 봐도 없었지. 내 대표작인 『버마의 괴인』이나 『올림포스 살인사건』의 트릭과 비교해 보면 잘 알 수 있겠지만."

히키 영감 외에 모든 사람들이 시선을 아래로 향했다.

"얼음이 완전히 녹았네요. 다시 만들어 줄까요?"

도키자네가 레이코 뒤쪽에서 술잔을 받으려 했다.

"그래요. ……어머나, 벌써 시간이 이렇게 됐네."

전파시계를 본 레이코는 술잔을 나지막한 테이블에 내려놓았다.

"죄송해서 어쩌죠? 오시기 전에 일을 마무리했어야 했는데……. 내일 아침이 마감인 원고가 하나 남았어요."

오후 8시 41분. 어중간한 시간이지만, 히키 영감에게서 도망치고 싶은 마음은 충분히 이해가 되었다.

"고생이 많으시네요."

모토지마가 위로하듯 말했다.

"이 시간엔 매일 일하니 힘들지는 않지만, 손님을 초대해 놓고 호스티스가 자리를 뜨는 건 말도 안 되는 일이죠?"

레이코는 생긋 미소를 지으며 대꾸했다. 그러자 도키자네가 사람들을 향해 사과했다.

"죄송합니다. 모두 저 때문입니다. 전화로 의뢰를 받았는데,

깜빡하고 마감일을 전달하지 않았거든요."

"여러분, 아직 밤은 한참 남았으니까요. 1시간 반쯤 후에 돌아올게요. ……여보, 뒤를 부탁해요."

"여긴 걱정 말아요. 손님들이 따분하지 않도록 알아서 할게요."

고개를 끄덕이는 도키자네를 보고 레이코는 약간 의아스러운 표정을 지었다. 그녀는 우아하게 인사한 다음 거실 밖으로 퇴장했다.

3

살짝 취했다. 준코는 화장실로 가서 물에 적신 손수건을 눈두덩이에 대며 생각했다. 비싼 샴페인이 맛있는 건 분명하다. 하지만 자기도 모르게 과음한 건 지금 마셔두지 않으면 손해라는 쪼잔한 마음 때문 아닐까?

화장실은 현관 오른쪽에 있고, 옆에 2층으로 올라가는 계단이 있다. 왼쪽에는 식당으로 이어지는 문이 있고, 현관에서 똑바로 들어가면 거실 문이 있다.

준코가 거실로 돌아왔을 때, 도키자네가 벽의 전파시계를 쳐다보았다.

"8시 50분이군요. 이 시계가 정확하다면 이제 시작할까 합니다. 여러분, 마음의 준비는 되셨나요?"

몇 사람이 손목시계를 쳐다보았다. 준코도 태그호이어 손목시계를 보았다. 1분도 안 틀리고 정확히 맞았다.

전파시계니 정확한 건 당연하다. 왜 굳이 확인하는지 이상했으나, 지금부터 무슨 일이 벌어질지 마음이 두근거렸다.

"오래 기다리셨습니다. 지금부터 레이코 컬렉션 가운데 특별한 물건들을 보여드리겠습니다. 전시회에서도 쉽게 볼 수 없는 훌륭한 것들입니다. ……나쓰미 씨."

나쓰미가 화들짝 놀란 표정을 짓더니 리모컨 같은 걸 가져와 도키자네에게 내밀었다.

"레이코를……, 아니 부인을 기다리지 않아도 되나?"

구마쿠라가 의아스런 표정으로 미간에 주름을 잡았다.

"괜찮습니다. 여러분이 기다리시는 동안 컬렉션을 보여드리라고 했으니까요."

도키자네는 빙긋이 웃으면서 서쪽 벽에 있는 캐비닛을 향해 리모컨을 조작했다.

나지막한 모터 소리와 함께 캐비닛 전체가 남쪽으로 이동하더니 빈 공간이 나타났다. 그리고 높이 70센티미터쯤 되는 진열대가 천천히 앞으로 튀어나왔다.

여기저기서 감탄사가 흘러나왔다.

붉은 펠트 위에 죽 늘어선 탁상시계 여덟 개가 조명을 받아 반짝반짝 빛났다.

"여러분, 가까이 와서 보십시오."

도키자네의 말에 사람들은 진열대 앞으로 모여들었다.

앤티크 시계에 대한 지식이 별로 없는 준코도 그곳에 있는 시계들이 문화재급임을 알 수 있었다.

각각의 시계 앞에는 간단한 설명이 있는 이름표가 붙어 있었다. 맨 앞에 있는 것은 ① '코뿔소 탁상시계'였다. 금박시계를 등에 지고 있는 청동 코뿔소의 모습으로, 설명에 따르면 루브르 박물관에 소장된 것과 똑같은 종류라고 했다. 다음은 청동에 금박을 두르고 있는 ② '낙타 탁상시계'였다. ③ '메티에 다르 아르카'는 커다란 크리스털 블록을 사용한 바쉐론 콘스탄틴 제품이고, ④ '에밀 갈레 탁상시계'는 그 유명한 유리로 만들어진 작품이 아니라 로코코 양식의 도자기에 시계가 장착된 제품이었다.

한가운데에 있는 ⑤ '만년자명종'은 유일한 일본 시계였다. 3층으로 이루어진 받침대와 문자반은 공예품처럼 중후했다. 하지만 꼭대기에 유리 돔을 떠받치고 있어 옛날 SF 영화의 로봇 같은 느낌도 들었다.

가장 멀리 놓인 ⑥~⑧의 탁상시계에는 '미스터리 클락'이라는 묘한 이름이 붙어 있었다. 사람들의 관심은 일제히 그 세 개의 시계에 쏠렸다.

"믿을 수 없어! 이게 전부 진품이란 말인가!"

히키 영감의 말투에서는 그동안의 독기를 찾아볼 수 없었다.

"개인이 이렇게 훌륭한 컬렉션을 소장하다니…… 레이코 선생님은 이것에 대해 말씀하신 적이 한 번도 없어요. 이번에 저희 잡지에서 특집으로 실을 수 없을까요?"

흥분을 억누르려 한 탓인지, 모토지마의 목소리가 부자연스러울 정도로 나지막했다.

"일단 말은 전하겠습니다."

도키자네가 냉정하게 말했다.

"미스터리 클락이란 게 그렇게 귀한 거예요?"

준코의 말에 모두들 어이없다는 표정을 지었다.

"그렇지요. 이걸 훔……, 손에 넣을 수 있다면 지금까지 살아온 인생을 후회하지 않을 정도입니다."

케이 역시 압도당한 듯 말을 더듬었다.

……그런데 지금 단지 혀가 꼬인 것일까? 그렇지 않다면 무슨 말을 하려고 했을까? '훔'으로 시작되는 말은…….

"미스터리 클락을 창안한 사람은 근대 마술의 아버지로 일컬어지는 프랑스의 로베르 우댕입니다. 시계 장인에서 마술사로 전향한 분이죠."

도키자네가 득의양양한 태도로 설명했다.

"미스터리 클락은 지금까지 100여 종류가 만들어졌습니다. 전부 까르띠에 제품으로, 무엇과도 비할 수 없을 만큼 아름답죠. 1912년 처음으로 만들어진 제품은 상자 모양의 단순한 디자인에 기품이 넘치는 6번의 '모델 A'입니다. 받침대는 하얀색 마노이고, 문자반은 수정이며, 바늘은 백금과 다이아몬드예요."

가까이 다가가 그 시계들을 본 준코는 가슴이 먹먹해졌다. 시계가 이렇게 아름다울 수 있다니.

'모델 A'뿐만 아니라 ⑦의 '키메라', ⑧의 '팬더'도 최고의 미술공예품이란 찬사가 아깝지 않을 정도였다. 비단 아름답기만 한 것이 아니었다.

"보면 아시겠지만 바늘이 수정 문자반의 한가운데에 있고, 그 주변에 무브먼트 같은 건 보이지 않습니다. 그런데 어떻게 시계가 작동할 수 있을까요? 이것이 바로 미스터리 클락이 미스터리인 이유입니다."

그렇다. 바늘이 어떻게 움직일까?

"에노모토 씨, 어떤 트릭이 숨겨져 있는지 아시겠습니까?"

그러자 케이가 대수롭지 않게 대답했다.

"실제로 제 눈앞에 물건이 있으니까요. 이건 밀실트릭보다 훨씬 간단합니다. 퍼즐로서의 난이도는 둘째치고 독창적인 아이디어를 형태로 만든, 그것도 이렇게 아름다운 공예품으로 만든 점에는 찬사를 보내지 않을 수 없군요."

준코는 짐작조차 되지 않았다.

"세 개 다 지금 움직이고 있나요?"

준코의 질문에 도키자네는 고개를 흔들었다.

"유감스럽지만 현재 작동하는 건 '모델 A'뿐입니다. 하지만 기구에 부담이 가기 때문에 멈춰놓았습니다."

그러고 보니 전부 10시 9분을 가리켰다. 시계의 광고사진도 대부분 그렇지만, 긴바늘과 짧은바늘의 배치가 가장 아름답게 보이는 시각이다.

"그런데 여러분, 실은 지금부터가 진짜입니다."

도키자네가 빙긋이 웃으며 말을 이었다.

"여기 있는 시계들 가격을 비싼 순서대로 맞춰보십시오. 정답자 중 한 분에게는 조금 이른 크리스마스 선물로 멋진 상품을 준비해 놓았습니다. 이 시계들에는 미치지 못하지만 전시회에서도 주목받을 만한 아름다운 탁상시계입니다. 경매에 내놓을 경우 상당한 금액에 팔릴 겁니다."

나쓰미는 입을 벌린 채 도키자네를 쳐다보았다. 사전에 아무 말도 듣지 못한 표정이었다.

"정답자가 복수인 경우 당첨자를 어떻게 정하죠?"

가와이가 입술을 핥으며 물었다. 별안간 의욕을 보이고 있다.

"그런 일이 생기면 제비뽑기를 하겠지만, 상당히 어려운 문제라서요. 아마도 두 분 이상 정답을 맞히는 일은 없을 겁니다."

도키자네의 얼굴에 자신감이 넘쳤다.

"지금부터 오감을 사용해 여덟 개의 보물을 마음껏 만지셔도 됩니다. 유리 너머가 아니라 바로 코앞에서 차분히 바라보고 손으로 느껴보는 겁니다."

"도키자네 선생님, 그건 좀……."

나쓰미의 만류에 도키자네가 손을 흔들며 물리쳤다.

"괜찮아. 이미 이야기가 된 거예요."

도키자네가 다시 진열대로 다가갔다.

"단, 사진은 찍지 말아주십시오. 그 점은 아내가 미리 못을 박았습니다. 영혼을 뒤흔드는 아름다움은 어디까지나 하룻밤의 꿈으로 여러분 마음에만 새겨놓기 바랍니다."

도키자네는 진열대 서랍을 열어 커다란 보석용 트레이와 하얀 장갑을 꺼냈다.

"만에 하나 흠집이라도 생기면 돌이킬 수 없기 때문에 반지와 커프스 버튼, 손목시계는 빼주시기 바랍니다. 저희가 보관해 두겠습니다. ……장갑을 드려요."

도키자네가 건넨 하얀 장갑을 나쓰미가 사람들에게 나눠 주었다. 그동안 도키자네는 손목시계를 수거했다.

"전부 수지로 만들어져, 부딪친다고 해도 흠집이 안 날 텐데요."

케이가 자신의 지쇼크를 가리키며 말했다. 하지만 도키자네는 만약의 경우가 생길 수 있다며 모두 빼게 했다. 그렇게 수거한 시계와 반지를 트레이에 담은 뒤 진열대 서랍에 넣고 자물쇠로 잠갔다.

이렇게까지 엄격할 필요가 있을까? 하지만 준코의 희미한 의문은 가슴의 두근거림 앞에서 또다시 안개처럼 흩어졌다. 시계 여덟 개를 가격 순으로 늘어놓는 일은 쉽지 않겠지만, 상위 3개는 미스터리 클락이 차지하리라. 잘하면 자신에게도 기회가 있을지 모른다.

도키자네가 나쓰미에게 뭐라고 속삭이자 나쓰미가 긴장한 모습으로 고개를 끄덕였다. 혹시라도 사고가 발생하지 않게 잘 감시하라고 말한 걸까?

그러고 보니……. 그렇게 생각하며 케이를 본 준코는 흠칫 놀랐다. 뭔가 수상해 보인다. 혹시 이번 기회를 이용할 생각일까? 사람들이 지켜보는 가운데 하나를 슬쩍한다고 해도—물론 그것 자체가 불가능하겠지만—그대로 도망치거나 어딘가에 숨길 수 있으리라곤 생각하기 어렵다.

하지만 무슨 생각을 하는지 알 수 없는 사람이다. 한시라도 눈을 떼어서는 안 된다. 이런 기회가 거의 없으니 가격 맞히기에 집중하고 싶은데.

준코는 자신도 모르게 혀를 찼다. 그런데 놀란 표정의 나쓰미와 눈이 마주쳤다. 준코는 미소를 지으며 은근슬쩍 상황을 넘겼다.

케이를 경계한 탓인지, 준코는 그 자리의 분위기를 객관적으로 바라볼 수 있었다.

초대 손님들은 이 게임에 완전히 마음을 빼앗긴 듯했다. 특히 눈빛이 달라진 가와이는 장갑을 낀 손으로 시계를 만지작거렸다. 자신이 상속받을 수도 있기 때문일까? 어쩌면 경제적으로 힘들어 상품이라도 차지하고 싶은 건지 모른다.

모토지마는 연신 감탄하면서도 고개를 갸웃거렸다. 이 컬렉션에 대해서만은 정말 레이코로부터 한마디도 듣지 못한 것 같다.

구마쿠라는 끈적한 눈길로 '코뿔소 탁상시계'를 쳐다보았다. 가끔 촉진이라도 하듯 손가락 끝으로 가볍게 두드리는 것은 직업병일 것이다.

히키 영감은 누가 봐도 알 수 있을 만큼 손을 덜덜 떨었다.

너무 흥분해 심장에 나쁜 영향을 미치지 않을까 하는 걱정은 손톱만큼도 되지 않았다. 그보다 실수로 시계를 쓰러뜨리지 않을까 가슴이 조마조마했다.

케이는 사냥감을 노리는 고양이 같은 눈길로 세 개의 미스터리 클락을 뚫어지게 쳐다보았다. 특히 '모델 A'가 마음에 드는지 상하좌우로 각도를 바꾸며 살펴보고, 진열대 뒤로 돌아가 수정 문자반을 들여다보기도 했다.

준코도 여덟 개의 시계를 분석하는 작업에 돌입했다.

톱3는 역시 미스터리 클락이리라. 그중에서도 '모델 A'의 아름다움은 단연 압도적이었다. '팬더'의 마주보는 표범 두 마리도 작은 보석들이 반짝거리며 고급스러운 느낌을 주었다.

어쨌든 1위에서 3위는 결정이다. 그렇다면 4위는 '코뿔소 탁상시계'일까, '메티에 다르 아르카'일까? 예측이 불가능한 건 '만년자명종'이다. 역사적 가치로 따지면 천문학적 가격이 붙을지도 모른다. 상태가 너무 좋아 가품일 가능성도 있지만.

그때 한 발짝 물러나 사람들을 지켜보던 도키자네가 조용히 걸음을 옮겼다. 발소리를 내지 않으려는 움직임이 오히려 준코의 시선을 끌었다.

도키자네는 가든 테라스 쪽 창문으로 가더니 커튼을 젖혔다. 남쪽 하늘에 휘영청 떠오른 보름달이 보였다. 이어서 그는 샌들을 신고 정원으로 나갔다. 도키자네의 손에 위성휴대전화가 들려져 있는 것이 보였다. 누군가에게 전화하려는 모양이다.

그는 밖에서 창문을 닫고 위성휴대전화를 귀에 댔다. 잠시 누군가와 이야기하던 도키자네가 창문을 열고 안쪽을 향해 소리쳤다.

"모토지마 씨, 시미즈 사장님입니다! 한마디 하시죠."

그렇다면 지금 통화하는 상대가 도비시마쇼텐의 사장 시미즈 다카시란 말인가?

모토지마의 얼굴에 귀찮아하는 표정이 역력했다. 휴가지에서 사장과 통화하고 싶어하는 샐러리맨은 주운 지갑을 파출소에 갖다주는 도둑과 마찬가지로 드물 것이다. 하물며 지금은 앤티크 시계의 가격을 매기느라 정신없는 타이밍 아닌가?

그래도 모토지마는 순간적으로 얼굴에 미소를 지은 뒤 도키자네 쪽으로 걸어갔다. 위성휴대전화를 받아들고 두세 마디 하면서 그는 연신 고개를 숙였다. 영상통화가 아니니 그냥 서서 통화해도 될 텐데. 샐러리맨의 가련한 습성이 틀림없다.

시선을 돌리던 준코의 눈에 벽의 전파시계가 들어왔다.

오후 9시 8분. 가격 맞히기 게임이 시작되고 18분이 지났다.

모토지마는 위성휴대전화로 대화를 이어가며 수시로 고개를 끄덕였다. 그 모습에 준코는 이마를 찡그렸다.

위성휴대전화가 내뿜는 전파의 출력은 얼마나 될까? 지구에서 아득히 떨어진 위성과 정보를 주고받으니 상식적으로 생각하면 일반 휴대폰보다 훨씬 강력할 것이다.

물론 모토지마가 통화하는 가든 테라스와 거실 사이에는 창문이 있어 이쪽에 직접적인 영향을 미친다고는 할 수 없다. 하지만 히키 영감이 그 모습을 본다면 가만있을 리 없지 않을까?

뒤를 돌아보자 마침 히키 영감이 가든 테라스 쪽으로 시선을 돌리는 참이었다. 위성휴대전화로 통화하는 모토지마의 모습이 보였을 것이다. 지금이라도 펄쩍 뛰며 분노를 터트리지 않을까? 준코는 마른침을 삼키며 상황을 지켜보았다.

하지만 히키 영감은 아무런 반응도 보이지 않았다. 시선을 내리깔고 떨리는 손으로 '낙타 탁상시계'를 어루만지던 그는 연신 고개를 갸웃거리며 중얼거렸다. 현재 상황에 재빠르게 순응함으로써 휴대폰 전파 같은 건 이미 안중에도 없는 모양이었다.

물론 문제가 일어나지 않는 것보다 좋은 일은 없다. 하지만 왠지 배신당한 듯한 기분에 화가 치밀었다. 지금 당장 히키 영감 앞으로 가 스마트폰 전원을 켜면 어떤 반응을 보일까? 물론 그렇게 할 용기는 없었다. 더구나 통화권 이탈이라 의미도 없다.

모토지마는 도키자네에게 위성휴대전화를 돌려주고 경보라도 하듯 종종걸음으로 돌아왔다. 1초라도 빨리 게임에 복귀하고 싶었던 모양이다.

도키자네는 그대로 계속 걸으며 통화했다. 그러다 어느 순간부터 보이지 않았다. 어디로 간 걸까 생각한 순간, 나쓰미가 헛기침을 했다.

"이제 조명을 바꾸겠습니다. 할로겐램프의 풋라이트로 보시기 바랍니다. 불빛이 바뀌면 명품들이 또 다른 보습을 보여줄 겁니다."

나쓰미가 리모컨을 누르자 천장에서 비추던 간접조명이 꺼졌다. 이제 거실은 난로의 붉은 불길 외에는 캄캄해졌다. 그때 어디선가 삐 하는 희미한 전자음이 들리고, 2, 3초 후 진열대의 풋라이트가 켜졌다.

사람들에게서 탄성이 흘러나왔다.

플라네타륨 같은 어둠 속에서 휘도가 높은 할로겐램프가 여덟 개의 탁상시계에 눈부신 빛을 선사했다. 그중에서도 '모델 A'와 '팬더'의 아름다움은 말로 표현할 수 없을 정도였다. 바라보는 것만으로 다른 세계로 빨려 들어가는 듯했다.

"역시 1등은 이건가……."

가와이가 감격에 겨운 목소리로 속삭이듯 말했다.

틀림없다. 준코도 고개를 끄덕였다. 이건 인간의 손이 만들어낸 최고의 보물이다. 케이가 아니더라도 '훔치고' 싶어지는 마음을 충분히 이해할 수 있을 것 같았다.

모두들 여덟 개의 보물에 매료되고 욕망에 사로잡혀 시간이 지나가는 걸 까맣게 잊어버렸다.

그때 정원 쪽에서 인기척을 느낀 준코가 고개를 들었다.

도키자네가 돌아온 모양이다. 아직 위성휴대전화로 통화 중이지만 유리창 너머로 모습이 보였다. 그는 통화를 마친 뒤 거실로 들어와 유쾌한 목소리로 말했다.

"여러분, 어떠십니까? 결론이 나왔나요?"

"뭐 대강은요. ……그런데 맞을지는 모르겠네요."

가와이가 팔짱을 끼면서 살짝 고개를 흔들었다. 마지막 순간에 자신이 없어진 모양이다.

"어차피 한 번에 맞힐 수는 없을걸? 도키자네 씨의 주특기인 트릭이 있지 않을까?"

구마쿠라의 말투가 조금 전보다 훨씬 끈적거렸다. 하지만 그 말에 얼굴을 찌푸리는 사람은 없었다. 모두 똑같은 마음이었기 때문이다.

도키자네는 정답자가 나온다고 해도 한 사람일 거라고 했다. 그 말이 사실이라면 적어도 하나는 예상보다 훨씬 싸거나 비싼 물건이 섞여 있을 것이다. 즉, 무언가는 미끼다.

"이거 난감하군요. 저를 믿지 못하는 건 어쩔 수 없지만 잔재주는 부리지 않았습니다. 맑은 눈으로 보시면 분명히 정답에 도달할 겁니다. ……이제 불을 원래대로 해주겠어요?"

도키자네의 말에 나쓰미가 리모컨을 조작했다. 할로겐램프가 꺼지고 거의 동시에 LED 간접조명의 백색 빛이 켜지며 사람들은 현실로 돌아왔다.

도키자네가 벽의 전파시계를 보며 말했다.

"9시 39분이군요. 8시 50분에 게임을 시작했으므로 지금까지 49분이 걸렸습니다. 말 그대로 머리를 쥐어짜며 고민하셨겠죠. 지금까지 차분하게 보셨으니 이제 모든 건 여러분의 심미안에 달렸다고 할 수 있겠네요."

도키자네의 목소리에서도 흥분된 느낌이 전해졌다.

벌써 49분이나 지났나? 준코는 시계를 보며 깜짝 놀랐다.

눈 깜짝할 사이였던 것 같기도 하고, 길고 농밀한 시간이었던 것 같기도 하다.

"아내는 아직도 일하는 중인가?"

도키자네가 묻자 나쓰미가 "네"라고 대답하며 고개를 끄덕였다.

"잠시 가서 보고 오지. 지금부터 클라이맥스, 즉 정답 맞히기를 시작할 거야."

그러자 나쓰미가 놀라는 표정을 지었다.

"······하지만 일하시는 중에는 절대로."

"괜찮아. 오늘밤은 특별하니까."

"그래도······."

나쓰미는 곤혹감을 감추지 못했다.

"괜찮다니까 그러네. 손님을 기다리게 할 수는 없잖아? 걱정 마세요. 내가 책임질테니."

"알겠습니다."

나쓰미는 마지못한 표정으로 거실에서 나갔다.

"자! 그러면 여러분의 대답을 들어볼까요? 이 투표용지에 ①번에서 ⑧번까지, 가격이 높은 순서부터 적어주십시오."

도키자네는 모두에게 종이 한 장씩을 나눠주었다. 특별할 것 없는 평범한 메모지였다. 하지만 자세히 보자 도키자네 겐키라는 빨간색 낙관이 찍혀 있었다.

"말씀드릴 것까지도 없겠지만, 기명 투표이니 성함을 써주십시오. 성함이 없는 것은 실격······처리하지는 않겠지만, 만약 성함이 없는 투표용지가 여러 장 있고 그중 하나가 정답일 경우 상품 지급문제로 분쟁이 있을 수 있습니다."

어떻게 할까? 마지막 순간에서야 준코는 진지하게 고민하기 시작했다.

초지일관으로 세 개의 미스터리 클락, 즉 ⑥ 모델 A, ⑧ 팬더, ⑦ 키메라를 톱3로 할까? 그런데 그 다음을 알 수 없었다. ① 코뿔소 탁상시계, ② 낙타 탁상시계, ③ 메티에 다르 아르카 순으로 하는 게 무난할지도 모른다. 하지만 그러면 다른 사람 대답과 겹쳐질 것이 틀림없다. 어딘가에서 독자성을 보여주든지 모험할 필요가 있다. ④ 에밀 갈레 탁상시계는 인기 있는 유리제품이 아니라 도자기이고, ⑤ 만년자명종을 상위에 올리는 건 너무 뻔하다는 생각이……

그 순간, 어디선가 귀를 찢는 비명이 울려퍼졌다. 여자 목소리다. 모두들 흠칫 놀라 고개를 들었다.

"이게 무슨 소리죠?"

모토지마가 외부의 적을 경계하는 미어캣처럼 일어나 주변을 둘러보았다.

"글쎄요. 뭘까요?"

도키자네는 짐작조차 되지 않는다는 듯 두 손을 펼치며 어깨를 들썩였다.

그때 계단을 뛰어내려오는 발소리와 함께 거실 문이 난폭하게 열렸다. 나쓰미였다.

"무슨 일이야?"

무례를 책망하듯 도키자네의 목소리가 높아졌다.

"선생님, ……선생님이!"

나쓰미는 다음 말을 잇지 못하고 두 손으로 얼굴을 감쌌다.

"그 사람이 왜? 무슨 일이야? 알아듣게 말해봐!"

"어서 가봐요! 레이코 선생님은 서재에 계시나요?"

모토지마와 가와이, 구마쿠라 순으로 거실에서 뛰어나갔다. 준코도 뒤를 따르려다 케이를 쳐다보았다. 이자를 고가의 컬렉션과 함께 남겨둘 수는 없다.

케이는 준코와 시선이 마주치자 경쾌한 걸음으로 달려나갔다. 준코는 마크라도 하듯 그의 뒤를 따랐다. 계단 입구에서 뒤를 돌아보자 휠체어를 탄 히키 영감과 도키자네가 나쓰미와 함께 거실에서 나오는 참이었다.

케이는 후다닥 계단을 뛰어올라가 모토지마를 추월했다.

준코는 슬리퍼가 벗겨지는 바람에 미끄러졌다. 하지만 가까스로 난간을 붙잡아 넘어지지는 않았다.

2층으로 올라가자 앞서간 사람들이 막다른 곳에 있는 방 앞에 서 있었다. 문은 활짝 열려 있었다.

사람들 뒤로 다가가자 내부가 보였다.

10평이 넘는 서재에는 붙박이 책장과 휴식용 소파, 책상이 놓여 있었다. 그리고 책상 뒤쪽에서 엎드린 채 쓰러져 있는 사람은…….

얼굴은 보이지 않았지만 진홍색 칵테일 드레스를 본 적이 있다.

레이코가 입었던 옷이다.

4

"틀렸어. 이미 숨이 끊어졌어. 죽은 지 얼마 안 된 것 같군."

몸을 숙여 레이코의 맥을 짚던 구마쿠라가 비통한 표정으로 말했다.

"왜죠? 도대체 왜……!"

모토지마의 얼굴이 창백해졌다. 눈에 눈물이 고였다.

"그건 모르겠어. 눈에 띄는 외상은 없는 것 같아. 갑자기 심장 발작을 일으켰거나, 어쩌면 이게 원인일지도 모르겠군."

구마쿠라가 가리킨 것은 바닥에 있던 커피잔이었다. 새하얀 카펫에 커피로 보이는 갈색 얼룩이 사방으로 흩어져 있었다.

"커피요? 무슨 뜻이죠?"

도키자네가 이해가 안 된다는 듯 얼굴을 찌푸렸다.

"레이코 입가에 뭔가 묻어 있잖아? 토하진 않았지만 마셨던 커피를 토하려 했을지도 모르지. 그렇다면 독이 들어 있었을 수도 있어."

구마쿠라가 일어서더니 도키자네를 보며 말했다

"독이요? 아……. 말도 안 돼. 설마……."

도키자네는 충격을 받은 듯 손으로 입을 가렸다.

"혹시 짐작되는 거라도 있나요?"

가와이가 도키자네를 추궁했다.

"실은 말이죠……."

하지만 도키자네가 하려던 말은 케이에게 가로막혔다.

"구마쿠라 선생님, 이게 지금 말씀하신 독 아닌가요?"

케이가 가리킨 건 책상 위에 있던 작은 병이었다. 그 안에는 하얀 결정체가 들어 있고, 밖에 라벨이 붙어 있었다.

구마쿠라가 다가가 손을 내밀었다. 레이코의 맥박을 짚을 때 끼었던 하얀 장갑을 언제 벗었는지 지금은 맨손이었다.

그러자 히키 영감이 큰소리로 제지했다.

"맨손으로 만지면 안 돼! 경찰이 올 때까지는 현장을 보존해야 하네. ……지문은 남아 있지 않겠지만 말이야."

구마쿠라는 병을 자세히 살피며 라벨에 쓰여진 작은 글자를 읽었다.

"a, c, o, n……, 아코니틴이군."

"아코니틴이 뭐예요?"

준코의 물음에 구마쿠라가 뒤를 돌아보았다. 욕실에서 막 나온 사람처럼 얼굴이 불그스레하게 달아오른 건 분노 때문일까?

"투구꽃 같은 것에 들어 있는 알칼로이드 계통의 맹독이지."

"그런 게 왜 여기에?"

키가 큰 가와이가 서재의 한가운데 서서 주변을 둘러보았다. 준코는 마치 연극무대를 보는 듯한 착각에 휩싸였다.

"제가 설명하죠."

도키자네가 헛기침을 하고는 말을 이었다.

"아내의 소설에 종종 독살 장면이 등장한다는 건 다들 아실 겁니다. 그래서 그런지 최근 들어 글을 쓸 때마다 진짜 독을 옆에 두고 바라보는 습관이 있었어요."

"말도 안 돼요! 옆에 진짜 독을 두지 않으면 글을 쓸 수 없었단 건가요? 별다른 특징이 있는 것 같지 않은데요."

몸을 숙이고 작은 병에 들어 있는 아코니틴을 보며 준코가 물었다. 아스피린과 크게 다르지 않아 보였다.

모토지마가 눈물을 닦으며 대답했다.

"아뇨. 전혀 다르다고 하더군요. 레이코 선생님은 도키자네 씨를 만난 후 어떤 물건이든 진품을 보지 않으면 느낌이 안 난다고 말씀하시곤 했어요. 아마 독도 그랬을 겁니다. 이걸로 사람을 죽일 수 있다고 생각하면 온몸에 긴장감이 솟구쳐서……."

히키 영감이 흥미진진해하는 눈길로 물었다.

"그렇다면 아코니틴 말고도 독이 있다는 건가?"

"네. 거기 서랍에 있을 겁니다."

도키자네의 말에 히키 영감이 하얀 장갑을 낀 손으로 서랍을 열었다.

"……비소, 패러쿼트(독성이 강한 제초제의 일종), 청산나트륨까지 있어! 당신도 미스터리 작가니, 정당한 목적 없이 이런 걸 갖고 있으면 독극물단속법 위반이라는 건 알고 있겠지?"

도키자네는 말없이 고개를 끄덕였다.

"그런데 이런 맹독을 쉽게 구할 수 있나요?"

가와이가 이해할 수 없다는 표정을 지었다.

"여러 연줄을 통해 구한 것 같습니다. 저야 어렵겠지만, 아내처럼 인기작가가 되면 전국 각지에 팬이 있어 뭐든 쉽게 구할 수 있죠. 웬만한 공장에서 청산 화합물을 구할 수 있고, 패러쿼트는 농가 창고에 굴러다니며, 비소도 과거 쥐를 잡을 때 흔히 사용했으니까요."

"그런데 아코니틴은? 대학 연구실에라도 가야 구할 수 있지 않을까?"

구마쿠라의 추궁에 도키자네가 고개를 떨구었다.

"그건 제가 만들었습니다. 이렇게 될 줄 알았다면……."

"만들어요?"

"어떻게?"

"왜 그런 걸 만들었죠?"

몇 사람이 한꺼번에 질문을 쏟아냈다.

"아내가 얼마 전 이 근처를 산책하다 청보라색이 아름다운 투구꽃 군락을 발견했어요. 알아봤더니, 도호쿠 지방에 많다는 섬투구꽃에 이어 두 번째로 독성이 강한 종류더군요. 그 사실에 영감이 솟구쳤겠죠. 그걸로 꼭 아코니틴을 만들어보고 싶다고 부탁했습니다."

"그러려면 굉장한 전문지식이 필요하지 않나요?"

케이가 모든 사람들의 의문을 대변하듯 물었다.

"인터넷을 검색해 정제방법이 자세히 설명된 영문 사이트를 발견했습니다."

인터넷을 통한 위험한 지식의 확산은 지금도 계속 진행 중이다.

"아내에게는 몇 번이나 그만두는 게 좋겠다고 충고했습니다. 투구꽃을 꺾는 것 자체가 위험하다고 쓰여 있었죠. 하지만 아내의 간청에 더 이상 거절할 수가 없었어요. 아내가 원하는 걸 돕는 게 제 삶의 보람이자 존재 이유였으니까요."

도키자네는 눈꼬리를 손으로 가볍게 누른 뒤 말을 이었다.

"그래서 아코니틴 함유량이 많다는 뿌리 부분을 사용해, 인터넷에서 알려준 대로 유기용매와 산, 메탄올을 이용해 대충 정제했죠. 솔직히 완성된 게 아코니틴인지 아닌지 확신은 없었습니다. 어쨌든 그럴듯해 보이는 하얀 결정을 만들어 보여주고, 아내가 그것에 만족하면 되는 거니까요."

"그런데 우연히 순도 높은 독이 만들어졌다는 건가요?"

가와이가 비아냥거렸다. 그 말에 대답한 사람은 구마쿠라였다.

"아니, 꼭 그렇다곤 할 수 없어. 투구꽃에는 아코니틴뿐만 아니라 메사코니틴, 히파코니틴, 제사코니틴처럼 맹독의 알칼로이드가 몇 종류나 함유돼 있지. 따라서 아코니틴의 단결정이 아닐 수도 있어. 하지만 치명적인 독이 모임으로써 순수한 아코니틴만큼 위험할지도 모르겠군."

"어쨌든 경찰에서 조사하면 알아낼 수 있을 겁니다. 즉시 신고합시다!"

모토지마가 단호하게 말했다.

"알겠습니다. 위성전화를 사용해야 하니 일단 1층으로 내려가죠. 그런데 그 전에……."

도키자네는 잠시 생각하는 듯하다 선반에 있는 상자 모양의 시계를 보았다.

"……9시 44분이군요. 이제부터는 시간이 중요할지도 모릅니다."

"무슨 뜻이죠?"

준코도 시계를 보았다. 파란색 파선(破線. 짧은 선을 일정한 간격으로 벌려놓은 선) 테두리가 있는 은색 문자반 밑에서, 하늘색과 초록색, 빨간색의 삼색 고리가 회전하는 독특한 디자인이었다.

"여러분에게 묻고 싶군요. 제 아내가 자살했다고 생각하시나요?"

사람들은 동시에 입을 다물었다. 맨 먼저 침묵을 깨트린 사람은 모토지마였다.

"저는 도저히 믿을 수 없어요. 제가 아는 레이코 선생님은 절대로 자살하실 분이 아닙니다."

그러자 구마쿠라가 탄식하듯 말했다.

"……하지만 레이코는 예전부터 갑자기 우울증에 빠지곤 했지. 나와 결혼했을 때도 염세적이라고 할까, 모든 게 싫다면서 가끔씩 방에 틀어박혔거든."

도키자네도 문득 생각난 것처럼 눈을 가늘게 뜨며 말했다.

"그러고 보니 바스테트가 죽은 후로 그런 상태가 계속되었죠."

그 말을 들은 준코는 온몸에 소름이 돋았다. 고양이의 죽음이 주인의 죽음으로 이어진 것 같다는 생각이 들었다.

"하, 하지만 지금 자살하는 건 이상하지 않나요? 손님들을 초대해 놓고 자살이라니."

나쓰미가 겨우 충격에서 벗어나 말했다. 목소리는 약간 떨렸지만 말투는 분명했다.

"아까 레이코 씨가 커피를 토했다고 하셨죠? 그건 본인의 의지로 독을 먹은 게 아니라는 증거 아닐까요?"

준코의 말에 구마쿠라는 고개를 갸웃거렸다.

"꼭 그렇다곤 할 수 없어. 아코니틴에는 혀가 마비되는 듯한 자극이 있으니까. 마음을 굳게 먹고 자살을 시도했더라도 무의식중에 토하거나 뱉어낼 수 있거든."

"……이거 혹시 유서 아닌가요?"

하얀 장갑을 끼고 있던 가와이가 책상 위에 있던 메모지를 사람들에게 내밀었다.

"한번 읽어보십시오."

사람들이 죽은 레이코를 피해 책상 주변에서 메모지를 읽었다. 그것에는 다음 내용이 휘갈겨져 있었다.

미스터리 클락. 영원한 소년. 네버랜드.

이제 더러운 세계에는 있고 싶지 않다.

"레이코 선생님 필적 같긴 하지만……, 선생님이라면 유서를 더 알아보기 쉽게 쓰지 않았을까요?"

모토지마가 이마를 찌푸리며 말하자 히키 영감이 이죽거렸다.

"흥!『의태하는 유서』라는 명작을 안 읽었나 보지? 그 작품에서 주인공은 전단지 뒤에 이런 식으로 휘갈겨 유서를 남겼네. 언뜻 봐서는 유서인지 알 수 없는 모호한 문장으로 말이야."

"부끄럽지만 아직 안 읽었습니다. 레이코 선생님이 그런 작품을 쓰신 줄은 몰랐습니다."

그러자 히키 영감이 가슴을 펴고 당당하게 말했다.

"무슨 말인가? 그건 내 단편 중 대표작일세."

"에노모토 씨는 어떻게 생각하시나요?"

도키자네가 케이 쪽으로 몸을 돌리며 물었다.

"제 눈에는 자살로 보이지 않습니다."

"왜죠?"

"레이코 선생님은 오늘 처음 뵀지만, 미의식이 대단한 분이라는 느낌을 받았죠. 그건 선생님의 말씀 곳곳에서, 또 조금 전의 멋진 컬렉션에서도 드러났어요. 만약 자살하려 했다면, 자신이 세상을 떠난 뒤 우리에게 발견될 거라는 걸 생각하셨을 겁니다."

케이의 눈길이 레이코에게로 향했다. 준코는 흠칫 놀랐다. 왜 여태 알아차리지 못했을까?

"레이코 선생님이라면 적어도 저기 있는 소파에 누워 독을 드셨겠죠. 지금 모습은 독살되었다고밖에 생각할 수 없습니다."

그러자 도키자네가 고개를 끄덕이며 말했다.

"네. 제 의견도 같습니다. 이건 살인사건입니다."

도키자네의 목소리에서 비장함이 느껴졌다. 그는 구석에 있는 직사각형 로커 쪽으로 성큼성큼 가더니 비밀번호를 눌렀다. 잠금장치가 풀리자 금속 문을 열고 안에서 사냥총을 꺼냈다. 너무도 갑작스러운 상황에 사람들은 망연히 서 있을 수밖에 없었다.

"그렇다면 이 안에 살인자가 있는 셈입니다. 여러분, 움직이지 마십시오. 조금이라도 수상한 행동을 보이면 즉시 쏘겠습니다."

도키자네는 수평 2연식 사냥총을 들고 자세를 취했다. 총구를 보여주기 위해서인지 시계 방향으로 그것을 천천히 흔들었다.

"도키자네 씨, 진정하세요. 어차피 경찰이 오면 전부 밝혀질 테니까요."

충격에서 벗어난 모토지마가 어떻게든 도키자네를 설득하려 했다.

"꼭 그렇다곤 할 수 없습니다. 가령 범인을 알아낸다고 해도 재판에서 유죄를 받을 만한 증거가 발견되지 않을 수 있어요. 그리고 그보다 더 참을 수 없는 게 있습니다."

도키자네의 차분한 목소리가 오히려 사태의 심각성을 대변하는 듯했다.

"범인이 밝혀지고 유죄판결을 받더라도 아마 사형에는 처해지지 않을 겁니다. 그럴 경우 과연 정의가 이루어졌다고 할 수 있을까요? 여기 있는 우리, 그리고 많은 독자들의 사랑을 받았던 아내는 두 번 다시 말할 수도, 소설을 쓸 수도, 사랑할 수도, 와인을 즐길 수도 없습니다. 그런데 범인은 어떨까요? 고작해야 10년쯤 감옥에 있다 세상으로 나올 겁니다. 아무리 생각해도 죄와 벌의 균형이 맞지 않습니다."

반론을 기대했는지, 사람들 시선이 변호사인 준코에게 쏠렸다. 하지만 그녀는 일부러 아무 말도 하지 않았다. 인과응보를 바라는 인간의 감정과 법 사이에는 뛰어넘을 수 없는 간극이 있다. 더구나 이런 상황에서 총을 든 사람의 기분을 상하게 하고 싶지 않았다.

"물론 이 자리에서 범인을 알아내기는 매우 어려울 겁니다. 범인임이 밝혀지면 총을 맞을 게 뻔하니 자백할 리 없겠죠. 더구나 우리에게는 감식 도구나 기술이 없습니다. DNA 감정은 커녕 지문조차 채취할 수 없는 상황에서 증거를 찾기란 어렵지 않을까요?"

케이의 설득에 귀를 기울이던 도키자네는 천천히 고개를

가로저었다.

"과학수사의 혜택을 받지 못한 건 봉건시대도 마찬가지였습니다. 하지만 유리한 점이 두 가지 있죠. 첫째, 재판에서 유죄를 받을 만큼의 증거는 필요치 않습니다. 저는 범인의 존재를 확신하는 시점에 형을 집행하겠습니다."

"알고는 있겠지? 그런 짓을 하면 당신도 살인자가 되는 거야!"

구마쿠라는 그렇게 소리치다 도키자네가 총구를 겨누자 움찔하며 뒷걸음질했다.

"……상관없습니다. 저는 단지 아내의 복수만 하면 됩니다."

"그래서요? 도키자네 선생님, 또 한 가지 유리한 점은 뭔가요?"

이렇게 된 이상 배우로서 자신의 역할을 만들기로 마음먹었는지, 가와이가 드라마에 나오는 명탐정 같은 말투로 물었다.

"지금부터 한 사람씩 증언을 들을 텐데, 증언의 진위를 판정하는 대상은 여러분입니다. 경찰에서는 도저히 취할 수 없는 신문방법이죠. 이상하거나 조금이라도 어긋난 부분이 있으면 누군가 알아차리지 않을까요?"

도키자네가 희미하게 미소 지으며 덧붙였다.

"더구나 이 자리에는 범죄나 미스터리에 조예가 깊은 분들이 있습니다. 범인이 아무리 교활하더라도 모든 사람을 끝까지 속일 수 있을까요?"

"도키자네 씨 마음은 충분히 이해합니다. 총으로 쏴죽이겠다는 말은 둘째치고, 범인을 알아내고 싶은 건 저도 마찬가지니까요. 여러분, 어떠세요? 지금 여기 있는 사람들 이야기를 모두 맞춰보면 진실이 보이지 않을까요?"

모토지마는 범인을 쏘아죽이겠다는 도키자네의 말을 허세로 받아들이는 듯했다.

"물론 그런 거라면 협조를 아끼지 않겠네. 그런데 어떤 식으로 할 건가?"

구마쿠라가 붉으락푸르락한 얼굴로 말했다. 어쩌면 혈압이 높은지도 모른다.

도키자네는 고개를 끄덕이며 말했다.

"……일단 사건현장은 손대지 않는 편이 좋을 것 같습니다. 여러분, 일단 1층으로 내려가 주십시오. 그리고 순서대로 이야기를 듣지요."

케이가 그의 말을 가로막았다.

"그 전에 잠시 확인하고 싶은 게 있는데요. 컴퓨터 전원이 꺼져 있군요. 레이코 선생님은 일을 하기 위해 서재로 가셨으니, 독살되었다면 그 시점에는 컴퓨터가 켜져 있었을 겁니다."

그러자 가와이가 흥분하며 소리쳤다.

"그래요! 범인이 전원을 끈 겁니다!"

"아마도 그렇겠죠. 그렇다면 무엇 때문에 컴퓨터를 껐을까요?"

뭘 그렇게 당연한 걸 묻느냐는 투로 준코가 대답했다.

"그야 물론 자살로 보이기 위해서 아닐까요? 모니터에 쓰던 글이 남아 있다면 갑자기 사망한 것 같지만, 컴퓨터가 꺼져 있으면 죽기 전에 마음을 정리한 것처럼 보이잖아요."

그러자 히키 영감이 팔짱을 끼며 반론을 제기했다.

"내 생각은 달라. 미스터리에서 모니터에 유서 같은 게 남아 있는 경우가 많은데, 대부분 범인이 쓴 거지. 필적을 신경쓰지 않아도 되는 이점이 있으니까. 특히 이번처럼 자살인지 타살인지 미묘한 경우, 결정적인 증거는 되지 않더라도 자살을 암시하기 위해 유서를 남기고 싶은 게 사람 마음이네. 범인이 왜 그렇게 하지 않았는지는 알 수 없지만."

"이미 유서가 있기 때문 아닐까요?"

준코가 조금 전 발견된 메모를 가리키며 말했다. 유서가 중복되거나 종이와 모니터의 두 가지로 남기는 것도 이상하리라.

하지만 히키 영감은 그 의견을 받아들이지 않았다.

"그렇다면 컴퓨터가 꺼져 있는 걸 더욱 이해할 수 없군. 유서를 휘갈겨 썼다는 건 충동적인 자살을 의미하지. 컴퓨터를 끌 시간이 있었다면 좀 더 제대로 썼을 거야. 연출의 앞뒤가 안 맞아."

"범인이 아내를 독살한 뒤 컴퓨터를 껐다는 건가요? 컴퓨터가 완전히 꺼질 때까지 기다릴 필요는 없으니 그 작업엔 몇 초도 안 걸렸을 겁니다. 문제는 무슨 의도로 그렇게 했냐는 건 데요……."

도키자네가 사냥총을 든 채 생각에 잠겼다.

지금 누군가 달려들면 총을 빼앗을 수 있을지도 모른다. 하지만 영화라면 모를까, 현실에서는 아무도 그런 위험을 자처하지 않았다.

"……음, 잘 모르겠습니다. 이건 금방 결론이 날 것 같지 않군요. 컴퓨터를 끈 이유는 일단 뒤로 미루는 게 어떨까요?"

"컴퓨터를 다시 켜보면 안 될까요? 레이코 선생님이 쓰던 글을 통해 단서를 찾을 수 있지 않을까 싶습니다."

도키자네는 케이의 제안에 잠시 생각한 후 고개를 가로저었다.

"그건 너무 위험할 것 같군요. 괜히 컴퓨터에 손댔다가 데이터라도 없어지면 큰일이니까요. 그 부분은 경찰에 맡기는 편이 좋을 것 같습니다."

"하긴 신중하게 증거를 보전하는 게 좋겠지."

구마쿠라가 웬일로 도키자네의 말에 찬성표를 던졌다.

그때 케이가 묘한 질문을 했다.

"한 가지만 더요. 레이코 선생님이 일할 때 라디오를 들으셨나요?"

"글쎄요. 가끔 들었을 겁니다. 그건 왜요?"

"책상 옆 선반에 아큐페이즈의 FM 튜너가 있어서요. 이 기종은 이제 나오지 않지만 신품이었을 때 30만 엔이 넘었을 겁니다. 고해상도 음원이 주목받는 요즘 음질이 떨어지는 FM 방송을 듣기 위해 이런 하이엔드 제품을 사용하는 경우는 거의 없죠. 그렇다면 라디오를 꽤 좋아하셨을 것 같은데요."

무슨 말을 하는지 도통 알아들을 수가 없었다.

"그것에 관해선 얼마 전 에세이를 쓰셨어요. 글을 쓰는 도중 음악을 듣고 싶을 때가 있는데, 일일이 CD를 바꾸기 귀찮다고요. 그런데 대학입시를 준비하며 FM을 들었던 기억이 떠올라 한번 켜봤더니, 사람들 말소리가 의외로 방해물이 안 되고 글이 잘 써졌다고 하더군요."

모토지마가 레이코 마니아다운 모습을 보이며 분위기를 숙연하게 만들었다.

"뭐 우리가 젊었을 때만 해도 라디오를 많이 들었으니까요. 그런데 왜 그러시죠?"

도키자네의 말투에서 살짝 조바심이 묻어났다.

"컴퓨터와 마찬가지입니다. 레이코 선생님이 돌아가셨을 때, FM이 켜져 있었던 게 아닐까요?"

"그러면 그것도 범인이 껐다……?"

가와이가 이해할 수 없다는 표정으로 고개를 갸웃거리며 중얼거렸다.

"그럴 가능성이 크겠죠."

가령 그렇다고 해도, 그것이 무엇을 의미하는지 준코는 짐작조차 되지 않았다.

잠시 후, 모든 사람이 도키자네의 총구에 쫓기며 1층으로 내려왔다. 손님 여섯 명과 나쓰미, 시끌벅적한 소리를 듣고 달려온 아야카, 그리고 도키자네까지 모두 아홉 명이다.

거실에 도착한 준코는 가장 먼저 시계들이 무사한지 확인했다. 괜찮다. 전부 있다. 물론 케이 외에 훔쳐갈 사람은 없겠지만.

"……9시 49분인가?"

도키자네는 벽의 전파시계를 쳐다보았다. 그런 다음 소파에 앉아 있는 몇몇 사람을 보고 꺼림칙한 표정을 지었다.

"여기는 너무 편안해 참고인 조사에 맞지 않는 것 같군요. 식당 쪽으로 이동해 주시겠습니까?"

도키자네가 총을 흔들며 위협하자 사람들은 일제히 식당으로 향했다. 커다란 테이블 앞에 여덟 명이 앉고, 도키자네는 그대로 서 있었다.

도키자네가 총구로 그랜드파더 클락을 가리켰다.

"여러분, 저 시계를 봐주십시오. 지금 9시 50분입니다."

옆에 있는 플립시계의 플레이트 두 장이 49에서 50으로 파닥파닥 넘어갔다.

"끝없이 논의할 시간은 없습니다. 기준은 한 시간으로 하죠. 그 사이에 범인을 특정하겠습니다."

구마쿠라가 땀이 송골송골 맺힌 얼굴로 물었다.

"만약 그렇게 할 수 없다면?"

도키자네는 구마쿠라를 쳐다보며 차갑게 말했다.

"할 수 있습니다. 그 시점에 제가 판단해 범인을 처형하겠습니다. 엄포라고 생각하지 마십시오. 여러분에게 이쪽으로 오라고 한 진짜 이유는, 거실에서 총을 쏘면 아내의 컬렉션이 손상될 수 있기 때문입니다."

준코는 등골이 오싹해졌다. 마음 한편으로 진심이 아닐 거라고 생각했다. 하지만 상대를 너무 만만하게 봤는지도 모른다.

이자는 마음만 먹으면 태연히 사람을 쏠 것이다. 그녀의 직감이 그렇게 경고했다.

"여러분에게 한 가지 조언해 드리죠. 범인은 어떻게든 논의를 질질 끌어 진실을 밝히지 못하게 방해할 겁니다. 만약 누군가 말할 때 그런 느낌이 든다면 일단 의심해 보시기 바랍니다. 완벽한 증거가 없더라도 처형을 강행하겠습니다. 아무런 죄가 없더라도 100퍼센트 안전하지는 않다는 겁니다. 억울하게 처형되기 싫다면 한 시간 안에 진범을 밝혀낼 수 있도록 최선을 다해주십시오."

말도 안 되는 소리! 지금 처한 상황이 얼마나 심각하고 부조리한지 준코는 온몸으로 실감했다. 범인이라고 오해받으면 그걸로 끝이다. 변명도 못한 채 폭력적인 죽음을 맞이해야 한다.

"잠깐! 이 안에 범인이 있다는 전제 자체가 틀렸을지도 모르잖아!"

머리를 쥐어뜯었는지, 구마쿠라의 가느다란 머리칼이 잔뜩 곤두서 있었다.

하지만 그런 말에도 도키자네는 동요하지 않았다.

"그 점은 의심할 여지가 없습니다. 외부에서 누군가 침입해 아내를 살해했을 리 없으니까요. 안 그런가요, 에노모토 씨?"

그러자 케이가 고개를 끄덕였다.

"이 산장의 정면 현관과 부엌 문에 지문인증 시스템이 있더군요. 문을 열기 위해서는 등록자의 지문이나 비밀번호 12자리가 필요하니, 외부에서 사람이 침입하는 건 불가능하다고 할 수 있겠죠."

하지만 구마쿠라가 다시 반론을 제기했다.

"창문으로 들어왔을 수도 있지 않나?"

"그 점도 확인했는데, 제가 봤을 때는 창문이 전부 닫혀 있었습니다. 창문을 열거나 유리를 깨뜨리면 센서를 통해 비상벨이 울렸을 거예요."

케이의 대답에 도키자네가 보충설명을 했다.

"에노모토 씨 말씀이 맞습니다. 사실 세콤이나 알속(ALSOK)에 의뢰하고 싶었는데, 유감스럽게도 여기는 서비스 구역이 아니더군요. 대신 센서는 가장 좋은 걸 달았습니다."

그러자 가와이가 물었다.

"CCTV는 없나요?"

도키자네는 안타까운 표정으로 대답했다.

"없어요. 이번에 에노모토 씨에게 부탁하려 했는데요……."

구마쿠라는 다시 이의를 제기하려다 포기했다.

"아내가 서재로 올라간 시각은 밤 **8시 41분**경이었습니다. 우리가 서재에서 시신을 발견한 게 밤 **9시 44분** 조금 전이었으니, 이쪽도 거의 한 시간이군요."

도키자네는 메모도 보지 않고 해당 시각을 술술 말했다.

"그동안 여러분이 무엇을 하셨는지 순서대로 듣죠. ……먼저 가와이 씨부터요."

"잠깐만요. 일단 당신 알리바이부터 듣죠. 통화하느라 가장 오랫동안 자리를 비웠잖아요?"

가와이가 의심의 눈길로 도키자네를 노려보았다.

도키자네 역시 가와이를 뚫어지게 쳐다보았다.

"좋습니다. 저는 위성휴대전화로 도비시마쇼텐의 시미즈 사장님과 통화했습니다. 통화가 끝나고 거실에 있는 전파시계를 봤는데, 9시 39분이었어요."

"당신 말만으로 알리바이가 성립한다고 할 수 있을까요?"

가와이가 팔짱을 끼며 거만한 표정을 지었다.

"물론 이 자리를 어물쩍 넘기기 위해 거짓말할 수도 있습니다. 하지만 금방 탄로날 짓을 왜 하겠습니까?"

그렇게 말하며 도키자네가 어깨를 들썩였다.

"그때 통화한 상대가 시미즈 사장님이라는 건 모토지마 씨도 확인하셨죠?"

"네. 분명히 사장님이셨습니다."

모토지마가 생각하기도 싫은 듯 단언했다.

"이제 됐나요? 시미즈 사장님은 제 말이 진실임을 증언해주실 겁니다. 정확한 시간은 양쪽 전화의 통화기록을 조사하면 알 수 있겠죠."

하지만 가와이는 여전히 물러나지 않았다.

"통화하며 약간의 시간을 벌어 범행을 저질렀을 수도 있지 않나요? 당신이라면 지문인증 시스템도 문제가 안 되니, 밖으로 나간 후 현관으로 들어가 2층으로 갈 수 있었을 겁니다. 지문인증 시스템에 접속한 기록이 남아 있겠죠."

"접속 기록이 남지 않는 시스템입니다. 하지만 실내에서 위성휴대전화를 사용하려면 옥외 안테나와 이어진 중계기가 필요하죠. 여기에는 그런 시설이 없으니 계속 하늘을 볼 수 있는 곳, 즉 산장 밖에 머물러야 했습니다. 따라서 범행 자체가 불가능하죠."

그때 케이가 끼어들었다.

"시미즈 사장님과 30분쯤 통화하셨나요?"

"아마 그쯤 될 겁니다."

준코는 기억을 떠올려보았다. 도키자네가 모토지마에게 전화기를 건넸을 때, 벽의 전파시계는 9시 8분을 가리켰다. 도키자네가 다시 전화기를 받아 통화하며 잠시 시야에서 사라졌는데, 통화를 마치고 돌아와 가격 맞히기 게임의 끝을 알린 것이 9시 39분이었다. 9시 38분까지 통화했다면 약 30분 통화한 셈이다.

"괜찮다면, 그렇게 오랜 시간 무슨 얘기를 나눈 건지 말씀해 주시겠습니까?"

케이의 질문에 도키자네가 발끈하며 말했다.

"알리바이는 통화했다는 사실만으로 충분하지 않나요? 꼭 내용까지 말해야 합니까?"

"도키자네 씨가 유명작가시긴 하지만, 대형 출판사 사장님과 그렇게까지 친한 건 좀 이상해서요."

"그런 분과 친분을 가지려면 최소한 아내 정도는 되어야 한다는 뜻이군요."

도키자네는 입술을 일그러뜨리며 불쾌한 표정을 지었다.

"알겠습니다. 제가 시미즈 사장님께 한 가지 제안을 했습니다. 대충 말하면 아내의 모든 작품을 도비시마쇼텐에서 출간하고, 모든 영상화 권리를 위탁하겠다는 내용이죠."

이 말에 가장 놀란 사람은 나쓰미였다.

"레이코 선생님도 아시는 내용인가요?"

"물론이지. 내 마음대로 그런 제안을 했을 리 없잖아?"

"하지만 모든 작품의 영상화 권리를 맡기다니……. 그동안 선생님 책을 펴낸 다른 출판사에게는 아닌 밤중에 홍두깨겠네요."

단행본이나 문고본을 출간한 출판사와 2차 저작권을 계약했을 테니, 그것을 무시한 채 다른 출판사에 영상화 권리를 넘기는 건 단순히 관계가 나빠지는 것으로 끝나지 않을지도 모른다.

"그에 대해 우리 출판사는 어떤 대가를 지불하는 건가요?"

자신을 제쳐두고 이야기가 진행되어서인지 모토지마의 얼굴에 곤혹감이 가득했다.

"아직 교섭 중이지만, 영화사나 방송국에 영화 및 드라마 제작을 제안하는 등 모리 레이코를 대대적으로 홍보하기로 했습니다."

그 정도라면 계약금만 해도 엄청나지 않을까? 준코로서는 그 규모가 짐작조차 되지 않았다.

어쨌든 그 순간 사람들은 모두 비슷한 느낌을 받았다. 레이코가 사망하면 도키자네는 현재의 재산뿐만 아니라 모든 저작권을 상속받아 막대한 부를 거머쥐게 될 것이다.

"가와이 씨, 이번에는 당신 차례입니다."

가와이는 머리를 긁적이며 입술을 핥았다.

"전 특별히 할 말이 없습니다. 아시다시피 여러분과 계속 같이 있었잖아요?"

"정말인가요? 한순간도 자리를 뜬 적이 없습니까?"

도키자네가 가와이를 뚫어지게 쳐다보며 물었다.

"그래요. 계속 여기 있었어요."

이렇게 중요한 순간 가와이는 안타까울 만큼 허접하게 연기했다. 그 말이 거짓말임은 누가 보든 분명했다.

"거실이 깜깜해졌을 때 슬그머니 빠져나가는 걸 본 것 같은데?"

구마쿠라가 끈적하게 말했다.

"네? 그럴 리가……."

"가와이 씨, 솔직하게 말하지 않으면 범인으로 지목될 거예요."

준코의 경고에 가와이의 얼굴색이 바뀌었다.

"잠깐만요. 나는 그냥……."

그때 히키 영감이 결정타를 날렸다.

"나도 똑똑히 기억해. 정확한 시간은 모르지만 다들 시계에 빠져 있을 때 거실에서 나가더군. 그때 내 휠체어에 걸려 넘어질 뻔했잖나?"

도키자네가 가와이를 향해 총구를 겨누었다.

"설마 했는데, 당신이 범인이야?"

"잠깐만! 아니에요! 나는 아무 짓도 안 했어요!"

"그럼 왜 거짓말을 하죠?"

"그건……, 의심받을 것 같아서요! 다들 시계 가격을 고민하느라 골몰할 때, 머리를 식히려고 잠시 화장실에 갔어요. 하지만 금방 돌아왔다고요! 거실 밖으로 나간 건 2, 3분쯤일 거예요. ……구마쿠라 씨, 분명히 2, 3분 만에 돌아왔죠?"

"으음, 돌아온 건 틀림없지만 몇 분이 걸렸는지는……."

구마쿠라의 대답이 모호했다.

"히키지 선생님, ……선생님이라면 정확하게 기억하시죠?"

"미안하지만 기억이 안 나. 돌아올 때는 내 휠체어에 걸려 넘어지지 않았으니까."

히키 영감이 자신과는 관계없는 일이라는 듯 냉정한 얼굴로 말했다.

"말도 안 돼……. 생각해 보세요! 내가 왜 레이코 이모님을 죽여야 하죠?"

궁지에 몰린 가와이가 절규하듯 소리쳤다. 목소리가 굵어서인지 박력이 넘쳤다.

"생각해 봤는데, 오래전부터 돈에 쪼들린 것 같더군. 아내에게 몇 번이나 돈을 빌려달라고 했지?"

도키자네의 총구는 미동조차 하지 않았다.

"그건……. 아무리 그래도 죽였을 리 없잖아요! 이모님이 나를 얼마나 사랑했는데요!"

"그랬지. 예전에 아내 유언장을 봤는데, 핏줄에 대한 사랑이 넘치더군. 당신에게 상당한 금액을 물려주기로 돼 있었거든."

"네? 그건 몰랐어요. 그런 말은 한마디도 안 하셨거든요. 정말이에요! 여러분, 제발 제 말을 믿어 주세요!"

가와이는 눈물을 흘리며 자신의 무죄를 호소했다. 하지만 도키자네는 전혀 받아들이지 않았다. 가와이에게 쏠린 사람들 시선이 눈에 띄게 변하는 걸 느낀 준코가 입을 열었다.

"잠깐만요. 가와이 씨가 거실에서 나간 게 사실이라 해도 레이코 선생님을 어떻게 죽였다는 건가요?"

잠시 침묵이 찾아왔다.

"아무도 몰래 서재로 가서, 레이코와 잡담을 나누는 척하다 커피에 아코니틴을 넣은 게 아닐까? 5분이면 범행이 가능했을 테니."

구마쿠라는 어느새 가와이 범인설의 선봉장이 되어 있었다.

"과연 그럴까요? 아무리 조카라도 서재에 불쑥 나타나면 레이코 선생님이 이상하게 여기지 않았을까요?"

케이의 말에 준코는 가슴을 쓸어내렸다.

"저도 그렇게 생각해요. 선생님은 글을 쓸 때 방해받는 걸

236

제일 싫어하셨거든요."

나쓰미가 케이의 말에 공감을 표했다. 그래서 레이코에게 다녀오라고 도키자네가 시켰을 때 주저했던 것이리라.

"더구나 상대가 마시던 커피에 뭔가를 넣는 건 상당히 어려운 일입니다. 이상한 짓을 하면 그대로 눈에 띄니까요."

"그건 상황에 따라 다를 것 같은데? 레이코가 모니터를 볼 때 넣거나, 어떤 이유를 대고 커피잔을 들어올렸을 수 있지."

구마쿠라가 끈질기게 물고 늘어졌다.

"그 부분은 일단 넘어가죠. 가장 중요한 아코니틴은 어떻게 손에 넣었을까요?"

"그건……, 레이코의 서재에 있던 걸 사용했겠지. 이모와 조카 사이니 이모가 독을 수집한다는 사실을 알았더라도 이상할 게 없잖나?"

"가와이 씨가 빈손으로 서재에 가서 아코니틴을 손에 넣은 뒤, 커피에 몰래 타 선생님을 살해했다는 건가요? 겨우 5분 만에요?"

여기에는 아무도 대답하지 않았다. 가와이 범인설이 억지에 불과하다는 사실을 겨우 깨달은 듯했다.

"잠깐만 기다려 봐. 물론 그곳에는 여봐란듯이 아코니틴 병이 놓여 있었지. 하지만 범인은 자기가 가져온 다른 독을 사용했을지도 몰라."

구마쿠라는 아직 포기하지 않은 듯했다. 그렇게까지 가와이가 마음에 안 들었던 걸까?

도키자네는 구마쿠라의 말을 부정했다.

"아코니틴 중독인지 아닌지는 경찰 조사로 즉시 알 수 있는데, 그렇게 어설픈 짓을 했을까요?"

"아코니틴을 미리 준비해 왔다면?"

"그런 걸 구하기는 쉽지 않을 텐데요?"

준코가 의문을 제기했다. 도키자네의 경우 직접 정제했다지만, 누구나 할 수 있는 일은 아니다.

"……좋습니다. 현시점에 가와이 씨가 범행을 저질렀다는 확증은 없으니 계속 검토해 보죠."

도키자네는 그제야 총구를 내렸다. 가와이는 의자에 깊숙이 기대며 크게 숨을 내쉬었다.

그 모습에 준코는 혼란스러웠다. 무서운 일이 벌어졌다. 과연 이 산장에서 무사히 나갈 수 있을까?

그랜드파더 클락을 보니 **10시 6분**을 가리켰다. 플립시계도 **10:05**에서 **10:06**으로 바뀌었다.

도키자네가 사설법정을 시작한 건 9시 50분이었다. 겨우 16분밖에 지나지 않았단 말인가?

오늘밤은 기나긴 시간이 될지도 모른다.

6

"커피 말인데."

구마쿠라가 피곤에 찌든 목소리로 말했다. 사설법정을 시작한 지 얼마 안 되었지만, 얼굴에 비지땀이 가득하고 짧고 가느다란 머리칼은 잔뜩 곤두서 있었다.

"범인을 찾는 데 치중한 나머지, 가장 기본적인 사실을 확인하지 않았어. 애초 그 커피는 누가 내렸을까?"

그러자 모토지마가 물었다.

"그게 그렇게 중요한가요?"

"당연하지. 그걸 알면 독을 언제 넣었는지 알 수 있잖나? 더구나 범인이 레이코에게 커피를 가져다주었다면 중요한 단서가 되지 않겠어?"

도키자네는 고개를 끄덕였다.

"아야카 씨, 커피는 누가 내렸죠?"

식당 구석에서 딱딱하게 굳어 있던 아야카가 갑작스런 질문에 얼굴을 들었다.

"그게……, 그게 그러니까."

패닉 상태에 빠진 그녀를 향해 도키자네가 부드러운 목소리로 말했다.

"걱정 말아요. 당신을 의심하는 게 아니니까. ……순서대로 물어볼까요? 만찬회가 끝난 건 분명히 밤 8시 정각이었습니다. 그런 다음 무엇을 했나요?"

"저, 저는 설거지를……."

아야카의 목소리가 가늘게 떨렸다. 하지만 서서히 침착함을 되찾는 듯했다.

"설거지하는 데 얼마나 걸렸죠?"

"아마……, 30분이나 40분쯤 걸렸을 거예요."

"식기세척기가 있는데, 왜 그렇게 오래 걸리지?"

구마쿠라의 지적에 아야카는 다시 몸을 움찔거렸다.

"식기세척기에 안 들어가는 그릇이 많거든요. 음식을 드셨으니 아실 텐데요."

나쓰미가 웬일로 말에 힘을 주며 대답했다.

"은식기도, 도자기 접시도, 칠기도, 전부 조심해서 세척해야 해요. 저도 잠시 도왔지만, 씻는 데 그 정도 걸렸어요. 식기를 깨끗이 닦아 선반에 올려놓는 데 20분쯤 걸렸고요."

구마쿠라가 나쓰미를 노려보며 변명하듯 말했다.

"나는 단지 사실을 하나하나 확인한 것뿐이야."

도키자네가 그만 입을 다물라는 듯 총구를 겨누었다. 그러자 구마쿠라는 흠칫 놀라며 숨을 들이마셨다.

"원고를 쓰기 위해 아내는 거실에서 서재로 갔습니다. 밤 8시 41분쯤이었죠. 그때 아내가 주방에 들렀나요?"

"네. 커피를 직접 내리셨어요. 제가 하겠다고 했지만, 뒷정리 때문에 바쁘니 직접 하겠다고 하셨죠."

아야카의 목소리는 평정심을 되찾은 듯했다.

"그런 다음 어떻게 했나요?"

"설거지를 마치고 뒷정리한 후 제 방으로 갔어요."

그러자 모토지마가 물었다.

"방은 어디에 있죠?"

"1층 맨 끝에요……."

나쓰미가 다시 아야카를 대신해 설명했다.

"현관으로 들어오면 오른쪽이 화장실이고 그 옆이 엘리베이터예요. 그리고 맨 끝에 아야카 씨 방이 있죠. 원래는 벽장이었는데요. 여기서 계속 생활하는 게 아니라 오늘처럼 일을 도와주러 올 때만 머물러서……."

아야카에게 좁은 방을 줘서 미안한 듯했다.

도키자네가 아야카를 향해 계속 질문했다.

"방에 들어간 다음 밖으로 나왔나요?"

"아뇨. 방에서 잡지를 봤어요. 나쓰미 씨의 비명을 듣고 무슨 일일까 생각하다, 2층으로 올라가는 여러분 발소리가 들려 저도 따라간 거예요. 설마 그런 일이 있을 줄은……."

아야카는 뒷말을 잇지 못했다.

"저 사람 이야기를 듣고 혹시 알아낸 거라도 있나요?"

가와이가 구마쿠라를 향해 비아냥거렸다. 구마쿠라는 호전적인 자세로 턱을 치켜들었다.

"아주 중요한 점이 명확해졌어. 커피는 레이코가 직접 내려서 가져갔군. 그렇다면 독을 넣을 타이밍이 매우 한정되지. 누군가 서재로 가서 레이코와 이야기 나누다, 적당한 틈을 봐서 커피에 독을 넣었다고밖에 생각할 수 없어."

"역시 저를 의심하는 것처럼 들리는군요. 그건 거의 불가능하다는 결론이 나왔잖아요?"

가와이는 구마쿠라에 대한 적의를 감추지 않았다.

"결론은 아직 나오지 않았어. 잠시 뒤로 미루어졌을 뿐이지."

구마쿠라는 눈을 부릅뜨고 아래쪽 치아를 드러냈다. 잠에 취한 두더지 같던 모습이 불독으로 변했다.

"애당초 서재 외에 커피에 독을 넣을 방법이 있다면 알고 싶군."

이 말에 히키 영감이 재빨리 반응했다.

"원두에 독을 넣었을 가능성은 없나? 그럴 수도 있을 것 같네만."

"……그렇다면 남은 원두나 커피 찌꺼기에 아코니틴이 남아 있을 겁니다. 커피를 내린 후 찌꺼기는 어떻게 했죠?"

아야카가 작은 목소리로 대답했다.

"아직 쓰레기통에 있을 거예요."

도키자네는 생각에 잠긴 듯한 얼굴로 말했다.

"커피 찌꺼기 분석은 경찰에게 맡기죠. 하지만 범인이 그런 식으로 증거를 남겼을 것 같지는 않습니다."

다음 순간, 준코는 그의 말이 모순된다는 사실을 알아차렸다. 레이코의 사인이나 컴퓨터 내용, 커피 찌꺼기 분석 같은 것은 경찰에 맡긴다면서, 그 전에 범인을 찾아 직접 처형하겠다니! 아무리 생각해도 앞뒤가 맞지 않는다.

도키자네의 협박은 역시 범인을 압박하기 위한 하나의 연출일 것이다. 따라서 범인이라고 오해받아 총에 맞을 가능성은 거의 없다.

아마 허세일 것이다. 아니, 허세이기를 바란다. 지금은 범인을 찾기보다 자신의 안전을 지키는 게 훨씬 중요하니까.

구마쿠라가 다시 끈적하게 말했다.

"괜히 쓸데없는 사람이 끼어들어 중단되었는데, 하고 싶은 말이 아직 남았어. 범인이 서재에서 커피에 아코니틴을 넣었을 가능성이 높겠지. 하지만 또 하나 넘어야 할 산이 있어."

도키자네가 눈을 동그랗게 뜨며 물었다.

"그게 뭐죠?"

구마쿠라는 눈을 가늘게 뜨고 사람들 얼굴을 살피며 대답했다.

"아코니틴은 물에 잘 녹지 않는 난용성이야. 틈을 봐서 커피잔에 그걸 넣는다고 끝이 아니야. 설탕처럼 쉽게 녹지 않거든."

도키자네의 눈초리가 험악해졌다.

"어떻게 해야 녹습니까?"

"일단 아코니틴을 다른 용매, 즉 유분 같은 것에 녹여야 해."

"그렇게 하더라도 기름은 물에 안 녹잖아요?"

모토지마의 말에 구마쿠라가 코웃음을 쳤다.

"커피는 콜로이드 용액의 일종이지. 수용액에 기름 성분의 미립자가 떠다니는 상태니까 우유 같다고 할 수 있어. 커피에 비누 같은 계면활성 성분이 함유되어 있다고 듣기도 했고."

그러자 가와이가 반론을 제기했다.

"커피에 기름 같은 걸 넣으면 금방 알아차리지 않을까요?

커피 표면을 자세히 보면 미세한 기름방울이 떠 있긴 하죠. 하지만 버터커피처럼 기름이 둥둥 떠 있을 경우 이모님이 수상쩍게 여겼을 거예요."

"아직도 모르겠나? 그렇게 둔해서 무슨 배우를 한다고."

구마쿠라는 가와이에 대한 경멸감을 감추지 않았다. 의대를 졸업한 수재로서의 자존심과 잘생긴 젊은이에 대한 콤플렉스가 복잡하게 얽혀 있는 것 같았다.

"보자보자 하니까 정말! 아까부터 왜 자꾸 나한테 시비야?"

가와이가 구마쿠라에게 달려들려는 순간, 준코는 자신도 모르게 소리쳤다.

"알았다!"

놀란 가와이가 움직임을 멈추고 준코를 처다보았다.

"커피에 녹여도 부자연스럽지 않은 기름이 있잖아요!"

"그래요. 옛날부터 커피에는……."

케이가 말을 덧붙이려 했다. 하지만 모처럼 알아낸 답을 케이에게 빼앗길 수는 없다. 준코는 재빨리 말을 이었다.

"그래요. 커피 정유(精油)예요! 그것밖에 없어요!"

"네?"

케이가 입을 벌린 채 말을 멈추었다.

"아로마테라피에서 사용하잖아요? 커피 원두에서 추출한 에센셜오일요. 그거라면 커피와도 어울리고 향도 같으니 의심받지 않을 거예요."

"커피뿐만 아니라 정유는 먹으면 안 된다고 들었어요."

나쓰미가 조심스럽게 의견을 말했다.

"무슨 말이에요? 사람을 독살하려는 범인이 그런 걸 신경 쓰겠어요?"

준코는 자신만만하게 나쓰미의 의견을 물리쳤다.

그러자 가와이가 곤혹스러운 얼굴로 말했다.

"그건 좀 이상해요. 아무리 커피에서 추출했더라도 정유를 넣으면 커피 표면에 유막이 형성되어 녹지 않을 거예요."

"또 같은 커피라곤 하지만, 향이 극단적으로 강해져 금방 알아차렸을 겁니다."

케이도 준코의 의견에 반대표를 던졌다.

"아마 쓴맛이 엄청나게 강해 마시지 못할 거야."

가와이와 대립했던 구마쿠라까지 반(反) 준코 연합군에 가세했다.

"정유는 자극이 너무 강해 입에 대자마자 토했을 거예요."

나쓰미 역시 조심스러움을 버리고 단호하게 말했다.

"그냥 가능성을 하나씩 지워나가는 것뿐이에요."

준코는 태연하게 거짓말을 했다. 어느새 이런 사면초가의 상황에 익숙해져 뻔뻔하게 시치미를 뗄 수 있는 자기 자신이 무서워졌다.

그녀는 사람들의 추궁을 피하기 위해 케이에게 이야기를 넘겼다.

"그렇다면 에노모토 씨, 남은 건 그것밖에 없죠?"

케이는 헛기침을 한 뒤 대답했다.

"네. 유분이 있는 것 중 커피에 넣어도 부자연스럽지 않은 건 밀크나 크림이죠."

구마쿠라가 고개를 끄덕였다.

"내가 말하려고 한 게 그거였어. 아코니틴에는 혀를 마비시키는 듯한 자극이 있는데, 크림이라면 그걸 중화시킬 테니까. ……정말이지 이놈이나 저놈이나 어리석기 짝이 없다니까. 왜 말도 안 되는 걸로 방해하는지 원."

어리석기 짝이 없다는 말에 준코는 화가 치밀었다. 적어도 어리석다는 말에서 그쳐야 하지 않을까?

"그러고 보니 카펫의 커피 얼룩에 밀크나 크림이 들어 있는 것 같더군요……."

도키자네가 눈을 감고 중얼거렸다. 그러자 케이가 제안했다.

"현장을 다시 보지 않겠습니까? 아까 간과한 것도 있을 테고, 몇 가지 확인하고 싶은 게 있습니다."

하지만 도키자네는 케이의 의견을 차갑게 물리쳤다.

"아뇨. 이 자리에서 꼼짝도 하지 마십시오. 이 안에 범인이 있다는 확신이 더 강해졌습니다. 증거 인멸의 우려가 존재하는 이상, 여러분을 현장에 가도록 할 수는 없습니다."

"그러면 범인을 알아내기가 힘들잖아요?"

모토지마가 도키자네의 총에 시선을 고정한 채 타이르듯 말했다.

"괜찮습니다. 제 눈은 카메라와 같아서, 현장 모습이 모두 여기에 입력돼 있습니다."

도키자네는 그렇게 말하며 자신의 머리를 가리켰다. 기억력에 상당히 자신 있는 모양이었다.

"현장에 크림 용기 같은 게 있었습니까?"

케이의 질문에 도키자네가 즉시 대답했다.

"있었습니다. 빈 플라스틱 용기가 책상 밑에 떨어져 있었죠."

준코는 깜짝 놀랐다. 그런 물건은 보지 못했다. 자신의 눈이 카메라와 같다는 말은 허세나 거짓말이 아닌 듯했다.

케이가 말했다.

"포션팩(Portion Pack. 소분 포장 또는 1회분 포장)이군요. 그렇다면 크림이 아니라 커피 프레시였을지도 모르겠어요."

"커피숍에서 나오는 거 말이죠? 밀크와 다른가요?"

"도쿄에서는 밀크라고 하지만, 관서지방에서는 커피 프레시라고 하죠. 저는 양쪽을 확실히 구분하기 위해 커피 프레시라고 합니다."

무엇이 어떻게 다른 걸까?

"커피 프레시로도 아코니틴을 녹일 수 있나요?"

"커피 프레시는 언뜻 밀크나 크림처럼 보이지만, 실제로는 유화제를 사용해 샐러드유 같은 기름과 물을 희멀겋게 만든 겁니다. 따라서 아코니틴을 녹이는 데 안성맞춤이죠."

준코는 입을 다물 수 없었다. 전혀 몰랐던 사실이다. 지금까지 커피에 첨가물이 들어간 샐러드유를 넣어서 마셨단 말인가?

"그렇군. 아주 흥미로워. 이번 사건에서 매우 중요한 부분일지도 모르겠군."

히키 영감은 마치 딴사람이 된 것처럼 생생해졌다.

"레이코 여사가 자살했다면, 아코니틴을 커피 프레시에 녹여서 넣는 건 부자연스럽지 않나? 커피에 녹지 않아 알갱이가 남았다고 해도 그대로 삼키면 되니까."

"커피 프레시의 포션팩을 조사해 아코니틴이 검출될 경우 타살 의혹이 좀 더 확실해지는 거군요!"

모토지마는 히키 영감을 다시 봤다는 표정으로 말했다.

"내가 범인이라면 평범한 포션팩을 따로 준비했을 걸세. 아코니틴을 혼입하고 나서 단시간에 처분할 수 있으니까 말이야."

작은 플라스틱 용기라면 깨끗이 씻은 다음 잘게 잘라 화장실 변기에 넣고 물을 내리면 된다. 결국 결정적인 증거는 되지 않는 것이다.

"레이코 선생님이 평소 커피에 크림을 넣으셨나요?"

케이의 질문에 나쓰미가 고개를 갸웃거렸다.

"아뇨. 거의 블랙으로 마셨는데, 가끔 속이 쓰릴 때는 생크림이나 우유를 넣으셨어요."

"커피 프레시는요?"

"글쎄요. 집에는 없었던 것 같은데요."

"이제야 어렴풋이 알겠군. 레이코는 블랙커피를 직접 내려 서재로 올라갔지. 그런데 범인이 독이 든 커피 프레시를 들고 서재로 갔어. 블랙커피를 마시면 속이 쓰리다든지 하는 식으로 레이코를 위하는 척하면서 말이야. 그리고 당당하게 커피에 독을 넣어 레이코에게 권했어…….”

구마쿠라가 끈적한 목소리로 말했다. 의심으로 가득찬 구마쿠라의 가느다란 눈이 사람들의 얼굴을 차례대로 훑고 지나갔다. 그 눈을 본 준코는 흠칫 숨을 들이마셨다.

모토지마가 떨리는 목소리로 물었다.

“그렇다면 그 사실에서 무엇을 알 수 있나요?”

“범인은 레이코와 아주 친한 사람이야. 즉, 에노모토 씨, 아오토 씨, 히키지 씨는 아니야. 일단 아야카 씨도 아니겠지. 완벽한 알리바이가 증명될 경우 도키자네 씨도 제외될 테고. 그러면 나와 가와이, 모토지마 씨, 나쓰미 씨, 이렇게 네 명이 남는군.”

그 말에 가와이가 비아냥거렸다.

“자기 자신을 용의자에 포함시키다니, 이건 자백이나 마찬가지 아니에요?”

“내게는 동기가 없어.”

구마쿠라의 말에 가와이가 다시 격앙된 목소리로 소리쳤다.

“동기는 내게도 없어요!”

그러자 모토지마가 말했다.

“동기는 제게도 없습니다.”

“저도 마찬가지예요. 제가 선생님을 죽이다니…….”

나쓰미 역시 자신의 억울함을 주장했다. 지금 반론하지 않으면 범인 취급을 당할까 봐 겁먹은 듯했다.

"당신에게는 확실한 동기가 있잖아? 레이코에게 몇 번이나 돈을 빌려달라고 했다면서? 도키자네 씨도 아까 그렇게 증언했어. 더구나 거액의 유산을 물려받을 예정이고 말이야."

구마쿠라는 가와이를 뚫어지게 쳐다보았다.

"일단 포기하는 척하고 나를 계속 조준했던 건가? 당신의 강한 집념에 경의를 표하고 싶군요. 그렇게까지 나를 함정에 빠뜨리려 하다니, 오히려 당신이 범인 같은데요?"

가와이가 나지막한 목소리로 반격했다. 연극적인 말투이긴 하지만, 지금까지와 달리 명배우 같은 박력이 있었다.

"참내 기가 막혀서. 그게 무슨 말이지? 나를 범인으로 모는 걸 보니 당신이 범인이다? 유치원생처럼 유치한 논리군."

구마쿠라가 밉살스럽게 비웃었다. 레이코가 그와 왜 이혼했는지 알 수 있을 듯했다.

"구마쿠라 씨, 나도 당신이 범인이라는 데 한 표 던지고 싶군."

히키 영감이 갑자기 이빨을 드러냈다. 그러자 가와이의 얼굴에 화색이 돌았다.

"무슨 근거로 그런 말씀을 하시죠?"

예상치 못했던 공격에 구마쿠라의 얼굴이 붉으락푸르락해졌다.

그러자 히키 영감은 칼날처럼 날카로운 목소리로 말했다.

"당신 행동은 도가 지나쳐. 남에게 죄를 뒤집어씌우려다 자

멸하는 범인의 패턴이지. 내 대표적인 중편 『도가 지나친 남
자』에서는…….

"누구 하나 읽지 않은 당신의 소설 따위에는 관심 없어! 내
가 범인이라는 증거나 말해봐!"

구마쿠라가 상처 입은 짐승처럼 울부짖었다.

그러자 히키 영감이 태연한 목소리로 말했다.

"그럼 그렇게 하지. '투구꽃 같은 것에 들어 있는 알칼로이
드 계통의 맹독이지.'"

구마쿠라는 당황한 표정을 지었다.

"무슨 말이지?"

"'아코니틴은 물에 잘 녹지 않는 난용성이야.'"

"지금 무슨 말을 하는 거야?"

"'아코니틴에는 혀를 마비시키는 듯한 자극이 있는데, 크림
이라면 그걸 중화시킬 테니까.'"

구마쿠라가 어이없다는 얼굴로 입을 멍하니 벌렸다.

"'투구꽃에는 아코니틴뿐만 아니라 메사코니틴, 히파코니
틴, 제사코니틴처럼 맹독의 알칼로이드가 몇 종류나 함유돼
있지.' ……전부 당신이 한 말이야. 내과의사에게 독약 관련
지식이 이렇게나 많이 필요하던가? 그렇더라도 너무 상세하
게 아는 것 같지 않나?"

히키 영감은 자기 말의 효과를 확인이라도 하듯 잠시 말을
끊었다.

"뭐해요? 히키지 선생님 질문에 대답 좀 해보시죠!"

가와이가 히키 영감에게 편승해 보기 안쓰러울 만큼 날뛰었다. 구마쿠라는 손수건을 꺼내 이마의 땀을 닦았다.

"……레이코와 결혼했을 때, 나도 미스터리 소설을 쓰려고 한 적이 있었지."

"뭐야? 그때 아코니틴에 대해 조사했다고 말하려는 건가?"

"그래. 더구나 레이코가 투구꽃을 발견한 후, 아코니틴에 대해 가르쳐준 사람도 나였어."

잠시 침묵이 찾아왔다. 믿기지 않았지만, 히키 영감도 구마쿠라를 추궁할 재료가 더는 없는 모양이었다.

구마쿠라가 다시 수비 자세를 굳혔다.

"더구나 조금 전에도 말했듯이, 내게는 레이코를 죽일 만한 그 어떤 동기도 없어."

"과연 그럴까? 당신은 이모님 전 남편이잖아요? 감정이 복잡하게 뒤얽혀 있더라도 이상할 게 없겠죠."

가와이는 아직 분노가 가라앉지 않은 듯했다.

"감정이 얼마나 복잡하게 뒤얽히면 사람을 죽이지?"

구마쿠라는 가와이의 공격을 여유 있게 받아냈다. 다시 가와이를 추궁하나 싶었는데, 이제는 방향을 바꾸었다.

"그나저나 히키지 씨, 당신에게도 동기가 있지 않나요?"

그러자 히키 영감이 고개를 갸웃거렸다.

"그게 무슨 뜻이지? 조금 전 당신 입으로 그랬잖아? 범인은 레이코 여사와 친한 사람이라고. 나는 거기에 해당되지 않는데……."

"그 말은 철회하죠. 상황상 레이코와 친한 사람이 아닐까 생각했을 뿐이고, 알리바이가 있는 도키자네 씨처럼 확실하게 제외된 건 아니거든요."

"그래? 내게 무슨 동기가 있다는 건가?"

"20여 년 전이었을 겁니다. 당신 작품이 추리작가협회상 단편부문 후보에 오른 적이 있었죠."

"있었지. 평생 단 한 번의 기회였는데, 유감스럽게도 안목 없는 심사위원 때문에 수상하지 못했네. 『어렴풋한 살의』는 내 진정한 대표작인 『올림포스 살인사건』의 후일담 형식을 취하면서도 새로운 내용으로……."

"심사위원회에서 잡지 복사본을 보내줘 똑똑히 기억합니다. 그때 심사위원 중 한 사람이 레이코였거든요."

히키 영감은 먼 곳을 바라보는 듯한 표정을 지었다.

"그랬던가?"

"내가 아무리 머리가 좋아도, 레이코가 당신 작품을 어떻게 평가했는지는 기억나지 않는군요. 하지만 레이코의 취향과 당신의 인간성을 종합해 보면 대강 짐작이 됩니다. 치가 떨릴 만큼 혹평하지 않았나요? 추리작가의 자존심이 구깃구깃해져 언젠가 죽여 버리겠다고 결심할 만큼."

"전혀 기억이 안 나네."

히키 영감이 고개를 갸웃거렸다. 연기로 보이지는 않았다.

"……하지만 그런 게 동기가 된다면, 나는 동료 작가의 절반과 모든 출판평론가를 말살해야 해. 오히려 당신의 복잡한 감정이란 말이 설득력 있을 것 같군."

히키 영감이 돌연 눈빛을 빛내며 구마쿠라를 노려보았다.

"더구나 보다시피 휠체어가 없으면 마음대로 이동할 수도 없네. 이런 몸으로 어떻게 2층에 간단 말인가?"

"엘리베이터가 있잖습니까?"

"말도 안 돼! ……소리가 나잖아. 아닌가?"

히키 영감은 도움을 구하듯 사람들을 둘러보았다.

"엘리베이터는 분명 큰소리가 납니다. 움직였다면 누군가 알아차렸겠죠."

도키자네가 도움의 손길을 내밀었다. 아야카도 망설이는 표정으로 조심스럽게 덧붙였다.

"저……, 제 방이 엘리베이터 바로 옆에 있어서 만약 작동되었다면 알았을 거예요. 쿵쾅거리는 소리를 들은 건 여러분이 2층에 갔을 때뿐이에요."

히키 영감이 득의양양해서 말했다.

"그것 보게. 어리석은 사람 같으니라고. 집념이 꽤 강한 성격인가 보군. 공격을 받으면 되받아치지 않고는 견딜 수 없나 보지? 그런 점이 살인 동기로 이어진 것 아닌가?"

하지만 구마쿠라는 물러서지 않았다.

"아직 당신의 결백이 증명된 건 아닙니다. 솔직히 걸을 수 있지 않나요? 거실은 어두웠어요. 휠체어를 타고 구석으로 간 다음, 조용히 나갈 수도 있었을 겁니다."

크게 분노할 줄 알았는데 히키 영감은 오히려 웃음을 터트렸다.

"하하하……! 너무 웃겨서 배꼽이 빠질 것 같군. 그런 미스터리는 5류도 안 되고, 요즘은 3류 드라마 소재로도 안 쓰네."

"걸을 수 없다는 걸 증명할 수 있습니까?"

"물론이지. 중증 척주관협착증이니까. 당신도 의사 나부랭이라면 알겠지. 엑스레이, MRI, 척수조형으로 객관적인 진단을 할 수 있을 거야."

구마쿠라는 분한 얼굴로 입을 다무는가 싶더니 다시 따지고 나섰다.

"히키지 씨. 나는 당신에게 근본적인 의문을 갖고 있습니다."

"나처럼 대단한 작가가 왜 각광을 못 받는지 말인가?"

"천만에요! 당신이 왜 여기 있는가 하는 겁니다."

그 말에 하마터면 모든 사람이 고개를 끄덕일 뻔했다.

"당신은 이미 잊혀진 작가예요. 아니, 사람들 기억에 머문 적이 있었나요? 레이코나 도키자네 씨와 친해서 왔나 했는데, 그렇지도 않은 것 같군요. 더구나 성격은 더욱 최악이라, 만찬회에 당신만큼 어울리지 않는 사람도 없죠. 무슨 이유로 여기에 초대된 겁니까?"

히키 영감은 태연하게 그 말을 되받아쳤다.

"실은 나도 그게 이상하다네. 하지만 내가 아니라 초대한 사람에게 물어봐야겠지."

"도키자네 씨, 왜 이 사람을 초대한 거죠?"

구마쿠라의 질문에 도키자네는 어깨를 들썩였다.

"그건 저도 잘 모르겠습니다. 아내가 그렇게 해달라고 해서요."

이야기는 막다른 곳에 부딪히거나, 다람쥐 쳇바퀴 돌 듯 계속 빙글빙글 돌았다.

준코는 그랜드파더 클락을 보았다. 10시 20분이 되려는 참이었다. 플립시계가 10:19에서 10:20으로 바뀌었다.

아까 시계를 본 후 14분, 범인 찾기가 시작되고 30분이 지났다.

이 지옥이 언제까지 계속될까? 초조함이 머리 쪽으로 스멀스멀 기어올라왔다.

"모토지마 씨. 다들 알고 있겠지만, 예전에 당신과 레이코가 불륜관계라는 소문이 돌았었지."

구마쿠라가 이번에는 모토지마를 목표로 삼은 듯했다. 다시 추악한 매도와 공격이 이어졌다. 다들 눈에 불을 켜고 희생양을 찾거나 타인의 결점을 끄집어냈다. 모두 자신을 지키기 위해서다.

준코는 이 상황이 지긋지긋했다. 그런데 잠깐만. 뭔가 이상하지 않은가? 이렇게 해서는 진범을 찾게 될 리 없다. 그렇게 생각한 사람은 그녀만이 아니었다.

가와이가 도키자네를 향해 소리쳤다.

"이게 뭡니까? 우리가 서로를 비난하고 누군가 함정에 빠지는 걸 즐기는 거예요? 이건 뭐 인랑(人狼) 게임(마을사람과 인랑,

즉 늑대인간으로 나뉘어 싸우는 게임)이나 마찬가지 아닌가요? 이런 게 무슨 의미가 있죠?"

혀를 깨물 만한 대사를 술술 말하다니, 역시 배우는 배우다.

"의미는 있습니다. 인랑이 누구인지 알기만 하면……."

도키자네는 개의치 않고 차가운 눈길로 사람들을 관찰했다.

7

분위기가 바뀌기 시작한 건 그랜드파더 클락이 **10시 35분**을 가리킬 무렵이었다.

이제 15분 후면 도키자네가 말한 한 시간이 끝난다. 별다른 확증도 없이 정말로 누군가를 처형할 생각일까?

모토지마가 생각에 잠긴 표정으로 물었다.

"에노모토 씨, 외부에서 아무도 침입하지 않았다고 생각하는 근거가 유리와 창문 센서에 아무런 반응이 없었기 때문이라고 하셨죠?"

케이는 순순히 인정했다.

"그렇습니다."

"더구나 서재의 컴퓨터와 FM 튜너의 전원이 꺼져 있는 게 수상하다고 하셨고요?"

"그렇습니다."

"잠깐 생각해 봤는데, 혹시 정전이 있었던 것 아닐까요?"

"무슨 말씀이시죠?"

"정원 분전반의 차단기를 내리면 보안설비가 힘을 발휘하지 못하잖아요?"

사람들 사이에서 웅성거림이 일었다.

"그렇습니다. 유리창의 센서는 건전지로 작동하는데, 본체가 꺼지기 때문에 비상벨이 울리지 않습니다."

"그러면 누군가 차단기를 내리고 창문을 깨뜨려 침입한 것 아닐까요?"

케이가 잠시 생각한 후 대답했다.

"그건 차단기가 내려가고 정전된 순간, 알 수 있습니다."

"하지만 거실 불을 끄는 순간을 노렸다면 어떻게 되나요? 불이 꺼졌을 때는 차단기를 내려도 알아차리지 못하는 거 아닙니까?"

그러자 사람들 입에서 공감하는 말들이 튀어나왔다.

"그건 생각도 못했어. 그러면 침입이 가능하겠네."

"그래. 그럴 수 있어!"

"역시 범인은 이 안에 없는 게 아닐까?"

케이는 사람들이 조용해지기를 기다렸다가 입을 열었다.

"그런 일은 있을 수 없습니다. 거실 조명이 꺼지는 순간 차단기를 내려도 진열대의 풋라이트가 켜질 때까지 겨우 1, 2초입니다. 창문을 깨트릴 시간은 없는 거죠."

모토지마의 가설을 일축한다기보다 그런 일이 성립될 수 없음을 유감스러워하는 표정이었다.

"범인이 여럿이라면 어떨까요? 한 사람이 차단기를 내리고 또 한 사람이 창문을 깨트린다면요?"

"그래도 힘듭니다. 유리창을 깨뜨리고 침입하려면 최소한 20초가 걸리니까요."

사람들에게서 실망의 한숨이 새어나왔다. 이제 누구라도 좋으니 어떻게든 죄를 떠넘기려는 사람은 없는 것 같았다.

"한 가지 확인하고 싶은데, 레이코 여사가 커피를 몇 잔이나 내렸지?"

히키 영감의 질문에 아야카가 대답했다.

"레이코 선생님은 항상 세 잔을 내립니다. 오늘밤에도 그러셨고요."

"그중 몇 잔을 마셨나?"

"세 잔 모두 마셨을 겁니다. 포트에 커피가 남아 있지 않았으니까요."

도키자네가 현장을 떠올리듯 눈을 가늘게 뜨며 대답했다.

"그래? 레이코 여사가 세 잔씩이나 마셨다면 처음부터 포트에 아코니틴이 들어 있을 가능성은 없겠군. 그렇다면 아까 말한 대로, 범인이 커피 프레시에 아코니틴을 섞은 후 권한 게 되겠지. 하지만 지금까지의 치열한 이야기들을 종합해 보면 그렇게 할 수 있는 사람이 없는 것 같은데?"

히키 영감의 말에 케이가 재빨리 동의했다.

"저도 그렇게 생각합니다. 서재에 아무도 들어가지 못한다고 장담할 순 없지만, 레이코 선생님이 보관했던 아코니틴을 사용할 수 있는 사람은 도키자네 씨, 나쓰미 씨, 아야카 씨뿐입니다. 하지만 도키자네 씨에게는 알리바이가 있고, 나쓰미 씨는 계속 거실에 있었습니다. 아야카 씨는 그럴 만한 동기가 없고요."

"그러면 역시 자살이라는 건가요? 하지만 아내의 미의식과 맞지 않다며 자살을 부정한 사람이 당신이잖아요."

도키자네의 목소리에 조바심이 묻어났다. 하지만 케이는 동요하지 않았다.

"저는 지금도 자살 가능성은 없다고 생각합니다."

"결론을 말해주십시오. 어떻게 된 겁니까?"

구마쿠라가 지금까지와 달리 정중하게 물었다.

"불행한 사고 아닐까요?"

한순간 침묵이 찾아왔다. 그리고 전체가 매달리는 듯한 눈길로 앞다투어 말했다.

"그게 정말인가요?"

"자세히 말해보게."

"그럴 가능성이 있다면 꼭 듣고 싶군요."

그러자 케이가 입을 열었다.

"알겠습니다. 우선 평소 블랙커피를 마시는 레이코 선생님께서 왜 마지막 한 잔에 커피 프레시를 넣었을까요? 이상하지 않으세요?"

케이의 말에 사람들 입에서 긍정의 중얼거림이 새어나왔다.

"그래요!"

"듣고 보니 그렇군."

"분명히 이상해요."

하지만 준코는 이의를 제기했다.

"잠깐만요!"

분위기 파악 못한다고 비난받아도 할 말은 해야 한다.

"그건 범인이 권했기 때문이라고 했잖아요. 오늘따라 속이 쓰렸을지도 모르고요."

케이는 준코의 얼굴을 보지 않은 채 대답했다.

"물론 그럴 가능성도 있습니다. 하지만 과연 그게 진실일까요? 모든 사물에 진짜를 추구하는 레이코 선생님과 가짜 크림에 불과한 커피 프레시는 아무리 생각해도 어울리지 않습니다."

"맞아요! 레이코 선생님이라면 누가 권했더라도 커피 프레시 같은 걸 넣을 리 없어요."

"저도 동감입니다."

"선생님은 몸에 좋지 않은 첨가물을 끔찍하게 싫어하셨어요."

눈 깜짝할 사이 '케이 만세파'가 탄생했다.

"하지만 범인이 생크림이라고 거짓말하며 커피 프레시를 넣은 것 아닐까요?"

준코의 질문은 완전히 무시당했다.

"애초 이 산장에 왜 커피 프레시가 있는지 이상한 일입니다."

"아! 그건 그때……."

도키자네가 갑자기 끼어들었다. 케이는 그의 뒷말을 재촉했다.

"생각이 나셨나요?"

"여름에 도쿄에 갔을 때인데요. 편집자와 이야기 나눌 게 있어 커피숍에 갔고, 아내가 아이스커피를 주문했어요. 그때 시럽과 커피 프레시가 함께 나왔죠. 물론 아내는 커피에 아무것도 넣지 않았고요. ……그런데 커피 프레시를 보고는 환하게 웃더군요. 마치 장난칠 거리가 생각난 개구쟁이처럼요."

"혹시 그때 커피 프레시를 집으로 가져온 건가요?"

"그럴 가능성이 높습니다."

두 사람이 계속 이야기를 주고받았다.

"무슨 뜻이죠? 우리에게도 설명해 주십시오."

분위기가 좋아졌다고 느꼈는지 모토지마가 끼어들었다.

"어쩌면 레이코 선생님은 아코니틴을 커피 프레시에 녹여 상대를 독살하는 내용의 소설을 쓰고 계셨을지도 모릅니다."

케이의 말에 도키자네가 고개를 끄덕였다. 마치 2인조 사기단처럼 호흡이 척척 맞는다.

그러자 히키 영감이 고개를 끄덕이며 소리쳤다.

"그렇군! ……혹시 그래서 실험을 해본 건가?"

"그래요! 아코니틴이 커피 프레시에 잘 녹는지, 그걸 커피에 넣으면 어떻게 되는지 실험해 본 거군요."

모토지마의 말에 눈사태가 일어나듯 동조자가 늘었다.

"역시 레이코 선생님다워요."

"왜 그런 생각을 못했을까요?"

"그게 진실이라면……, 레이코는 미스터리에 목숨을 바친 거야. 아아, 어떻게 이런 일이……."

이건 또 무슨 일인가? 준코는 입을 다물 수가 없었다. 분위기가 극한 대립에서 협조로 바뀌더니, 아무도 벌을 받지 않기를 바라서인지 어느새 레이코의 사고가설로 방향이 바뀌었다.

"잠깐만요! 실험했다는 것까지는 알겠는데, 왜 그걸 마시죠? 그런 일은 있을 수 없잖아요?"

반론을 제기하는 준코를 모두 냉담한 눈길로 쳐다보았다.

그때 케이가 뜻밖의 말을 꺼냈다.

"그렇게 생각하기에는 문제가 있어요. 컴퓨터는 왜 꺼져 있었을까요?"

"그게 무슨 관계죠?"

"생각해 봐요. 일하는 도중 컴퓨터를 껐다면, 무슨 이유로 껐을까요?"

"네? 그건……."

준코가 우물쭈물하자 가와이가 중얼거리듯 말했다.

"……다운됐다?"

"그겁니다!"

"틀림없어요!"

"가와이 씨, 대단해요!"

"컴퓨터가 다운돼서 키보드와 마우스가 말을 안 들었어요.

그래서 전원 버튼을 길게 눌러 강제종료한 겁니다!"

"잠깐만요! 그럼 어떻게 되는 거죠?"

"그걸 몰라서 물어요? 이모님은 갑자기 컴퓨터가 다운되자 당황해서, 일단 전원을 끄고 마음을 진정시키려 했겠죠. 그러다 자신도 모르게 독이 든 커피를 한모금 마신 거예요."

가와이는 그것도 모르냐는 듯 비난의 눈길로 준코를 쳐다보았다.

"자신도 모르게……."

"현실에서 사건은 종종 너무나 시시한 이유로 일어나곤 하지. 내 작품 중 백미로 평가받는 『마쓰카제 여관의 괴사건』처럼 말이야."

히키 영감이 또다시 아무도 모르는 본인의 작품을 들먹였다. 하지만 이번에는 아무도 야유하지 않았다.

"그때 무슨 일이 있었는지 정확히는 알 수 없습니다. 하지만 아내가 커피에 독을 녹이는 실험을 했다면 사고 가능성을 부인하기 어렵겠네요."

도키자네가 대단원의 마무리를 지었다.

말도 안 돼! 거짓말이다! 이런 사기가 어디 있는가?

준코는 망연자실했다.

조금 전까지 '인랑 게임'이었는데, 어느새 '기사라기(2007년 개봉한 일본 영화. 자살한 마이너 아이돌인 기사라기 미키의 1주기에 모인 다섯 남자를 대상으로 한 밀실추리사건)'로 변하다니. 이러면 레이코의 원한을 풀어줄 수 없지 않은가?

준코는 그랜드파더 클락을 쳐다보았다. 3분 후면 도키자네가 정한 **10시 50분**이 된다. 이제 범인을 찾아 처형하겠다는 분위기는 아니다. 과연 그는 어떻게 하려는 걸까?

옆에 있는 플립시계가 움직이며 **10:47분**을 표시했다. 모든 사람이 시계를 힐끔 쳐다보았다. 그리고 사태가 호전되기를 바라며 도키자네를 주목했다.

도키자네는 안절부절못하는 모습이었다. 시계를 보고 고개를 갸웃거리더니 큰곰을 쫓는 사냥꾼처럼 총을 메고 식당과 거실 사이를 왔다갔다하다 난로에 장작을 넣었다.

모토지마가 조용하게 말했다.

"도키자네 씨, 결론이 나온 것 같군요. 레이코 선생님이 세상을 떠난 건 불행한 사고였습니다. 완벽하게 증명된 건 아니지만, 지금으로선 그 가능성이 제일 높은 것 같군요. ……이제 나머지는 경찰에 맡겨도 되지 않을까요?"

도키자네는 거실과 식당의 경계선에서 사람들을 둘러보았다. 총구를 이쪽으로 향할 때마다 혹시라도 총알이 발사되지 않을까 하는 마음에 정신이 아득해졌다. 하지만 지금은 테러리스트처럼 총을 높이 치켜들고 있다. 그리하여 총구가 경계 부분의 벽에 가려져 그나마 안도의 한숨을 내쉴 수 있었다.

"……도저히 납득할 수 없습니다. 정말 그게 진실일까요?"

도키자네가 초조한 얼굴로 물었다.

"2분 후면 딱 한 시간이 됩니다. 물론 2분 안에 범인을 알아내 처형하는 건 현실적으로 불가능하겠죠."

안도의 한숨과 함께 공기가 느슨해졌다.

"하지만 아내가 살해된 게 아니라고 단정짓기는 망설여집니다. 눈을 뻔히 뜨고 범인을 놓친다면 평생 후회할 테니까요."

도키자네는 레이코의 죽음을 사고사로 받아들이기가 어려운 듯했다. 만약 그게 진실이라면 너무나 허망한 죽음 아닌가?

"하지만 이미 문제 해결에 접근하지 않았나요? 이중 누구를 범인으로 가정해도 납득할 만한 결론에 이르지 못했잖아요. 반면에, 사고가설에는 상당한 설득력이 있습니다."

여기저기서 동조하는 중얼거림이 새어나왔다. 케이의 말이 설득력 있게 느껴지는 건 사람들이 원하는 결론이 들어가 있기 때문이리라.

도키자네가 어렵게 결심한 듯했다.

"……알겠습니다. 아내의 컴퓨터를 켜보죠. 사고가설이 맞다면 쓰던 원고에 힌트가 남아 있을 겁니다. 하지만 우리 짐작이 틀렸다면, 즉 아내가 아코니틴에 의한 독살 같은 걸 생각하지 않았다면 처음부터 다시 시작하겠습니다. 범인을 찾아낼 때까지 심문을 멈추지 않을 겁니다."

반대하는 사람이 아무도 없었다. 물론 여기서 불평하더라도 도키자네의 의사를 뒤집기는 어려웠다.

사람들이 도키자네에게 쫓기듯 주방을 지나 계단으로 올라갔다. 히키 영감만 엘리베이터를 사용했는데, 도키자네가 맨 뒤에서 그 모습을 확인했다. 엘리베이터 작동 소리는 생각보다 컸다. 전부 탁상시계 가격을 맞히느라 정신없는 상황이었더라도 그 정도 소리라면 알아차렸을 것이다.

다시 레이코의 서재로 들어가기 위해서는 온몸에서 용기를 짜내야 했다. 아무것도 모른 채 들어가 시신을 발견하는 것과, 시신이 있다는 사실을 알고 들어가는 건 천지차이다. 사람들 얼굴에 긴장감이 감돌았다. 만약 이 안에 범인이 있다면 더욱 큰 공포를 느낄까? 그랬으면 좋겠다고 준코는 속으로 생각했다.

서재에 들어가자 새빨간 칵테일 드레스가 눈에 들어왔다. 준코는 무의식중에 레이코의 시신에서 눈을 돌렸다.

이런 상태로 방치해 놓은 것에 죄책감이 들었다. 더구나 말도 안 되는 사고로 허망하게 죽었다는 결론이 나온다면 너무 가엾지 않은가? 준코는 마음속으로 죄송하다고 말하며 두 손을 마주잡았다.

도키자네가 마지막으로 들어와 선반의 시계를 보았다.

"……10시 49분이군요."

준코는 삼색의 링이 빙글빙글 도는 시계를 보았다. 죽음이 결정되는 데드라인까지 이제 1분밖에 남지 않았다.

레이코를 생각하면 어정쩡하게 마무리짓고 싶지 않지만, 총에 맞아 억울하게 죽기는 더 싫었다. 어떻게든 이 자리를 벗어나려면 사고가설을 뒷받침하는 증거를 찾아야 한다.

준코는 신에게 간절히 기도했다.

도키자네는 레이코의 시신을 피해 컴퓨터 쪽으로 가서 전원 버튼을 눌렀다. 모든 사람이 마른침을 삼키며 그 모습을 지켜보았다.

윈도즈는 정상적으로 작동했다. 컴퓨터가 다운되어 강제종료됐다면 일반적인 작동과 세이프모드를 선택할 수 있는 메뉴가 나오지 않을까 했지만, 컴퓨터에 대해 잘 아는 게 아니라서 확신할 수는 없었다. 화면의 오른쪽 하단에 **10시 51분**이라는 시간이 나타났다. 마침내 죽음의 순간이 지났다. 준코는 눈을 질끈 감았다.

도키자네는 'Windows' 키와 'R'을 누른 뒤, 'recent'라고 입력했다. 예상대로 최근 사용한 파일 가운데 레이코가 쓰던 원고가 있었다.

"독조(毒鳥)……."

의미심장한 제목이었다. 원고는 거의 완성된 듯했다. 레이코의 주특기인 미스터리 로맨스 단편이었다. 여기에 아코니틴을 사용한 독살 내용이 나올까?

하지만 아무리 살펴봐도 그런 장면은 나오지 않았다. 「독조」는 뉴기니아에 실제로 존재하는 피토휘라는 새를 가리키는데, 아무런 악의 없이 주변 사람들을 파멸시키는 사이코패스에 비유되었다.

도키자네가 어두운 목소리로 중얼거렸다.

"유감스럽지만, 예상이 빗나간 것 같군요."

"그렇게 생각하기는 이를지도 모르지. 「독조」 앞에 위치한 「미스터리 클락」이라는 파일도 최근에 저장되었군."

히키 영감의 말에 도키자네는「미스터리 클락」으로 이름 붙여진 파일을 클릭했다.

몇 사람 입에서 "아!" 하는 소리가 터져나왔다.「미스터리 클락」은 원고가 아니라 아이디어와 대강의 스토리를 항목별로 정리한 파일이었다. 그런데 중간에 "영원한 소년은 네버랜드로 가고 싶어한다. 이제 더러운 세계에는 있고 싶지 않다"는 문장이 포함되어 있었다. 또한 그 다음 항목에는 아코니틴을 커피 프레시에 녹인 뒤 커피에 섞어 독살한다는 내용이 몇 줄 쓰어 있었다.

"이럴 수가! 그럼 이모님이 정말로……."

가와이가 말을 잇지 못한 채 레이코의 시신을 쳐다보았다.

그때 구마쿠라가 큰소리로 말했다.

"이것 봐! 맨 마지막에 별표까지 하고 '잘 녹는 것 확인'이라고 쓰여져 있어! 아마 실험해 본 뒤 썼을 거야!"

"그렇군. 역시 레이코 선생님은 불행한 사고로……."

모토지마는 뒷말을 잇지 못했다.

말도 안 돼! 준코는 망연자실했다. 실험을 위해 독 넣은 커피를 실수로 마셨다……. 정말로 그게 이 사건의 진실이란 말인가?

"마지막 저장 시간이「독조」는 9시 36분,「미스터리 클락」이 9시 34분이군……."

성격 탓인지 도키자네는 유난히 시간에 집착했다.

"이것도 처음 봤을 때는 유서라고 생각했는데……."

가와이가 책상에 놓여 있는 메모지를 가리켰다.

미스터리 클럭. 영원한 소년. 네버랜드.
이제 더러운 세계에는 있고 싶지 않다.

히키 영감이 고개를 끄덕였다.

"음, 레이코 여사가 문득 생각나서 적어놓은 아이디어였나 보군."

가만히 있으려 했지만, 준코의 타고난 반골정신이 고개를 치켜들었다. 아무래도 이상하다.

"잠깐만요. 레이코 선생님은 컴퓨터 파일에 아이디어를 작성하던 중이었잖아요. 왜 이것만 손으로 썼을까요?"

하지만 그녀의 의문에 귀기울이는 사람은 없었다.

잠시 후 구마쿠라가 귀찮다는 표정으로 말했다.

"레이코가 「독조」를 쓰는 중이었다면, 정리한 다음 추가할 생각으로 일단 메모한 게 아닐까?"

그 말에 가와이가 덧붙였다.

"그때 마침 컴퓨터가 다운되었을지도 모르고요."

준코는 스크롤을 내리며 목소리에 힘을 주었다.

"스토리가 좀 이상하지 않아요? 중간까지는 평범한 연애소설 같은데, 갑자기 영원한 소년이라든지 독살이라는 단어가 튀어나오잖아요? 누구를 죽이는지도 잘 모르겠어요. 대체 어떤 이야기였을까요?"

"모르는 게 당연하지. 내 아이디어노트에 나조차 짐작 안 되는 부분이 있으니까. 당사자도 그런데, 삼자가 어떻게 작가 마음을 헤아리겠나?"

히키 영감이 자부심 어린 표정으로 말했다. 그건 치매의 초기 증상 아닐까……?

도키자네는 그 말에 대꾸하지 않았다. 이 남자는 대체 무슨 생각을 하는 걸까?

"……현장은 더 이상 손대지 않는 편이 좋겠습니다. 일단 1층으로 내려갈까요?"

그는 여전히 사냥총을 내려놓지 않았다. 어쩔 수 없이 모두 1층으로 다시 내려갔다.

"식당 말고 거실로 가죠."

사람들은 그 말을 듣고 서로를 쳐다보았다. 미스터리 클락을 비롯한 고가의 탁상시계가 있는 거실로 간다는 건 이제 총을 쏠 생각이 없다는 뜻이리라. 최악의 사태는 가까스로 벗어난 건지도 모른다.

거실의 전파시계가 **10시 55분**을 가리켰다. 도키자네가 말한 데드라인에서 이미 5분이 지났다.

"한 가지 더 확인할 게 있습니다. 조금만 더 같이해 주세요."

그는 거실의 불을 끄고 진열대의 풋라이트를 켰다. 그런 다음 "정원에 있는 차단기를 내리겠습니다"라고 말하더니 밖으로 나갔다. 잠시 후 풋라이트가 꺼지고 거실은 어둠에 휩싸였다. 아직 타오르고 있는 난로의 빨간 불길만이 거실 한쪽을 비추었다. 그때 어디선가 삐 하는 전자음이 희미하게 들렸다. 준코는 고개를 갸웃거렸다. 오늘밤 이 소리를 듣는 게 두 번째다. 풋라이트는 2, 3초 만에 다시 켜졌다.

지금이라면 도망칠 수 있다. 준코는 그렇게 생각하고 주변을 둘러보았다. 하지만 어느 누구도 움직이지 않았다. 어쩌면 당연할는지 모른다. 기껏 사고가설이 굳어지고 있는데, 잘못 움직였다간 범인으로 몰릴 수 있다.

"어땠나요?"

도키자네가 돌아와 거실 불을 켜고 물었다.

"풋라이트가 꺼졌어요."

나쓰미의 대답에 그는 총을 내리며 고개를 끄덕였다.

"역시 차단기를 내리면 알아차릴 수밖에 없군요. 공범의 존재 가능성을 배제하기 어려웠거든요."

그의 말투는 저녁식사를 할 때처럼 다시 부드러워졌다.

모토지마가 물었다.

"무슨 뜻이죠?"

"풋라이트가 독립 전원이라면, 거실 불이 꺼진 뒤 차단기를 내려 경비 시스템을 정지시킨 다음 침입하지 않았을까 생각했습니다. 하지만 지나친 상상이었던 것 같군요. 차단기를 내려도 알아차리지 못하는 건 풋라이트가 켜질 때까지 잠깐뿐이었네요."

거실에 느긋한 공기가 흘렀다.

"그러면 역시 사고였다는 거죠?"

모토지마가 기대를 담은 눈빛으로 도키자네를 쳐다보았다. 도키자네는 잠시 생각에 잠겼다.

"여러분에게 드릴 말씀이 있습니다. 모두 소파에 앉아주십시오."

드디어 범인 찾기의 종료를 알리는 것이리라. 휠체어를 이용하는 히키 영감을 제외한 사람들이 소파에 앉았다. 나쓰미와 아야카도 조심스럽게 구석에 자리잡았다. 준코는 조금 전과 같은 자리에 앉았다. 손가락질당해도 어쩔 수 없지만, 극도의 긴장감 때문인지 술생각이 간절했다.

도키자네의 이야기가 끝나면 가능하지 않을까? 이런 꼴까지 겪게 했으니 당연히 술을 내놓으리라. ……이번에는 스카치가 좋겠군. 분명히 '페이머스 그라우스(위스키의 본고장 스코틀랜드의 국민 위스키)'가 있었다.

도키자네가 숙연한 표정으로 입을 열었다.

"여러분 말씀을 들으며 저는 계속 아내를 생각했습니다. 아내는 참 훌륭한 사람이었죠. ……이렇게 과거형으로 말해야 하는 게 아직 믿어지지 않는군요. 아내는 섬세하고 다정하며 예리하고 유머가 넘치는 사람이었습니다."

목이 메는지 그는 잠시 말을 멈추었다. 나쓰미와 아야카의 흐느끼는 소리가 들렸다. 준코도 눈시울이 뜨거워졌다.

"또한 그녀는 무례하지도 무신경하지도 잔혹하지도 않았습니다."

준코는 고개를 갸웃거렸다. 도키자네의 말투가 눈에 띄게 달라졌기 때문이다.

"고인의 명예를 위해 이 말만은 꼭 하고 싶습니다. 모리 레이코라는 사람은 결코 자신이 실험 중이라는 사실을 잊어버리고 독을 마실 만큼 어리석지 않다는 것을요!"

그의 갑작스러운 분노에 사람들은 온몸이 얼어붙었다.

"모리 레이코는 오늘밤 두 번 살해당했습니다! 믿었던 사람에게 독살당했고, 누구보다 그녀를 잘 알고 사랑했다고 믿은 사람들에게 어리석다는 손가락질과 비웃음을 당했습니다!"

그는 총을 들고 울부짖었다.

"저도 아내에게 사과해야 합니다. 그런 시답잖은 이야기를 믿을 뻔했으니까요. 결론은 이렇습니다. 아내를 독살한 범인이든 아니든, 우리 모두는 죽는 것이 마땅합니다!"

사방이 쥐 죽은 듯 고요해졌다. 모두들 급변한 상황에 동요했고, 정신을 잃을 만큼 공포감을 느꼈다.

"……하지만 제대로 판단한 분도 계셨습니다. 아오토 변호사님, 아내가 실험하다 멍청하게 독을 마시는 일은 있을 수 없다고 말씀하셨죠. 그 생각이 지금도 유효한가요?"

준코는 연신 고개를 끄덕였다. '그래요, 진심이에요'라고 말하고 싶었으나 입이 떨어지지 않았다.

"아내의 명예를 지켜주기 위해 노력한 분이, 만난 지 얼마 안 된 아오토 변호사님이라니……. 참으로 아이러니하군요."

도키자네는 고개를 숙인 채 한숨을 내쉬었다.

"그렇다고 아오토 변호사님 외에 모든 분을 죽일 수는 없습니다."

최악의 경우 그렇게 해도 상관없지만…….

아아, 신이시여! 아닙니다. 물론 거짓말입니다.

"가장 큰 이유는 그것이 아내의 신념과 다르기 때문입니다. 아내는 평소 작품 속에서 누군가를 죽여야 하더라도 수긍할 수 있는 이유와 절차가 필요하다고 말했죠. 예를 들어, 같은 반 학생들을 무차별로 전부 죽이는 소설은 도저히 읽을 수 없다고 했습니다."

도키자네가 고개를 들고 말을 이었다.

"……제가 지금 대학살을 저지르지 않는 또 하나의 이유는, 이 총에 전부를 죽일 만큼의 총알이 없기 때문입니다. 산탄총이라서 한 발에 두 명 정도는 쓰러뜨릴 수 있을지 모르겠지만요."

그는 그렇게 말하고 히죽 웃었다. 그 모습에 등줄기가 오싹해졌다. 이 남자는 지금 농담을 하는 게 아니다.

"그래서 다시 게임을 시작하겠습니다. 가격 맞히기보다 훨씬 귀한 상품이 걸린 게임입니다."

그는 질문이라도 기다리는 듯 사람들을 쳐다보았다. 하지만 아무도 입을 열지 않았다.

"귀한 상품이 뭔지는 아시죠? 바로 여러분 목숨입니다."

"도키자네 씨, 우리는 아무 짓도……."

모토지마의 말은 도키자네에게 재빨리 가로막혔다.

"규칙은 간단합니다. 지금까지 나온 이야기를 되새기며 가장 범인 같은 사람을 정하는 거죠. '하나 둘 셋' 하면 그 사람을 가리켜 주십시오. 제일 표를 많이 받은 사람은……, 참 안됐군요."

말도 안 돼! 준코는 숨을 들이마셨다. 도키자네는 진심으로 그 사람을 죽일 생각일까?

히키 영감이 입을 열었다.

"동점인 경우에는 어떻게 할 건가?"

설마 그런 제안을 받아들이려는 건가?

"동점을 받은 사람끼리 결승전을 해야죠."

"그래도 결말이 나지 않으면?"

도키자네가 냉정한 표정으로 대답했다.

"마지막 한 표는 제가 던지겠습니다."

그 말에 구마쿠라가 황급히 소리쳤다.

"지금 제정신이야? 그렇게 한다고 해서 진범을 알아낼 수는 없잖아?"

여기에 모인 사람들이 제일 싫어하는 상대가 자신이라고 생각하는 듯했다.

도키자네는 태연하게 대답했다.

"논리로 범인을 밝혀낼 수 없다면 여러분의 직감을 믿는 수밖에 없겠죠. 다수가 수상하다고 여기는 사람이라면 범인일 개연성이 높지 않을까요?"

"저……, 거기서 저는 제외되는 거죠?"

준코는 한 줄기 희망을 품고 그에게 물었다. 하지만 대답은 절망적이었다.

"천만에요."

"레이코 선생님이 사고로 돌아가셨다는 가설을 저는 부정했잖아요?"

준코는 열심히 변명했다. 하지만 그의 귀에는 들리지 않는 듯했다.

"조금 전에는 저 외에 다른 사람들은 모두 죽어 마땅하다고 하셨고……."

그녀는 다른 사람들 시선이 신경쓰여 더 이상 말을 잇지 못했다.

도키자네는 식당에서 의자를 하나 가져왔다. 그런 다음 식당과 거실의 경계선에 걸린 전파시계를 올려다보더니 그 밑에 의자를 놓고 털썩 주저앉았다.

"밤 10시 50분이군요. 지금부터 1분간 생각할 시간을 드리죠."

그는 팔짱을 끼고 사람들 얼굴을 뚫어지게 쳐다보았다.

어떻게 이런 일이! 무서운 일이 벌어졌다.

준코는 머리를 굴리기 시작했다.

큰일났다. 조금 전 괜히 그런 말을 해서 사람들 비난을 한몸에 사고 말았다. 이런 상황에서는 범인 같은 사람이 아니라 싫어하는 사람을 지목할 수 있었다. 따라서 혼자만 살려고 한 그녀에게 누군가 표를 행사할지도 모른다.

아니, 그렇지 않다. 준코는 그제야 알아차렸다. 이런 상황에서는 싫어하는 사람이 아니라 표를 많이 받을 만한 사람을 지목하게 마련이다. 결탁해 한 사람을 희생양으로 삼으면 나머지 사람들은 살 수 있으니까.

큰일이다. 정말 큰일이다.

이런 상황에서 나쁘게 눈에 띄면 안 되었다.

아무 말도 하지 않았다면 1위 가능성은 없었을 텐데.

최소한 동률 1위라도 하면 얼마나 좋을까? 도키자네가 캐스팅보트를 쥐고 있으니, 그때는 레이코를 나쁘게 말하지 않은 자신을 살려줄 텐데.

"네. 이제 됐습니다."

도키자네가 시간 종료를 알렸다.

아! 준코는 망연자실했다. 다른 생각에 빠져 누구로 할지 정하지 못했다!

"준비됐나요? '하나 둘 셋' 하면 한 사람을 지목해 주십시오. 하나 둘……."

그는 파티의 게임처럼 재빨리 숫자를 세기 시작했다. 준코는 눈을 질끈 감았다. 어떻게 하는 게 좋을까?

"셋!"

그의 호령이 끝나자 기이한 침묵이 공간을 지배했다.

준코는 눈을 꼭 감고 선고를 기다렸다. 하지만 말하는 사람이 아무도 없었다.

도키자네가 한숨을 쉬었다.

"전원 기권인가요?"

준코는 눈을 뜨고 사람들을 둘러보았다. 다른 사람을 가리킨 사람은 아무도 없었다. 사람들 얼굴에서는 위협에 굴복해 누군가를 함정에 빠뜨리지는 않겠다는 결의가 느껴졌다.

준코는 대상을 못 정했을 뿐이지만, 즉시 그들처럼 단호한 표정을 지었다.

"아주 훌륭한 각오와 연대감입니다. 그렇다고 이대로 물러설 수는 없죠."

도키자네가 희미하게 미소를 지었다.

"아야카 씨, 미안하지만 부엌에서 검은색 쓰레기봉투를 전부 가져오겠어요?"

아야카가 갑작스런 호명에 놀라며 엉거주춤 일어섰다.

"거, 검은색 쓰레기봉투요? ……알겠습니다."

그녀는 종종걸음으로 식당을 지나 부엌을 향했다. 그리고 바로 쓰레기봉투를 갖고 돌아왔다.

도키자네가 사람들에게 45리터짜리 검은 쓰레기봉투 하나씩을 나눠주었다.

"일단 사람들 위치를 확인해 주십시오. 범인이라고 생각하는 사람이 어디에 있는지를요."

그는 끈질기게 사람들 의심을 부채질했다.

"이제 봉투를 머리에 쓰십시오."

다들 멍한 표정을 지을 뿐, 봉투를 쓰는 사람은 없었다.

모토지마가 넌지시 항의하려 했다.

"도키자네 씨, 아무리 그래도 이건……."

"제 규칙을 말씀드리죠. 봉투를 안 쓰면 범인으로 간주하겠습니다. 미리 경고하자면, 이번에도 전체가 저항할 경우 그냥 넘어가지 않겠습니다. 그때는 맨 처음 봉투 쓴 사람을 우선적으로 제외하고, 제일 늦게 쓴 사람을 즉시 처형하겠습니다."

가와이가 맨 먼저 그의 지시를 따랐다. 이어서 구마쿠라, 케이, 모토지마도 봉투를 뒤집어썼다. 준코 역시 재빨리 뒤를 따랐다.

비닐은 생각보다 얇아 불빛이 느껴졌다. 그리고 소리도 잘 들렸다.

조명이 꺼지고 주변이 암흑으로 변했다.

"상대의 얼굴을 보면서 범인으로 지목하는 건 내키지 않겠죠. 조금 전에는 눈으로 서로를 견제했을지 모릅니다. ……하지만 상대에게 보이지 않는다면 신경쓸 필요가 없겠죠. 이제 여러분 생각을 표현해 주십시오."

준코는 이를 악물었다. 이 남자는 악마다. 인간의 가장 약한 부분이 어디인지를 알고 있다.

"방법은 조금 전과 같습니다. '하나 둘 셋'을 세면 가장 수상쩍다고 생각한 사람을 가리키십시오. 이번에는 생각할 시간을 3분 드리겠습니다."

그 말을 끝으로 그는 침묵했다. 그 대신 천장 스피커에서 묘한 소리가 들렸다.

이건 뭐지?

잠시 후 준코는 경악했다. 드럼 소리다…….

시계 가격 맞히기의 결과를 발표할 때 사용하려던 효과음이 틀림없다. 이런 상황에서 태연하게 이런 소리를 내보내다니. 정신상태가 이상하다고밖에 할 수 없었다.

눈 깜짝할 사이에 3분이 지났다. 드럼 소리가 사라지고 다시 침묵이 공간을 지배했다.

"시간이 끝났습니다."

앞이 전혀 안 보이는 캄캄한 어둠 속에서 도키자네의 목소리가 울려퍼졌다.

"이제 마지막 기회입니다. 아무도 가리키지 않는 사람은 본인을 지목한 걸로 생각하겠습니다. 준비됐나요? 하나 둘⋯⋯."

준코는 어금니를 꽉 물었다.

"셋."

잠시 기다렸지만 아무 반응도 없었다.

거실을 걸어다니는 소리가 들렸다. 이어서 무거운 물건을 내려놓는 소리도.

쓰레기봉투 너머로 어렴풋이 흔들리는 불빛이 보였다. 타닥타닥 장작이 튀는 소리도 들렸다.

"여러분, 이제 봉투를 벗어도 됩니다."

멈칫거리며 쓰레기봉투를 벗자, 도키자네가 무릎을 꿇은 채 꺼져가던 난롯불을 살리고 있었다.

"어떻게 됐나요?"

모토지마의 물음에 도키자네가 차갑게 대답했다.

"감동적인 결말입니다."

히키 영감이 눈을 반짝이며 물었다.

"그러면 이번에도?"

"네. 명확한 근거 없이 다른 사람을 고발하는 사람은 없었습니다."

도키자네는 내화장갑을 낀 손으로 불타는 장작 위에 새로운 장작을 올려놓았다. 조금 전과 딴 사람이 된 것처럼 목소리가 온화했다.

모토지마가 불안한 얼굴로 물었다.

"이제 어떻게 할 겁니까?"

"글쎄요. ……지금이 11시 5분인가요? 이번 게임에 7분이 걸렸군요."

도키자네는 전파시계를 올려다보며 덧붙였다.

"신고가 더 늦어지면 경찰에서 뭐라고 할 테니, 이제 어쩔 수 없죠."

여기저기서 안도의 한숨이 들렸다. 이번에야말로 해방되는 걸까?

구마쿠라가 반신반의하는 표정으로 물었다.

"그러면 이걸로 끝난 건가?"

도키자네는 자리에서 일어나 깊숙이 고개를 숙인 뒤 말했다.

"네. 여러분에게 불쾌한 기억을 안겨드리고 불안에 떨게 한 점 깊이 사죄드립니다. 다수결로 범인을 정한다는 건 물론 거짓말이었습니다. 다른 사람을 가리키는 사람이 있는지 보고 싶었을 뿐입니다."

"다른 사람을 지목할 경우, 오히려 지목한 사람이 의심스럽다는 건가요?"

모토지마는 이제야 모든 상황이 이해된다는 표정을 지었다.

"그렇습니다. 본인이 살기 위해 주변에 죄를 뒤집어씌워도 상관없다는 사람이 있다면, 그가 범인이거나 적어도 사이코패스겠죠. 하지만 여기에는 그런 분이 한 명도 안 계셨습니다."

가와이가 반쯤 농담처럼 물었다.

"만약 있었다면 진짜로 쏠 생각이었나요?"

그러자 도키자네는 사냥총을 반으로 접어 탄환이 들어 있지 않은 약실을 사람들에게 보여주었다.

"보시다시피 탄환은 없습니다. 보관대에 있던 걸 가져왔을 뿐이죠. 여러분을 쏘는 건 처음부터 불가능했어요."

거실에서 총을 쏴 그곳에 있던 미스터리 클락을 파괴할 가능성은 애초부터 없었던 것이다.

준코의 머릿속에서 똬리를 틀고 있던 의문이 풀렸다. 도키자네가 손님들 생명을 얼마나 귀하게 여기는지는 잘 모르겠다. 하지만 적어도 미스터리 클락을 위험에 처하게 하는 일은 없을 것이다.

"……간이 덜컹했어요. 진짜로 총에 맞아 죽는 줄 알았다니까요."

가와이의 익살스러운 태도에서 이제 살았다는 안도감이 느껴졌다.

도키자네가 가슴이 먹먹한 얼굴로 한숨을 크게 쉬었다.

"아내가 사고로 세상을 떠났다는 걸 저도 절반은 받아들였습니다. 하지만 마지막 순간에 정말로 사고였는지 확신할 수 없어 순간적으로 연극을 한 겁니다. 만약 아내가 살해됐다면 제 손으로 범인을 잡고 싶었습니다. 물론 이건 제 변명에 지나지 않습니다. 여러분이 저를 고소하신다면 순순히 죄를 인정하고 벌을 받겠습니다."

그는 다시 한 번 깊숙이 고개를 숙였다.

"뭐랄까, 당신이 레이코를 얼마나 사랑했는지 충분히 알 것 같군요."

구마쿠라가 조금 전과 달리 정중하게 말했다.

"우리 마음도 같으니까요."

모토지마가 말을 덧붙였다.

"수명이 10년은 줄어든 것 같지만, 그래도 오랜만에 즐거운 밤이었네. 개인적으로 고소할 생각은 손톱만큼도 없어."

히키 영감도 진심인 듯했다.

"고맙습니다. 그러면 이제 경찰을 부르겠습니다. ……참, 그 전에."

도키자네가 위성휴대전화를 들고 정원으로 나가려다 진열대 쪽으로 돌아왔다.

"아까 맡아둔 여러분의 시계를 돌려드리죠."

그는 서랍을 열고 손목시계와 반지가 있는 트레이를 꺼냈다.

"멈추거나 하지는 않았나요? 혹시라도 시계가 고장났다면 변상하겠습니다. 단, 지금 이 자리에서 말씀해 주십시오."

준코는 손목시계를 차며 시간을 확인했다.

밤 **11시 6분**. 벽의 전파시계와 비교했지만 1분도 다르지 않았다.

케이 쪽으로 시선을 돌린 그녀는 눈이 커졌다. 그가 계속 가만히 있어 마음에 걸렸었다. 그런데 고개를 숙이고 지쇼크를 차는 케이의 표정이 다른 사람들과 달리 매우 심각해 보였다.

8

"……카메라를 돌렸을 때 조명이 찍히지 않게 위치를 조금 바꾸겠습니다. 잠깐만 기다려주십시오."

오타 피디의 말에 소파에 앉아 있던 사람들은 안도의 한숨을 쉬었다. 촬영 시간이 조금이나마 뒤로 미뤄진 것이다.

"잠시 땀 좀 닦을게요."

메이크업을 담당하는 여성이 준코의 얼굴을 퍼프로 톡톡 두들겨 주었다.

'내 미모는 여배우라고 해도 충분히 통할 정도다!'라는 자부심은 있었다. 하지만 강한 조명을 받으면 콧등에 땀이 맺히는 체질이라 배우라는 직업이 맞지 않을지도 모른다.

다들 긴장한 것처럼 보였다. 그날 밤보다 더 긴장되는 일은 있을 수 없지만, 카메라에 익숙지 않은 사람에게는 카메라 앞에 서는 것만으로도 엄청난 압박을 느끼게 된다.

"생각보다 긴장되는군요. 처음으로 빈집을 털러 들어가는 도둑 같은 심정입니다."

방송용으로 두껍게 화장해 떠돌이 어릿광대처럼 보이는 케이가 작은 목소리로 중얼거렸다. 단순한 비유가 아니라 실제 경험이리라.

"여러분! 릴랙스, 릴랙스! 여러분은 배우가 아니니까 연기하려고 하지 마세요. 그날 밤과 똑같이 하면 됩니다."

본업이라서인지 가와이만 여유 있게 미소를 짓고 있었다.

"그랬다가 내 호감도라도 떨어지면 자네가 책임질 건가?"

히키 영감이 불평을 했다. 지금 와서 당신이 잃어버릴 게 있단 말인가?

"그나저나 대본이 거의 백지라서 어떻게 해야 할지 모르겠군요. 하나의 주제를 마무리하는 시간조차 '적당한 곳에서'라고 쓰여 있어요."

버라이어티 쇼의 패널처럼 갈색 양복을 단정하게 차려입은 도키자네가 대본을 넘기며 불평했다. 그러자 오타 피디가 달래듯이 말했다.

"정해진 대본보다 여러분의 자유로운 토론을 보고 싶어서요. 사건 당시의 상황을 재현해 놓은 대본을 봤는데, 리얼 미스터리로써 굉장히 재미있더군요. 그래서 그 후의 전개를 가미해 한 단계 더 들어가고 싶습니다."

"방송 시기는 방송국과 협의 중인데, 내용에 따라 달라지기 때문에 아직 정해지진 않았습니다. 다만 저희 출판사에서

DVD를 만들기로 했어요. 이번 일은 사장님께서 직접 기획하셨으니까요."

연기자라기보다 프로듀서의 얼굴로 모토지마가 말했다.

"지난번과 똑같이 하라고 하셨는데, 저는 어떻게 할까요? 저는 그 자리에 없었거든요."

이와테 현 경찰서의 야에가시 형사가 손수건을 꺼내 이마의 땀을 닦으며 말했다.

"형사님은 기본적으로 입회인이니까 그냥 듣기만 하면 됩니다. 참가자들 중 누군가가 형사님에게 수사 결과를 물었을 때만 대답해 주세요."

"하지만 수사 중인 사항을 전부 말할 수는 없어요."

"말씀하셔도 됩니다. 방송에 나가면 곤란한 부분은 나중에 편집하면 되니까요."

오타는 책임지지 못할 말을 태연하게 했다. 수사상 비밀을 누설했다 방송에라도 나가면 곤란해지는 사람은 오타가 아니라 공무원인 야에가시 형사다.

그나저나 사건이 발생한 지 2주가 지나 연말이 코앞으로 다가온 이때, 관계자 전원이 다시 산장에서 모이리라곤 꿈에도 생각지 못했다.

그날 밤, 도키자네가 위성휴대전화로 사건을 신고하고 경찰이 도착하기까지 30분 이상 걸렸다. 하지만 문제는 그 다음부터였다. 참고인 조사가 무척이나 집요해, 왜 신고가 늦어졌는지 혹독한 심문을 받아야 했다.

더구나 경찰은 마을에서 멀리 떨어진 산장에 미스터리 작가들이 모인 묘한 상황에 대해 과잉반응을 보였다. 모두들 같은 행동을 몇 번이나 재현했으며, 케이는 미스터리 클럽을 뚫어지게 쳐다보는 동작을 계속 반복했다.

참고인 조사가 끝나자 준코는 완전히 탈진 상태가 되었다. 그리하여 별채에서 누가 업어가도 모를 만큼 깊은 잠에 빠져들었다.

그 후 어떻게 되었는지는 잘 모른다. 한 가지 확실한 건 케이의 활약이 컸다는 점이다. 케이는 그날 밤 산장에 있던 멤버들과 따로 몇 번씩 만나고 경찰과도 은밀히 접촉하는 것 같았다.

그 결과, 이번 기획이 만들어졌다. 전부 한자리에 모여 추리하고, 그것을 도비시마쇼텐에서 책으로 출간할 것이다. DVD까지 만든다는 걸 보면 예산이 결코 적지 않은 듯했다.

머나먼 이와테까지 와야 했지만 대부분의 멤버들이 출연을 흔쾌히 승낙했다. 출연료보다 그 사건의 수수께끼를 풀고 싶어하는 마음이 강해 보였다. 도키자네는 마지막까지 난색을 표했지만, 성황리에 개최 중인 '모리 레이코 추모 특별전'에 이어 '도키자네 겐키 특별전'을 개최하겠다는 조건에 마음이 움직인 듯했다. 초호화 캐스팅으로 사건을 영화화하겠다는 이야기를 슬쩍 내비치자 결국 승낙했다고 한다.

"좋습니다. 그러면 여러분, 준비해 주십시오."

오타가 환하게 웃으며 말을 이었다.

"에노모토 씨부터 부탁합니다. 재연 VCR을 본 다음이라 생각하시고, 아까 따로 말씀드린 대사를 해주시면 됩니다."

모토지마가 당황한 얼굴로 물었다.

"잠시만요. 먼저 재연 VCR를 내보내나요?"

"네. 대역배우가 지난번 상황을 재연합니다. 촬영은 아직 안 했지만요."

"지난번 상황이라면 어디부터 어디까지인가요?"

"만찬회 시작부터 경찰이 도착할 때까지입니다."

오타가 빨리 시작하고 싶어하는 얼굴로 대답했다.

"그렇다면 구성이 좀 이상할 것 같은데요……. 지난번에도 후반부는 거의 사건에 대한 토론이었잖습니까? 그걸 재연한 다음 똑같은 토론을 반복하면 너무 지루하지 않을까요?"

모토지마는 편집자답게 세밀한 부분에 반론을 제기했다.

오타를 대신해 말한 사람은 케이였다.

"똑같은 이야기처럼 보여도, 지난번과 이번은 의미가 전혀 다릅니다."

"무슨 말인지 모르겠군. 어떻게 다르다는 건가?"

히키 영감의 질문에 케이가 목소리를 낮춰 대답했다.

"진정한 의미에서 사건을 되돌아보는 건 이번이 처음입니다. 지난번에 이야기한 건 사건의 일부일 뿐이죠. 아직도 사건은 진행 중이고요."

잠시 침묵이 내려앉았다. 대부분의 사람들은 귀신에 홀린 듯한 표정을 지었다. 시선을 돌리다 도키자네의 얼굴을 본 준코는 화들짝 놀랐다. 웰링턴형 안경을 쓴 눈에 음산함이 느껴질 만큼 어두운 빛이 깃들어 있었다.

"그러면 준비해 주십시오."

오타가 신호를 보내자 카운트다운도 없이 시작되었다.

케이가 조용히 입을 열었다.

"지금 VCR을 보셨다시피, 사건의 진상을 파악하는 데 필요한 정보와 단서는 전부 공개했습니다."

이어서 그는 오타가 특별히 주문한 문구를 말했다.

"추리력에 자신 있는 분은 자기만의 가설을 준비한 뒤, 지금부터 이어질 해결 편을 보시기 바랍니다."

"해결 편이라니……. 정말인가요? 정말 해결됐어요?"

배우인 가와이가 방송 중임을 잊어버린 듯 말했다.

"지금으로부터 2주 전, 이 산장에서 일어난 비극은 우리 마음속에 어두운 그림자를 드리웠습니다. 독자들의 사랑을 한 몸에 받았던 미스터리 작가 모리 레이코 선생님이 집필 도중 세상을 떠난 것입니다. 사인은 커피에 들어 있던 아코니틴 중독이었습니다."

케이의 진행이 생각보다 매끄러워 준코는 적잖이 놀랐다. 진행 기술이 도둑질에도 도움이 되는 걸까?

"그날 밤, 산장에 있던 우리 아홉 명은 타살을 의심하고 경찰에 신고하기 전 범인을 밝혀내려 했습니다. 하지만 결국 실패했고, 사고사 가능성이 높다고 결론내렸습니다. 타협의 산물이었죠."

케이는 잠시 말을 멈추고 크게 숨을 쉬었다.

"그런데 그 후 몇 가지 사실이 밝혀졌고, 모리 레이코 선생님께서 누군가에게 살해되었다는 것이 명확해졌습니다. 오늘 여러분을 도쿄에서 멀리 떨어진 이곳까지 오시라고 한 이유는, 새로운 사실을 근거로 진지하게 논의해 이번에야말로 범인을 명명백백하게 밝혀내기 위해서입니다."

그곳에 모인 사람들은 온몸에 충격을 받았다. 대부분 기본적으로 지난번 논의를 곱씹으며 새로운 관점을 발견하면 다행이겠다 정도로 생각했으리라. 처음부터 이렇게 도발적인 선언을 듣게 되리라곤 상상도 못했을 것이다.

맨 처음 반응을 보인 사람은 도키자네였다.

"제 아내가 살해되었다고요? 어떻게 된 거죠? 저는 아무 말도 못 들었는데요?"

"어쩔 수 없었습니다. 이 자리에서 발표하는 편이 더 드라마틱하니 그렇게 해달라고, 오타 피디님이 부탁했거든요."

케이의 말에 오타가 재빨리 끼어들었다.

"죄송하지만, 지금 부분은 편집할게요."

레이코가 살해되었다는 사실을 미리 말하지 않은 이유는 한 가지다. 범인이 참여하지 않을 수 있었기 때문이다.

하지만 함정에 빠졌다는 사실을 알고도 자리를 박차고 나가지는 않을 것이다. 더욱 의심받을 수 있기 때문이다. 범인은 본인의 트릭에 자신이 넘쳤고, 절대로 간파당하지 않을 거라며 주변을 얕잡아보았다. 더구나 새로 드러난 사실이 무엇인지 알고 싶을 것이다.

구마쿠라가 몸을 앞으로 내밀며 물었다.

"구체적으로 어떤 사실이 밝혀진 거지?"

눈을 크게 뜬 그의 모습이 잠에 취한 두더지에서 잠에서 깨어난 햄스터로 변신한 듯 보였다.

"처음에 제가 이상하게 여긴 건 아큐페이즈 T-1100이라는 FM 튜너였습니다. 그렇게 비싼 튜너를 사용한 걸로 봐서 레이코 선생님은 상당히 라디오를 좋아했을 겁니다. 나쓰미 씨에게 물었더니, 최근에도 집필 중에 계속 라디오를 켜놓았다고 하더군요. 만약 레이코 선생님의 죽음이 사고였다면 튜너의 전원이 꺼진 이유가 설명되지 않습니다."

도키자네가 숨을 토해내듯 말했다.

"난 또 뭐라고. 그게 무슨 새로운 사실이죠? 아내가 라디오를 끈 이유는 지금이야 알 도리가 없어요. 더구나 컴퓨터가 갑자기 다운되어 당황했다면, 정신을 집중하기 위해 껐다고 해도 이상할 게 없지 않나요?"

"그것 말인데요. 컴퓨터가 다운된 흔적은 없었다고 합니다."

케이의 시선에 야에가시 형사가 어쩔 수 없이 대답했다.

"······로그 메시지를 조사했지만 아무것도 안 나오긴 했습니다."

"컴퓨터가 다운되지 않았어도, 아내가 잠시 딴생각을 하다 무의식중에 독이 든 커피를 마셨을 수 있죠. 그때 시끄럽게 느껴져 라디오를 잠시 껐을지도 모르고요. 생각할 수 있는 가능성은 무수히 많습니다."

도키자네는 말도 안 된다는 표정으로 고개를 흔들었다.

하지만 케이는 도키자네의 반론을 무시하고 말을 이었다.

"그래서 레이코 선생님이 어떤 방송을 들었는지 조사했습니다. 미치노쿠 FM을 자주 들었는데, 특히 〈이하토브(일본 작가 미야자와 겐지가 만든 말로, 겐지의 마음속에 있는 이상향을 가리킴)에서〉라는 프로그램을 좋아했다고 하더군요. 이 프로그램은 마침 레이코 선생님이 돌아가신 시간대에 진행됩니다. 여기에 레이코 선생님이 남긴 메모의 복사본이 있습니다. 필적 감정 결과가 어떤가요?"

야에가시 형사가 대답했다.

"레이코 씨 필적이 맞다고 합니다."

"그 점은 누구도 의심하지 않았잖아요?"

도키자네의 말에 살짝 조바심이 묻어났다.

"여러분, 이 문장을 다시 봐주십시오."

미스터리 클락. 영원한 소년. 네버랜드.
이제 더러운 세계에는 있고 싶지 않다.

지금 봐도 무슨 뜻인지 이해할 수 없었다. 어딘지 모르게 염세적인 느낌이 배어 있어, 처음에는 유서가 아닐까 의심할 정도였다.

"그런 다음 이 녹음을 들어주시기 바랍니다."

케이가 책상 위의 태블릿을 만졌다. 그러자 여성의 청아한 목소리가 흘러나왔다.

"……그래서 급히 상경해 도쿄돔 호텔에 숙박했는데, 마침 시간이 남아 도쿄돔 시티의 관람차를 탔어요. 원래 관람차를 좋아해, 관람차가 있는 도시에 가면 꼭 타거든요. '빅오'라는 이름으로 친숙한, 한가운데에 떠받치는 기둥이 없는 신기한 모습이었죠. 그때 이 디자인이 무언가와 비슷하다고 생각했 어요. 그래요! 미스터리 클락이에요!"

한동안 그녀가 옛날 전시회에서 봤다는 미스터리 클락에 대한 이야기가 이어졌다.

"이 세계의 시간이 아니라 다른 세계의 시간을 기록하는 시 계라고 할까요? 아니면 우리 방송에서 몇 번 다룬 적 있는 '영 원한 소년'이 좋아할 만한 시계라고 할까요? 피터 팬이 네버 랜드에서 사용하면 어울릴 것 같지 않으세요? 현실 세계와 동 떨어지고 속세에서 차단된 느낌? 이제 더러운 세계에는 있고 싶지 않다는 마음일까요? 그런 마음이 미스터리 클락이라는 예술품으로 완성된 듯한 느낌이 들었어요. ……그러면 마릴리 온의 〈네버랜드〉를 보내드리겠습니다."

케이가 녹음 파일의 재생을 중단시켰다.

"이건 〈이하토브에서〉를 매회 녹음하는 현지 분에게 빌렸 습니다. 참고로 옛날부터 레이코 선생님의 작품을 좋아한 애 독자라고 합니다."

"그렇다면 이모님이 지금 이 방송을 듣고 메모한 거군요?"

가와이가 속삭이듯 물었다. 나지막한 말투와 달리 눈빛은 날카로웠다.

"이렇게까지 내용이 일치하다니 우연이라고 생각할 수는 없겠죠."

"그렇다면 어떻게 되나요?"

모토지마의 질문에 케이가 담담하게 말했다.

"범인은 레이코 선생님을 독살한 후 이 메모를 발견했습니다. 무엇 때문인지는 몰랐겠지만, 작가가 순간적으로 떠오른 아이디어를 써놓는다는 건 알고 있었죠. 그래서 어차피 아무도 모를 테니 이용하기로 마음먹었습니다. 자필임은 증명할 수 있고, 언뜻 유서로 보이니 자살설을 뒷받침할 수도 있다고 생각했겠지요. 하지만 아무리 생각해도 손님을 초대한 후 자살하는 건 자연스럽지 않습니다. 그것이 이 계획의 유일한 단점이라고 생각하지 않았을까요? 그래서 사고사로 위장하기로 계획을 바꾸었습니다."

그러자 구마쿠라가 이해할 수 없다는 표정으로 말했다.

"범인이 메모를 보고 순간적으로 생각했다는 건가?"

"스토리 만들기가 생업인 사람에게 그 정도는 식은 죽 먹기일 겁니다. 가령 미스터리 작가라면 말이죠."

그 말에 히키 영감이 맞장구를 쳤다.

"그래, 그 정도는 아무것도 아니지. 물론 나도 가능했을 거야. ……내가 범인은 아니지만 말이야."

"여기서 문제가 되는 건, 레이코 선생님의 컴퓨터에 있던 「미스터리 클락」이라는 파일입니다. 제목이 메모의 키워드와 일치하고 아코니틴을 이용한 독살을 다루고 있죠. 사고가설을 뒷받침하기에 훌륭한 재료였습니다. 그런데 이 메모의 정체가 밝혀진 이상, 그것에 담긴 문장들은 속임수라고 생각할 수밖에 없습니다."

"범인이 써넣었다는 건가……?"

도키자네가 생각을 정리하듯 손으로 이마를 짚으며 말을 이었다.

"그렇다면 두 문서의 타임스탬프가 중요한 증거가 될지도 모르겠군."

"무슨 뜻인가요?"

모토지마의 질문에 도키자네가 대답했다.

"기억 안 나십니까? 파일을 갱신한 시각이 「독조」는 9시 36분, 「미스터리 클락」은 9시 34분이었습니다. 둘 다 범인이 썼다면 그 시각 서재에 있던 사람이 범인이란 뜻이죠."

"그렇군요. 그러면 도키자네 씨가 가장 먼저 제외되는 건가요?"

케이의 질문에 그는 가슴을 펴며 말했다.

"당연하지 않나요? 저는 도비시마쇼텐의 시미즈 사장님과 9시 38분까지 통화했습니다. 위성휴대전화를 사용했기에 통화가 끝날 때까지 집안으로 들어갈 수 없었어요. 그 점은 이미 확인된 거죠?"

"네. 위성휴대전화 회사와 시미즈 사장님 자택의 통화기록을 확인했습니다. 두 분이 통화한 시간은 분명 9시 7분에서 **9시 38분**까지 31분이었죠. 시미즈 사장님도 그렇게 증언하셨고요."

케이는 신중하게 대답하며 도키자네의 알리바이를 인정했다.

지금까지의 이야기 흐름, 즉 아코니틴 입수, 산장 안의 물품을 이용해 트릭을 만든 일 등으로 볼 때 도키자네가 가장 수상하다는 건 누구의 눈에도 분명해 보였다. 하지만 그에게는 철벽같은 알리바이가 있었다.

잠깐만! 준코는 잠시 생각에 잠겼다. 생각을 조금 바꾸면 이것은 밀실살인사건이다. 산장 밖에 있던 도키자네 쪽에서 보면 레이코가 사망한 서재는 밀실이 된다. 따라서 도키자네가 서재로 어떻게 침입했느냐는 수수께끼만 풀면 된다.

위성휴대전화로 통화하며 2층 서재에 있는 레이코에게 어떻게 독을 먹일 수 있었을까?

또 레이코가 쓴 메모를 보거나 컴퓨터로 문서를 새롭게 저장해야 한다. 일단 그 부분은 나중에 생각하자. 어떤 방법으로 레이코에게 독을 먹였는지만 고민하자.

준코는 눈을 감았다. 머릿속에 위성휴대전화를 손에 든 도키자네의 모습이 떠올랐다.

건물 옆으로 돌아간 그의 눈에 불이 켜진 2층 창문이 보인다.

어떻게 하면 좋을까? 긴 사다리가 있으면 2층 창문까지는 접근할 수 있다. 하지만 사다리가 그대로 남아있을 경우 경찰이 발견했을 것이다.

사다리는 처리하기 쉽지 않다. 만약 쉽게 사라지는 물체가 있다면, 그리고 그것을 사용해 창문으로 다가갈 수 있었다면. 마치 피터 팬처럼…….

다음 순간, 섬뜩한 흥분이 온몸을 휘감았다. 준코는 자기도 모르게 소리를 질렀다.

"알았다!"

"정말로 알아냈어요?"

"범인이 어떻게 한 건가요?"

모토지마와 가와이가 거의 동시에 질문했다.

"역시 범인은 도키자네 씨, 당신이죠?"

준코가 확신에 차서 말하자 도키자네의 안색이 순식간에 창백해졌다.

"무슨 말씀을 하는 겁니까? 지금 말한 것처럼 제게는 알리바이가……."

준코는 조용한 목소리로 선언하듯 말했다.

"밀실은 깨졌어요."

"밀실요?"

케이가 조심스럽게 끼어들었다.

"아오토 변호사님, 지금은 지난번과 달리 전부 영상으로 남게 됩니다만."

준코는 눈부신 조명과 자신을 정면에서 찍고 있는 카메라를 보았다. 매우 가까이 다가와 있었다. 자신을 줌인했음이 틀림없다.

"저도 알아요."

혹시 콧방울에 땀이 맺히지는 않았는지 마음에 걸렸다. 하지만 수수께끼를 멋지게 풀면 그것조차 애교로 받아들여질 것이다.

"조금 전 들은 FM 방송에서 힌트를 얻었어요."

사람들이 깜짝 놀라 웅성거렸다.

"그 방송에서 어떤 힌트를……."

케이를 슬쩍 쳐다보자 이유는 모르지만 머리를 감싸고 있었다.

"피터 팬이에요. ……그렇게밖에 생각할 수 없잖아요?"

무슨 뜻인지는 모르지만 절반 정도의 사람들이 그 대답에 긍정적인 반응을 보였다.

"'생각할 수 없다'는 말에는 두 가지 의미가 있지. 논리적으로 그것 말고 다른 생각이 안 나는 경우도 있고 말이야."

히키 영감이 신랄한 태도로 말했다.

"안타깝지만 사고능력의 한계를 보여주는 것뿐일지도 모르고요."

케이가 한숨을 쉬며 덧붙였다. 무례하게 누구한테!

"잘 들으세요. 범인은 서재에 들어갈 필요가 없었어요. 2층 창문 너머로 레이코 씨 커피잔에 독을 타면 됐으니까요. 만약 컴퓨터의 문서가 문제라면……."

"그건 일단 됐습니다. 범인이 어떻게 2층 창문까지 올라간 거죠?"

"에노모토 씨처럼 암벽타기 기술이 없어도 피터 팬처럼 떠오르면 되잖아요."

"떠오르다니, 설마⋯⋯."

"그래요, 그 설마예요. 범인은 자신의 체중을 견딜 만한 열기구를 미리 서재 밑에 준비했어요. 아마 기다란 줄의 끝부분과 중간부분을 어딘가에 묶어두었겠죠. 범인은 줄로 몸을 고정시킨 뒤 중간부분의 매듭을 풀어 단숨에 2층까지 떠올랐을 겁니다."

"그래서 피터 팬이라고 했군요. ⋯⋯휴우, 그리고 어떻게 했죠?"

"범인은 기회를 엿보다 창문 너머로 레이코 씨 커피에 독을 넣었어요. 그런 다음 줄을 타고 내려와 고정되어 있던 열기구를 풀어 날려보낸 거죠."

준코는 별이 총총히 박힌 밤하늘을 떠올리며 천장을 올려다보았다.

"오우산맥을 넘어서 머나먼 네버랜드로⋯⋯!"

"네버!"

케이가 뮤지컬 배우처럼 두 손을 펼치고 소리쳤다.

"요점만 말하죠. 레이코 선생님이 아무리 일에 열중해 계셨더라도 창문 너머로 몰래 독을 탄다는 건 상상하기 어렵습니다. 애초 창문이 열려 있지도 않았을 테고, 커피 프레시에 녹여서 넣었을 경우 맛과 색이 달라집니다. 그런데 열기구 줄에 매달려, 더구나 위성휴대전화로 통화하면서 그렇게 했다는 건 도저히 받아들일 수 없군요. ……피디님, 이건 편집해 주십시오."

"왜요? 꽤 재미있는데요?"

오타는 그대로 사용하고 싶어하는 듯했다.

그때 도키자네가 묘한 미소를 지었다.

"아이고, 어이가 없어서. 이제 알겠습니다. 두 분 호흡이 척 척 맞는군요. 좋은 경찰관과 나쁜 경찰관이 아니라, 어리석은 탐정과 현명한 탐정이 웃기지도 않는 개그로 상대를 떠보며 용의자를 궁지로 몰아넣겠다는 생각이죠?"

어리석은 탐정이라고? 준코는 발끈했지만 케이는 태연하게 대꾸했다.

"그런 의도는 티끌만큼도 없었지만 믿지 않으시겠죠."

"나를 범인으로 만들려면 일단 알리바이부터 무너뜨리기 바랍니다. 시간적으로 나는 그날 밤 범행이 불가능했어요. 그에 비해 범행 가능성 높은 사람이 이 안에 몇 명 있죠."

"알리바이라면 이미 무너졌습니다."

케이의 말에 도키자네의 표정이 험악해졌다.

"당신은 범행이 가능한 상황이었습니다. 반면에 다른 사람이 범인일 경우 앞뒤가 안 맞는 모순이 발생하죠."

"밀실 수수께끼가 풀렸나요?"

준코는 이미 충격에서 회복되었다. 케이는 그녀의 질문에 고개를 끄덕였다.

"하지만 일반적인 밀실이 아니었습니다. 이 퍼즐은 공간적으로 풀 수 없어요. 구태여 말하자면 시간차 밀실이라고나 할까요? 범인이 왜곡한 건 시간이었습니다. 우리가 계속 맞다고 생각한 시간이 사실은 틀렸다, 그렇게밖에 생각할 수 없죠."

"이번에야말로 논리적으로 다른 생각이 성립하지 않는다는 뜻이군."

히키 영감이 히죽거리며 덧붙였다.

"이제 설명해 주겠나? 우리가 계속 맞다고 생각한 시간이란 게 대체 뭐지?"

9

"죄송합니다. 잠시 테이프 좀 바꾸겠습니다."

오타가 미안한 얼굴로 말했다. 팽팽했던 공기가 순식간에 느슨해졌다.

케이는 막 수수께끼를 풀려다가 실망한 얼굴로 입을 다물었다.

도키자네는 메이크업 담당자에게 얼굴의 땀을 꼼꼼히 닦아달라고 주문했다. 히키 영감은 물로 목을 적시며 "아~ 으~" 하는 소리를 냈다.

"기다리게 해서 죄송합니다. 그러면 다시 시작하겠습니다. 히키지 선생님, 죄송하지만 마지막 대사를 다시 해주시겠습니까?"

"알았네."

히키 영감은 귀에 거슬리는 헛기침을 네다섯 번 반복했다.

"이번에야말로 음! 논리적으로 말이지, 다른 생각이……, 음! 성립하지 않는다는 뜻이군."

그는 조금 전과 180도 달라져 표정이 딱딱했고 말투는 어색했다.

"그러면 설명해 주겠나? 우리가 지금까지 계속 맞다고 생각했던 시간이란 게 대체 무엇이었는지. 그리고 시간이라는 전시판(채집한 곤충의 날개, 다리 따위를 잘 펴서 고정하는 판)에 핀으로 고정돼 있는 나비 같은 존재인 우리 인류가 어떤 방법으로 영속적인 지배와 질곡에서 벗어나 암흑공간으로 자유롭게 날갯짓하는 기술을 발견했는지. 또한……."

오타가 곤란한 표정으로 히키 영감의 말을 제지했다.

"죄송하지만, 가급적 조금 전과 똑같이 말씀해 주십시오."

"음, 시적 표현을 섞는 게 훨씬 좋다고 생각하네만."

"아뇨. 똑같이 하시든가, 아니면 더 단순한 게 좋습니다."

"알았네."

히키 영감은 유감스러운 표정을 지은 뒤, 조금 전보다 자연스럽게 말했다.

"그러면 설명해 주겠나?"

케이는 말이 더 이어질 거라고 생각했는지 잠시 기다렸다. 하지만 히키 영감이 아무 말도 하지 않자 황급히 입을 열었다.

"그러니까……, 여러분은 이상하다고 생각하지 않으셨습니까? 저희는 그날 밤, 일이 있을 때마다 시계를 보고 몇 번이나 시각을 확인했습니다. 그로 인해 도키자네 씨의 알리바이는 무너뜨릴 수 없는 철벽이 되었죠. 저는 일일이 시각을 확인하는 행위 자체가 그의 어떤 의도 아닐까 생각했습니다."

"내가 뭘 의도했다는 거죠?"

땀을 닦은 덕분인지, 도키자네가 말끔해진 얼굴로 물었다.

케이는 즉시 대답했다.

"우리는 만찬회에서 몇 번이나 그랜드파더 클락과 플립시계를 보았습니다. 거실로 장소를 옮겨서는 벽의 전파시계를, 레이코 선생님의 시신을 발견한 서재에서는 상자 모양의 전기시계를. 다시 거실에서 벽의 전파시계를, 식당으로 옮기고 나서는 그랜드파더 클락과 플립시계를. 또 서재로 가서는 전기시계를. 마지막으로 거실에서 전파시계를 확인하고, 우리 손목시계를 돌려받은 후 대단원의 마무리를 했죠······."

케이는 손가락을 꼽으며 숫자를 헤아렸다.

"한마디로 시계들의 릴레이입니다. 곳곳에서 시계들의 시각이 일치하는 걸 보았기 때문에, 그 사이 본 모든 시각이 정확하다는 착각에 빠졌습니다. 그런데 그중에는 정확한 시각도 있고 거짓 시각도 있었죠. 모두 도키자네 씨의 알리바이를 만들기 위해 가공된 것이었어요."

히키 영감이 안타까운 얼굴로 말했다.

"솔직히 말하면 나도 시간 트릭을 생각해 봤네. 그런데 너무 많은 시계를 본 탓에 나중에는 뭐가 뭔지 모르겠더군. 더구나 도키자네 씨가 범인이라고 해도 모든 시계에 손을 쓸 시간은 없지 않았을까?"

케이는 고개를 끄덕였다.

"맞는 말씀입니다. 여기 계신 분이라면 당연히 본격 미스터리의 고전이라 일컬어지는 『다섯 개의 시계』를 아실 겁니다."

모토지마가 크게 고개를 끄덕였다.

"물론입니다. 아유카와 데쓰야(일본 본격 추리소설의 거장)의 대표작이니까요."

"음, 내 대표작인 『여섯 개의 시계』의 선구적인 작품이라고나 할까?"

히키 영감은 은근슬쩍 자기 이야기를 끼워넣었다.

"『다섯 개의 시계』란 작품에서 범인은 탁상시계와 라디오, 메밀국숫집 시계를 비롯해 다섯 개의 시계를 이용해 알리바이를 조작합니다. 우연이긴 하지만 범인이 이번 사건에서 트릭으로 사용한 시계도 다섯 개입니다. ……그 전에 네 개의 범주로 분류할 수 있는 열 종류의 시계에 대해 생각해 보죠."

준코는 듣는 것만으로도 현기증이 일었다.

"네 개의 범주, 열 종류의 시계? 시계가 그렇게 많았던가요?"

"네. 일단 첫 번째 카테고리에는 저를 비롯해 초대받은 분들이 차고 있던 손목시계, 마찬가지로 우리가 가지고 있던 휴대전화, 레이코 선생님의 FM 튜너, 도키자네 씨의 위성휴대전화 통화기록, 시미즈 사장님 자택 전화의 통화기록이 들어

갑니다."

케이가 담담하게 나열했다.

"두 번째 카테고리는 레이코 선생님 컴퓨터의 리얼타임 클락(RTC)입니다."

"리얼타임……? 그게 뭐예요?"

준코는 무슨 말인지 알아듣기가 어려웠다.

"그건 나중에 설명하겠습니다. 세 번째 카테고리도 하나인데, 거실의 전파시계입니다."

케이는 식당과의 경계선쯤에 걸려 있는 전파시계를 가리켰다.

"마지막으로 네 번째 카테고리에는 레이코 선생님의 서재에 있는 상자 모양의 전기시계와 식당의 그랜드파더 클락, 플립시계가 포함됩니다."

모두 찬물을 뒤집어쓴 것처럼 케이의 말에 집중했다.

"첫 번째 카테고리부터 생각해 보죠. 일단 우리가 맡긴 손목시계를 조작하는 건 도저히 불가능합니다."

"잠깐만요! 우리 시계를 가져갔잖아요. 그 사이에 뭔가 일을 꾸미지 않았을까요?"

준코가 머리에 떠오른 의문을 재빨리 말했다.

"서랍에 넣어둔 척하고 몰래 꺼내서 조작하는 건 마술에서 흔히 사용되는 방법이죠. 하지만 손목시계를 돌려줄 때까지 우리는 그걸 확인할 기회가 없었어요. 따라서 그 사이에 시간을 조작하는 건 의미가 없습니다. 모든 손목시계가 전파시계였다면 트릭을 사용했을 수도 있지만, 그렇지 않았죠."

히키 영감이 토해내듯 말했다.

"도대체 손목시계가 왜 전파를 수신해야 하지? 그런 요물 같은 물건을 휴대하는 건 스파이나 도둑으로 충분해!"

"맞는 말씀입니다. ……실제로 전파손목시계는 제 지쇼크뿐이었습니다."

케이가 사람들을 둘러보며 담담하게 말을 이었다.

"그 다음으로 쿼츠는 세 종류였습니다. 구마쿠라 선생님의 그랜드세이코, 아오토 변호사님의 태그호이어 아쿠아레이서, 히키지 선생님의 오메가 포라리스였죠. 기계식은 모토지마 씨의 롤렉스 오이스터 퍼페추얼과 가와이 씨의 파네라이 루미노르 1950이었습니다."

그 이야기를 듣는 사람들의 가슴속에 의혹이 퍼져나갔다. 케이는 그 많은 손목시계를 어떻게 그처럼 정확히 기억하는 걸까? 그리고 왜?

"나쓰미 씨와 아야카 씨는 그날 밤 시계를 차고 있지 않았죠? 왜 그러셨나요?"

나쓰미가 고개를 갸웃거리며 대답했다.

"그 이유가 정확하게 기억나진 않지만, 레이코 선생님께서 컬렉션에 흠집이 날지도 모른다고 말씀하셨던 것 같기도 하고, 도키자네 씨가 그렇게 하라고 말했던 것 같기도 해요."

아야카도 작은 목소리로 대답했다.

"저는 원래 손목시계를 차지 않아요. 부엌일할 때 거추장스럽거든요."

"그렇군요. 범인은 두 분이 손목시계를 차지 않는다는 걸 알고 있었습니다. 따라서 손목시계를 착용한 사람은 초대손님들뿐이니 잠시 회수할 구실만 만들면 되었죠."

가와이가 이제야 이해된다는 듯 말했다.

"역시 그랬군요! 이모님의 귀중한 탁상시계 컬렉션을 공개하고 가격을 맞히게 하는 게 이상하긴 했어요!"

"모든 건 범인의 계획이었습니다. 미스터리 클락 같은 고가의 시계에 흠집이 날 수도 있다며 방문객들의 손목시계를 회수하는 데 성공했죠."

"이미 나로 지목해 놓고 이제 와서 범인이라고 에둘러 표현할 필요는 없습니다."

마치 대본이라도 존재하는 것처럼 도키자네가 적절한 타이밍에 끼어들었다.

"알겠습니다. 앞으로는 도키자네 씨라고 하죠."

케이의 사무적인 대구에 도키자네는 억울한 피해자처럼 씁쓸한 미소를 지었다.

"에노모토 씨는 처음부터 나를 의심하는 것 같았어요. 오해받기 쉬운 캐릭터라는 건 인정합니다. 소설이나 영화에 나오는 지능범 캐릭터와 가장 가까우니까요."

그러자 비슷한 유형이라고 할 수 있는 케이가 반론을 제기했다.

"캐릭터 때문은 아닙니다. 산장에 있는 물품에 손댈 수 있는 사람도, 그날 밤 사냥총까지 사용해 모든 걸 조종한 사람도 도키자네 씨였으니까요. 그런 상황에서 누군가가 복잡한 트릭을 사용하기란 불가능하지 않을까요?"

준코는 고개를 끄덕였다. 그렇다, 케이의 말이 맞다. 밀실사건의 범인에게 흔히 일어나는 일인데, 무엇이든 조종할 수 있는 처지가 되면 정신을 차린 순간 본인 말고는 범인이 존재하지 못하는 상황에 빠진다.

다시 케이의 말이 이어졌다.

"……첫 번째 카테고리의 시계는 모두 조작이나 위장이 불가능합니다. 두 번째인 휴대전화도 범인, 즉 도키자네 씨에게는 매우 골치 아픈 존재였습니다. 통화권 이탈지역이라 통화는 어렵지만, 휴대폰으로 시간을 볼 수는 있으니까요. 또한 어플을 사용하거나 사진을 찍으려 할지도 모르는 일이죠. 그러다 시간이라도 확인하면 정교한 살인계획이 전부 물거품으로 돌아갑니다. 때문에 휴대폰을 봉쇄하는 카드로 마계에서 소환한 분이 바로 히키지 선생님이었습니다."

히키 영감은 사람들의 주목을 받자 옷차림을 바로했다. 그리고 대각선 45도 각도로 카메라를 향했다.

"처음에는 왜 히키지 선생님을 초대했는지 이해가 안 되었습니다. 미스터리 작가로서 대단한 작품을 남긴 것도 아니고, 레이코 선생님이나 도키자네 씨와 친한 것도 아니었죠. 더구나 단순한 독설가 내지 빈정꾼 차원을 뛰어넘어, 분위기를 알면서 일부러 최악의 발언을 하는 언어 테러리스트이자 최악의 파티 푸퍼(Party Pooper. 파티의 흥을 깨는 사람)였으니까요."

당사자가 앞에 있는데 그렇게까지 말할 필요는 없지 않을까? 준코는 마음이 조마조마했다. 하지만 히키 영감은 무릎을 쳤다.

"그래! 바로 그거였어! 전에도 말했지만 나를 왜 초대했는지 정말 이상했는데, 이제야 의문이 풀렸군."

"히키지 선생님께서 휴대폰을 싫어하는 건 출판계에서 유명하죠. 파티에서 반드시 전원을 끄도록 강요하고, 응하지 않는 상대의 휴대폰을 망가뜨리거나 과일화채에 던져버리는 등 많은 무용담이 회자되고 있습니다. 따라서 히키지 선생님이 계신 곳에서는 누구도 휴대폰을 쉽게 꺼내지 못할 겁니다."

구마쿠라가 입을 열었다.

"첫 번째 범주의 나머지 셋은 어떤가? FM 튜너와 도키자네 씨의 위성휴대전화, 시미즈 사장 자택 전화의 통화기록이었던가?"

"FM 튜너 자체에는 시각표시가 없지만, 방송 중에 가끔 시간을 알려주니 그걸 들으면 곤란했겠죠."

그게 범인이 라디오를 끈 이유였던가? 어라? 잠깐만.

"우리가 서재에 갔을 때잖아요? 그때 정확한 시간을 알면 곤란했다는 건, 이미 시각이 왜곡돼 있었다는 건가요?"

케이가 준코의 질문을 가볍게 받아넘겼다.

"그렇습니다. ……그건 나중에 설명하겠습니다. 그리고 양쪽 전화의 통화기록 말입니다만, 전화회사의 컴퓨터를 해킹

하지 않는 한 시간을 조작할 수는 없습니다. 즉 **9시 7분**에서 **9시 38분**까지 31분 동안, 두 사람이 통화한 것은 의심할 여지가 없는 사실입니다."

케이가 냉철한 목소리로 말을 이었다.

"따라서 도키자네 씨가 트릭을 사용한 건 두 번째에서 네 번째 범주에 포함되는 레이코 선생님 컴퓨터의 리얼타임 클락, 즉 RTC와 거실의 전파시계, 서재의 전기시계와 거실의 그랜드파더 클락, 플립시계까지 모두 다섯 가지입니다. 그 다섯 가지를 마음대로 조작해 원하는 목적을 달성할 수 있었죠."

"마음대로 조작하다니, 어떻게 한 거죠?"

준코는 짐작도 되지 않았다.

"일단 컴퓨터의 RTC에 대해 설명드리죠."

케이는 어디선가 컴퓨터의 기판 같은 것을 꺼냈다.

"이건 구식 컴퓨터의 마더보드인데, 레이코 선생님의 컴퓨터에 있는 것과 원리가 같습니다. 여기를 보십시오. 단추형 전지가 달린 칩이 보이실 텐데, 이게 RTC입니다."

"그게 컴퓨터의 시간을 관리하나요?"

준코는 마더보드를 뚫어지게 쳐다보았다. 단추형 전지가 달려있다면 컴퓨터 전원이 꺼져도 시간은 계속 돌아갈 것이다.

"컴퓨터 운영체계상 컴퓨터가 시간을 정확히 기억하게 하는 역할을 하죠. 레이코 선생님이 문서를 갱신한 시각도 이 칩이 기준이고요."

"아하! RTC를 미리 조작한 거군요. 그러면 문서의 최종 저

장시간을 위장할 수 있고, 범행시간도 착각하게 만들 수 있으니까요."

가와이가 고개를 끄덕이며 말했다. 하지만 케이는 고개를 가로저었다.

"그건 그렇지만, 이번에는 단순히 컴퓨터의 운영체계에서 RTC를 바꾼 게 아닙니다. 레이코 선생님의 컴퓨터 RTC를 조작해 문서가 갱신된 시각을 고쳤다고 합시다. 범인, 즉 도키자네 씨는 그 후 RTC를 다시 올바르게 돌려놔야 하죠. 경찰이 검증할 때 컴퓨터 내부시계가 정확해야 하니까요."

"범행을 저지른 다음 수정한 게 아닐까요? 범인은 서재에 있었으니까요."

가와이가 긴 다리를 꼰 채 검지를 미간에 대고 명탐정처럼 말했다.

"범행을 저지른 직후에는 컴퓨터를 조작할 시간이 거의 없었고, 소프트웨어를 이용해 RTC를 조작하면 이벤트로그 기록이 남겠죠."

"이벤트로그 기록은 삭제할 수 있잖아요?"

"하지만 복원이 불가능하다는 보증은 없으니까요. 범인, 즉 도키자네 씨는 그런 위험을 저지르지 않았습니다. 더구나 흔적을 완벽하게 삭제하려면 시간도 필요했고요."

케이는 말없이 이야기를 듣던 이와테 현 경찰서의 아에가시 형사에게 물었다.

"레이코 선생님의 컴퓨터 하드디스크를 자세히 분석하셨

죠?"

그러자 야에가시 형사가 헛기침을 한 뒤 대답했다.

"이벤트로그 기록에서 시간을 조작한 흔적은 없었습니다."

구마쿠라가 도키자네를 힐끔 쳐다보며 물었다.

"잠깐! 그렇다면 이자가 어떻게 컴퓨터 내부 시계를 조작한 거지?"

"아주 간단하고 흔적도 남지 않는 방법이 있습니다. 컴퓨터 자체를 교체하는 거죠."

케이가 다시 도키자네를 향해 물었다.

"레이코 선생님의 작업용 컴퓨터는 도키자네 씨가 마련해준 거죠?"

"그렇소."

"레이코 선생님이라면 세련된 노트북 컴퓨터를 선택했을 것 같은데, 왜 데스크톱으로 하셨나요?"

"장시간 글을 쓰는 데에는 인체공학을 고려한 내추럴 키보드가 더 적합하니까요. 내가 아내에게 권했습니다."

"그랬군요. 그때 도키자네 씨가 사용할 컴퓨터까지 두 대를 동시에 주문했죠? 하드웨어 구성을 똑같이 해서 말이에요."

"그렇게 하는 게 저렴하니까요."

"양쪽 모두 앞에서 하드디스크를 쉽게 빼낼 수 있는 구조였습니다."

"그래서 뭐가 어떻다는 겁니까?"

도키자네가 맹수 같은 눈빛으로 케이를 노려보았다.

"레이코 선생님의 하드디스크를 꺼내 RTC를 12분 지연시
킨 자신의 컴퓨터에 넣은 다음, 레이코 선생님 서재에 놓아두
었죠?"

준코가 무의식중에 물었다.

"12분이라고?"

"그 시간에는 이유가 있는데, 나중에 설명드리죠."

거드름을 피우려는 건 아니겠지만 케이는 어물쩍 그 상황
을 넘어갔다.

"레이코 선생님은 그날 밤, 그 컴퓨터를 이용해 소설을 집
필했습니다. 어쩌면 컴퓨터의 시각이 12분 늦다는 사실을 알
아차렸을지도 모르죠. 하지만 나중에 도키자네 씨에게 수정해
달라고 하면 된다고 생각했을 거예요. ……그리고 독이 든 커
피를 마시고 살해됐습니다."

사람들은 대부분 침울한 표정을 지었다. 하지만 도키자네의
얼굴에는 변화가 없었다.

"그 직후, 도키자네 씨는 레이코 선생님의 메모를 발견하
고 사고로 위장할 수 있겠다고 생각했습니다. 그래서 아이디
어 파일에 있던 「미스터리 클락」이라는 문서에 내용을 추가했
죠. 같은 미스터리 작가에 오랫동안 레이코 선생님을 보조해
온 도키자네 씨라면 레이코 선생님의 문체를 흉내내는 일이
식은 죽 먹기였을 겁니다. 그런 다음 컴퓨터를 끄고 하드디스
크를 빼낸 뒤, RTC가 정확한 레이코 선생님의 컴퓨터에 다시
끼워 서재에 남겨두었죠."

그 순간 히키 영감이 큰소리로 케이의 말을 가로막았다.

"잠깐만! 도키자네 씨가 컴퓨터 내부시계를 되돌려놓은 게 언제지?"

"정확한 시간은 모르지만 만찬회 전입니다."

"그렇군. 살인계획을 세우려면 그렇게 했어야 할지도 모르지. 그런데 컴퓨터의 내부시계를 12분이나 되돌리면 어딘가에서 모순이 생겨나지 않나?"

준코가 즉시 물었다.

"모순요? 그게 뭐죠?"

히키 영감은 자신만만한 표정으로 말했다.

"레이코 여사가 거실을 나간 건 분명 **8시 41분**경이었지. 그런 다음 서재로 가서 즉시 컴퓨터를 켰다고 하세. 그 시각은 당연히 기록에 남아있겠지. 12분을 지연시켜, 가령 **8시 31분**이었다면 바로 거짓이란 게 드러나잖나?"

준코는 감탄하지 않을 수 없었다. 오랫동안 미스터리 작가로 활동한 게 단순한 폼만은 아닌 듯했다.

케이가 고개를 끄덕였다.

"타당한 지적입니다. 모순을 피하기 위해서는 그것을 무마하기 위한 시간이 필요하죠. 즉, 레이코 선생님이 컴퓨터를 켤 때까지 12분 정도를 벌어야 합니다."

모토지마가 고개를 갸웃거리며 물었다.

"어떻게 하면 12분을 벌 수 있을까요?"

컴퓨터의 전원 케이블을 감춰두지 않는 한, 12분이나 레이코를 묶어두기는 어렵다.

"레이코 선생님은 거실에서 바로 서재로 가지 않았어요. 주방에 들러 직접 커피를 내렸습니다. 여기에 3분쯤 걸리겠죠."

"그렇다면 그만큼 빼고 생각해야겠군."

구마쿠라의 말에 도키자네가 제삼자 같은 얼굴로 덧붙였다.

"나머지는 9분이 아니라 여전히 12분입니다."

하지만 케이는 동요하지 않았다.

"걱정하지 마십시오. 도키자네 씨가 다른 트릭을 준비해 놓았으니까요."

"트릭이요? 그건 또 무슨 말인가요?"

도키자네는 '이 작자가 지금 무슨 말을 하는 거지?'라는 듯 옅은 미소를 지으며 물었다.

"혹시 레이코 선생님 서재에 있던 상자 모양의 시계를 기억하시나요?"

케이가 사람들을 향해 물었다.

준코도 똑똑히 기억하고 있었다. 파란색 파선 테두리가 있는 은색의 문자반 밑에서 하늘색과 초록색, 빨간색의 삼색 고리가 회전하는 독특한 디자인으로, 어떤 시스템으로 작동하는 걸까 생각한 적이 있다.

"기억납니다. 골동품 같은 시계 말이죠?"

모토지마가 고개를 끄덕였다. 도키자네 역시 어쩔 수 없다는 듯 부루퉁하게 대답했다.

"1970년대에 내셔널에서 판매한 링러트라는 시계요. 디자

316

인이 아름다워 내 컬렉션 중 아내가 유일하게 마음에 들어했죠."

"그러면 도키자네 씨가 선물한 거군요?"

케이의 질문에 그는 고개만 끄덕였다.

"언제 선물하셨나요?"

"글쎄요. 기억나지 않는군요. 그게 이번 일과 무슨 관계가 있습니까?"

도키자네가 불쾌한 표정으로 말했다.

"기억나지 않을 리 없을 텐데요. 그날 밤 선물한 것 아닌가요? 레이코 선생님이 서재에 갔을 때 볼 수 있도록 책상에 놓아두었을 겁니다."

하지만 도키자네는 무표정한 얼굴로 부정했다.

"그걸 선물한 건 한참 전입니다."

케이가 나쓰미를 향해 물었다.

"예전에 레이코 선생님 서재에서 링러트를 본 적이 있나요? 아니면 레이코 선생님에게 선물받았다는 말을 들은 적이 있나요?"

"아뇨."

나쓰미는 간단히 대답하고 도키자네를 힐끗 쳐다보았다.

"만약 예전에 선물했다면 나쓰미 씨가 모르는 게 이상하잖아요. 포장지나 도키자네 씨의 메시지 같은 건 이미 처분했을 테니 증명하기는 어렵겠지만요."

가와이가 헛기침을 하더니 컵을 들어 물을 마셨다. 그리고 소리를 내며 테이블에 내려놓았다. 그는 매처럼 날카로운 눈빛으로 도키자네를 쳐다보았다.

"레이코 선생님은 서재로 올라가 선물을 발견하고는 감동해 정성껏 포장을 뜯었겠죠. 그리고 첨부돼 있던 도키자네 씨의 메시지를 천천히 읽었을 겁니다. 아마 달콤한 사랑의 말이 쓰여 있지 않았을까요? 그런 다음 링러트를 어디다 놓을지 생각합니다. 선반 위에 올려놓은 다음, 플러그를 콘센트에 끼웁니다. 어쩌면 삼색 고리가 빙글빙글 도는 모습을 한동안 바라봤을지도 모르죠."

그 장면을 상상하는 것만으로도 가슴이 아팠다.

"이런 일련의 일들에 적어도 15분은 걸렸을 겁니다. 손님만 없었다면 30분 이상 걸리더라도 이상하지 않겠죠. 이것으로 컴퓨터를 켠 시각이 실제보다 빠르다는 모순은 피할 수 있었습니다."

잠시 침묵이 찾아왔다. 형용할 수 없는 불쾌감이 머릿속을 휘감았다.

"말도 안 돼요! 그건 차라리 공상이자 망상 아닌가요? 더구나 그 트릭은 너무도 불확실합니다. 선물이 놓여 있더라도 즉시 컴퓨터를 켰을 수 있잖아요?"

도키자네는 어이없다는 표정을 지은 뒤, 두 손을 펼치며 실내를 둘러보았다.

"도키자네 씨라면 그렇게 하셨겠죠. 저도 그렇습니다. 그러면 컴퓨터가 작동할 때까지 쓸데없는 시간을 절약할 수 있으니까요. 하지만 레이코 선생님은 그렇게 하지 않았습니다. 그녀의 성격을 누구보다 잘 아시니, 레이코 선생님이 소중한 사람의 선물 포장을 뜯는 동안 정신을 산만하게 만드는 컴퓨터를 켜지 않을 걸 예상했을 겁니다."

"선생님은……, 정말로 그런 분이었어요."

나쓰미가 혼잣말처럼 중얼거렸다. 구마쿠라나 모토지마, 가와이도 바람에 흔들리는 갈대처럼 고개를 끄덕였다.

"……도키자네 씨의 컴퓨터를 조사해 보면 지금 이야기를 뒷받침할 수 있지 않을까? 컴퓨터 시각이 12분 늦을 거잖나?"

히키 영감이 나지막한 목소리로 물었다. 그 질문에 대답한 사람은 야에가시 형사였다.

"도키자네 씨의 컴퓨터에는 이상이 없었습니다. 내부 시각도 정상입니다."

"나중에 수정한 건가? 하긴 그렇겠지."

"……관계 여부는 모르겠으나, 난로의 잿더미 안에서 USB 메모리 잔해가 발견됐습니다. 유감스럽게도 정보를 읽어내는 건 불가능했지만요."

야에가시 형사가 떨떠름한 얼굴로 말했다.

사람들 시선이 자신에게 쏠리자 도키자네가 무표정하게 말했다.

"누구에게도 보여줄 수 없는 동영상이 있었어요. 내용은 각자의 상상에 맡기죠. 경찰이 조사하면 곤란할 것 같아 가장 확실한 방법을 선택한 겁니다."

다시 케이의 설명이 이어졌다.

"……사설법정이 끝난 뒤, 우리는 대부분 이 거실에서 경찰이 도착하기를 기다렸습니다. 레이코 선생님을 추억하거나 스카치 위스키를 마시면서요."

준코는 그 말에 슬며시 눈길을 피했다.

"그러는 사이 도키자네 씨는 몇 분 동안 자신의 서재에 틀어박혔죠. 그때 컴퓨터를 켜고 USB 메모리를 이용해 RTC를 정상적으로 되돌린 뒤, 문제가 없는 하드디스크를 삽입했을 겁니다. 그런 다음 태연하게 거실로 돌아왔을 테고요. 경찰이 도착해 사람들이 모두 현관으로 이동하자, 사용했던 USB 메모리를 태워버린 거겠죠. USB 메모리의 내용을 완전히 삭제할 수도 있겠지만, 도키자네 씨 말씀처럼 태우는 게 가장 완벽하고 안전하니까요."

케이가 차갑게 말했다. 준코는 의문을 제기했다.

"잠깐만요. 레이코 선생님의 컴퓨터 시각이 정확했다면 범인, 즉 도키자네 씨는 왜 컴퓨터 전원을 껐을까요?"

"FM 튜너와 마찬가지입니다. 그 시점에 정확한 시각이 알려지면 곤란했겠죠. 컴퓨터를 켜보자는 제 제안을 거부한 것도 같은 이유입니다."

"어쨌든 그건 다 에노모토 씨의 상상일 뿐이잖습니까? 나에게는 완벽한 알리바이가 있습니다. 가령 아내의 컴퓨터 시각을 조작했다고 해도, 내 알리바이에는 아무런 영향도 미치지 않아요."

도키자네는 뻔뻔스러운 표정으로 소리쳤다.

"그러면 세 번째 범주인 전파시계의 트릭에 대해 설명드리죠. 이번 사건의 핵심이 되는 이른바 미스터리 클락입니다."

케이는 소파 뒤쪽에 있던 종이봉투에서 커다란 벽시계를 꺼낸 뒤 거실과 식당 사이의 벽을 쳐다보았다.

"똑같은 시계를 찾느라 애 좀 먹었습니다."

분명히 벽에 걸려 있는 시계와 같은 기종이었다.

"시간대별로 상황을 정리해 봅시다. 일단 도키자네 씨가 레이코 선생님의 컬렉션을 보여주겠다고 말했습니다. 시각은 **8시 50분**입니다. 도키자네 씨는 전파시계를 보고, '이 시계가 정확하다면 이제 시작할까 합니다'라는 식으로 말했죠. 저는 그 말에 위화감이 들었습니다. 전파시계라면 정확한 게 당연하기 때문이에요. 그런데 자신의 알리바이를 위해 시각을 확인하도록 유도한 거라면 어떨까요? 실제로 몇 사람은 당시 손목시계를 봤을 겁니다. 저도 그랬고요. 틀림없이 **8시 50분**이었죠."

"저도 시간을 확인했어요."

준코가 케이의 말에 맞장구쳤다. 케이와 마찬가지로 도키자네의 말이 조금 이상하다고 여겼었다.

"네. 저도 봤습니다."

모토지마의 말에 몇 명이 웅성거리며 동조했다.

"그때의 시각은 진짜로 **8시 50분**이었을 겁니다. 손목시계는 첫 번째 범주이고, 도키자네 씨가 조작할 수 없는 아이템

중 하나였으니까요."

케이는 조금 피곤한지 물을 한 모금 마셨다. 사람들은 조용히 다음 이야기를 기다렸다.

"그런 다음 우리는 탁상시계의 가격 맞히기에 열중했고, 도키자네 씨가 돌아와 게임 종료를 알립니다. 그때가 **9시 39분**으로, 도키자네 씨가 위성휴대전화 통화를 마친 직후기도 합니다. 도키자네 씨는 다시 전파시계를 보고 큰소리로 시각을 말했죠. 대부분 덩달아 시각을 확인했고요."

케이의 말에 많은 사람이 고개를 끄덕였다.

"하지만 아까와 결정적으로 다른 점은, 손목시계를 전부 회수당한 상태였다는 겁니다. 때문에 벽의 전파시계로 시각을 확인했습니다."

"그게 왜 결정적인가요?"

가와이는 이해가 안 된다는 표정으로 물었다.

"그때 이미 시각이 조작되어 있었기 때문이에요. 전파시계는 **9시 39분**을 가리켰지만 실제로는 **9시 51분**이었습니다."

"그렇다면 설마……?"

구마쿠라가 온몸에 소름이 끼친 듯한 얼굴로 중얼거렸다.

"그렇습니다. 이 시점에 도키자네 씨는 이미 레이코 선생님을 살해했습니다."

10

한동안 아무도 입을 열지 않았다. 머리를 정리할 필요가 있었기 때문이다.

침묵을 깨뜨린 사람은 히키 영감이었다.

"잠깐만. 그런 일은 있을 수 없잖아? 한동안 거실이 어두웠지만 도키자네 씨가 전파시계에 손댈 기회는 없었을 텐데?"

이 말에 사람들이 고개를 끄덕였다.

"혹시 미스터리 클락의 원리를 아시나요?"

갑작스러운 질문이었지만 준코를 제외한 전부가 고개를 끄덕였다. 놀랍게도 오타와 메이크업을 담당하는 여성까지 그에 해당되었다.

"미스터리 클락의 바늘은 투명한 원반 위에 있고, 가장자리에 숨어 있는 톱니바퀴가 원반 전체를 회전시키는 시스템이에요."

당황하는 준코에게 나쓰미가 작은 목소리로 설명했다. 아하, 그랬던가? 준코는 모든 상황이 카메라에 찍히고 있음을 떠올리며 마치 예전부터 알았다는 듯 고개를 끄덕였다.

"전파시계는 바늘이 공중에 떠 있는 미스터리 클락 같은 것이죠. 그날 밤, 어느 누구도 전파시계에 손을 댈 수 없었습니다. 그럼에도 시계 조작이 이루어졌어요. ……시간을 12분 되돌렸죠."

"12분? 아까도 그렇게 말하던데, 그렇게 구체적인 시간을 어떻게 알 수 있죠?"

준코는 당황스러움을 감추기 어려웠다. 자존심이 상했지만 도저히 이해가 되지 않았다.

하지만 케이는 다시 어물쩍 넘어갔다.

"그에 대한 설명은 잠시 기다려주십시오. 이제 이 시계를 이용한 구체적인 트릭을 말씀드리겠습니다."

케이는 조금 전 꺼낸 커다란 시계를 들어올렸다.

"우선 시계의 구조를 확인해 보겠습니다. 시계는 문자반과 짧은바늘, 긴바늘, 초침 순으로 부착돼 있습니다. 이 사실을 머릿속에 기억해 주세요."

그렇게 당연한 말을 왜 하는가!

준코는 마음속으로 반박했다.

"레이코 선생님은 전파시계를 마음에 들어하지 않았습니다. 디자인이 너무 단순했기 때문이죠. 하지만 그렇다고 바꿀 순 없었습니다. 도키자네 씨의 계획을 성공시키려면 몇 가지 조건이 필요했으니까요."

그 말에 도키자네의 표정이 굳어진 듯했다.

"우선 시계 전체가 완벽한 원형이고 가장자리에 모양이 없을 것. 비교적 가벼울 것. 어둠 속에서 바늘이나 문자반이 빛나는 야광시계가 아닐 것. 전파를 받아서 시각을 맞출 때 가능하면 바늘이 최단거리로 움직일 것. 디자인 면에서 문자반에 동심원이 그려져 있을 것, 단 동심원의 반경은 짧은바늘의 길이와 비슷할 것. 이런 조건들을 충족시키면서 디자인까지 세련된 시계는 발견하지 못했겠죠."

"이제 뜸은 그만 들이고 구체적으로 말해주게."

구마쿠라가 조바심을 내며 다음 말을 재촉했다.

"지금부터는 제 상상입니다. 세세한 부분에서 차이가 있을지 모르지만, 큰 줄기는 맞을 겁니다."

케이는 시계의 유리 커버를 벗겨 아래쪽에 내려놓았다.

"도키자네 씨는 우선 진짜 전파시계의 문자반을 컬러 복사해 종이 문자반을 두 장 만들었습니다. 똑같은 전파시계가 두 개 있다고 했는데, 그것 말고 하나를 더 구입해 복제용으로 분해했겠죠."

케이는 그렇게 말하며 종이 문자반 두 장을 들어올렸다. 한 장은 원래 문자반과 같은 크기이고, 다른 한 장은 그보다 훨씬 작았다.

"하나는 바깥둘레의 숫자를 가리키기 위한 것이므로 원래 문자반의 크기와 같습니다. 뒷면에 나사로 잠가놓은 유리 커버를 떼어내고 가짜 문자반을 끼워넣으면 되는데, 이때 바늘은 그대로 둡니다. 바늘을 다시 끼우기가 어렵기 때문이죠. 그래서 종이 문자반을 칼로 살짝 잘라야 했고, 아마 6시 방향으로 잘랐을 겁니다. 자른 부분은 뒤쪽에서 테이프로 붙이고 앞쪽은 하얀 페인트로 가립니다. 또 뒤쪽에는 추를 붙입니다. 이 문자반을 짧은바늘 밑에 끼워 축 주변에서 자유롭게 회전하도록 합니다."

케이의 거침없는 설명이 이어졌다.

"또 하나는 긴바늘과 짧은바늘 사이에 끼웁니다. 짧은바늘을 감출 수 있는 크기에 원래의 문자반에도 동심원이 그려져 있기에 가장자리의 선이 보여도 상관없습니다."

케이는 자신의 설명대로 전파시계에 종이 문자반을 끼웠다. 그리고 전부 볼 수 있도록 높이 치켜들었다.

"두 번째 종이 문자반에는 미스터리 클락처럼 짧은바늘이 가짜로 붙어 있습니다. 또한 뒷면에는 종이나 접착제로 만든 작은 돌기부가 있는데, 진짜 짧은바늘에 걸려 짧은바늘의 움직임에 따라 회전하죠. 가짜 짧은바늘은 진짜 짧은바늘보다 72도 앞쪽에 있습니다. 또한 가짜 짧은바늘의 바로 뒤쪽에는 다른 돌기부가 붙어 있습니다. 이걸로 전파시계는 가짜 문자반, 가짜 짧은바늘, 진짜 긴바늘과 초침이 보이는 상태가 됩니다."

케이는 도키자네를 힐끔 쳐다보았다. 도키자네는 미동도 하지 않은 채 포커페이스를 유지했다.

"이제 긴바늘을 12분 앞으로 보냅니다."

또 12분이 등장한다. 가급적 기다리려 했으나 도저히 그냥 있을 수가 없었다.

"이번에는 지연시킨 게 아니라 앞으로 가게 하나요?"

"그렇습니다."

"하지만 **9시 51분**이었을 때 **9시 39분**으로 착각하게 만들어야 했잖아요?"

"시간을 지연시키기 위해선 일단 앞으로 가게 해야죠."

케이는 선문답이라도 하듯이 대답했다.

입을 다문 채 듣고 있던 도키자네가 의외의 곳에서 반론을 제기했다.

"……시간을 앞으로 가게 한다고요? 어떻게 하면 그렇게 할 수 있습니까?"

"바늘을 움직이면 되잖아요. 유리 커버도 벗길 수 있으니까요."

준코의 대답에 그는 싸늘하게 미소 지었다.

"전파시계는 내부의 마이크로컴퓨터가 바늘 위치를 인식하고 표준전파를 받아 시각을 수정합니다. 기계적으로 바늘을 움직이면 올바른 시각을 표시할 수 없게 되죠."

"우리집 전파시계에는 시각 맞추기 버튼이 있어 수동으로 조정할 수 있는데요?"

가와이가 반박하자 도키자네가 차갑게 대꾸했다.

"유감스럽지만, 이 전파시계에는 바늘을 돌릴 수 있는 장치도, 시각 맞추기 버튼도 없어요."

"알았습니다! 전파시계를 속여서 틀린 시각을 인식시켰다……. 사람을 속이기 전에 일단 시계를 속인 건가요?"

모토지마가 자신만만하게 말했다. 촬영을 의식해 때가 무르익기를 기다렸다 전투에 참여한 것이다.

"컴퓨터 소프트웨어를 사용했겠죠."

"컴퓨터 소프트웨어? 그걸로 어떻게 전파시계를 움직이죠?"

준코는 아무리 머리를 짜내도 이해가 안 되었다.

"컴퓨터를 사용해 전파시계의 시각을 맞추는 프리 소프트웨어(복사와 사용, 연구, 수정, 배포 등의 제한이 없는 소프트웨어)가 있습니다. 전파시계의 시각을 맞추도록 표준전파를 발신하는 시설은 일본에 두 군데가 있죠. 동일본 전역을 커버하는 곳은 후쿠시마 현에 있는 오타카도야야마 표준전파송신소입니다."

모토지마가 뜻밖의 지식을 선보였다.

"실은 동일본대지진에 관한 책을 만들 때, 오타카도야야마 표준전파송신소가 한때 표준전파를 송신하지 못했다는 이야기를 들었거든요. 그때 그 소프트웨어를 이용해 전파시계의 시각을 정확히 맞춘 사람이 있었다더군요."

"컴퓨터와 시계를 어떻게 연결하는 거죠?"

컴맹에다 기계치인 준코는 상상조차 할 수 없었다.

"컴퓨터의 음성 출력에 헤드폰 단자가 있는 스피커를 연결하고, 코드가 긴 쪽의 헤드폰을 스피커에 연결해 코드를 감은 다음, 스피커 음량을 최대로 올리면 시각 맞추기용 전파가 나옵니다. 감은 코드의 고리에 전파시계를 붙이면 수신할 수 있죠. 제가 만든 안테나를 사용하면 더 간단한데, 이때 컴퓨터 버튼을 이용하면 임의의 시각에 전파시계를 맞출 수 있어요."

다시 침묵이 찾아왔다.

"그렇군요! 저도 그 방법 같아요!"

준코는 재빨리 이기는 말로 갈아탔다. 지금까지 들은 설명의 절반 정도만 이해되었지만, 전파시계의 시각을 조작할 수 있다는 사실은 확실히 알았다.

"아하하하! 컴퓨터 소프트웨어라고? 기가 막혀서. 왜 그렇게 황당무계한 생각을 하는지 이해할 수가 없군. 왜 아무런 의미도 없이 전파를 뿌리고 싶어하지? 요즘 전파계(망상과 망상벽이 있어 타인과 커뮤니케이션을 하려고 하지 않는 사람)란 말이 유행하던데, 당신 같은 인간을 가리키는 말이지?"

히키 영감이 웃음을 터트렸다. 웬만해서 화를 내지 않는 모토지마도 그 말에는 기분이 상한 듯했다.

"그보다 나은 방법이 있습니까?"

"당연히 있고말고. 적당한 시각이 될 때까지 기다렸다 전지를 빼면 되잖아? 다시 전지를 넣으면 그때부터 움직일 테니까 말야."

모토지마는 멍하니 입을 벌렸다. 너무도 단순 명쾌한 지적에 할 말을 잃은 듯했다.

"긴바늘을 앞으로 가게 한다는 제 표현이 오해를 불러일으킨 모양이군요. 똑같은 전파시계가 도키자네 씨 서재에도 있었으니 그 시계를 어느 시각에 정지시키고, 그 시각이 되기 12분 전에 전지를 넣어 거실 전파시계와 교체했을 겁니다."

케이가 모토지마를 위로하듯 추가로 설명했다.

내 뜨거운 찬성표를 돌려다오! 준코는 원망스런 눈길로 모토지마를 쳐다보았다.

"어쨌든 이런 과정을 거쳐 전파시계는 실제보다 12분 앞으로 이동했습니다."

케이는 두 손으로 들고 있던 시계를 옆으로 회전시켰다.

"그런 다음 시계 전체를 왼쪽으로 72도 회전시켜, 진짜 문자반의 12분 부분의 새김눈이 꼭대기에 오도록 벽에 고정합니다. ……이러면 시계가 옆을 향한 것과 비슷한 상태가 되죠."

"어떻게 고정했나요?"

모토지마가 낮은 목소리로 물었다.

"벽에 걸어놓은 후크를 받침점으로 하고, 어느 한 곳을 벽지용 점착체로 붙이면 됩니다."

케이는 조금도 망설이지 않고 대답했다. 어떤 질문이 나올지 모조리 예상한 듯하다.

"왼쪽으로 72도 회전시킨 시계는, ……이렇게 보입니다."

준코는 케이의 손에 들린 시계를 보고서야 무슨 말인지 이해가 되었다.

"첫 번째 종이 문자반은 짧은바늘 밑에서 자유롭게 회전하면서, 뒤에 추를 달아놓아 6시가 항상 밑으로 오게 합니다. 즉, 12시가 맨 위쪽에 오면서 문자반이 똑바르게 보이는 거죠. 두 번째 종이 문자반에 부착된 짧은바늘은 진짜 짧은바늘보다 72도 앞에 있기 때문에, 회전시킨 것만큼 상쇄해서 올바른 위치로 옵니다. 마지막으로 긴바늘은 실제 시각보다 12분, 즉 72도만큼 앞으로 나아가게 해놓았기 때문에, 이쪽도 회전이 상쇄되어 올바른 시각을 표시하게 되죠."

이어진 케이의 말에 준코는 소름이 돋았다.

"'아름다운 건 더럽다'입니다. 언뜻 보면 맞는 것 같지만, 시계가 인식하는 시각은 틀린 시각이니까요."

히키 영감의 입에서 신음소리가 새어나왔다.

"흐음, 트릭이 점점 마술에 가까워지고 있군. 그리고 어떻게 했나?"

"도키자네 씨는 식당에서 만찬회를 하기 전 전파시계를 교체했을 겁니다. 그동안 거실 커튼은 계속 닫혀 있었죠. 저 커튼입니다."

케이는 가든 테라스로 나가는 창문에 설치된 커튼을 가리켰다.

"저곳에 설치하기에는 커튼 소재가 어울리지 않아요. 주로 의료시설에서 사용하는, 전자파를 차단하는 커튼이니까요."

"전자파 차단용 커튼이란 말인가? 그런 건 나도 알아둬야겠군."

히키 영감은 휠체어를 타고 일부러 창문 쪽으로 가서 커튼을 확인했다.

"일반 커튼보다 거칠군. 전파를 흡수하는 금속섬유를 사용해서 그렇겠지. 침실 창문에 이런 커튼을 설치하면 나도 마음 편히 잘 수 있겠어. 그런데 왜 여기에 이런 커튼을 친 거지?"

질문을 받은 도키자네가 히키 영감을 무표정하게 바라보았다.

"아시다시피 정원에는 대형 축전지가 있잖습니까? 물론 지나친 걱정이긴 하지만, 아내가 유난히 전자파를 신경써서 안

심시키기 위해 일부러 선택한 겁니다."

"물론 사건이 일어난 날 밤에도 레이코 선생님은 전자파에 대해 말씀하셨죠. 하지만 도키자네 씨의 목적은 다른 곳에 있었습니다."

케이는 거실벽을 보면서 말을 이었다.

"그 커튼이 닫혀 있으면 전파시계는 표준전파를 수신할 수 없습니다. 따라서 시계가 인식한 시각은 실제보다 12분 앞이었죠. 물론 우리 눈에는 맞는 것처럼 보였지만요."

그 순간 준코는 퍼뜩 생각난 게 있었다.

"도중에 커튼을 한 번 열었잖아요?"

"네. 도키자네 씨가 가든 테라스에서 위성휴대전화를 걸 때 커튼을 열었고, 그 후 계속 열어놓았죠."

"그때는 분명히 9시 7분이었습니다."

모토지마가 수첩을 보며 말했다.

"네. 그 후에는 전파시계가 표준전파를 수신할 수 있게 됐습니다."

"우리집에도 예전에 전파시계가 있었어요. 시간을 수신하는 게 한밤중이었던 것 같지만요. ……새벽 2시쯤 아니었을까요?"

가와이는 생각을 떠올리려는 듯 관자놀이를 손으로 눌렀다.

그 질문에 대답한 사람은 도키자네였다.

"시간을 수신하는 시각은 기종에 따라 다릅니다. 이 전파시계는 하루에 24번, 매시 30분에 수신하죠."

"9시 7분의 다음이니까……, 9시 30분에 수신했다는 건가요?"

가와이의 말을 케이가 수정했다.

"시각이 정확하면 그렇지만, 전파시계가 인식한 건 실제보다 12분 빠른 시각입니다."

"아하, 그렇구나!"

준코도 겨우 상황을 알아차렸다. 올바른 시각을 수신하는 시각이 틀린 시각이었다. 말이 뒤죽박죽인 것 같지만 그렇게밖에 표현할 수 없었다.

"9시 30분의 12분 전인 9시 18분에 전파시계는 9시 30분 내용을 수신했습니다. 시계에 의식이 있다면 자신이 12분이나 빠르다는 걸 알고 깜짝 놀랐겠죠. 그리하여 황급히 시각을 수정했습니다. 대부분의 전파시계는 바늘이 12시 정각에 간 다음 올바른 시각이 될 때까지 빙글빙글 도는데, 이 기종은 바늘이 가장 짧은 거리로 움직입니다. 그래서 긴바늘이 12분, 즉 왼쪽으로 72도 움직였습니다. 그 결과, 시계가 표시하는 시각이 이렇게 됩니다."

케이는 다시 들고 있던 시계를 치켜들고 비스듬히 기울였다. 9시 6분을 가리키는 듯 보였다.

"12분 앞으로 갔을 때에는 시계 전체가 왼쪽으로 72도 기울어졌기 때문에, 긴바늘이 올바른 시각을 표시하는 것처럼 보였습니다. 그런데 바늘이 올바른 위치로 돌아가면 시계가 기울어진 각도만큼 긴바늘이 뒤처지게 보이죠. 언뜻 12분 늦은 것처럼 보이지만 실제로는 올바른 시각입니다. '더러운 것은 아름답다'가 되는 거죠."

케이의 말이 끝나자마자 히키 영감이 예리하게 질문했다.

"잠깐만. 짧은바늘은 어떻게 되지? 그러면 바늘 배치가 이상하지 않은가? 시계는 본래 긴바늘 없이 짧은바늘만으로도 시각을 표시할 수 있지. 그 상태라면 긴바늘은 **9시 6분**을 가리키는 것처럼 보이지만, 짧은바늘은 전파를 수신해 **9시 18분**이 되고, 문자반이 왼쪽으로 72도 기울어진 것만큼 두 번째 종이 문자반으로 상쇄되기 때문에, 결국 똑같이 **9시 18분**에 있는 것처럼 보일 걸세. 긴바늘과 짧은바늘이 가리키는 시각이 완전히 모순되지 않나?"

"하지만 그때 거실이 어두웠잖아요? 문자반 같은 건 안 보였습니다."

모토지마가 부루퉁하게 말했다. 조금 전 무시당한 것에 대한 반박처럼 느껴졌다.

"그러면 밝아졌을 때는 어떤가? 긴바늘이 12분 늦는 것처럼 위장했으니, 올바른 시각을 나타내는 짧은바늘과의 사이에서 생긴 모순이 해소되지 않았을 텐데?"

히키 영감이 다시 질문을 던졌다.

"그렇습니다. 거실이 밝아졌을 때 긴바늘은 **9시 39분**을 가리켰죠. 실제 시각은 **9시 51분**이었고 짧은바늘도 그 위치에 있었습니다. 그런데 12분에 해당하는 짧은바늘의 각도는 초침의 새김눈 하나인 6도에 불과합니다. 평소 시계를 어떤 식

[트릭의 이미지]

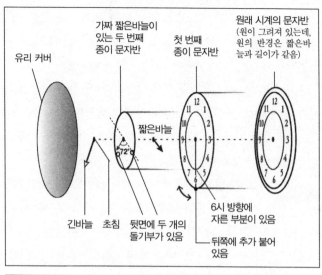

유리 커버

가짜 짧은바늘이
있는 두 번째
종이 문자반

첫 번째
종이 문자반

원래 시계의 문자반
(원이 그려져 있는데,
원의 반경은 짧은바
늘과 길이가 같음)

짧은바늘

72°

긴바늘   초침   뒷면에 두 개의
돌기부가 있음

6시 방향에
자른 부분이 있음

뒤쪽에 추가 붙어
있음

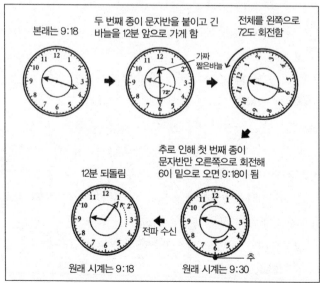

본래는 9:18

두 번째 종이 문자반을 붙이고 긴
바늘을 12분 앞으로 가게 함

전체를 왼쪽으로
72도 회전함

가짜
짧은바늘

72°

추로 인해 첫 번째 종이
문자반만 오른쪽으로 회전해
6이 밑으로 오면 9:18이 됨

12분 되돌림

전파 수신

원래 시계는 9:18

원래 시계는 9:30

추

으로 보는지 생각해 보십시오. 긴바늘은 세세하게 살피지만, 짧은바늘은 그렇지 않을 겁니다. 짧은바늘이 올바른 위치에 있는지까지 신경쓰는 사람은 아무도 없을 거예요."

다시 침묵이 찾아왔다. 분명히 그렇다. 애초 짧은바늘은 길이가 짧아 몇 분에 해당되는지 알아내기 힘들다.

도키자네의 계획은 단순한 기계 트릭을 뛰어넘어, 사람의 인식이 얼마나 모호한지를 염두에 두었던 것 같다.

"이제야 이해가 되는군. 생각해 보면 6도의 오차는 2분할할 수 있지. 두 번째 종이 문자반의 각도를 미리 3도 줄여 69도로 해두면 되지 않나? 그러면 전파를 수신하기 전후에 생기는 짧은바늘의 오차는 각각 마이너스 플러스 3도가 되지. 그 정도는 누구도 알아차리지 못했을 걸세."

히키 영감은 범행계획을 미세하게 수정하고는 만족스러운 듯 고개를 끄덕였다.

"머리가 뒤죽박죽되어 뭐가 뭔지 모르겠군요. 일단 자세한 이야기는 제쳐두고 요점을 정리해 보겠습니다."

모토지마는 수첩에 내용을 적으며 말했다.

"시각이 수정된 **9시 18분**에는 거실이 꽤 어두워 전파시계의 문자반이 보이지 않았습니다. 거실이 다시 밝아졌을 때, 실제로는 **9시 51분**이었으나 우리가 본 시각은 **9시 39분**이었고요. 즉, 실제보다 12분 늦다는 거죠?"

"그렇습니다. 전파시계에 손을 대지 않고 시간을 조작한 겁니다. 그야말로 마술이죠."

케이는 잡담이라도 하듯 편안하게 말했다.

"우리가 **8시 50분**부터 **9시 39분**까지 49분간 탁상시계 가격 맞히기를 했다고 생각하지만, 전파시계를 12분 조작했기 때문에 실제로는 **8시 50분**부터 **9시 51분**까지 61분 동안 한 겁니다."

이때 구마쿠라가 이의를 제기했다.

"시계만으로 사람의 시간인식을 완벽하게 속일 수 있을까? 인간에게는 체내시계라는 게 있잖나. 더구나 한 사람이라면 몰라도 이렇게 많은 사람들을 말이야. 감이 좋은 사람이라면 한 명쯤 위화감을 느끼지 않았을까?"

"마술도 그렇지만 사람이 많다고 안 속는 건 아닙니다. 오히려 주변에 사람이 많아야 안심하게 되고, 한 사람이 납득하면 나머지는 암시에 걸려 따라가게 되죠. 더구나 아무도 손대지 않은 전파시계의 시각이 틀릴 거라고 의심하는 사람이 어디 있겠습니까?"

그런 질문을 예상했는지 케이는 이번에도 거침이 없었다.

"그것만이 아닙니다. 범인, 즉 도키자네 씨의 교묘한 점은 심리학을 이용해 우리의 시간인식을 뒤틀리게 한 것입니다."

준코가 미간에 주름을 잡았다.

"심리학이라고요?"

"간단합니다. 즐겁거나 뭔가에 집중하면 시간이 눈 깜짝할 사이에 지나가는 것 같고, 따분하거나 고통스러운 시간은 몹시 길게 느껴지는 법이죠. 인간의 감각과 의식 분야야말로 도키자네 씨 전공 아닌가요?"

도키자네는 대답하지 않았다.

"그때 우리는 눈앞에 당근을 둔 말처럼 고가의 상품에 눈이 멀어 시계 감정에 집중했습니다. 제한시간은 없었지만 언제 끝날지 몰랐죠. 빨리 맞히기 위해 조바심을 냈기 때문에, 같은 시간이라도 평소보다 훨씬 짧게 느끼지 않았을까요? 따라서 실제로는 61분이지만 49분이 지났다고 해도 아무도 이상하게 여기지 않았어요."

도키자네는 시계에 트릭을 만들었을 뿐만 아니라 우리의 의식까지 조작했다. 그날 밤 들은 도키자네의 말이 뇌리에 되살아났다.

"그것이 바로 트릭의 마술화입니다. 기계 트릭은 마술로 말하면 소재나 장치에 해당하는데, 그것만으론 불완전하죠. 말과 행동으로 교묘하게 이끌어나가는 등 사람들에게 보여주는 부분도 중요합니다. 기계적인 트릭은 사람의 심리를 이용한 연출과 어울려야 비로소 사람들 마음에 환영을 만들어낼 수 있죠."

구마쿠라는 이야기에 집중하려는 듯 팔짱을 낀 채 눈을 감고 말했다.

"그렇군. 우리가 인식했던 시각은 12분 지연시킨 결과물이었다……. 거기까지는 좋아. 그러면 어떻게 되지? 범인에게 어떤 이점이 있나?"

케이가 미소를 지으며 가볍게 대답했다.

"아주 단순 명쾌합니다. 그걸로 알리바이를 만들 수 있죠. 도키자네 씨에게는 위성휴대전화로 통화했던 시각, 즉 9시 7분부터 9시 38분까지 철벽같은 알리바이가 있습니다. 그 전후에는 우리와 같이 행동했으므로 범행이 불가능하다고 생각했고요. ……그런데 도키자네 씨가 거실에 나타난 시각이 9시 39분이 아니라 9시 51분이었다면 어떻게 될까요? 통화를 마친 9시 38분부터 9시 50분까지 12분간 완벽한 공백상태가 됩니다. 그 사이 2층으로 올라가 레이코 선생님을 독살할 수 있지 않았을까요?"

준코는 온몸에 전율을 느꼈다.

"하지만 그때 창문 너머로 도키자네 씨가 돌아오는 걸 봤어요. 위성휴대전화로 통화 중이었는데, 통화를 마치자 거실로 들어왔죠. ……아, 그렇구나!"

가와이는 말을 하다 스스로 상황을 알아차린 듯했다. 케이가 고개를 끄덕였다.

"그렇습니다. 실제로는 훨씬 전에 통화를 마쳤는데, 어설픈 연극을 한 겁니다."

평소와 달리 케이의 말투는 몹시 신랄했다.

"잠깐만요. 어쨌든 재미있게 들었습니다. 에노모토 씨는 미스터리 작가로서 소질이 있는 것 같군요. 내가 전파시계에 그런 트릭을 설치했다 12분을 돌려놓았다면, 나중에 시간이 안 맞았을 텐데요?"

도키자네가 반격을 시작했다. 하지만 어딘지 모르게 절박해 보였다.

"잊으셨나요? 거실로 돌아온 후, 저는 계속 여러분과 같이 있었습니다. 범인을 찾기 위해 이야기를 시작한 건 **9시 50분**이었지만, 식당의 그랜드파더 클락과 플립시계가 여러분 눈에 닿는 곳에 있어 언제든 시간을 확인할 수 있었죠. 결국 사고 가능성이 높다는 결론에 도달한 게 **10시 47분**이었습니다. 우리 모두 서재에 가서 컴퓨터를 켰는데, 그 직전 링러트가 가리킨 시각은 **10시 49분**이었고요.

우리는 아내가 남긴 원고를 살펴본 뒤 함께 거실로 내려왔습니다. 그때 전파시계의 시각은 **10시 55분**으로, 정원에 있는 차단기를 내려 풋라이트가 켜지는지 실험해 봤죠. 그런 다음 범인을 지목하는 마지막 게임을 시작했을 때, 여러분은 다시 전파시계를 확인했을 겁니다. 그때가 분명 **10시 58분**이었죠. 게임에 걸린 시간은 7분으로, 게임이 끝나고 여러분들 손목시계를 돌려드렸고요. 몇 분은 손목시계와 전파시계의 시각이 게임이 끝난 지 1분 후인 **11시 6분**임을 확인하셨을 겁니다. 또한 경찰이 현장에 온 다음에는 산장에 있는 시계를 모두 조사했을 테죠. 시각이 정확할 뿐만 아니라 어떤 이상이나 조작도 없음을 확인하셨겠죠, 야에가시 씨?"

갑자기 이름을 불린 탓에 야에가시 형사의 반응이 잠깐 멈칫했다.

"아아…… . 네, 그렇지요. 어떤 시계도 이상은 없었습니다."

도키자네는 숨을 크게 토하며 말했다.

"들으셨죠? 이제 아시겠습니까? 전파시계를 조작해 12분을 늦췄다는 건 단순한 탁상공론에 지나지 않습니다. 여러분은 이미 수많은 시계로 끊임없이 시간을 확인했어요. 여러분 전부를 속이는 건 불가능하지 않을까요?"

하지만 케이는 조금도 주눅들지 않고 되받아쳤다.

"수많은 시계로 끊임없이 시간을 확인했다……. 그게 바로 이번 트릭의 핵심입니다. 도키자네 씨는 시간을 줄임으로써 12분의 공백을 만들어냈습니다. 그리하여 지금 말씀하신 것처럼 실제 시간과 어긋나게 되었죠. 그 갭을 메우기 위해 이번에는 12분을 늘렸습니다."

"12분 늦춰놓은 몇몇 시계를 경찰이 오기 전 맞게 되돌렸다는 건가? 자존심이 상하지만 어떻게 했는지 짐작도 안 되는군."

히키 영감이 머리를 긁적이며 말했다.

"지금부터 설명해 드리죠. 일단 전파시계를 어떻게 되돌렸는지, 그것부터 시작하겠습니다."

케이는 사람들을 보며 희미하게 미소 지었다.

11

"도키자네 씨가 우리를 위협하며 심문했을 때의 상황을 떠올려보십시오. **10시 50분**이라는 제한시간까지 2, 3분 남아있을 때였습니다."

그 말을 듣고 준코는 기억을 떠올렸다.

"도키자네 씨가 왠지 초조해 보였네."

"그러고 보니 식당과 거실 사이를 왔다갔다했어요."

가와이도 비슷한 인상을 받은 모양이었다.

"네. 그렇게 안절부절못한 것처럼 연기한 데는 우리를 압박하려는 의도도 있었지만, 실은 더 중요한 목적이 있었습니다."

케이는 이미 사람들의 마음을 사로잡고 있었다.

"도키자네 씨는 식당과 거실 사이를 오가며 경계선 주변에 있어도 이상하지 않은 분위기를 만들어냈어요. 그가 두 공간의 경계선쯤에 서 있을 때 사냥총이 어디에 있었죠?"

준코는 눈을 감고 생각에 잠겼다. 그때의 영상이 생생하게 되살아났다.

"높이 치켜들고 있지 않았나요? 혹시 발사될까 봐 걱정되었지만, 총구가 경계부분의 벽에 가려져 약간 안심했던 게 기억나요."

"그렇습니다. 저도 총구가 보이지 않아 잠시 가슴을 쓸어내렸죠. ……그런데 나중에 생각해 보니 도키자네 씨의 자세가 상당히 부자연스럽더군요. 마치 총신을 위로 치켜들어 무언가에 닿게 하려 하지 않았나요? 만약 그렇다면 도키자네 씨가 치켜든 총 끝에는 무엇이 있었을까요?"

"전파시계……?"

가와이가 혼잣말처럼 중얼거렸다. 케이는 재빨리 고개를 끄덕였다.

"네. 그렇게 생각하는 게 타당하겠죠. 그곳에는 그것 말고 아무것도 없었으니까요."

그러자 모토지마가 난감한 얼굴로 말했다.

"총구를 이용해 바늘을 움직일 수는 없지 않나요? 유리 커버도 있고, 물리적으로 바늘을 움직이더라도 전파시계의 시간을 바꿀 수 없다고 하셨잖아요?"

"총구로 직접 바늘을 움직인 게 아닙니다. 모토지마 씨께서 아까 물으셨죠? 시계를 어떻게 왼쪽으로 72도 회전시켜 벽에 고정했냐고요. 저는 벽에 원래 고정시켰던 후크를 받침점으로 하고, 다른 한 곳을 벽지용 점착제로 고정하면 된다고 대답했습니다. 그런 추정에는 근거가 있습니다. 점착제를 떼어내면 시계가 원래 상태로 돌아가게 되어 있었을 겁니다."

케이는 자신의 말을 이해했는지 확인이라도 하듯 한 사람 한 사람 쳐다보았다.

히키 영감이 사람들을 대신해 대답했다.

"왼쪽으로 72도 기울어졌던 시계가 수평으로 돌아왔다는 건가? 으음……. 문제는 그렇게 하면 어떻게 되느냐는 거지만. 숫자가 쓰여 있는 첫 번째 가짜 문자반은 추 때문에 항상 6시가 밑으로 온다고 했으니 문제가 없네. 진짜 문자반과 정확하게 겹쳐질 뿐이지. 두 번째 종이 문자반은……. 응? 이번에는 아까의 6도가 아니야! 전체가 오른쪽으로 72도나 회전하면 짧은바늘이 2시간 넘게 움직인 것처럼 보여 시각이 엉

망진창이 된다고!"

기다리던 말이었는지 케이가 빙긋이 미소 지었다.

"그렇게 되지 않도록 미리 연구했을 겁니다. 가짜 짧은바늘이 있던 두 번째 종이 문자반의 뒷면에는 종이나 점착제로 만든 돌기부가 있어 진짜 짧은바늘에 걸려 연동하도록 되어 있었겠죠. 그 돌기부에는 마술에서 사용하는 인비저블 스레드 (Invisible Thread. 눈에 보이지 않는 실. 주로 낚시나 마술에 사용한다) 를 묶어두었을 테고요. 아주 가느다란 실이라서 불이 켜져 있어도 육안으로는 보이지 않습니다. 인비저블 스레드를 시계와 유리 커버 사이에서 오른쪽 방향으로 느슨하게 내보내 벽 어딘가에 고정시켰을 겁니다."

케이는 다시 물을 한 모금 마셨다.

사람들은 마른침을 삼키며 다음 이야기를 기다렸다.

"도키자네 씨는 불행한 사고였다는 모토지마 씨의 말에 귀 기울이는 척하며, 사냥총 끝으로 벽과 시계를 띄워 점착제에서 떼어냈습니다. 왼쪽으로 72도 기울여놓은 시계는 회전해서 본래의 위치로 돌아가고, 실이 당겨지면서 돌기부가 떨어졌죠. 돌기부가 떨어진 두 번째 종이 문자반은 가짜 짧은바늘의 무게 때문에 왼쪽으로 회전하는데, 가짜 짧은바늘의 뒤쪽에 있는 두 번째 돌기부가 진짜 짧은바늘에 걸리면서 안정을 찾습니다."

케이는 다시 시계를 들어올려 사람들에게 보여주었다.

"바로 이런 상태가 됩니다. 숫자가 쓰여 있는 첫 번째 가짜 문자반은 진짜 문자반과 정확히 겹쳐지고, 두 번째 문자반에 있는 가짜 짧은바늘도 진짜 짧은바늘의 바로 위에 위치합니다. 비로소 시계가 가리키는 본래의 시각과 종이 문자반의 시각이 일치하는, 아름다운 건 아름다운 상태가 되는 거죠."

준코는 입이 다물어지지 않았다. 어떻게 이런 생각을 했을까? 도키자네는 사냥총 끝으로 시계를 벽에서 띄우는 최소한의 동작으로, 12분 지연시켰던 시간을 한순간에 되돌렸다.

"그렇게 하면 전파시계에 종이 문자반 두 장이 그대로 남잖나?"

히키 영감이 팔짱을 끼고는 물었다.

"그렇습니다. 그렇기 때문에 경찰이 도착하기 전 종이 문자반과 스레드, 벽의 점착제를 처분할 필요가 있었죠."

"그랬군요! 드디어 알았어요! 그래서 우리에게 그런 일까지…….'

가와이가 다시 흥분하며 큰소리로 말했다.

"왜 그러시죠?"

옆에 앉아 있던 모토지마가 깜짝 놀라 가와이의 얼굴을 쳐다보았다.

"빌어먹을 그 인랑 게임요! 우리 모두에게 범인이라고 생각하는 대상을 지목하라고 강요했잖아요!"

가와이가 자리에서 일어나며 도키자네를 향해 삿대질했다.

"지금이라면 자신 있게 말할 수 있어요! 그건 이 작자가 시계에 남은 사기 흔적을 지우기 위한 수작이었어요!"

도키자네는 가와이의 눈을 뚫어지게 쳐다보았다.

"그렇습니다. 이미 시간을 위장하는 트릭은 끝났고, 산장에 있는 모든 시계는 올바른 시각을 나타냈죠. 그럼에도 도키자네 씨가 연극을 계속한 건 뒤처리를 위해서였습니다. ……사느냐 죽느냐의 그 장면이 클라이맥스라고 생각한 분도 계셨을 테지만요."

케이는 스스로를 비웃듯 말했다. 그렇게 말하는 본인도 그 당시 감쪽같이 속았는지 모른다.

"도키자네 씨는 전파시계 밑으로 의자를 가져갔습니다. 우리가 머리에 검은색 쓰레기봉투를 뒤집어쓰자 의자로 올라가 전파시계를 내린 다음, 유리커버를 벗기고 종이 문자반 두 장을 제거했죠. 아마 3분이면 충분했을 겁니다. 그러는 사이 저속한 드럼소리를 크게 틀어놓은 것은 이런저런 소리를 감추기 위해서였어요."

"난로에 불을 지핀 것도 그것 때문인가?"

구마쿠라가 가래 섞인 목소리로 말했다.

"종이 문자반 두 장과 스레드, 점착제를 난롯불에 태웠을 겁니다. 탄화수소제 점착제는 종이처럼 흔적도 없이 사라지죠."

케이는 공중에서 무언가를 없애는 마술사 같은 동작을 해 보였다.

"참고로 종이를 태울 때는 주의해야 합니다. 그냥 난로에 태우면 하늘하늘 날아올라 굴뚝으로 날아가니까요. 반드시 불쏘시개 나무로 눌러서 태워야 하죠."

준코는 당시 도키자네의 모습을 떠올렸다. 열심히 불을 지핀다고 생각했는데, 그런 속셈이 있었단 말인가?

"이야기는 매우 흥미롭지만, 그 모든 게 당신 머릿속에 있는 망상일 뿐이오. 그런 방법도 있나 싶어 깜짝 놀랐습니다. 앞으로 작품에 참고하죠."

도키자네는 차갑게 웃었다. 하지만 얼굴이 창백해졌고 손은 파르르 떨렸다.

"물론 나는 그런 일을 하지 않았어요. 하지 않았음을 증명하는 건 악마의 증명 아닌가요? 이걸 입증할 책임은 그쪽에 있습니다. 내가 그렇게 했다는 증거가 어디 있죠?"

"물론 명확한 증거는 없습니다. 약간의 상황증거를 제외하면요."

"상황증거요?"

도키자네의 얼굴에 당황한 기색이 역력했다.

"아야카 씨, 그때 부엌으로 검은색 쓰레기봉투를 가지러 갔죠?"

갑작스런 케이의 질문에 아야카가 놀라서 일어섰다.

"아! 그대로 앉아계셔도 됩니다. ……쓰레기봉투를 곧바로 찾았나요?"

"네. 항상 봉투……, 음 봉투종류를 넣어두는 서랍에 있었어요."

말이 꼬이자 아야카가 살짝 얼굴을 찡그렸다.

"그렇군요. 이곳에서는 평소 검은색 쓰레기봉투를 사용하나요?"

그러자 아야카는 고개를 세차게 흔들었다.

"아뇨."

"왜죠?"

"제가 늘 집 근처의 쓰레기장에 내놓는데, 투명하거나 반투명한 봉투가 아니면 쓰레기 수거차가 가져가지 않거든요."

긴장이 조금 풀렸는지 아야카가 또렷하게 대답했다.

"그러면 왜 검은색 쓰레기봉투를 산 거죠?"

"제가 산 게 아니에요."

그렇다면 그것도 계획의 일부로, 도키자네가 준비했으리라.

"그게 상황증거인가요? 맙소사! 이제는 웃을 수밖에 없군요."

강한 말투와 달리 도키자네는 맨 위까지 버튼이 채워진 셔츠의 목부분을 세게 잡아당겼다. 케이의 잇단 폭로에 목이 조이는 듯한 답답함을 느꼈을 것이다.

사람을 죽인 것에는 티끌만큼도 동정이 안 가지만, 그런 모습은 보는 것만으로도 숨이 막혔다.

"트럭의 대미를 장식한 것은 그랜드파더 클락과 플립시계입니다. 여러분, 잠시 식당으로 자리를 옮겨주시겠습니까?"

사람들은 소파에서 일어나 케이를 따라 이동했다. 그러자 카메라가 그 뒤를 따랐다.

모두들 식탁에 앉자 케이가 입을 열었다.

"제가 처음에 이상했던 건 그래드파더 클락 옆에 플립시계가 있다는 점입니다. 도키자네 씨는 그랜드파더 클락이 맞는지 플립시계로 체크한다고 하셨죠. 저로서는 그 이유가 납득이 안 되더군요."

케이는 그랜드파더 클락 앞으로 갔다.

"그런데 트릭을 위해 놓아두었다고 생각하면 이해가 됩니다. 이 두 시계가 작동하는 원리는 전혀 다릅니다. 하지만 서로 시각이 일치하고, 시간이 지나도 계속 똑같은 시각을 가리킨다면 누구라도 맞다고 생각하겠죠."

"두 개 모두 맞지 않았다는 건가요?"

가와이는 이제 아무것도 못 믿겠다는 표정을 지었다.

"그렇습니다. 우리는 전파시계의 트릭에서 12분 늦은 시각을 맞다고 믿었습니다. 사설법정이 끝나가던 **10시 56분**경에는 올바른 시각으로 돌아왔죠. 그리고 인랑 게임 등을 거쳐 각자의 손목시계를 받은 시각은 틀림없이 밤 **11시 6분**이었습니다. 그 후 지금까지 올바른 시간 속에서 살고 있죠."

케이는 잠시 말을 끊더니 가볍게 미소 지었다.

"즉, 시신을 발견하고 이야기를 나누는 동안, 우리는 실제보다 시간이 빨리 지난 것처럼 생각했다는 겁니다. 아마 **9시 56분**부터 **10시 56분**까지였겠죠. 실제로는 한 시간이 지났는데, **9시 44분**부터 **10시 56분**까지 72분이 지났다고 착각했습니다."

"조금 전에도 똑같은 질문을 했는데, 사람에겐 시간감각이 있어 쉽게 속을 리가……."

구마쿠라가 말을 하다 흠칫 놀란 표정을 지었다.

"이제 아셨나보군요. 이번에도 도키자네 씨는 심리학을 응용했습니다. 생명의 위험과 중압감에 억눌린 시간은 실제보다 훨씬 길게 느껴지게 마련이죠. 사냥총의 위협 앞에서 의심지옥에 빠진 채 정신이 피폐해지는 바람에 60분을 몇 배나 길게 느꼈습니다. 실제 시간보다 긴 72분이었다고 해도, 오히려 그렇게 짧았나 생각하게 된 거죠."

케이의 목소리는 확신으로 가득했다.

"두 시계 모두 빠르게 맞춰져 있었나요? 만찬회 때는 양쪽 모두 이상이 없다고 생각했는데……. 언제부터 그렇게 된 거죠?"

모토지마가 물었다.

"만찬회가 끝난 건 오후 8시 정각이었을 겁니다. 마지막으로 식당을 나온 사람은 도키자네 씨인데, 그때 두 시계를 조작했죠. 대강 계산해 보면 그랜드파더 클락은 7시 25분 정도로, 플립시계는 7시 39분까지 늦춰놓았을 겁니다. 그랜드파더 클락은 즉시 보통의 1.2배 속도로 움직였지만, 플립시계는 아직 일반적인 속도였습니다. 때문에 앞서나가던 플립시계를 그랜드파더 클락이 9시 8분경에 따라잡습니다. 이 시점에는 둘 다 8시 47분을 가리켰을 겁니다. 이윽고 플립시계도 속도를 1.2배 올림으로써 두 시계가 나란히 달려 우리가 식당에 모인 10시 1분에는 9시 50분을 나타냈습니다."

무슨 말을 하는지 이해가 안 되었다. 어떻게 하면 시계 속도를 1.2배로 만들 수 있을까? 나중에 플립시계의 속도를 올린다는 말도 이해가 안 되고…….

"잠깐만! 플립시계는 그렇다 쳐도 그랜드파더 클락은 어떻게 했는지 알겠네! 진자에 손을 쓴 거지?"

히키 영감이 의기양양하게 소리쳤다.

"뛰어난 혜안이십니다."

케이가 박수를 보내는 동작을 취했다.

"진자에 손을 써요? 어떻게 하면 그렇게 되죠?"

준코는 자존심을 버리고 그냥 묻기로 했다. 아무리 머리를 쥐어짜도 알 수가 없었다.

"매우 고전적인 트릭입니다. 진자시계가 시간을 측정하는 속도는 진자의 주기에 따라 정해지는데, 진자의 주기는 진자 길이의 제곱근에 비례하죠. 즉, 진자를 길게 하면 시계는 천천히 움직이고 짧게 하면 빨리 움직입니다."

케이는 물리 교사처럼 원리를 자세히 설명했다.

"실제로는 진자의 길이를 바꾸는 게 아니라 진자 끝에 매달린 추를 회전시켜 위아래로 이동시키죠. 대략 진자의 길이가 70퍼센트 정도일 때 1.2배 속도가 됩니다. 따라서 시계는 60분 동안 72분을 움직입니다."

준코는 어이가 없었다. 진자의 위치 같은 것에는 신경도 쓰지 않았다. 그런 단순한 방법에 속아 넘어가다니.

"진자는 언제 원래대로 해놓은 건가요?"

"레이코 선생님의 컴퓨터를 켜기 위해 우리 모두 식당에서

나왔을 때일 겁니다. 도키자네 씨가 맨 뒤쪽에서 우리를 재
촉했죠. 우리가 시야에서 사라지자 그랜드파더 클락의 뚜껑
을 열고 진자를 원래대로 돌려놓았을 겁니다. 추의 위치에 테
이프 같은 걸로 표시만 미리 해두면 2, 3초로 충분하니까요."

"그렇군요. ……플립시계는 어떻게 한 거죠?"

"그걸 설명하려면 이야기가 조금 거슬러 올라가야 합니다."

준코는 거슬러 올라가는 이야기를 싫어했다. 현재 사건을
해명하는 데 왜 옛날 이야기를 들어야 하는가? 준코의 그런
마음을 아는지 케이는 딱히 필요도 없는 옛 이야기를 종종 꺼
내곤 했다.

"어디까지요?"

아득한 옛날까지 거슬러 올라가야 할까? 10년 전 정도라
면 좋겠는데.

"1887년입니다."

말도 안 돼. 무의식중에 입을 벌리려던 준코는 카메라가 자
신을 향하고 있음을 알아차리고 표정을 바로잡았다.

"……아직 증조할머니도 태어나기 전인데, 그 해에 무슨 일
이 있었던 건가요?"

"일본에서 전력 공급을 처음 시작한 게 1887년이었습니다.
처음에는 직류전류였는데, 1889년 교류전류로 바뀌었죠. 직
류전류는 변압이 어려웠기 때문입니다. 교류전류에는 주파수
가 있는데, 처음에는 발전소마다 주파수가 달라 이런저런 문
제가 있었습니다. 그래서 주파수를 통일하자는 이야기가 나

왔죠. 도쿄전등(東京電燈)에서는 독일의 알게마이너에서 만든 발전기를 채택해 주파수가 독일과 똑같은 50헤르츠가 되었습니다."

이 남자가 지금 무슨 말을 하는 거지? 준코는 솟구치는 화를 억누르며 허탈한 미소를 지었다.

"한편, 오사카전등(大阪電燈)에서는 미국의 제너럴 일렉트릭에서 만든 60헤르츠 발전기를 도입했어요. 그 결과 오늘날까지 동일본은 50헤르츠, 서일본은 60헤르츠라는 두 개의 주파수가 공존하게 됐습니다."

"이보세요. ……전력의 역사가 아니라 플립시계의 트릭을 알고 싶다고요."

준코의 목소리가 날카로워졌다.

케이는 준코의 항의를 무시하고 사람들을 향해 말했다.

"레이코 선생님의 서재에 있던 링러트를 떠올려보시기 바랍니다."

가와이가 고개를 갸웃거리며 말했다.

"링러트라면……, 이모님이 컴퓨터를 바로 켜지 못하도록 도키자네 씨가 선물했다는 시계 말인가요?"

"식당의 플립시계와 레이코 선생님의 서재에 있던 링러트에는 공통점이 있습니다. 둘 다 전기시계라는 거죠."

케이는 그렇게 말한 뒤 도키자네를 힐끔 쳐다보았다.

구마쿠라가 물었다.

"전기로 움직인다는 사실이 중요한가?"

벽의 콘센트에 전원 코드가 꽂혀져 있었던 게 어렴풋이 떠올랐다. 정전되면 멈출지도 모르지만 그것 말고 무슨 의미가 있는 걸까?

"전기시계는 전력을 동력으로 사용할 뿐만 아니라 교류전류의 주파수를 헤아려 그걸 기준으로 시간을 측정합니다. 50헤르츠일 경우 플러스와 마이너스가 1초에 50번 바뀌죠. 따라서 50번이 바뀌면 1초로 판단합니다."

그런 말은 처음 듣는다.

히키 영감이 나지막하게 중얼거렸다.

"그랬던가? 60분에 72분을 간다……. 안 그래도 그 말을 듣는 순간 주파수가 생각났지. 옛날에 관동지방의 전기시계를 관서지방으로 가져가면 그런 현상이 일어났다네. 그래, 그것 때문에 12분으로 정한 건가?"

"그렇습니다. 물론 미세하게 설정하면 10분이나 15분도 차이나게 할 수 있지만, 가장 계산하기 편한 시간이 12분이었을 겁니다."

두 사람의 대화를 듣고 있던 준코는 조바심이 났다.

"죄송하지만, 이해하기 쉽게 설명해 주시겠어요?"

"동일본의 전기시계 기준은 50헤르츠 전류라서 플러스와 마이너스가 50번 바뀌면 1초로 판단하죠. 그런데 서일본에서는 1초에 60번 바뀝니다. 그러면 시계는 그걸 1.2초라고 판단해 60분 동안 72분을 나아가는 겁니다."

"플립시계도 링러트도 관동지역 사양인 50헤르츠 전용이었단 건가요?"

"그렇습니다. 주파수 전환이 가능한 기종이라면 스위치를 50헤르츠로 해두면 됩니다."

계산은 분명히 맞는 것 같다. ……아니, 이야기가 역시 이상하다.

"하지만 여기는 서일본이 아니에요. 이와테 현은 도쿄와 같은 50헤르츠잖아요?"

케이는 조용히 고개를 가로저었다.

"생각해 보십시오. 이 산장은 도호쿠전력(東北電力)에서 전기를 공급받는 게 아니라 자가발전하고 있습니다. 철제박스 안에 있던 DC-AC 인버터를 봤는데, 동일본과 서일본에서 모두 사용할 수 있도록 주파수 전환 스위치가 있더군요. 즉, 50헤르츠와 60헤르츠의 어느 쪽으로도 설정할 수 있습니다. 도쿄에서 이사왔다면 보통 50헤르츠로 설정하겠죠. 스위치를 60헤르츠로 바꿀 경우, 손가락 하나 대지 않고 각각 다른 곳에 있는 두 전기시계를 1.2배 속도로 진행시킬 수 있어요."

"다른 가전제품에는 영향이 없나요?"

"지금은 어떤 주파수든 자동으로 사용할 수 있습니다."

"그런 짓까지 하다니……."

구마쿠라가 망연자실한 표정으로 중얼거렸다. 그 자리에 있던 모든 사람이 그렇게 생각했으리라. 어떤 살인이든 비난받아 마땅하다. 더군다나 냉정한 상태에서 이런 트릭을 생각해내는 사람의 마음은 헤아리기조차 어려웠다.

히키 영감은 순수하게 추리를 즐기는 듯했다.

"인버터의 주파수를 바꾸려면 일단 전원 스위치를 꺼야 하지 않을까?"

"그렇습니다. 그래서 도키자네 씨는 산장의 전원을 두 번 껐죠. 첫 번째는 우리가 탁상시계 가격을 맞히는 게임에 열중할 때였습니다. 거실 조명을 끄고 진열대의 풋라이트가 켜질 때까지 2~3초 시차가 있었던 걸 기억하시나요? 그때 도키자네 씨는 위성휴대전화로 통화하며 정원으로 나갔죠. 거실 조명이 꺼지는 걸 보고 DC-AC 인버터의 전원을 내린 뒤, 주파수를 50헤르츠에서 60헤르츠로 변경한 다음 다시 전원을 켠 겁니다. 시각은 **9시 8분**이 조금 지났지만, 그 후 플립시계와 링러트는 1.2배속으로 작동했습니다. 참고로, 범행을 저지른 후 링러트의 시각을 플립시계와 일치하도록 바꿔놓았겠죠."

"모든 게 억측일 뿐이야."

도키자네가 힘없이 중얼거렸다.

"물론 그렇습니다만, 방증은 있습니다. 기억하는 분도 계실 텐데, 당시 어디선가 삐 하는 전자음이 희미하게 들렸었죠."

"아! 저도 들었어요!"

가와이가 손을 들며 말했다. 나쓰미도 고개를 끄덕였다.

"순간적으로 정전이 되자 어떤 전자기기에선가 발생된 소리였습니다. 아마 레이코 선생님 컴퓨터에 이어져 있던 무정전 전원장치인 UPS에서 들려왔을 겁니다."

1층까지 들린 걸 보면 UPS 음량이 꽤 컸던 모양이다.

"그때 주파수를 60헤르츠로 바꾸고 전기시계의 속도를 빠르게 전환했다고 하세. 다시 50헤르츠로 바꾼 건 언제지?"

"도키자네 씨가 거실로 내려온 다음, 한 가지 확인하고 싶은 게 있다면서 정원으로 나가 차단기를 내렸었죠. 아마 그때였을 겁니다. 풋라이트가 독립전원이 아닐까 생각했다며 변명했는데, 그런 걸 모를 리 없습니다."

준코는 눈을 동그랗게 떴다. 그때도 삐 하는 전자음이 들렸던 것이다.

"참고로 디지털로 표시되는 전기시계는 닉시관(디스플레이 장치로 쓰이는 네온관의 일종)이어도 상관없지만, 잠시 정전이 되면 시간이 리셋되기 때문에 사용할 수 없었겠죠. 하지만 플립 시계의 경우 멈춘 시각에서 다시 작동을 시작합니다."

케이는 도키자네의 수를 꼼꼼히 확인해 나갔다. 모든 것을 내려다보고 있다고 과시함으로써 더는 발버둥치지 못하게 하려는 것일지도 모른다.

"앞뒤 맥락은 맞는 것 같군요. 지금 말한 트릭을 실제로 내가 다 사용했다면, 정말로 범행이 가능했을지도 모르겠네요."

도키자네는 마지막까지 허세를 부렸다. 하지만 목소리에 힘이 없었다. 카메라가 다가와 그의 표정을 크게 잡았다.

"하지만 그런 트릭을 실행했다는 증거가 어디 있죠? 증거가 없다면 확실히 내가 했다거나, 범인이 나 외에 없다고는 할 수 없잖습니까? 이를테면 아야카 씨에게는 명확한 알리바이가 없어요. 그녀가 범인이라고 해도 모순되는 점이 없지 않나요?"

도키자네가 자신을 가리키자 아야카는 순식간에 표정이 얼어붙었다.

"그런 경우에는 확실한 모순점이 생겨납니다. 여러분, 다시 거실로 이동해 주십시오."

거실로 돌아간 케이는 태블릿을 들어올려 화면을 터치했다. 여자 목소리가 흘러나왔다.

"……그때 이 디자인이 무언가와 비슷하다고 생각했어요. 그래요! 미스터리 클락이에요!"

아까 들었던 〈이하토브에서〉라는 FM 방송의 녹음이다.

"그건 아까도 들었습니다. 그게 무슨 관련이 있죠?"

도키자네의 목소리가 히스테릭하게 뒤집어졌다.

"……우리 방송에서 몇 번 다룬 적 있는 '영원한 소년'이 좋아할 만한 시계라고 할까요? 피터 팬이 네버랜드에서 사용하면 어울릴 것 같지 않으세요? 현실 세계와 동떨어지고 속세에서 차단된 느낌? 이제 더러운 세계에는 있고 싶지 않다는 마음일까요? 그런 마음이 미스터리 클락이라는 예술품으로 완성된 듯한 느낌이 들었어요."

케이는 그 부분에서 재생을 멈추었다.

"이 녹음 덕분에 레이코 선생님이 휘갈겨 쓴 메모의 정체를 알았고, 컴퓨터에 저장되어 있던 독살 아이디어의 경우 범인이 위장한 것임을 밝혀낼 수 있었습니다."

"꼭 그렇다곤 할 수 없어요. 아내가 라디오를 듣고 그 메모를 쓴 건 사실이겠죠. 그 후 본인이 컴퓨터에 입력했을지도 모르잖습니까?"

도키자네는 끝까지 포기하지 않았다.

"물론 그렇게 강변할 수 있겠죠. 그런데 이 녹음이 근본적인 사실을 밝혀줍니다. 문제는 방송이 나간 시각인데요."

"……언제였나요?"

준코가 목소리를 낮추어 물었다. 결정적인 증거라는 예감이 들었다.

"방송은 처음부터 전부 녹음되어, 지금 들으신 부분의 정확한 시각을 알 수 있었습니다. 9시 37분입니다."

케이와 도키자네를 제외한 모든 사람이 머릿속으로 상황을 정리했다.

준코도 필사적으로 머리를 굴렸다. 일단 '미스터리 클락'의 9:34라는 갱신 시각과 맞지 않는다. 그리고 그보다 더 이상한 점이 있다.

"시간이 안 맞아……."

모토지마가 온몸에 소름이 돋는 듯한 표정으로 중얼거렸다.

"레이코 선생님은 9시 37분 방송을 듣고 메모했어요. 다시 말해 적어도 9시 38분까지는 살아있었던 거죠. 그 직후 독을 먹었다면, 아코니틴 효과가 아무리 빠르다고 해도 숨이 끊어지기까지 몇 분은 걸립니다. 즉, 9시 42분까지는 살아계셨을 겁니다. 그런데 나쓰미 씨가 선생님 시신을 발견한 건 시계 가격 맞히기 게임이 끝난 9시 39분의 약 1분 뒤인 9시 40분경이

[시간별 상황표]

상황	거실		식당		레이코의 서재
	진짜 시간	전파 시계	그랜드파더 클락	플립시계	링러트
만찬회(식당)	7:29		7:29	7:29→30	
거실로 이동	8:00	8:00	7:25 (1.2배로)	7:39	
레이코가 서재로 감	8:41	8:41			
가격 맞히기 게임 시작	8:50	8:50			
9:07 커튼을 젖힘 *9:18(표시는 9:30) 전파 수신					
모토지마가 위성전화로 통화 준코 확인	9:08	9:08			
나쓰미가 조명을 바꿈	9:08	9:08	8:47	8:47 (도키자네 50→60헤르츠로, 1.2배속)	
게임 종료	9:51	9:39			
나쓰미가 레이코의 사체 발견	9:52				9:40
도키자네가 서재에서 시간 확인	9:56				9:44
레이코의 서재→거실로 이동	10:01	9:49			
식당으로 이동, 사설법정 시작	10:01		9:50	9:49→50	
준코 시간 확인(사설법정)	10:14		10:06	10:05→06	
준코 시간 확인	10:25		10:19→20	10:19→20	
사설법정 분위기 변화	10:38		10:35	10:35	
준코 시간 확인(이쯤에서 기울어진 각도를 바로잡음)	10:48		10:47	10:46→47	
레이코의 서재로 이동(이쯤에서 진자를 원래대로 되돌림)					10:49
거실로 이동	10:55	10:55			
10:56 차단기를 내림(60→50헤르츠로)					
범인 맞히기 시작	10:58	10:58			
검은색 쓰레기봉투를 뒤집어씀(도키자네가 전파시계의 문자반을 뺌)					
게임 종료	11:05	11:05			
손목시계 반환	11:06	11:06			

었죠. 아무리 생각해도 시간이 맞지 않아요."

그러자 히키 영감이 나지막하게 중얼거렸다.

"전파시계로 확인한 **9시 39분**이나 링러트로 확인한 **9시 44분**을 비롯해 몇몇 시계의 시각은 거짓이었다. 일종의 은폐공작이 있었다는 게 이걸로 증명되는군."

도키자네는 메모를 처분할 수도 있었다. 하지만 '미스터리 클락'이라는 키워드를 본 순간 사고가설에 이용할 수 있을지도 모른다는 달콤한 유혹에 빠져 그대로 남겨둔 것이다.

준코는 등줄기가 서늘해짐을 느꼈다.

레이코의 메모는 마녀의 주문처럼 지금 도키자네의 목숨을 앗아가고 있다.

"경찰은 지금까지의 시나리오에 따라 이미 몇 가지 상황증거를 발견했습니다. 예를 들면, 벽에 걸린 전파시계의 문자반에서 가느다란 종이섬유를 발견했죠. 또한 벽에서 점착제 자국을 찾아냈습니다. 도키자네 씨가 신주쿠 서쪽 출구에 있는 요도바시 카메라 본점에서 같은 전파시계를 세 개 구입하고, 소라돈키 하네다 공항점에서 검은색 쓰레기봉투를 구입했다는 사실도 밝혀냈고요."

케이는 이제 도키자네를 향했다.

"가장 치명적인 단점은 당신의 편집광적인 시간 트릭이 당신 예상과 달리, 당신 외의 누군가가 범인이었다고 가정할 경우 시간에 모순이 생겨난다는 겁니다. 그와 동시에 자살이나 사고 가능성도 완전히 사라졌습니다. 모순을 설명하려면 시계에 트릭이 실행되었다고 생각할 수밖에 없고, 그 일이 가능한 사람은 도키자네 씨 당신뿐이죠."

사람들 시선이 일제히 도키자네에게 쏠렸다.

"나에겐 아내를 죽일 만한 동기가 없어요. 그녀를 사랑했으니까요."

도키자네가 갈라진 목소리로 중얼거렸다.

"동기는 아마도 돈이겠죠. 무명작가인 당신이 레이코 선생님 덕분에 여유롭게 살 수 있었으니 고마워하는 게 당연한 일이에요. ……돈을 마음껏 더 쓰고 싶었든지, 미스터리 클럭을 가지고 싶었든지, 아니면 둘 다든지. 어쨌든 그건 제가 알 바 아닙니다."

케이의 말투에 깃들인 억제하기 힘든 분노는 즉시 모든 사람에게 퍼져나갔다.

"이런 말은 필요 없을 수도 있지만, 당신이 레이코 선생님을 사랑했다곤 생각하기 어렵습니다. 레이코 선생님을 살해하기 전 바스테트를 무자비하게 죽인 것만 봐도 분명하죠."

바스테트……. 레이코가 사랑했던 고양이다. 준코는 숨을 들이마셨다.

"잠깐만요. 그러면 이자가 바스테트를 살해했단 건가요?"

모토지마가 믿을 수 없다는 얼굴로 물었다.

"경찰이 정원 구석에서 바스테트의 유해를 파냈어요. 이런 일은 일어나지 않으리라 생각했겠지만, 혹시라도 완전범죄를 노렸다면 나중에라도 제대로 처리했어야죠. 사인은 역시 아코니틴이었습니다."

"대체 무엇 때문에……."

모토지마의 목소리가 가늘게 떨렸다. 고양이가 살해됐다는 사실보다 도키자네가 살인자라는 현실이 이제야 실감나는 모양이었다.

"인터넷을 보고 정제한 아코니틴이 효과가 있는지 알아보고 싶었겠죠. 다른 곳에서 독을 실험하면 위험하니 가급적 주변에서 처리하려 했을 겁니다."

케이의 목소리는 너무나 차분하고 냉정했다.

도키자네는 그대로 굳은 듯 꼼짝도 하지 않았다. 겨우 2, 3초였겠지만, 준코에게는 길게만 느껴졌다.

이윽고 도키자네가 눈을 감았다. 목젖이 위아래로 천천히 움직였다.

"에노모토 씨. 당신을 만찬회에 초대한 게 내 최대 실수였던 것 같군."

카메라가 각도를 바꾸며 도키자네의 표정을 좇았다.

도키자네는 다시 눈을 떴다. 잘생긴 한 남자의 가면 대신 포악한 사이코패스의 얼굴이 드러났다. 케이를 노려보는 삼백안이 끝을 알 수 없는 증오로 번들거렸다.

"……어떻게 알았지? 아무런 단서 없이 시계의 복합적인 트릭을 간파했을 리 없는데."

케이는 도키자네의 시선을 정면으로 받았다.

"당신은 시계 다섯 개를 자유자재로 조작해 철벽같은 알리바이를 만들었습니다. 하지만 치명적인 실수가 있었죠. 또 하나의 시계에 신경쓰지 않았어요."

"또 하나의 시계……?"

도키자네의 눈이 커졌다. 무슨 말인지 이해할 수 없다는 표정이었다.

"그것도 멈춰 있는 시계 말입니다. 바로 미스터리 클락이죠. 그게 없었다면 저는 전파시계의 트릭을 눈치채지 못했을 겁니다. 따라서 당연히 나머지 트릭도 밝혀내지 못했겠죠."

"그게 무슨 뜻이죠?"

준코가 다음 말을 재촉했다. 자존심이 상하지만 무슨 뜻인지 이해가 안 되었다.

"겉과 속이 훤히 보이는 미스터리 클락의 문자반은 원형 조준기나 마찬가지입니다. 더구나 멈춰 있는 게 다행이었어요. 10시 9분으로 고정되어 있는 바늘 중 짧은바늘이 진실, 즉 당신이 짜놓은 트릭의 흔적을 가리켰죠."

멍하니 입을 벌리던 도키자네는 재빨리 벽에 걸려 있는 전파시계를 쳐다보았다. 눈 깜짝할 사이에 얼굴이 분노로 일그러졌다.

"좀 쉽게 설명해 주세요!"

준코는 자기도 모르게 큰소리로 말했다.

"⑥의 '모델 A'를 들고 뒤쪽에서 봤더니, 장식된 짧은바늘 끝에 희미하긴 하지만 전파시계가 보였습니다. 화살표로 가리키는 듯한 모양이라 인상에 남았죠."

케이가 목소리를 낮추며 말을 이었다.

"경찰이 도착한 후 사정을 설명하고 다시 살펴봤는데, 전파시계가 비스듬한 왼쪽 아래인 짧은바늘 뒤쪽으로 옮겨져 있더군요. ……그것이 본래 위치였겠지만요."

"그런 건 머리만 약간 움직여도 달라지지 않나요?

준코의 물음에 케이는 고개를 가로저었다.

"저도 그렇게 생각해 처음처럼 전파시계가 짧은바늘 끝에 오도록 움직여봤어요. 그런데 그러려면 매우 부자연스러운 자세로 몸을 숙여야 했죠. ……그 벽에는 특별한 표시가 없었으니까요. 미스터리 클락이 없었다면 전파시계가 옮겨졌다는 사실을 몰랐을 겁니다."

"겨우 그런 걸로 범행 전모를 추리해 냈단 말인가요?"

모토지마는 도저히 믿을 수 없다는 표정으로 말했다.

"'단시간에 전파시계의 위치가 바뀌었다, 범인의 짓이라면 무엇 때문일까?' 그게 이번 추리의 출발점이었습니다. 평행으로 이동해 봤자 아무런 의미가 없으니까요. 그렇다면 후크를 받침대 삼아 시계를 이동한 다음 각도를 바꾼 게 아닐까 생각했습니다."

도키자네가 소파 깊숙이 몸을 묻었다. 공허한 눈빛이 허공을 방황했다.

"도키자네 겐키 씨, 저와 함께 서로 가실까요?"

야에가시 형사가 도키자네의 어깨에 손을 올려놓았다. 도키자네가 천천히 일어섰다.

제복 경찰관에게 이끌려 거실에서 나가는 그의 뒤를 카메라가 뒤쫓았다.

"그랬구나. 선생님의…… '모델 A'가."

나쓰미가 중얼거리며 손수건으로 눈가를 닦았다.

레이코가 그토록 사랑했던 미스터리 클락이 범행의 전모를 밝히는 중요한 단서가 된 것이다.

준코의 귀에 아름다운 마녀의 웃음소리가 들려오는 듯했다.

콜로서스의
갈고리발톱

이번에는 상어가 아래쪽에서 습격했다.

턱을 크게 벌린 채 여자를 향해 엄청난 스피드로 돌진했다.

—피터 벤츨리의 『죠스』 중에서

1

오가사와라 제도 하하지마 섬 앞바다 남쪽 5킬로미터 지점,

실험선 우나바라의 상갑판

오후 9시 9분

야스다 야스오는 맥주를 들고 갑판의 난간에 기대어 어두운 바다를 바라보았다.

200미터쯤 떨어진 곳에서 달빛을 받으며 떠 있는 고무보트가 보였다. 호테이 유이치는 오늘밤에도 바다낚시를 즐기는 모양이다.

야스다는 바다에 침을 뱉었다.

망할 자식, 팔자 한번 더럽게 좋군.

평소라면 신성한 직장이자 사랑하는 바다를 더럽히는 일은 생각도 할 수 없다. 하지만 지금은 도저히 참을 수 없었다.

호테이는 원래 야스다와 똑같이 일본잠수공업의 잠수사로 일했다. 게다가 야스다의 부하직원이었다. 신체 건강하고 잠수 기술도 뛰어났지만, 이기적이고 공격적인 성격으로 곤란한 적이 여러 번이었다. 포화잠수의 잠수사들은 좁은 폐쇄공간에서 3~6명이 장시간 같이 지내야 한다. 따라서 호테이처럼 사회성 없는 멤버가 끼면 이런저런 문제가 발생하곤 했다.

그래도 무사히 일을 마칠 수 있었던 건 호라이라는 우수한 파트너 덕분이었다. 하지만 남녀 문제로 호테이와 호라이의 관계가 소원해졌다. 호테이는 사표도 내지 않은 채 갑작스레 그만두었다.

야스다는 후임자를 찾느라 한동안 애를 먹었다. 하지만 속으론 오히려 안도의 한숨을 내쉬었다.

그런데 오만하고 비열하기 짝이 없는 호테이가 뒤에서 약삭빠르게 움직인 모양이다. 주특기인 해양스포츠를 이용해 오미 유리에게 접근하더니 마침내 약혼까지 했다. 오미 유리는 일본잠수공업의 모회사인 오야시마 해양개발 사장의 딸이다. 호테이가 네오 시토피아 계획의 책임자가 되어 돌아왔을 때, 야스다는 충격을 받아 한동안 일이 손에 잡히지 않았다.

네오 시토피아 계획은 민간기업인 오야시마 해양개발이 국립 연구개발법인인 JAMSTEC(해양연구개발기구), 자위대의 잠수의학실험대와 제휴해 이미 확립되어 있는 포화잠수 기술을 심층적으로 연구함으로써 해양자원 개발에 도움을 주려는 프로젝트다.

야스다는 지식과 경험, 지도력 등 모든 면에서 자신이 이 프로젝트의 책임자로 적합하다고 생각했다. 하지만 현실은 화려하게 돌아온 호테이 밑에서 귀찮은 실무를 떠안고 수훈은 넘겨줘야 하는 부조리한 상황에 만족해야 했다.

더구나 호테이는 예전의 상사를 괴롭히는 게 즐거운지, 날마다 사소한 일까지 지적하며 잔소리를 해댔다. 끊임없는 사내 갑질로 야스다의 몸과 마음은 너덜너덜해져 있었다.

지금이라도 커다란 백상아리가 바다사자를 사냥할 때처럼 바닷속에서 일직선으로 떠올라, 호테이의 고무보트를 꿀꺽 집어삼키면 얼마나 좋을까?

야스다는 남아 있던 맥주를 한입에 털어넣은 후 알루미늄 캔을 찌그러뜨렸다.

실험선 우나바라의 선내
오후 9시 11분

오구치 야스나리는 패시브 소나(수중음파탐지기)와 이어진 헤드폰을 쓰고 눈을 감았다.

이렇게 조용한 밤에도 바닷속은 수많은 소리로 가득차 있다. 조류의 흐름. 해저화산의 땅울림. 물고기의 속삭임. 멀리 떨어진 고래의 울음소리.

고등학생 시절, 바닷속 교향곡을 처음 들었을 때의 감동이 생생하게 되살아났다. 지금 생각하면 인생을 결정한 순간이기도 했다. 원래 이과 계열이라 대학에서 음향공학을 전공했다. 그런데 어느새 소나 연구자가 되어 있었다.

네오 시토피아 계획에 편승해 패시브 소나를 연구하게 된 데에는 이유가 있었다. 일본의 배타적 경제수역에 널리 분포하는 해양자원을 개발하기 위해서는 다른 나라의 간섭을 경계해야 한다. 그런데 대상물에 음파를 쏘아 돌아온 에코를 탐지하는 액티브 소나를 사용하면, 상대에게 이쪽 존재가 알려질 뿐만 아니라 고래 같은 해서포유류에게 치명적인 영향을 미쳐 동물보호단체의 극심한 비난을 받게 된다. 따라서 평소에는 패시브 소나를 중심으로 운용하지 않을 수 없었다.

오구치는 갑자기 이마를 찡그렸다. 갑자기 헤드폰에서 심한 노이즈가 들렸다. 가까운 거리에서 연속해 음파를 발사한 것이다.

모니터를 보니 동쪽으로 200미터 거리, 주파수는 사람의 귀로 겨우 들을 수 있는 15킬로헤르츠다.

이것은 어군탐지기에서 발사하는 음파다. 호테이가 또 밤낚시를 하고 있음이 틀림없다. 오구치는 화가 나서 헤드폰을 벗었다. 그런 다음 마음을 진정시키려고 커피를 따랐다.

패시브 소나를 테스트하는 한밤중에는 어군탐지기를 사용하지 말아달라고 몇 번이나 부탁했다. 하지만 그는 햇볕에 탄 얼굴에 비열한 미소를 지을 뿐이었다. 자신의 말에 귀기울일 생각이 손톱만큼도 없다는 의미였다. 호테이는 오구치처럼 싸움을 싫어하고 내성적인 사람을 대놓고 무시했다. 자신에게 필적할 만한 체력이나 기력을 가진 사람만 상대했다.

한편, 오구치는 뻔뻔스럽게 자기주장만 내세우는 사람을 질색했다. 특히 호테이처럼 보통사람과 다른 에너지의 소유자는 보기만 해도 숨이 막힐 지경이라, 대놓고 불평할 용기가 없었다. 따라서 여느 때처럼 불온한 상상을 하며 스스로를 위로하는 수밖에 없었다.

미국의 원자력잠수함을 이용해, 돌고래나 고래를 대량으로 죽게 하는 원인이라는 저주파 액티브방식 탐색 예항 어레이 소나 시스템의 강렬한 음파를 호테이가 탄 보트에 쏘면 어떻게 될까? 215~240데시벨에 이르는 굉음은 전투기 이륙이나 로켓이 발사되는 소리를 바로 옆에서 듣는 것과 비슷하다. 따라서 고래나 돌고래의 속귀가 손상되어 귀에서 피를 흘리며 죽게 된다고 한다.

귀를 막고 발버둥치며 괴로워하다 죽음에 이르는 턱수염 사내를 상상하자 입가에 흐뭇한 미소가 번져나갔다.

실험선 우나바라에서 동쪽으로 약 200미터 지점
오후 9시 13분

호테이 유이치는 에깅로드를 바다에 캐스팅했다.
물고기의 보고인 오가사와라 제도는 밤낚시에 안성맞춤이

었다. 유리의 아버지에게 빌붙어 오야시마 해양개발의 중간관리자가 되었으나, 하루 종일 사무실에 앉아 있자니 따분해 견딜 수 없었다. 차라리 이쪽이 나을 것 같아 네오 시토피아 계획에 참가했는데, 실무는 전부 멍청한 야스다에게 떠맡겼기 때문에 할 일이 거의 없었다.

그렇다고 JAMSTEC 사람들 앞에서 해양스포츠를 즐길 수는 없었다. 그래서 낮에는 바다를 바라보든지 낮잠을 자든지 야스다에게 화풀이를 하며 시간을 때웠다. 그런 따분한 일상 속에서 기분전환을 할 수 있는 유일한 기회가 저녁식사 후였다.

원래 대물 낚시가 특기로, 불법 낚시도 환영하는 난폭한 낚시꾼이라고 스스로도 생각했다. 하지만 여기 온 후로 오징어 밤낚시에 눈을 떴다. 에깅의 미묘한 터치와 유연하게 움직이는 오징어와의 줄다리기를 마음껏 즐겼다. 또한 낚아 올린 오징어를 요리해 고무보트 위에서 한잔하는 즐거움이 각별했다.

호테이는 목표가 일이든 여자든, 인생의 모든 측면에서 성공을 지향하는 유형이었다. 취미인 낚시에서도 후루노의 어군탐지기를 이용해 물고기를 쫓는 게 성격에 맞았다. 하지만 오징어는 다른 물고기에 비해 확실한 반응을 얻기가 어려웠다. 몸의 비중이 바닷물에 가깝기 때문일까, 아니면 몸이 부드러워 음파를 흡수하기 때문일까?

그래서 고무보트 밑에 LED 집어등을 달았다. 프로 사양의 대광량(大光量)으로, 물속에서도 빛이 멀리까지 전달되는 파간색이다. 오징어가 이 집어등에 이끌려 다가오는 것이다.

어군탐지기의 액정화면을 확인하니 물고기 그림자가 상당히 짙었다. 먹이인 작은 새우가 풍부하다는 증거다. 이런 상황이라면 화면에는 보이지 않지만 오징어를 많이 잡을 수 있다. 가슴이 두근거리고 입꼬리가 저절로 올라갔다.

그때 갑자기 나기사가 떠올랐다.

머릿속에 가장 먼저 펼쳐진 것은 밤바다 풍경이었다. 그녀를 처음 밤낚시에 데려온 날이었다. 그녀는 아직 호라이를 잊지 못하는 듯했다. 하지만 지속적으로 유혹해 방어벽을 서서히 무너뜨리고 결국 손에 넣었을 때의 성취감은 그야말로 최고의 경험이었다.

호테이에게 여자는 회사의 지위나 잡은 물고기 같은 것으로, 게임이자 전리품이었다. 당연히 미인이어야 하고, 주관과 개성이 있는 자립적인 여자가 필수조건이었다. 그와 더불어 라이벌에게서 빼앗았을 때의 승리감은 그 무엇과도 바꿀 수 없었다.

실제로 호라이로부터 나기사를 가로채는 일은 어린아이의 손목을 비트는 것처럼 간단했다. 잠수사 실력으로는 당해낼 수 없던 호라이가, 여자에 관해서는 아마추어나 마찬가지였기 때문이다. 그들의 작은 갈등을 파고들어 나기사에게 연애상담을 해주는 척하며 그날 밤 강제로 몸을 빼앗았다. 나기사는 170센티미터의 키에 다이빙 강사를 해서 몸이 탄탄했다. 하지만 잠수사 체격기준의 상한선에 가까운 189센티미터의 호테이에게는 저항할 도리가 없었다.

나기사는 정말로 처녀였을까? 지금은 영원한 수수께끼가 되고 말았다. 그날 이후 그녀는 호테이뿐만 아니라 호라이도 피하기 시작했다. 결국 나기사와 호라이의 관계는 파국을 맞이하게 되었다.

그러던 어느 날 나기사가 호테이에게 전화를 했다. 임신했다는 소식이었다.

호테이는 에깅로드를 움직이며 얼굴을 찡그렸다. 바보 같은 여자다. 내게 의논하지 말고 혼자 병원에 가서 지우면 좋았을 텐데.

……걸렸다. 흰꼴뚜기다. 상당히 크다.

흰꼴뚜기를 끌어올려 활어조 대신 사용하는 대형 휴대용 냉장고에 던져 넣었다.

이제 꺼림칙한 기억은 모두 사라지리라 생각했는데, 현실은 정반대였다. 마구 발버둥치는 흰꼴뚜기의 모습이 다른 날 밤에 본 광경과 겹쳐졌다. 그는 물고기가 발버둥치지 못하게 잡고 얼음 깨는 송곳으로 몇 번이나 내리쳤었다. 그때의 불쾌한 감각은 지금도 선명하다. 배 위에서 물고기나 오징어를 노리는 게 아니라 바닷속에서 배 위의 사냥감을 올려다보는 영상도.

……아뿔싸! 새롭게 입질이 왔는데 놓쳐버렸다.

빌어먹을. 그는 기분을 바꾸기 위해 에깅로드를 난폭하게 움직였지만 이번에도 놓치고 말았다.

그것을 계기로 머릿속에 잇달아 영상이 떠올랐다.

오렌지색 불꽃을 날리며 연마기로 깎던 금속조각. 뱃전에서 어두운 바다를 비추던 눈부신 불빛들. 은빛 비늘을 번뜩이며 허공을 가르던 길고 가느다란 물고기떼. 거대한 로봇 같은 실루엣.

호테이는 얼굴을 찡그렸다. 오늘밤에는 왜 이런 일들만 떠오르는가?

평상심을 유지하자. 평소의 페이스를 되찾아라.

낚시는 멘탈 스포츠다. 자신과의 싸움이다.

그것은 이미 끝난 일이다.

중요한 것은 지금부터다. 유리와 같이 만들어나갈 미래다.

미래만 생각하자.

과거를 되돌아보는 건 죽는 순간으로 충분하다.

실험선 우나바라에서 북쪽으로 35미터 지점,
수심 300미터의 해저
오후 9시 13분

호라이 히로아키는 롤렉스 씨드웰러 딥씨의 문자반을 보고 시각을 확인했다. 평소 차고 다니는 시계는 물론이고 일반적인 잠수사용 시계라도 이런 수심에서는 고장날 우려가 있다. 하지만 딥씨의 3,900미터 방수라는 광기에 가까운 오버 스펙은 포화잠수사들 사이에서 인기가 높았다.

전 세계에서 포화잠수 같은 고행에 몸을 던지는 잠수사가 몇 명이나 될까? 시계 하나가 소형차 한 대 값이라는 점을 생각하면 이런 제품이 팔리는 게 기적이다. 하지만 아무 필요도 없는 스펙에 무한한 기쁨을 느끼는 소비자가 많은 탓에 자신들 또한 이런 성능을 누릴 수 있었다.

문득 오징어잡이 어부였던 아버지가 떠올랐다. 아버지는 평생 이런 시계를 살 수 없었다. 오징어를 잡기 위해 일본 전역을 떠돌며 거의 집에 들어오지 않았던 아버지. 그렇게 번 돈 대부분을 도박에 탕진해 재산은 한 푼도 남아있지 않았다. 자신은 아버지보다 현명하게 살고 있다고 할 수 있을까?

호라이는 고개를 흔들어 잡념을 뿌리쳤다. 현명하냐 어리석으냐. 이익이냐 손해냐. 그런 생각은 아무 도움이 안 된다. 자신은 지금 해야 할 일, 하지 않으면 안 될 일을 수행하는 것뿐이다.

그는 헬멧을 쓴 머리를 천천히 돌려, 자신과 함께 로크아웃한 두 동료의 위치를 확인했다.

300미터의 심해는 대낮이라도 햇빛이 닿지 않는 암흑세계다. 지금은 밤이지만 대낮과 차이가 없다. 강력한 수중 라이트를 사용해도 불빛이 닿는 범위는 10~15미터에 불과해, 숨바꼭질을 한다면 절대로 안 들킬 자신이 있다.

두 사람의 모습은 다행히 금방 발견되었다. 마침 헬멧의 인터콤을 통해 두 사람이 나누는 대화가 들려왔다.

"이런 쓸데없는 작업만 시키다니! 이런 게 정말로 도움이 되나요?"

미쓰마타 시로가 투덜거렸다.

"위에서 데이터를 받고 있을 거야. 제대로 안 하면 안 끝나니까 잘해!"

요코 히로유키가 냉정하게 말했다.

양쪽 모두 도날드덕을 연상시키는 헬륨보이스로, 익숙하지 않으면 알아듣기 힘들다. 수심 300미터의 포화잠수에서는 숨을 쉬기 위한 공기도 31기압으로 가압해야 한다. 수심이 40미터를 넘으면 질소에 취해 몸을 가눌 수 없는 데다 산소중독으로 죽음에 이를 수도 있었다. 따라서 질소를 헬륨으로 바꾼 헬륨산소혼합가스(헬리옥스)나 헬륨·산소·질소의 3종 혼합가스(트라이믹스), 또는 헬륨·수소·산소의 3종 혼합가스(하이드록스)를 사용한다. 어느 가스든 산소 농도가 공기보다 훨씬 낮다. 이번에 사용한 가스는 하이드록스이다. 혼합가스에는 반드시 헬륨이 들어 있어, 포화잠수사의 목소리가 우스꽝스러운 헬륨보이스가 되어버린다.

헬륨에는 골치 아픈 성질이 한 가지 더 있다. 열전도성이 지나치게 좋아 숨만 쉬어도 체온을 빼앗긴다는 점이다. 따라서 호라이를 비롯한 잠수사들은 다이빙벨을 통해 따뜻해진 바닷물을 순환시키는 가온복(加溫服)을 입었다.

"나는 해비탯으로 가서 공구를 가져올게."

호라이는 헬륨보이스로 두 사람에게 말한 뒤 심해용 수중 스쿠터를 이용해 움직이기 시작했다. 10미터쯤 이동한 후 뒤를 돌아보았다. 두 사람 모습은 이미 보이지 않았다.

실험선 우나바라의 선내
오후 9시 16분

다루메 다이스케는 옛날 TV 게임의 조종기 같은 조이스틱을 이용해 원격조종 무인탐사기(ROV)인 배럴아이의 머리를 크게 회전시켰다.

원인은 모르지만 해저 진흙이 크게 휘감아 올라가는 바람에 앞이 안 보였기 때문이다. 배럴아이는 투명한 아크릴 상자에 비디오카메라를 넣은 독특한 구조로, 비교적 시야 불량에 강했다. 하지만 수심 300미터의 심해는 낮에도 어두워, 바닷물이 맑을 때조차 수중 라이트로 비출 수 있는 한계가 15미터였다. 진흙 미립자로 인해 이렇게 탁해지면 라이트의 불빛이 반사되어 앞을 보기가 거의 불가능하다.

배럴아이에는 로크아웃한 세 잠수사를 지원하는 중요한 역할이 있다. 하지만 함부로 움직였다가는 충돌 위험이 있었다. 다시 시야가 맑아지기를 기다리는 게 상책이었다. ……이 불투명함이 해소되기 위해서는 최소 30분쯤 걸릴 것이다.

"시야가 불량하니 잠시 작업을 중단해 주십시오."

세 잠수사에게 마이크로 주의를 촉구했다.

"네, 알겠습니다."

"알겠습니다."

"알았습니다."

세 명의 대답은 외계인 목소리 같은 헬륨보이스라서 알아듣기가 힘들었다. 그 말을 알아듣기까지 처음에는 제법 시간이 걸렸다.

배럴아이와 배를 이어주는 케이블 길이는 2천 미터가 넘는다. 다루메는 시야가 흐린 곳을 피해 배럴아이를 조금 이동시켜 해저를 촬영하기로 했다.

실험선 우나바라의 선내
오후 9시 20분

센주 마나코는 심전도 모니터링 장치를 보고 얼굴을 찌푸렸다.

현재 로크아웃한 사람은 호라이와 미쓰마타, 요코 세 명이다. 그런데 호라이의 심박 그래프가 갑자기 끊어졌다. 파형에 이상 없이 공백상태가 된 걸 보면 통신기기의 문제 같지만······.

호라이의 잠수복 헬멧에 부착된 카메라 영상을 확인했다. 바닷속은 진흙으로 탁해져 아무것도 보이지 않았다.

"호라이 씨, 괜찮아요?"

대답이 없었다. 센주는 불길한 예감에 휩싸였다.

"호라이 씨, 호라이 씨!"

다루메가 걱정스러운 얼굴로 그녀를 쳐다보았다. 센주는

경보 스위치를 누르려고 손을 내밀었다. 그때 호라이가 대답했다.

"네? 무슨 일이죠?"

센주는 가슴을 쓸어내리며 안도의 숨을 내쉬었다. 대답 없는 시간이 몇 초에 불과했지만, 무척이나 길게 느껴졌다.

호라이의 원래 목소리는 에너지가 가득한 바리톤이었다. 그리하여 바로 옆에서 속삭이기라도 하면 온몸이 스르르 녹아내릴 정도였다. 하지만 지금은 헬륨보이스라서 아무런 느낌도 들지 않는다.

"……무슨 일 있었어요? 심전도가 끊어졌었어요."

그러자 호라이가 싱거운 대답을 했다.

"진짜예요? 그러면 내가 잠시 죽었다 살아 돌아온 건가요?"

센주는 쓴웃음을 지었다. 호라이는 아직 30대 초반이었지만, 구태의연한 아재 개그를 구사하곤 했다.

모니터링 장치를 힐끔 쳐다보자 심박 그래프가 원래대로 돌아와 있었다.

"이제 괜찮아요. 혹시 전극이 빠지려는 거 아니에요?"

그것 말고 다른 원인은 생각나지 않았다.

"괜찮을 텐데요……. 감촉으로는 잘 모르겠어요. 해비탯에 들어가 확인할까요?"

해비탯은 해저에 설치된 기지로, 안에 공기가 가득차 있어 잠수복을 벗을 수 있다. 하지만 시야가 안 좋을 때는 움직임에 신중을 기해야 한다. 가장 좋은 방법은 수중 엘리베이터를 타고 로크인하는 것이다.

"지금은 그대로 있는 게 좋을 것 같아요. 그 상태에서 잠시 상황을 지켜보겠어요?"

"알겠습니다. 시야가 걷힐 때까지 얌전히 있을게요."

호라이가 느긋한 목소리로 대답했다.

실험선 우나바라에서 동쪽으로 약 200미터 지점
오후 9시 39분

호테이는 어군탐지기 화면에 시선을 고정시켰다.

어군탐지기는 어군(魚群), 즉 물고기떼를 탐지하는 기계다. 물고기 한 마리를 식별하기는 어렵지만 참치나 만새기처럼 대형어인 경우 초승달 모양의 부메랑 반응이 나타난다.

그런데 지금 화면에 그 부메랑 반응이 나타났다. 그것도 한두 개가 아니다. 다섯, 여섯……, 아니 더 많다. 심해에서도 떠오르는 것 같다.

뭐지? 호테이는 고개를 갸웃거렸다. 이만한 크기의 어종은 그렇게 많지 않다.

그는 가슴이 뛰었다. 어쩌면 상어일지도 모른다. 마침 지금은 상어의 식사시간이다. 녀석들이 먹이를 발견하고 모여드는 것 아닐까?

좋아! 그렇다면 오징어는 포기하자.

호테이는 가장 튼튼한 지깅로드를 꺼내 낚싯줄에 메탈지그를 달았다.

가만 있자. 오늘밤은 무엇을 낚을 수 있을까?

오키나와에서 했던 상어 낚시가 떠올랐다. 그때는 미끼가 좋아서였는지 잇달아 기록적인 대물을 잡았다.

그 어두운 밤이 있은 지 일주일 후쯤이었다. 이런저런 귀찮은 일을 처리해야 했는데, 그 일을 잘 견뎌냈다고 하늘에서 선물이라도 내려주는 것처럼 상어 낚시에 성공했다. 청상아리, 청새리상어, 황소상어, 백상아리, 그리고 역대급이라고 할 수 있는 아름다운 자태의 뱀상어.

호라이에게 조과(釣果)를 보여주던 모습이 떠올랐다.

그는 대물들을 보고 눈이 커지더니 이내 불쾌한 표정을 지었다. 분명히 자신과 그릇이 다르다는 사실을 깨달았으리라.

지깅로드에 첫 번째 입질이 왔다. 아직 미끼를 건드릴 뿐이지만, 조금 기다리면 대물을 잡을 수 있을지 모른다.

지깅로드를 잡은 손에 힘이 들어갔다.

실험선 우나바라의 선내
오후 9시 41분

오구치가 귀를 기울였다.

거품 소리가 들렸다. 그것도 상당한 양이다.

모니터를 보자 동쪽으로 200미터⋯⋯. 조금 전 호테이의 어군탐지기가 발사한 음파가 닿았던 주변이었다.

깊이는 300미터. 심해에서 올라오는 거품이다.

무슨 거품일까?

다음 순간, 그는 등줄기가 서늘해졌다. 설마 해저화산이 분화하는 징조는 아니겠지. 땅울림 같은 소리는 최근에 전혀 없었는데…….

실험선 우나바라에서 동쪽으로 약 200미터 지점
오후 9시 43분

호테이는 어군탐지기 화면을 보고 가슴이 철렁 내려앉았다.

거품이다…….

기포는 어군탐지기의 큰 적이다. 후진할 때 자기 배의 스크루에서 발생한 거품 때문에 그보다 아래쪽 신호가 사라져버리기도 한다.

그나저나 왜 이렇게 엄청난 거품이 발생된 걸까?

호테이는 어두운 해수면을 들여다보았다.

그가 타고 있는 고무보트가 부글부글 올라오는 엄청난 거품에 휩싸이며 크게 흔들렸다.

평범한 현상이 아니다. 그의 머릿속에서 경계경보가 울려퍼졌다.

조심해라! 무슨 일이 일어나고 있다. 엄청나게 위험한 일이다!

보트를 출발시키려는 순간, 어군탐지기 화면이 눈에 들어왔다. 등골이 오싹해졌다.

거품이 일단락되자 바닷속에서 보내지는 신호가 드문드문 표시되었다.

이건 뭐지?

거대한 물체가 빠른 속도로 올라온다. 크기를 보면 다랑어 정도가 아니다.

고래나 대왕오징어 아닐까?

다음 순간, 밑에서 무언가가 힘차게 솟구치며 강한 충격을 주었다. 고무보트가 뒤집혔고, 동시에 호테이는 바닷물로 떨어졌다.

실용적인 수영이라면 올림픽 선수에게도 뒤지지 않을 자신이 있었다. 또 구명조끼도 입고 있어 물에서 죽을 염려는 없었다. 하지만 그 순간 태어나서 처음으로 강렬한 공포에 휩싸였다.

갑자기 물보라를 일으키며 눈앞 해수면에 '그것'이 나타났다.

실험선 우나바라의 상갑판
오후 9시 44분

야스다는 화들짝 놀라며 고개를 들었다.

어두운 바다를 바라보며 잠시 멍하니 있었다. 아까부터 어디선가 거품 소리가 들리는 듯했는데, 착각이 아니었다.

도대체 어디에서, 무엇이 거품을 내뿜고 있는 걸까?

200미터쯤 앞을 쳐다보았다. 호테이의 고무보트가 정박해 있던 곳이다.

그때 엄청난 물소리가 들렸다. 한순간 파란색 라이트가 번쩍였다.

그는 자신의 눈을 의심했다. 혹시 고무보트가 전복된 게 아닐까?

다음 순간, 바닷바람을 타고 남자의 처절한 비명이 희미하게 들려왔다.

실제로 들은 것인지 환청인지는 분명치 않았지만.

2

"대강 내용은 알겠습니다. 그래서 저에게 의뢰하시려는 게 뭐죠?"

아오토 준코 변호사는 레스큐 법률사무소의 접견실에서 젊은 여성과 마주했다.

젊은 여성, 즉 오미 유리는 고집이 세 보이는 양쪽 눈썹을 살짝 모았다. 대기업 사장의 딸답게 명품 브랜드의 정장을 입고 있었다. 준코로서는 평생 손도 내밀지 못할 만큼 고가일 것이다. 하지만 그녀의 야무진 얼굴은 아가씨나 온실 속 화초라는 표현과는 거리가 멀어 보였다.

"아까도 말씀드렸지만, 사망한 호테이 유이치 씨는 제 약

혼자예요."

슬픔의 늪에 빠져 있으면서도 목소리가 확실하고 발음도 분명했다.

"도저히 납득할 수 없어요. 경찰에선 사건성이 없다고 수사를 종결하려는 것 같은데, 그게 사고라니······."

유리는 분노를 감추지 않았다. 그럼에도 그 모습이 너무나 아름다웠다. 웃는 얼굴은 누구라도 매력적이다. 하지만 화내는 얼굴마저 아름다운 사람이 진짜 미인이라고 준코는 생각했다.

"유리 씨는 사고가 아니라 사건이라고 생각하시는 거죠?"

그러자 그녀가 크게 고개를 끄덕였다.

"가령 사고였다고 해도 원인을 모르잖아요. 고무보트가 갑자기 전복된 이유도, 훌륭한 잠수사였던 유이치 씨가 왜 죽었는지도요. 사건 전후로 이상한 거품이 대량 발생했다고 하는데, 그것도 이유를 모르고요."

"그렇군요. 사고 내지 사건의 개요는 대강 들었는데, 경찰에서는 왜 사건성이 없다고 결론을 내렸을까요?"

준코의 질문에 유리는 입술을 일그러뜨렸다.

"아무도 현장 가까이 갈 수 없었기 때문이래요."

예감이 좋지 않았다.

"네? 그렇다면 설마······."

"경시청에서는 현장이 밀실상태였다고 하더군요. 아무리 노력해도 상황을 받아들이기 어려우면 아오토 변호사님을 찾아가보라고 조언해 주셨어요."

"그분 성함이 어떻게 되죠?"

유리는 얼굴을 찡그렸다. 아무래도 본질과 무관한 질문이라고 생각하는 모양이다.

"잊어버렸어요. 하지만 키는 유이치 씨와 비슷했어요. 머리숱이 별로 없고 입냄새가 좀……."

고노 미쓰오 경부보다. 음침한 성격과 악취를 떠올리자 준코의 얼굴도 저절로 찡그려졌다.

"현장이 밀실상태였다는 게 무슨 뜻인가요? 사방이 탁 트인 바다에서 벌어진 일이잖아요."

"저도 그 말이 이해가 안 되었어요. 그런데 문이 잠겨 있지 않아도 감시 등의 장벽이 존재해 범인이 현장에 다가갈 수 없는 경우, 그렇게 말한다고 하더라고요."

유리도 밀실에 대해 공부한 모양이다.

"그날 밤 현장에 있었던 건 우나바라라는 실험선 한 척뿐이었어요. 따라서 범행 현장에 가까이 갈 수 있었던 사람은 네오시토피아 계획의 관계자, 즉 JAMSTEC과 자위대의 잠수의학 실험대, 오야시마 해양개발, 일본잠수공업 사람들과 대학 연구원들뿐이죠."

"범인이 조금 떨어진 곳에서 바닷속으로 들어가 접근했을 가능성은 없나요?"

유리는 고개를 가로저었다.

"그날 밤 오구치 야스나리라는 연구원이 패시브 소나의 성능을 실험했어요. 패시브 소나는 수중음파탐지기라고도 하는데, 바닷속 소리를 모니터하는 거예요. 외부의 스크루 소리 같은 건 전혀 들리지 않았대요."

준코는 입을 다물지 못했다. 소리의 밀실이란 말인가? 이번 사건은 케이의 전문분야가 아니므로 의논해 봤자 소용없으리라.

"그럼 내부의 스크루 소리는 있었나요?"

"네. 일단 그 사람이 탔던 고무보트의 엔진 소리가 있었고, ROV 소리와 해저에서 사용한 수중 스쿠터 소리가 기록되어 있어요."

준코는 혼란스러웠다.

"잠깐만요. ROV가 뭐죠? 그리고 해저에 사람이 있었나요?"

유리는 참을성 있게 고개를 끄덕였다.

"ROV는 원격조종 무인탐사기의 약칭이에요. 우나바라 안에서 조종해 바닷속을 감시하거나 촬영하죠. 작은 머니퓰레이터(멀리서 조작할 수 있는 집게팔) 같은 것이 붙어 있고요."

"머니퓰레이터요? 매직 핸드 같은 건가요?"

"네."

유리는 작은 부분까지 질문하는 준코의 모습에 조바심을 느끼는 듯했다.

매직 핸드가 달린 무인탐사기가 있었다면 범행이 가능하지 않을까?

"해저에 있던 사람들은 모두 포화잠수사들이에요. ROV는 만일의 사고에 대비하기 위해 그들을 지켜보고요."

어차피 질문하리라 생각했는지 유리는 포화잠수에 대해 설명했다. 바닷속 압력은 10미터마다 1기압씩 늘어난다. 따라서 스킨 스쿠버로 잠수할 수 있는 한계가 40미터에서 최대 100미터라고 한다.

"그래서 포화잠수라는 기술이 태어났어요. 헬륨을 섞은 특수한 혼합가스를 마시고, 높은 기압에 육체를 천천히 익숙하게 만들면 수심 300미터에서도 작업할 수 있죠. 기록을 보니, 자위대의 잠수의학실험대가 수심 450미터까지 내려갔다고 하더군요."

유리는 자세하게 설명했다. 준코는 깜짝 놀라며 감탄했다. 사람의 육체가 그렇게까지 적응할 수 있단 말인가?

"스크루 이야기로 돌아가면, 패시브 소나는 음원의 위치나 깊이도 알아낼 수 있어요. 수중 스쿠터 소리가 들린 건 해저 부근뿐이었대요."

유리의 설명에는 막힘이 없었다. 자기 힘으로 가능한 부분을 전부 조사한 것 같다. 그만큼 약혼자인 호테이를 깊이 사랑했으리라.

"저, 근본적인 질문을 해도 될까요?"

"얼마든지요."

준코는 숨을 깊이 들이마신 뒤 단숨에 의문을 펼쳐놓기 시작했다.

"해저에는 몇 명이 있었죠?"

"그날 밤 로크아웃한 사람은 세 명이었어요. 포화잠수에는 세 명씩 두 팀이 참가하거든요."

"로크아웃요?"

"잠수사들은 우나바라에서 다이빙벨이라는 장치를 이용해 해저로 내려가는데, 다이빙벨 내부는 이미 300미터 깊이의 해저와 동일한 31기압으로 되어 있어요. 해저에 도착하면 다이빙벨 하부에 있는 해치를 열고 바닷속으로 들어가죠. 이것이 로크아웃이에요. 그와 반대로 다이빙벨 안으로 들어오는 건 로크인이라고 해요."

"그렇군요. ……요컨대 잠수사 세 명이 바닷속을 자유롭게 헤엄친 거네요? 그렇다면 그중 누군가가 바다 위로 떠올라 호테이 씨를 공격할 수도 있지 않았나요?"

유리는 크게 한숨을 내쉬며 말했다.

"조금 전 포화잠수에 대해 자세히 설명했는데, 유감스럽게도 변호사님 머릿속에는 들어가지 않은 것 같네요."

"무슨 뜻이죠?"

"갑자기 기압이 올라가거나 내려갈 경우 인간의 육체는 견디지 못해요. 그래서 가압이나 감압 모두 매우 천천히 이루어지죠. 수심 300미터에서 31기압까지 올리려면 10시간이 걸려요. 잠수병에 걸리지 않도록 감압하는 건 더 힘들어 12일이 필요하죠."

준코는 멍하니 입을 벌렸다. 포화잠수가 얼마나 가혹한 작업인지 그제야 이해가 되었다.

"유이치 씨의 보트와 해저는 직선거리로 300미터밖에 떨어져 있지 않았어요. 하지만 수평거리일 때와 사뭇 다르죠."

준코의 무지를 야단이라도 치듯 유리의 목소리가 날카로워졌다.

"단시간에 해저에서 해수면까지 떠오르면 혈관 안에 질소나 헬륨 기포가 생겨 결국 죽음에 이르게 됩니다. 수심 300미터에 적응한 포화잠수사들은 심해어나 마찬가지이고, 1기압 세계에서 생활하는 우리와는 다른 세계 사람들이라고 할 수 있어요."

"그렇군요……."

말문이 막힌다는 건 이런 상황에 사용되는 말일 것이다.

"현장의 해상이 밀실이나 마찬가지였다는 건 소리 때문만은 아니에요. 잠수사들을 용의자에 포함시키는 데는 엄청난 기압차의 벽이 현실적으로 존재합니다."

유리는 굳어졌던 인상을 풀고 애원하는 표정을 지었다.

"변호사님은 지금까지 수많은 밀실을 깨뜨렸다고 들었어요. 이번 밀실도 깨뜨려주실 수 없을까요?"

"……그날 밤은 우연히 갑판에 있었죠. 그런데 그것 때문에 경찰에서 참고인 조사를 지속적으로 받았습니다. 고노라는 형사는 호……, 너무나 위압적이라 섬뜩할 정도였어요. 과거 조직폭력배 담당 아니었을까요?"

야스다 야스오는 연신 투덜거렸다. 해양생물을 연구하고 싶어 잠수사 자격증까지 취득했는데, 원하는 연구원 자리가 없어 일본잠수공업에 입사했다고 한다. 스모 선수처럼 체격이 건장했지만, 눈이 처져 착해 보이고 말투에서도 순한 느낌이 들었다. 볼록한 뺨과 튀어나온 아랫배는 아무리 한때일지라도 잠수사처럼 보이지 않았다.

"야스다 씨가 사건의 유일한 목격자라고 하더군요."

케이가 앞으로 몸을 내밀며 의욕적으로 물었다. 표정도 진지했다. 하지만 파란색 바탕에 돌고래가 헤엄치는 알로하셔츠, 줄무늬 반바지, 노란색 크록스 샌들이라는 쾌활한 차림새에서는 긴박감이 전혀 느껴지지 않았다.

"목격자라고 해도 말이죠. 9시 9분경 호테이……씨의 고무보트를 봤을 뿐입니다. 그리고 9시 44분이었나? 보트가 뒤집히는 물소리를 듣고……, 참 그때 푸른빛을 봤습니다."

"푸른빛이요?"

준코가 옆에서 끼어들었다. 법정에서 증인을 대할 때처럼 말투가 딱딱했지만, 그녀 역시 하늘하늘한 하얀색 블라우스에 레몬옐로 팬츠를 입고 있어 박력이 부족해 보였다.

"네. LED 집어등입니다. 보트 바닥에 부착해 빛으로 물고기나 오징어를 유인하는 거예요. 그게 보였다는 건 보트가 완전히 뒤집혔다는 뜻이죠."

야스다는 손수건을 꺼내 이마의 땀을 닦았다. 우나바라 선내의 공조 시스템에 이상이 없는 걸 보면, 긴장해서 땀이 난다기보다 단순히 뚱뚱해서 더운 것 같았다. 준코의 귀에 '시원한 생맥주가 마시고 싶다!'는 야스다의 속마음이 들리는 듯했다.

"비명이 들렸다고 했잖아요?"

유리가 여왕처럼 팔짱을 끼며 물었다. 그녀는 오가사와라의 날씨와 상관없이 단정한 정장 차림으로, 뛰어난 실력을 지닌 검사 같았다.

"네. 그건 호테이……씨 목소리였던 것 같습니다."

오야시마 해양개발 사장의 딸 앞에서 야스다는 상당한 압박을 느끼는 듯했다.

케이가 조금 얄미운 목소리로 물었다.

"경찰에서 왜 참고인 조사를 끈질기게 했을까요? 범행이 가능하다고 생각한 걸까요?"

"설마요. 이 배에서 호테이……씨가 탄 보트까지는 200미터 이상 떨어져 있었는데요. 그러니 어떻게 범행이 가능하겠어요?"

야스다가 일그러진 미소를 지으며 대답했다. 케이는 천연덕스럽게 그의 말을 되받아쳤다.

"수심 300미터의 해저보다는 수평 200미터 쪽이 더 가능성 있다고 본 건 아닐까요?"

"가능성이 있다니……, 천만에요. 절대로 불가능합니다!"

야스다는 고개를 절레절레 흔들었다.

"안코 씨를 날카롭게 취조한 건 동기가 존재하기 때문 아닌가요?"

유리가 의심 가득한 눈빛으로 추궁했다.

"아가씨도 참, 또 그러시네요. 제발 좀 봐주세요."

야스다는 울먹이는 표정을 지었다.

"야스다 씨에게 어떤 동기가 있는데요?"

준코의 질문에 유리가 냉정한 목소리로 대답했다.

"분명히 원망했을 거예요. 원래 그 사람이 안코 씨 부하직원이었거든요. 그런데 회사를 그만두고 갑자기 상사로 복귀했으니 기분 좋을 리 있겠어요?"

"그렇지 않다니까요! 이거 참, 어떻게 말씀드려야 이해하시려나."

야스다가 다시 손수건을 꺼내 땀을 닦았다.

케이가 물었다.

"호테이 씨가 탄 보트가 전복됐다는 걸 알고 어떻게 하셨습니까?"

"물론 구명보트를 내리고 즉시 구조하러 갔죠. 저 말고도 두 척이 더 있었으니 전부 세 척인가요? 꽤 속도가 빨라서 현장에 도착하기까지 3분도 안 걸렸을 겁니다."

"호테이 씨는 금방 발견되었나요?"

야스다가 이마에 주름을 잡으며 말했다.

"아뇨. 보이지 않았습니다. 구명조끼를 입었을 테니 금방 발견되리라 생각했는데 말입니다."

"그때 현장 상황은요?"

"고무보트는 제대로 있었어요. 파란색 집어등이 보여 전복된 줄 알았는데, 잠깐 바닥이 보였을 뿐 다시 원래대로 돌아온 것 같더군요.”

“해수면에 거품이 일고 있었나요?”

야스다는 고개를 갸웃거렸다.

“글쎄요. ……그것까지는 기억이 안 납니다.”

“그것 말고 눈에 띄는 점은 없었습니까?”

“글쎄요. ……참, 상어가 있었습니다.”

“상어요? 이 주변에 상어가 많아요?”

케이의 눈이 반짝거렸다.

“네. 오가사와라는 상어의 낙원이죠. 미나미지마 섬에 ‘상어
연못’이라는 명소가 있을 정도예요.”

“밤에 해수면에서 확인될 정도면 꽤 컸나 보군요.”

“그렇죠. 대물이었습니다.”

“종류가 뭐였습니까?”

“글쎄요……. 뭐였을까요? 뱀상어나 청상아리 아니었을까
요?”

“흥살귀상어였을지도 모르겠군요.”

“뭐 그럴지도요…….”

케이가 상어에 대한 이야기를 계속하자 야스다는 몹시 곤
혹스러워했다.

준코가 이야기 방향을 바꾸었다.

“시신을 발견한 건 그 다음인가요?”

“네. 그로부터 10분쯤 지났을 겁니다.”

“장소는 어디였나요?”

"고무보트에서 3, 40미터쯤 떨어진 곳이었습니다."

"라이트로 해수면을 비춰 수색한 거죠? 왜 10분이나 발견하지 못했을까요?"

"……상어가 바닷속으로 잠시 끌고 들어갔던 것 같습니다."

"시신에 상어가 물어뜯은 자국이 남아있었어요?"

준코의 질문에 유리가 고개를 돌렸다.

"몇 군데나 있었습니다."

야스다는 유리를 신경쓰며 차분하게 대답했다.

"그런데 이상하군요. 어떻게 그렇게 짧은 시간에……."

준코의 질문은 케이에게 가로막혀 더 이상 진행되지 못했다.

"치형으로 상어 종류를 알아냈습니까?"

말도 안 돼! 그런 걸 알아낼 수 있을 리 없잖아? 준코는 쓴웃음을 지었다. 하지만 준코의 예상과 달리 야스다는 "네" 하고 대답했다.

"뭔가요?"

"뱀상어와 청새리상어였습니다."

"둘 다 치형이 특징적인 상어들이군요. 뱀상어는 깡통따개라고도 불리는 독특한 하트모양에 바다거북 등껍질을 깨물어 부술 만큼 강력한 힘이 있고, 청새리상어도 상하 이빨의 형태가 다르죠."

케이는 뜻밖에도 편집광적인 지식을 선보였다. 야스다가 눈을 동그랗게 뜨며 감탄했다.

"그렇습니다! 잘 아시는군요!"

"저, 그보다⋯⋯."

준코가 헛기침을 했다. 하지만 케이는 질문을 추가했다.

"두 종류 외에 더 있었나요?"

상어가 몇 종류나 달라붙었을 리 없지 않은가? 준코는 한숨을 쉬며 고개를 가로저었다.

하지만 야스다는 준코의 기대를 한 번 더 배신했다.

"그러고 보니 다른 상어의 치형도 있었습니다."

"뭔가요?"

"그게 말이죠, 뭉툭코여섯줄아가미상어였습니다."

케이의 눈이 반짝 빛났다.

"뭉툭코여섯줄아가미상어요? 치형이 가장 독특한 상어네요."

"네. 위턱 이빨의 일부가 날카롭고, 아래턱에는 톱니 모양의 긴 이빨이 나란히 있는 놈이죠. 그 녀석 이빨자국이 틀림없습니다."

"그런데 좀 이상하군요."

"바로 그겁니다!"

야스다는 케이의 페이스에 휘말리고 말았다. 이야기가 엉뚱한 방향에서 활기를 띠었다.

"저기요! 이상한 거라면 말이죠."

준코는 참다못해 그들의 대화를 중단시켰다. 계속 상어 이야기를 하도록 내버려둘 수는 없었다.

"호테이 씨가 어떤 이유로 고무보트에서 튕겨나갔다고 해도, 그렇게 짧은 시간에 상어가 몰려들고 더구나 바로 공격하는 게 가능한가요?"

"그건 분명히 이상합니다. ……밤은 상어의 식사시간이라, 혹시 호테이 씨에게 출혈이 있어 우연히 주변에 있던 상어들이 흥분해서 덤벼들었다면 이상할 게 없지만요."

케이가 이마를 찡그렸다.

"출혈요? 출혈이 있었다면 상어에게 물리기 전이겠군요. 호테이 씨에게 상어에 물린 자국 외에 다른 상처가 있었나요?"

야스다의 표정이 다시 진지해졌다.

"실은 시신을 인양할 때 봤는데, 호테이 씨 두 팔에 묘한 상처가 있었어요."

"어떤……?"

"뭐랄까, 톱니 모양의……, 날카로운 게 여러 개 꽂혀 있던 자국 같았죠."

준코의 등줄기가 오싹해졌다.

"조금 전 말한 상어의 이빨자국과 어떻게 다른가요?"

"상어는 사냥감을 물면 머리를 세차게 흔들어 살을 뜯어내려 합니다. 시신을 봤을 때 상어에게 물린 자국은 갈기갈기 찢어져, 조금 전 말한 치형을 알아내는 것조차 쉽지……"

야스다는 유리 쪽을 보더니 말끝을 흐렸다.

"그런데 두 팔에 난 상처는 좀 달랐어요. 비교적 깨끗했죠. 뭔가에 꽉 잡혔던 것 같은……."

뭔가에 잡혀서 바닷속으로 끌려들어간 걸까?

"야스다 씨는 바다생물 전문가시죠? 그런 모양의 상처를 만들 만한 생물로 짐작 가는 게 있으신가요?"

케이의 질문에 야스다는 입을 떼려다 잠시 망설였다.

"뭐죠? 괜찮으니까 말씀해 보세요."

유리가 딱딱한 목소리로 재촉했다.

"네. ……하지만 그런 일은 불가능해요. 이 해역에는 자이언트는 있지만 콜로서스는 없을 테니까요."

야스다는 알아들을 수 없는 내용을 혼잣말처럼 중얼거렸다.

"그게 뭔데요? 자이언트를 골로 보내요?"

준코는 프로야구 자이언트 팬들이 들으면 분노할 만한 표현을 입에 담았다.

"자이언트란 건 자이언트 스퀴드를 말합니다. 흔히 말하는 대왕오징어죠."

"아아! 그거라면 TV에서 봤어요. 세계에서 가장 큰 오징어죠? 이 주변에 있나요?"

"네. NHK에서 취재하러 온 곳도 오가사와라입니다. 지치지마 섬의 동쪽 앞바다였죠."

야스다는 그 방송을 보고 가슴이 설렜을 것이다.

"오징어가 사람을 습격하기도 하나요?"

준코가 살짝 미소 지으며 물었다.

"물론입니다. 그렇게 드문 일은 아니죠."

야스다는 마치 '오징어는 회로 먹을 수 있습니다'라고 말하는 듯 태연했다.

"아메리카대왕오징어는 종종 어부나 잠수사를 습격해, 지금까지 사망자가 한두 명이 아닙니다. 날카로운 주둥이로 경동맥을 뜯어내면 즉사하게 되는데, 그보다 오징어는 사냥감을 바다 깊이 끌고가는 습성이 있어요. 바닷속으로 끌려들어간 사람은 익사하거나 기압의 급격한 변화로 죽게 된다고 합니다."

"아메리카대왕오징어라고 했나요? 크기가 얼마나 되죠?"

오징어가 얼마나 크면 사람을 죽일 수 있을까? 준코의 머릿속에 떠오르는 건 창오징어와 살오징어, 불똥꼴뚜기 정도였다.

"아메리카대왕오징어는 촉완(두 개의 긴 다리)을 포함해도 2미터가 채 안 되지만, 바닷속에서 습격당하면 위험합니다. 더구나 대왕오징어는 18미터에 이르니, 만약 대왕오징어에게 습격당한다면 잠시도 버티기 어렵겠죠."

준코는 경악했다. 공포영화에서나 나올 법한 일이 실제로도 가능하단 말인가?

케이에게는 특별히 놀라운 일이 아닌 듯했다. 그가 태연한 얼굴로 물었다.

"오징어에게 습격당할 경우, 호테이 씨의 시신에 있던 것과 똑같은 상처가 날까요?"

"……글쎄요. 문어와 달리 오징어의 흡반에는 톱처럼 생긴 가시가 있습니다. 그래서 사냥감을 조이거나 흡입하기보다 찌르거나 할퀴어서 잡죠. 사람들이 흔히 대하는 오징어에서는 알아차리지 못하겠지만, 대왕오징어는 덩치가 큰 만큼 톱처럼 생긴 가시도 큽니다."

"호테이 씨 팔의 상처는 대왕오징어가 만든 거다?"

가시가 있는 흡반에 붙잡혔다면……, 상상만 해도 고통스러울 것 같다.

"그건 아닐 겁니다. 대왕오징어에게 공격받았다면 그렇게까지 상처가 깊지 않을 테고, 무엇보다 흡반 자국이 둥글게 남았을 테니까요."

야스다는 단호하게 부정했다.

"그러면 콜로서스라는 것은요?"

케이가 흥미진진한 얼굴로 물었다.

"콜로서스 스퀴드를 말하는데, 보통 콜로서스라고 부르죠. 남극하트지느러미오징어를 말합니다."

하트? 지느러미? 서로 어울리지 않는 단어들의 조합이다. 그건 또 어떤 오징어인가?

"남극하트지느러미오징어는 전설에 나오는 크라켄의 모델이라고 하더군요. 포획된 사례가 많지 않아 확실하게 말할 수는 없지만, 대왕오징어보다 크지 않을까 이야기되더군요."

이해가 안 된다는 표정을 읽었는지, 야스다가 준코를 보며 설명했다.

"생태에 대해 거의 알려진 게 없습니다만, 다른 오징어들과 달리 촉완에 흡반이 없고 최대 8센티미터의 회전할 수 있는 갈고리발톱이 빼곡히 붙어 있어요. ……그거라면 시신에 그런 상처를 낸다고 해도 이상할 게 없죠."

SF에 등장하는 흉악한 에일리언 같은 느낌이 들었다. 그런 괴물이 지구에 실제로 존재한단 말인가? 준코는 가볍게 몸을 떨었다.

"잠깐만요! 그러니까 그 사람이 남극하트지느러미오징어에게 습격당했다는 거예요?"

유리가 날카로운 목소리로 끼어들었다.

"아니, 그렇진 않을 겁니다. 콜로서스가 서식한다고 알려진 곳은 남극 주변의 깊은 바다니까요. 이런 곳에 있을 리가……. 뭐, 대서양의 따뜻한 해역에서 배를 습격했다는 이야기가 없는 건 아니지만요……."

야스다의 목소리는 서서히 작아졌다. 그리고 결국 말을 멈추었다.

"두 가지만 더 질문하겠습니다. 호테이 씨의 직접적인 사인이 뭐죠?"

케이가 메모를 보며 단도직입적으로 물었다.

야스다는 즉시 대답했다.

"익사입니다. 상어에게 물린 상처는 모두 치명적일 만큼 깊었어요. 하지만 그 전에 바닷물을 마셔서 질식했죠."

"그 근거가 뭔가요?"

이 질문에는 유리가 대신 대답했다.

"부검 결과를 들었는데, 그 사람이 폐로 들이마신 바닷물에 호흡으로 인한 거품이 발생되었다고 하더군요."

거품 유무는 익사인지 아닌지의 중요한 판단기준이다.

"호테이 씨는 구명조끼를 입으셨었죠? 거기에도 어떤 자국이 있었나요? 상어 이빨자국이든, 정체를 알 수 없는 다른 물체의 것이든."

"아니요. 구명조끼는 멀쩡했어요. 안 그러면 시신이 해수면으로 떠오르지 않았겠죠."

야스다는 자신의 불룩한 가슴을 두 손으로 눌렀다. 구명조끼를 표현한 것이리라.

"호테이 씨는 구명조끼를 입었음에도 어느 순간 바닷속으로 끌려들어간 거군요."

케이는 생각에 잠기며 말을 이었다.

"그러려면 엄청난 힘이 작용했을 텐데요……. 혹시 호테이 씨가 상어에게 끌려들어갔다고 생각하세요?"

그러자 야스다가 머리를 긁적이며 말했다.

"글쎄요……. 물론 대형 상어라면 가능하겠지만요. ……조금 전 말씀드린 팔의 상처를 생각하면 다른 가능성도 무시할 수 없지 않을까요?"

조사를 마치고 나오며 준코가 케이에게 살짝 물었다.

"어때요? 야스다 씨가 범인일 가능성이 있나요?"

케이는 고개를 갸웃거렸다.

"……글쎄요. 캐릭터상 범인으로 보이진 않지만, 그것만으론 판단할 수는 없죠. 동기는 충분한 것 같지만요."

"과거의 부하직원이 상사로 돌아왔기 때문예요? 설마 그런 걸로 사람을 죽일까요?"

"그것만은 아닐 겁니다. 대머리황새의 취조가 위압적이라서 섬뜩했다고 할 때, 자기도 모르게 '호'라는 말이 튀어나왔어요. 아마 '호테이처럼'이라고 말하려 했을 겁니다."

상어나 오징어에게만 관심을 가진 줄 알았더니, 야스다 또한 제대로 관찰한 듯했다.

어쨌든 사내 갑질이 있었다는 건가? 준코는 야스다의 말을 떠올려 보았다.

"그렇군요. 호테이 씨를 부를 때 보니까 '씨' 자도 붙이고 싶지 않은 것 같았어요."

"그럼에도 불구하고, 야스다 씨가 범인이라면 어떻게 한 건지 방법을 전혀 모르겠습니다."

케이는 팔짱을 끼고 미간에 주름을 잡았다. 옷차림 때문인지 어디로 놀러 갈까 고민하는 것으로밖에 보이지 않았다.

"수직 300미터 거리의 31기압 상황에 있던 잠수사들이 범행을 저지르기 어려운 것처럼, 수평 200미터라는 거리도 쉽게 메울 수는 없을 것 같군요."

준코는 문득 생각이 나서 말했다.

"요즘 유행하는 드론을 사용한다면요?"

"드론을 어떻게 사용하면, 대형 고무보트를 전복시키거나 호테이 씨를 바닷속으로 끌고 들어갈 수 있을까요?"

케이는 얼굴을 찡그리며 머리를 쥐어뜯고 싶은 표정을 지었다. 하지만 이내 심호흡을 하고는 평정을 되찾았다.

"더구나 뭉툭코여섯줄아가미상어가 있습니다."

"아, 아까 야스다 씨가 말한 거요? 그게 뭐가 이상한데요?"

"문제는 뭉툭코여섯줄아가미상어가 서식하는 곳인데요. 아마도……."

두 사람의 이야기가 끝나기를 기다리던 유리가 참다못해 말을 걸었다.

"이제 현장이 소리의 밀실이었다는 얘기를 들으러 갈 텐데, 잠시 시간이 필요하세요?"

준코는 즉시 "아니요"라고 대답했다. 하지만 케이의 시선은 창문 너머의 오가사와라 바다에 꽂혀 있었다. 수업이 끝나기만을 기다리는 초등학생의 간절한 눈빛이었다.

기자재가 있는 실험실로 들어가자, 의자에 앉아 오실로그래프 비슷한 기계를 만지던 하얀 옷의 남성이 뒤를 돌아보았다. 심한 곱슬머리에 셀룰로이드 안경테를 착용했는데, 가장 큰 특징은 큰귀여우처럼 머리 양쪽으로 튀어나온 크고 얇팍한 귀였다.

"오구치 야스나리 씨예요. 난카이대학에서 패시브 소나를 연구하기 위해 오셨죠."

서로 소개가 끝나고 볼트로 바닥에 고정시켜 놓은 테이블에 마주앉았다. 케이가 재빨리 입을 열었다.

"패시브 소나를 무슨 목적으로 연구하시는 건가요?"

케이는 상대가 말하기 편하도록 상대와 관련된 주제를 먼저 꺼냈다. 이는 이과계 사람에게 특히 효과적이었다.

"앞으로 해양자원을 개발할 때 외국과 이런저런 알력이 생길 수 있으니 미리 경계해야죠. 예민한 귀가 미사일보다 억제력이 강할 수 있으니까요. 'Forewarned is forearmed', 즉 '유비무환'이라는 말도 있고요."

케이가 자신의 의도대로 되었다는 듯 웃었다. 'Forewarned is forearmed'라는 말은 그가 경영하는 'F&F 시큐리티 숍'의 숨은 어원이기도 하다.

"그렇군요. 영해를 지키는 것도 일반가정의 방범과 통하는 면이 있죠. 오구치 씨가 시험 중인 패시브 소나는 어느 정도 거리까지 탐지할 수 있나요?"

"자세하게 말할 수는 없지만 목표는 반경 100킬로미터입니다."

준코는 경악했다. 막연히 상상했던 성능과 두 자릿수나 차이난다.

"그렇다면 200미터는 문제도 아니겠네요?"

오구치는 자신만만한 표정으로 고개를 끄덕였다.

"이 연구실에서 듣는 것과 똑같습니다."

준코는 그 말에 전율을 느꼈다. 오구치가 무턱대고 큰소리 치는 건 아닐 것이다.

유리의 표정도 비슷했다.

"그날 밤 말인데요. 바닷속 소리를 듣고 계셨던 거죠?"

"네. ……참으로 안타까운 사고였어요."

유리 앞이라서 침통한 표정을 짓긴 했지만, 호테이의 죽음을 진심으로 애도하는 것 같지는 않았다.

"사고라고요? 사건이 아니라고 생각하시는 건가요?"

케이가 재빨리 추궁하듯 질문했다.

"……그렇죠. 누군가 현장 주변에 다가갔다고는 생각할 수 없으니까요."

"가까이 가면 소리가 나나요?"

"그렇습니다. 스크루 소리는 특히 잘 들리죠. 아무리 조용하게 설계한 모터라도, 이 정도 거리에서 모를 리 없고요."

내용은 조심스러웠으나 말투에 확신이 담겨 있었다.

"그날 밤 해저에서 포화잠수사들이 작업했다고 하더군요. 그들을 지원하기 위해 ROV, 즉 원격조종 무인탐사기를 내보냈다면서요?"

준코가 메모를 보며 질문했다.

오구치는 고개를 끄덕였다.

"배럴아이지요."

"네. 그 배럴……인지 뭔지, 그것의 스크루 소리는 들렸나요?"

"물론이죠. 확실히 기록돼 있습니다."

"그 소리와 헷갈렸을 가능성은 없나요?"

그 질문에 오구치가 단호하게 대답했다.

"없습니다. 배럴아이의 활동범위는 수심 약 300미터에서, 부상하더라도 겨우 200미터 정도입니다. 해수면에는 한 번도 다가가지 않았고, 다른 물체의 스크루 소리와 뒤섞이는 일도 있을 수 없어요."

역시 소리의 밀실은 무너뜨리기가 쉽지 않을 것 같다.

"헤엄쳐서 가까이 가는 건요?"

케이가 밑져야 본전이라는 얼굴로 물었다.

"바다에서 헤엄을 치면 상당히 시끄럽죠. 사람이 헤엄칠 때는 많은 에너지가 소비되는데, 대부분 파도를 만드는 데 사용됩니다. 버터플라이는 말할 것도 없고, 수부류(水府流. 일본 수영법 유파 중 하나)처럼 조용한 옛날식 수영법이라도 확실히 알 수 있어요."

오구치의 말투는 반박할 수 없을 만큼 단호했다.

"가령 바닷속을 헤엄친다면 공기통이 필요하니 숨쉬는 소리가 들렸겠죠. 근처에 선박도 없었으니까요. 바다에서 기계의 도움 없이 계속 헤엄치는 건 불가능합니다. 그날 밤 외부에서 가까이 다가가기란 도저히 불가능했다고 단언할 수 있어요."

"내부에 있었다면 가능하다는 건가요? 예를 들어, 바닷속에서 똑바로 올라오는 경우 말인데요."

케이는 가장 묻고 싶었던 이야기를 꺼냈다.

"……그건 확실하게 대답하기 어렵습니다."

오구치는 처음으로 말을 흐렸다.

"왜죠? 그런 경우에는 소리가 들리지 않나요?"

케이는 바로 여기라는 듯 끈질기게 파고들었다.

"모터를 사용하지 않고 부력만으로 올라오는 경우는 소리가 거의 들리지 않아요. 더구나 그 사건 직전……이랄까, 도중에 거품이 대량으로 솟구쳐 고무보트를 감쌌습니다. 거품은 소리를 난반사하기에 그것과 섞이면 잘 들리지 않죠."

"엄청난 규모의 물체라면 어떤가요?"

"종류에 따라 다릅니다."

"예를 들면 거대한 오징어라든지……."

오구치는 놀란 표정을 지었다.

"농담이시죠? 오징어가 호테이 씨를 습격했다는 건가요?"

"오징어는 인간을 습격합니다. 모르셨나요?"

준코는 그런 상식도 모르냐는 듯 딱딱하게 말했다. 케이와 유리가 그녀를 쳐다보았지만 신경쓰지 않았다.

오구치는 머리를 긁적거렸다.

"그렇군요. ……부끄럽지만 몰랐습니다. 오징어라면 일반 물고기에 비해 탐지하기가 힘들겠군요. 몸이 부드럽고 조성이 바닷물에 가까워 액티브 소나를 사용해도 포착하기 힘듭니다. 어쩌면 호테이 씨의 어군탐지기로도 알기 힘들었을 테죠. ……아무리 그렇더라도 대왕오징어만큼 몸집 큰 녀석이 보트 바로 밑에 있었다면 보였을 거예요."

그때 호테이의 심정은 어땠을까? 바로 밑에서 괴물이 솟구치는 것을 알아차린 순간…….

준코의 팔에 소름이 돋았다.

"물고기를 탐지하기가 더 쉽군요. 그날 밤 상어가 많이 나타난 것 같던데, 확인하셨나요?"

"상당히 많은 대형 물고기가 헤엄치는 소리를 들었는데, 종류까지는 알아낼 수 없었습니다."

오구치의 패시브 소나 성능은 아무리 생각해도 대단하다.

"아까 호테이 씨의 어군탐지기를 말씀하셨는데, 호테이 씨보트에 어군탐지기가 있다는 사실을 알고 계셨나요?"

그러자 오구치는 처음으로 감정을 드러냈다.

"알고 말고도 없습니다. 소나를 테스트하는 동안만은 사용하지 말아달라고 그렇게 부탁했는데, 태연하게 '셩! 셩!' 몇 번이나 음파를 발사했거든요! 상식과 배려라곤 손톱만큼도 없는 사람이었죠."

유리의 불쾌한 표정을 감지한 그는 거북한 얼굴로 입을 다물었다.

"그날 밤, 호테이 씨 보트 위치를 계속 파악하셨나요?"

오구치는 억울한 누명을 쓰고 교사에게 질책당하는 초등학생 같은 표정을 지었다.

"지금 무슨 말씀을 하시는 거죠? 저를 의심하는 건가요?"

케이는 재빨리 오구치를 달랬다.

"아닙니다. 당치도 않아요. 선생님이 범행을 저지를 수 없다는 건 잘 압니다. 단지 어군탐지기에서 내뿜는 음파를 근거로 보트 위치를 알아낼 수 있냐는 거죠."

오구치는 고개를 끄덕였다.

"그건 가능합니다. 그쪽에서 탐지하기 쉬운 음파를 발사해 주니까요. 보트의 방위도, 또한 거리도 정확하게 측정할 수 있습니다."

"거리도 알 수 있다고요? 나름대로 공부했는데, 패시브 소나에서는 방위는 파악해도 거리는 알 수 없다고 생각했는데요."

케이의 눈썹이 위로 치켜 올라갔다.

"보통은 그렇습니다. 하지만 제 시스템의 기본은 다점관측(多點觀測)이죠. 두 점이 있으면 대상과의 사이에서 삼각측량을 할 수 있는데, 다시 한 점을 추가해 컴퓨터로 분석하면 위치와 속도를 정확하게 알아낼 수 있습니다."

오구치가 자랑스럽게 말했다.

"한 점은 이 배고, 다른 두 점은 어디인가요?"

"1킬로미터쯤 떨어진 곳에 관측용 부표가 있고, 다른 한 곳은 해저의 해비탯입니다. ……보트의 경우 해수면에 있다는 걸 알고 있으므로, 해비탯에서라면 한 점이라도 위치를 특정할 수 있죠."

해저의 관측지점에서 방위를 알아내면 그 방향으로 선을 긋는다. 그 선과 해수면이 교차한 점이 대상의 위치가 된다는 뜻이다.

"마지막으로 보트 주변에 솟구친 거품 말인데요. 왜 거품이 발생했을까요?"

"그건 제 전문이 아니라서 뭐라고 말하기 어렵군요. 해저화산의 영향이거나, 아니면……."

오구치는 항복이라도 하는 것처럼 두 손을 살짝 들었다. 그런 다음 잠시 말을 끊고 복잡한 표정을 지었다.

"아까 말씀하신 생물 때문에 그런 것 아닐까요?"

"그렇군요. 귀한 말씀 감사합니다."

이야기를 마치고 자리에서 일어나려는데, 오구치가 오른손을 내밀며 제지했다.

"저……, 사고 순간의 녹음을 준비했는데 들어보시겠습니까?"

이런 말을 듣고 그냥 돌아갈 바보가 어디 있으랴. 세 사람은 다시 자리에 앉았다. 준코는 어떤 기대가 느껴지는 동시에, 불길한 예감과 묘한 공포도 함께 느꼈다.

오구치가 기계를 조작하자 스피커에서 소리가 흘러나왔다. 처음에는 단순한 잡음 같았는데, 부글거리는 거품 소리가 섞여 있었다.

"이 다음입니다."

오구치의 목소리에서 긴장감이 느껴졌다.

준코는 눈을 감았다. 거품 소리가 커진 듯했다. 찰싹찰싹 하는 건 바닷물이 일렁이며 고무보트에 닿는 소리일까?

갑자기 스윽 하는 소리가 들렸다. 점점 커진다.

준코는 뭔가가 빠른 속도로 상승하는 모습을 떠올렸다.

그리고 쾅 하는 무거운 충격음과 격렬한 물보라 소리. 그 소리는 한 번 더 반복되었다. 이번에는 솟구친 고무보트가 해수면에 다시 자리잡는 소리일까?

다음 순간, 세 사람은 그대로 얼어붙었다. 사람의 비명이었다. '잠깐!' 하고 소리치는 것처럼 들렸다.

유리는 귀를 막고 황급히 연구실에서 나갔다.

준코 역시 자신의 얼굴에서 핏기가 사라지는 것을 느꼈다.

사람이 죽기 직전의 소리를 듣는 건 이번이 처음이다. 하지만 어떤 확신이 들었다.

이것은 살인사건이다.

3

준코와 케이는 배에 있는 자동판매기에서 음료수를 구입해 직원식당에 앉았다.

준코는 콜라를 한 모금 마시고서야 겨우 입을 열었다.

"어떻게 생각해요?"

케이 역시 콜라를 입으로 가져가며 말했다.

"호테이 씨라는 사람 말입니다. 평판은 별로지만 잠수사로서 경력도 있고, 더군다나 강인하고 대담한 유형 같더군요. 아무리 패닉 상태라도 상어나 오징어를 향해 '잠깐!' 하고 소리칠 것 같지는 않아요."

"그럼 역시……?"

"변형이긴 하지만 일종의 밀실살인이라고 생각해도 되겠어요. 다만 어떤 방법을 사용했는지는 전혀 모르겠습니다."

분명히 케이의 주특기인 자물쇠 따기나 보안 시스템과는 동떨어진 상황이다.

　"아까 말하려던 뭉툭코여섯줄아가미상어가 뭐예요?"

　"뭉툭코여섯줄아가미상어는 전 세계에 널리 분포하는 대형 상어인데, 평소엔 거의 눈에 띄지 않아요. 그 이유는……."

　그때 유리가 직원식당으로 들어왔다. 그녀는 굳은 표정으로 고개를 숙였다.

　"죄송해요. 너무 충격을 받아서 그만……."

　"아니에요. 충분히 이해합니다."

　준코가 위로의 말을 건네자 유리는 희미하게 고개를 끄덕였다.

　세 사람은 직원식당을 나왔다. 이제 배럴아이를 조종했던 다루메 다이스케 연구원을 만날 차례였다.

　다루메의 모습은 엘튼 존이 젊었을 때와 똑같았다. 투명한 고글타입의 스포츠 안경 너머로 커다란 눈이 이글거렸다.

　"……뭐, 백문이 불여일견이니 직접 보시겠어요?"

　그는 배럴아이에 탑재된 카메라에서 모니터로 전송되는 영상을 보여주었다.

　"컬러군요. 더군다나 이렇게 선명할 줄은 몰랐어요!"

　준코의 감탄에 다루메는 당연하다는 듯 고개를 끄덕였다.

　"하이비전 영상입니다. 빨리 4K로 바꿔달라고 요청한 상태고요."

　다루메는 그렇게 말하며 유리를 힐끔 쳐다보았다.

"대형에다 크롤러 방식인 ROV에는 JAMSTEC과 닛산이 개발한 어라운드 뷰(4대의 카메라를 이용해 360도 촬영하는 것) 모니터가 장착된 것도 있지만, 배럴아이는 포화잠수를 도와주는 역할이니 빠르고 응용력 있는 편이 좋습니다."

"그날 밤은 시야가 좋지 않아 대기했다고 하셨죠?"

케이의 질문에 다루메는 얼굴을 찡그렸다.

"그렇습니다. 어쩔 수 없었죠. 평소의 오가사와라 바다는 세계적으로 손꼽힐 만큼 투명하지만, 해저의 진흙이 크게 소용돌이치면 가라앉을 때까지 30분쯤 걸립니다."

"실제로 얼마나 걸렸나요?"

그러자 다루메가 고개를 갸웃거리며 대답했다.

"그때는 한 시간이나 걸렸어요."

"그래서 잠수사들도 그 사이 대기했군요?"

"네. 시야가 안 좋으면 움직일 수 없거니와, 섣불리 움직였다가는 위험할 수 있으니까요."

"로크아웃한 사람은 세 명인가요?"

준코가 메모를 보며 확인했다.

"네. 이번에는 JAMSTEC 세 명과 우리 회사 세 명이 번갈아 로크아웃하기로 했습니다. 그날 밤은 우리 회사에서 나갔죠."

다루메는 막힘없이 대답했다.

"진흙이 소용돌이친 원인은 무엇인가요?"

"잘 모르겠습니다. 심층류 때문인 것 같은데, 메커니즘은 아직 알려지지 않았어요. 흔히 있는 일이지만, 그렇게 오랫동안 가라앉지 않은 건 드문 경우입니다."

다루메는 옛날 TV 게임의 조종기 같은 조이스틱을 이용해 배럴아이를 절묘하게 조종했다. 마치 그것 자체가 게임 같았다.

준코가 물었다.

"대기 중에 배럴아이는 어디에 있었나요?"

"진흙 연막을 피해 약간 상승해 있었습니다."

"그렇다면 잠수사들이 시야에 들어오지 않았겠네요?"

케이의 질문에 다루메는 다시 얼굴을 찡그렸다.

"가까이 있어도 어차피 안 보입니다."

"사건이 일어났을 때 배럴아이는 어디쯤 있었죠?"

준코는 큰 기대 없이 물었다. 그런데 대답을 듣고 깜짝 놀랐다.

"우연이기는 하지만, 호테이 씨 보트의 바로 아래쪽에서 비교적 가까운 곳에 있었습니다."

"네? 그럼 뭔가 보였다는 건……?"

세 사람의 얼굴에 긴장감이 감돌았다.

"네. 녹화된 영상을 보시겠어요?"

조금 전의 오구치처럼 어리석은 질문이었다. 세 사람은 모니터 앞으로 다가갔다.

다루메가 리모컨을 조종하자 모니터에 어두운 바닷속이 나타났다. 주변은 캄캄했고, 배럴아이의 라이트가 비치는 곳에서 바닷속 미립자가 반짝거렸다.

"저 주변이군요."

갑자기 배럴아이의 앞쪽에서 크고 작은 기포가 엄청나게 나타났다. 기포는 끊임없이 모양을 바꾸며 불빛을 반사하고 위로 올라갔다.

"거품까지 15미터 정도입니다. 라이트가 비출 수 있는 최대 거리죠."

거품은 계속 발생했고, 입을 다물지 못할 정도로 많아졌다. 만일에 대비해 배럴아이는 더 이상 접근하지 않고 정지했다.

다루메의 목소리에 힘이 들어갔다.

"이 다음입니다."

극히 짧은 순간이었다. 거품에 휩싸이며 상승하는 물체의 그림자가 카메라에 포착되었다.

"아! 지금 그거요!"

준코가 소리쳤다.

"느린 화면으로 다시 볼까요?"

다루메가 리모컨을 조종하자 그림자가 내려오더니 다시 천천히 상승했다.

"멈춰 주세요!"

정체를 알 수 없는 물체의 그림자가 모니터에 나타났다.

끝이 길고 가늘며 뾰족하고 아랫부분이 불룩하게 느껴졌다. 하지만 앞쪽에 위치한 거품이 빛나서 새까만 그림자로밖에 보이지 않았다.

그런데 이 모습은……

"믿을 수 없어. 정말로……, 거대 오징어였다는 거야?"

유리가 숨을 헐떡이며 말했다.

"지금으로선 가장 유력한 용의자가 남극하트지느러미오징어군요. 그렇다면 저보다는 물고기가 탐정 역할에 더 적임자일지도 모르겠어요."

케이가 오징어튀김을 먹으며 말했다.

점심때라서 그런지 직원식당은 거의 만석이었다. 준코는 주변을 의식하며 작은 목소리로 반론했다.

"아까 오징어에게는 '잠깐!'이라고 말하지 않는다고 했던 사람이 누구죠?"

"호테이 씨는 오징어를 매우 좋아했다더군요. 원래 낚시 마니아인데, 최근 오징어 낚시에 푹 빠졌던 것 같아요. 그 정도로 좋아했다면 그렇게 말할 수도 있지 않을까요?"

지금 그걸 말이라고 해? 바로 조금 전 충격적인 소리와 영상을 확인했음에도, 케이는 왕성한 식욕을 자랑하며 오징어튀김 정식을 먹었다.

"오징어를 유인하기 위해 집어등을 설치했을 정도니, 심해 밑바닥에서 콜로서스를 불러들였을지도요. 어쩌면 지금까지 잡은 오징어들의 복수가 아닐까요?"

준코는 직원식당의 실내온도가 갑자기 떨어진 것 같은 기분이 들었다. 케이의 말도 안 되는 농담에 왜 이렇게 소름이 돋는 걸까?

만약 이것이 오징어가 아니라 인간에 의한 살인사건이라면…….

단순한 동기, 예를 들어 경제적 목적이라곤 생각하기 어렵다. 더 깊고 강렬한 원한이나 분노가 느껴진다. 피해자를 지옥 밑바닥까지 끌어내리겠다는 강렬한 의지가…….

"여기에 앉아도 될까요?"

고개를 들자 야스다가 식판을 들고 서 있었다.

"앉으세요."

야스다는 거구를 움츠리며 준코 옆에 앉았다.

"아까는 고마웠습니다. 많은 참고가 됐어요."

준코가 애교스럽게 말하자 야스다는 싱글벙글했다.

"참! 유리 씨가 야스다 씨를 '안코 씨'라고 부르던데, 무슨 뜻이에요?"

말이 끝나자마자 준코는 자신의 실수를 깨달았다. 만약 스모 선수처럼 뚱뚱해서 아귀라는 뜻의 안코로 불린다면, 당사자로서는 그 별명이 못마땅할 수도 있다.

"야스다(安田)의 안(安)과 야스오(康夫)의 강(康)에 각각 물고기 어(魚)를 붙이면 안코(鮟鱇), 즉 아귀가 되죠."

허공에 손가락으로 글자를 쓰며 야스다는 활짝 웃었다.

"축 늘어진 몸에 딱 어울린다더군요. 한 독설가 선배는 '어디 아귀의 배를 갈라줄까?' 하고 말하기도 해요."

준코는 웃음을 터트렸다. 하지만 이내 자신이 또 실수했음을 깨달았다. 재빨리 화제를 바꾸려 했는데, 케이가 쓸데없는 말을 덧붙였다.

"스모 세계에서는 몸이 둥글둥글한 선수를 '앙꼬'라고 부르는데, 안코에서 온 것 같더군요. 안코 씨도 요코즈나(스모 선수의 최고위)처럼 풍격이 있습니다."

"저는 겉모습만 번지르르합니다. 스모는 옛날부터 젬병이지만, 얼굴은 전 요코즈나인 오노쿠니를 닮았다고 하더군요."

야스다는 화도 내지 않고 웃는 얼굴로 대답했다. 이 얼마나 품성이 좋은 사람인가? 준코는 그를 다시 보았다.

그때 야스다가 젓가락을 내려놓더니 심각한 얼굴로 입을 열었다.

"……이런 말을 해도 될지 모르지만, 그래도 말해두는 편이 좋을 것 같아서요."

뭐지? 준코는 마른침을 삼키며 다음 말을 기다렸다.

"아까는 아가씨가 있어서 말을 못 꺼냈는데, 이번 사건이 혹시……."

야스다는 잠시 머뭇거리다 결심한 듯 덧붙였다.

"연쇄살인은 아닌가 해서요."

성실해 보이는 남자가 조심스럽게 꺼낸 말이라 더 충격적이었다.

"연쇄살인이라면, 예전에도 살인사건이 있었다는 말인가요? 이번 사건과 공통점이 있는 살인사건이요?"

케이도 눈이 번쩍 뜨이는 듯했다.

"네. 1년 전쯤에 오키나와에서요."

그렇게 말한 뒤 야스다는 주변을 은밀히 둘러보았다. 큰소리로 담소를 나눌 뿐, 이쪽 이야기에 귀기울이는 사람은 없었다.

"사망한 사람은 시라이 나기사라는 여성이었죠. 스물일곱 살이었을 겁니다. 다이빙 강사였는데, 밤바다에서 불의의 사고로 세상을 떠났다……. 얼마 전까지는 그렇게 생각했습니다."

케이의 눈이 반짝 빛났다.

"어떤 사고였나요?"

"작은 보트를 타고 혼자 나이트 다이빙을 했다더군요. 위험하니 불을 켜면 안 된다는 걸 알았을 텐데, 실수로 보트에 있던 투광기 스위치를 켠 것 같습니다."

"불을 켜면 왜 위험한데요?"

준코는 머뭇거리며 물었다. 파도 사이로 바다괴물이 고개를 내미는 영상이 떠올랐다. 밤바다가 이렇게도 공포를 자극하는 세계였던가?

"동갈치요, 동갈치. 휙휙 날아와 한 마리가 목덜미를 푸욱! 그대로 보글보글 가라앉아서 발견했을 때는 이미 손쓸 도리가 없었다더라고요."

야스다는 두 손의 검지를 세워 눈앞에서 격렬하게 교차시키며 흥분한 얼굴로 떠들었다. 오징어를 설명할 때는 말투가 또박또박했는데, 지금은 말이 서툰 스모 선수가 이제 막 끝난 시합을 되돌아보는 것처럼 어눌했다. 또 의태어가 많아 무슨 뜻인지 알아듣기가 어려웠다. 누가 바다에서 뭘 했다고?

야스다를 대신해 케이가 설명했다.

"동갈치는 갈치와 비슷하게 생겼는데, 영어로 '니들 피시'라고 할 만큼 주둥이가 날카롭게 튀어나와 있어요. 특히 야간에는 빛을 향해 돌진하는 습성이 있어, 낚시꾼이나 잠수사들이 주둥이에 찔려 사망하는 사고가 가끔 일어납니다."

"물고기가 목덜미를 찌른단 말이에요?"

준코는 먹고 있던 갈치회를 내려다보았다. 상상도 할 수 없지만 죽을 만큼 아플 것 같다. 더구나 그 여자는 실제로 죽었다지 않은가? 그런데 그 사건이 이번 사건과 어떻게 비슷하다는 걸까?

"나기사라는 여성이 이 회사와 관계가 있나요?"

케이의 질문에 야스다는 무거운 표정으로 고개를 끄덕였다.

"네. ……실은 이번에 사망한 호테이의 애인이었습니다."

준코는 숨을 들이마셨다. 그래서 유리가 옆에 있을 때는 말하기 어려웠던가?

"더구나 오키나와에 호테이와 둘이 갔습니다. 사고가 발생한 날 밤에는 따로 움직인 것 같지만요."

호테이에게는 이미 '씨'라는 표현조차 붙이지 않았다. 야스다가 누구를 의심하는지 명백했다.

케이는 조용히 젓가락을 내려놓았다. 지금 들은 이야기에 식욕을 잃었다고 생각했는데, 이미 그릇이 비워져 있었다.

"연쇄살인이라고 생각하는 건, 양쪽 사건에 호테이 씨가 얽혀 있기 때문인가요?"

"물론 그것도 있습니다. 그런데 그것 말고도 비슷한 점이 있지 않나요? 둘 다 밤바다에서 발생한 사고이고, 사인 또한 동갈치나 상어 내지 오징어 같은 바다생물과 밀접한 관계가 있습니다. 그보다 더 마음에 걸리는 건, 두 사건의 현장이 모두 밀실상태였다는 겁니다!"

야스다의 말투는 다시 원래대로 돌아갔다.

"밀실이요? 이번에는 소리의 밀실인데, 지난번엔 무슨 밀실이었던 거죠?"

케이의 질문에 야스다는 또다시 양쪽 검지를 동갈치처럼 만들어 격렬하게 움직였다.

"이겁니다, 이거! 위험해요! 푹입니다, 푹!"

또 말투가 이상해지나 했지만, 야스다는 곧 정상으로 돌아왔다.

"만약 범인이 나기사 씨 대신 투광기 스위치를 켰다면, 그 녀석도 무사하지 못했겠죠?"

그 말이 맞을지도 모른다. 스위치를 켜자마자 그곳을 벗어났다면 동갈치를 피했을 수 있다. 하지만 그건 너무도 위험한 도박이다.

"배를 타고 있었다면 어떨까요? 가까이 가서 스위치를 켠 뒤 전속력으로 현장을 떠났다면요?"

야스다는 고개를 가로저었다.

"나기사 씨가 동갈치에게 습격당할 때, 해변에 목격자가 있었어요. 우연히 그 지역 어부가 지나갔죠. 그는 이렇게 증언했습니다. 혹시라도 잠수사가 바닷속에서 나기사 씨 배에 접근했다면 모르지만, 다른 배가 있었다면 분명히 알았을 거라고요. 투광기가 켜진 걸 보고 놀라서 빨리 끄라고 소리를 질렀는데, 대답이 없었다고 합니다."

케이가 이마에 주름을 잡았다.

"나기사 씨가 동갈치에게 찔리는 순간은 그 어부도 못 봤군요?"

야스다는 고개를 끄덕였다.

"네. 캄캄한 밤이었고 거리도 있었으니까요. 하지만 흥분한 동갈치떼가 바다 위를 뛰어다니는 건 봤다고 합니다. 투광기 불빛에 은빛 비늘이 반짝거렸다고 하더군요."

"어부는 어떻게 행동했나요?"

"자기 배를 타고 즉시 구하러 갔답니다. 아실지 모르겠지만, 배에 탔더라도 동갈치가 습격하면 100퍼센트 안전하지는 않습니다. 상당히 높은 곳까지 뛰어오르거든요."

야스다는 다시 검지를 치켜들어 동갈치를 표현했다.

"필사적으로 나기사 씨를 끌어올렸는데, 출혈 과다로 이미 사망한 상태였다는군요."

잠시 침묵이 찾아왔다. 사고라고 해도 비참하지만, 만약 살인이라면 이보다 잔인할 수는 없으리라.

케이가 확신에 찬 표정으로 말했다.

"재미있군요. ……이런 때 이런 식으로 말해 죄송합니다. 두

건의 살인은 분명히 관계가 있을지도 모릅니다. 일단 첫 번째 시나리오는 누군가 나기사 씨와 호테이 씨를 잇달아 죽인 겁니다. 하지만 그보다 호테이 씨가 나기사 씨를 죽이고, 그것을 복수하기 위해 누군가 호테이 씨를 죽였다고 보는 게 훨씬 그럴듯하군요."

그 말에는 준코도 동감이었다. 범인이 호테이를 살해한 방법은 아직 모르지만, 한 사람을 죽이기에는 과하다는 생각이 들었다. 하지만 예전 살인사건과 아울러 생각할 때, 복수를 동기로 가정하면 수긍이 간다.

"그렇다면 호테이 씨를 죽인 범인은 나기사 씨를 사랑했거나 가족 같은 사람이겠군요."

케이의 날카로운 눈빛이 야스다를 향했다.

"나기사 씨와 아는 사이였나요?"

성이 아니라 나기사라는 이름으로 호칭하는 걸 보면 일면식도 없는 사이는 아닌 듯했다.

"저 말인가요? ……뭐 몇 번 만난 적은 있었습니다."

"실례지만 호감을 갖고 계셨나요?"

야스다는 손수건을 꺼내 이마의 땀을 닦았다.

"솔직히 말씀드리면 좋은 사람이라고 생각했습니다. ……그렇다고 사귀지도 않은 사람을 위해 살인까지 저지르진 않아요. 처음 만났을 때 그녀에게는 이미 애인이 있었죠. 두 사람 사이를 파고드는 건 상상조차 할 수 없었어요."

"호테이 씨였나요?"

당연히 그럴 줄 알았는데, 야스다는 고개를 가로저었다.

"아뇨. 그렇지 않습니다. 나기사 씨를 처음 만난 게 3년 전인데, 우리 회사 잠수사와 사귄다고 하더라고요."

"그분 이름이 어떻게 되죠?"

"호라이라는 사람입니다. 지금도 300미터 아래의 해저에 있어요."

빙글 돌아서 360도, 감청색의 드넓은 바다 위에 그보다 조금 옅은 색의 푸른 하늘이 펼쳐져 있었다. 새하얀 구름과 새파란 바다의 대비가 형용할 수 없이 아름다웠다.

고무보트의 길이가 3미터쯤 될까? 일반 보트에 비해 상당히 안정적이라, 파도 때문에 위아래로 들썩이지만 쉽게 전복될 것 같지는 않았다.

"호테이 씨가 낚시를 한 건 이 부근입니다."

야스다는 강렬한 햇살을 피하기 위해 오른손으로 얼굴을 가리며 우나바라 쪽을 쳐다보았다. 바다에서 200미터 거리는 생각보다 가깝게 느껴졌다. 하지만 원격살인을 하기는 어려워 보였다.

"물살이 거의 없는 것 같은데, 고무보트가 떠내려가지는 않나요?"

준코가 바닷물에 손을 담그며 물었다. 지금은 7월 초순으로 수온이 높을 때다. 하지만 바닷물이 의외로 차가웠다. 일단 잠수해 조사할 수 있도록 스노클까지 준비하긴 했다. 어쩌면 야스다의 말처럼 잠수복을 빌리는 편이 좋았을지도 모른다. 어떻게든 새 수영복을 입고 싶었지만 헤엄치기가 쉽지 않을 듯하다.

"바다가 깊어서 닻을 내릴 수 없으니까요. 기본은 흘림낚시지만요."

야스다는 커피 필터처럼 생긴 깔때기 모양의 물체를 꺼냈다. 비닐 같은 소재이고, 길이는 60센티미터 정도였다. 입구에 끈이 네 개 달려 있었다.

"조류보다 오히려 바람에 떠내려갑니다. 그래서 이 물돛을 사용하죠."

원추형 주머니를 바다 밑으로 내려보내면 해수의 저항으로 브레이크가 걸리는 듯했다.

"더구나 바로 근처에 우나바라라는 표시가 있으니까요. 그날 밤 호테이 씨와 거의 비슷한 곳일 겁니다."

목표가 장시간 움직이지 않는다면, 범인에게 그보다 유리한 상황이 없지 않을까? 어떻게 했는지는 짐작도 안 되지만.

물소리가 나서 쳐다보자, 케이가 고글을 쓰고 바다로 들어가려 하고 있었다.

"왜요?"

"고무보트의 바닥을 확인하고 오겠습니다."

케이는 성게를 잡으러 가는 수달처럼 매끄럽게 물속으로 들어갔다.

준코는 잠시 망설이다 케이의 뒤를 따라가기로 했다. 그녀는 수영복 위에 입었던 블라우스를 벗고 스노클을 장착했다.

"저도 잠시 보고 올게요."

"변호사님, 수영은요?"

"걱정 마세요. 롯폰기의 스포츠센터에서 매일 하고 있으니까요."

그렇게 말하며 야스다를 쳐다보자 그는 황급히 시선을 피했다. 시선이 머무르던 위치가 마음에 걸렸지만, 솔직한 반응이 기분 나쁘지 않았다.

준코는 바닷물에 발을 담갔다. 역시 차갑다. 가까스로 참으며 바다로 들어갔다. 얼굴을 바닷물에 담그고 아래쪽을 들여다보았다. 자신의 숨소리가 다스 베이더처럼 귀 안쪽에서 울려퍼졌다. 바닷물이 투명해 고무보트가 똑똑히 보였다.

그것을 뒤집으려면 굉장히 힘들 것 같았다.

케이는 고무보트 밑으로 가서 바닥부분을 살폈다. 놀라울 정도로 수영을 잘한다. 예전부터 수달을 닮았다고 생각했는데, 도둑에게는 물속에서 침입하는 기술도 필요한 걸까?

준코의 시선을 느낀 케이가 고무보트의 밑바닥을 가리켰다.

"왜요?"

준코가 물었지만, 바닷속에서는 목소리가 들리지 않는다. 케이는 밑에서 고무보트를 밀어 올리는 동작을 취했다.

"어디에 부딪쳤어요?"

마치 동작 게임을 하는 듯했다.

"바로 밑에서 부딪쳤단 거예요?"

준코도 몸을 내밀고 동작을 크게 하며 말했다.

"큰 건가요? 그게 고무보트를? 그렇다면 범인은……, 역시……, 바닷속에서……, 어머!"

입 안으로 짭짤한 바닷물이 흘러들어왔다. 아뿔싸. 스노클을 하고 있다는 걸 깜빡하고 너무 깊이 들어와 버렸다. 물속에서는 숨을 멈춰야 하는데.

"……꼬륵꼬륵꼬륵."

준코는 황급히 해수면으로 얼굴을 내밀었다. 숨을 힘껏 토해낸 그녀는 파이프에서 물을 빼내려 했다. 스노클 클리어(입 안으로 들어오는 물을 공기와 함께 밀어내는 기술)다. 하지만 틀렸다. 잘 되지 않는다. 물의 양이 많아 숨이 이겨내지 못한다.

황급히 입에서 마우스피스를 떼었다. 하지만 이번에는 숨 쉬는 타이밍이 너무 빨라 바닷물을 많이 들이마셨다.

패닉 상태가 되기 직전 케이가 그녀의 몸을 들어올렸다. 그때 마치 바다코끼리가 물로 뛰어든 것 같은 엄청난 소리가 들렸다. 그녀를 구하기 위해 야스다까지 나선 것이다.

두 사람이 고무보트 위로 준코를 끌어올렸다.

"……고마워요. 깜빡하고 바닷물을 마셨어요."

준코는 크게 기침해 바닷물을 토해내고 야스다가 건네준 생수로 입을 헹궜다.

"초보자들이 그런 실수를 자주 하죠. 스노클은 편리하긴 하지만 파이프로 물이 들어가면 위험합니다. 코를 잡고 이관에서 공기를 내보낼 수 있다면 스쿠버가 더 나아요."

야스다 역시 어이없다는 표정을 지었다.

내가 지금 무슨 짓을 한 건가? 두 남자에게 추태를 보이고 말았다.

"……고무보트 바닥에 무언가와 충돌한 흔적이 있습니다."

케이는 이미 준코의 상황에는 관심이 없는 듯했다. 냉정하다는 생각도 들었지만, 지금으로선 다른 쪽으로 화제가 옮겨가는 게 고마울 뿐이다.

"목격된 정보와도 일치하네요. 뭔가가 밑에서 밀어올려 고무보트가 전복된 게 틀림없는 것 같습니다."

"거대 오징어라든지 거대 상어라든지, 그런 것과 부딪쳤단 건가요?"

준코는 얼굴을 찡그리며 물을 마셨다. 바닷물은 짜기도 했지만 몹시 쓰기도 했다. 두부를 만드는 데 사용하는 간수인 염화마그네슘이 이런 맛일까?

케이가 고개를 갸웃거렸다.

"지금으로선 뭐라고 말하기 어렵지만, ……그런 일은 불가능해요."

야스다도 맞장구를 쳤다.

"저도 아닐 거라고 생각합니다. 오징어들의 공격자세는 똑같죠. 열 개의 다리를 벌려 사냥감을 단단히 잡습니다. 몸으로 부딪쳐 상대를 튕겨내는 일은 하지 않아요. 반면에 상어라면 코끝으로 부딪칠 수 있겠지만, 사냥감을 덥석 물고 그 자리에서 씹어 삼키겠죠. 호테이……씨는 바닷속으로 최소 100미터는 끌려들어갔으니, 상어 짓이라고도 할 수 없습니다."

"상어와 오징어가 서로 도왔을 리는 없고요."

케이가 새하얀 치아를 드러내며 웃음을 터트렸다.

"호테이 씨가 바닷속으로 100미터쯤 끌려들어갔다니, 그걸 어떻게 알죠?"

준코의 의문에 야스다가 대답했다.

"호테이 씨의 시신에 있던 상어의 치형은 적어도 세 종류였습니다. 그중 하나가 뭉툭코여섯줄아가미상어죠. 그 녀석은 심해 상어입니다. 생활권이 수심 200미터에서 2천 미터까지라, 수심 100미터 위로 올라오는 일은 거의 없어요."

준코는 눈을 감고 상상했다.

바로 밑에서 엄청난 힘으로 밀어올려 보트가 뒤집힌다. 바다에 빠진 호테이를 뭔가가 붙잡는다. 그때 팔에서 출혈이 일어났고 두 종류의 상어가 덤벼든다. 다시 깊이 끌려들어가 수심 100미터가 넘는 곳에서 심해 상어에게 물린다. 출혈과 쇼크가 상상을 초월했을 것이다.

하지만 사인은 분명히 익사였다. 강렬한 고통에 몸부림치며 괴로워하는 사이 차가운 바닷물이 기관에서 폐로 흘러들어가 숨을 쉴 수 없었을 것이다. 그러다 캄캄한 바닷속에서 숨이 끊어졌으리라. 조금 전 허우적거릴 때의 느낌을 떠올려보면, 이것은 인간이 생각해낼 수 있는 최악의 죽음일지도 모른다.

범인은 호테이의 죽음을 확인하고서야 냉혹한 팔에서 힘을 뺀다. 구명조끼를 입은 시신이 암흑의 바닷속에서 천천히 떠오른다. ……마치 호러 영화의 한 장면 같지 않은가?

"오징어도 상어도 아니라면, 호테이 씨를 끌고 들어간 건 대체 뭘까요?"

"그건 잘 모르겠습니다. 어쨌든 호테이 씨의 두 팔을 붙잡았던 날카로운 갈고리발톱을 갖고 있으며, 주변의 흉악한 상어들은 전혀 신경쓰지 않았던 게 확실합니다."

케이는 담담하게 대답했다. 준코는 온몸에 소름이 돋았다.

샤워를 하자 조금은 살 것 같았다. 하지만 여전히 입에 씁쓸한 맛이 남아 있었다.

준코는 직원식당에서 캔커피를 마셨다. 평소에는 블랙을 마시지만, 지금은 씁쓸한 맛을 지우기 위해 설탕이 들어간 카페오레를 선택했다.

케이는 생각에 잠긴 채 계속 서 있었다. 손에는 빈 커피캔이 들려 있었다.

"수수께끼가 좀 풀렸어요?"

준코의 질문에 케이는 고개를 가로저었다.

"핵심 부분을 도저히 모르겠어요. 전체적인 상황을 파악하기 위한 가장 중요한 조각이 아직 부족한 것 같아요."

그렇군. 머리 회전이 빠른 케이도 이번 사건은 어려워하는 것 같다. 분야가 다르기 때문일까?

"저도 알아낸 게 있어요."

서로의 추리를 맞춰가다 보면 더 빨리 진실에 도달할 수 있지 않을까? 하지만 케이는 귀를 막으며 준코에게서 멀어지려 했다.

"왜 그래요?"

준코가 묻자 케이는 얼굴을 찡그리며 중얼거렸다.

"추리는 잠시 참아주세요. 그러다 머리가 진짜 성게가 되면 어떡해요."

"뭐예요? 진짜 이럴 거예요? 교착상태에 빠지거나 다람쥐 쳇바퀴 돌 듯 같은 자리를 맴돌 때는 다른 생각을 접하는 것도 좋잖아요."

준코는 자신만만했다. 케이로서는 지금 벽에 부딪혔다는 사실을 인정하기 싫을 것이다. 내 추리가 훨씬 앞서나갔음을 알면 더 기가 죽을지도 모르지만.

"조금 다른 발상이라면 모르지만, ……이 다른 발상이라면 좀."

그가 말을 우물거려 알아듣기가 힘들었다. 뭐가 다르다는 걸까? 격인가 레벨인가? 음절이 하나였던 것 같은데.

"일단 생각하는 걸 말해볼래요? 범행 현장은 탁 트인 바다예요. 지금까지 경험했던 밀실과 상당히 다르죠."

"그 점이라면 밀실은 이미 깨졌다고 할 수 있습니다."

케이는 조금 전과 달리 어조가 분명했다.

"무슨 말이죠?"

"호테이 씨가 탄 고무보트에 가까이 가기 위해선, 오구치 씨가 들었던 패시브 소나나 다루메 씨가 조종하는 ROV 카메라가 걸리적거렸을 겁니다. 그런 의미에서는 밀실이라고 할 수 있겠죠. 하지만 사각지대가 있었어요."

그는 배의 바닥을 가리켰다.

"배의 밑부분입니다. 해저에서라면 호테이 씨를 습격하는 게 가능했겠죠. 실제로 배럴아이가 찍은 영상을 보면 엄청난 거품과 함께 뭔가가 솟구친 모습이 포착되었어요."

거기까지는 준코의 추리와 같았다.

"그런데 밀실은 깨져도 역밀실의 수수께끼는 여전히 남아 있습니다. 문제는 오히려 이쪽이죠."

"역밀실요? 그게 뭐예요?"

처음 들어본 단어였다. 미스터리 소설에서는 종종 등장하지만, 법정에서는 사용되지 않는 단어이리라.

"조금 복잡하지만 미스터리에서 역밀실이란 단어는 몇 가지 다른 의미와 문맥으로 사용됩니다."

케이의 말투는 어느새 강의처럼 바뀌었다.

"가장 전통적인 사용법에서는 시간차가 있는 밀실을 역밀실이라고 하죠. 범인이 누군가를 밀실 밖에서 살해하고, 나중에 시신을 갖고 들어오는 경우입니다."

그것이 왜 '역'이 되는지 준코는 이해할 수 없었다.

"하지만 미스터리 작가들조차 이 말을 다른 의미로 사용하는 경우가 종종 있습니다. 예를 들어 범인이 어떻게 자물쇠가 채워진 방에서 탈출했느냐가 아니라, 어떻게 침입했느냐를 문제로 삼는 경우죠. 어쩌면 가장 마음대로 사용하는 용어일지도 모릅니다. 제가 예전에 본 소설의 경우, 누군가 개방적인 곳에서 살해되었지만 용의자가 밀실에 갇혀 있었기에 범행이 불가능하다면서, 그 상황을 역밀실이라고 하더군요."

그래, 그렇게 말하니 이해하기가 쉽다.

"제가 이번 사건을 역밀실이라고 하는 것도 그 사용법을 따른 거예요. 즉, 피해자가 있었던 곳은 불완전한 밀실이지만, 범인이 완벽하게 격리되어 범행을 저지를 수 없었던 거죠. ······ 하지만 아무리 생각해도 그 상황을 어떻게 극복했는지 모르겠어요."

케이는 길게 탄식했다.

"이미 범인을 알고 있다는 건가요?"

준코는 반신반의하며 물었다. 분명히 안갯속에 있는 듯한 표정이었는데.

"그렇습니다. 아직 얼굴도 안 보고 단정하기는 좀 그렇지만, 호테이 씨를 살해할 기회가 있었던 사람은 그날 밤 로크아웃한 포화잠수사들뿐이잖아요? 야스다 씨 말을 믿는다면, 그중 호라이란 사람에게 동기가 있는 것 같아요."

케이는 자신만만하게 말했다.

"하지만 호라이 씨를 포함해 잠수사들이 해수면까지 부상할 수는 없었잖아요? 신체가 31기압에 적응된 상태에서 갑자기 1기압 세계로 오면 죽음에 이른다고 하지 않았나요?"

"그래요. 그거야말로 사건이 나던 날 밤 범인을 가두고, 지금도 계속 가둬두고 있는 역밀실이죠."

고뇌에 고뇌를 거듭하는 사람처럼 케이의 얼굴이 일그러졌다.

"이야기가 이상하지 않아요? 호라이라는 사람이 어떻게 역밀실을 깨뜨렸는지, 지금으로선 가설조차 없잖아요? 밀실의 사각지대가 바로 밑에 있었다는 이유로 범인이라고 단정해도 되는 거예요? 어쩌면 해저의 역밀실은 정말로 완벽하고, 해상의 고무보트라는 밀실에 다른 맹점이 있었을지도 모르잖아요?"

케이는 아픈 곳을 찔린 듯한 표정을 지었다.

"맞는 말이에요. 제 눈에는 양쪽 모두 불가능해 보이지만, 역밀실 쪽이 트릭이라고 단정할 근거는 없습니다."

됐다! 준코는 처음으로 케이보다 우위에 있는 듯한 느낌이 들었다.

"선입견 없이 순수하게 범행 방법을 생각해 봤는데요."

"뭘 좀 알아냈어요?"

케이는 조금 전의 무례한 태도에서 180도 달라졌다.

"일단 호라이 씨나 포화잠수사 중 누군가가 범인이라면, 300미터 해저에서 31기압에 순응한 상태로 바다에 떠오를 수는 없었어요. 그래서 범행이 불가능하다고 결론을 내렸었죠. 하지만 원격조종했다고 가정하면 모든 게 풀리지 않을까요?"

"그건 그렇죠. 그런데 300미터 아래의 해저에서 어떻게 호테이 씨를 살해할 수 있었을까요?"

케이의 얼굴에 의심의 빛이 감돌았다.

"거품의 힘이죠!"

준코는 힘을 주어 말했다. 하지만 말하고 나니 꼭 세제광고 같다.

"거품으로 어떻게 사람을 죽인다는 거예요?"

생각 탓이겠지만, 케이의 눈에서 빛이 사라지고 목소리에서 힘이 빠진 것 같았다.

"단순한 거품이 아니에요. 300미터 아래 해저에서는 공기도 31분의 1로 압축돼요. 이른바 압축공기죠. 해저에서 생긴 거품은 상승하며 점점 커져, 해수면에 도달할 때는 31배나 부풀어올라요! 고무보트를 전복시킬 만큼 엄청난 위력이 있지 않을까요?"

그러자 케이가 어두운 눈길로 말했다.

"……네. 그렇게는 생각하지 않습니다. 거품의 체적이 31배가 되는 순간, 그때까지의 위력은 모두 사라지겠죠. 과연 그런 힘으로 사람이 탄 고무보트를 뒤집을 수 있을까요?"

"양에 따라 다르지 않을까요? 작은 거품은 31배로 커져봤자 별다른 힘이 없겠지만, 해저부터 거대한 거품이었다면요? 가령 처음에 1세제곱미터였다면 해상에서는 31세제곱미터가 돼요. 그런 공기 덩어리가 밑에서 솟구치면 무사할 수 있을까요?"

준코는 발끈하며 반론을 제기했다.

"큰 거품이 그대로 상승하는 일은 있을 수 없습니다. 도중에 반드시 미세한 거품으로 나뉘죠. 거품들에 둘러싸여 고무보트에 탄 사람이 섬뜩함을 느낄 수는 있겠지만, 거품이 분산됨으로써 고무보트가 전복되지는 않을 겁니다."

케이는 피곤해 보이는 목소리로 대답했다.

"배럴아이의 영상에서도 똑똑히 봤잖습니까? 엄청난 거품이 솟구친 건 사실이지만, 거품만으로 범행이 가능하다곤 생각하기 어려워요."

준코는 잠시 실망할 뻔했다. 하지만 전광석화처럼 다른 아이디어가 떠올랐다.

"알았어요!"

케이는 쓰러지던 상대에게 펀치를 맞은 권투선수 같은 표정을 지었다.

"이번엔 정말이에요! 이야기를 나누다 보니 답을 찾은 것 같아요! 분명히 거품만으론 역부족이었을 것 같네요."

"역부족이란 단어는 이럴 때 사용하는 말이 아닌 것 같은데요."

케이는 작은 목소리로 중얼거렸다. 예전부터 생각했지만, 뭐든지 트집을 잡아야 직성이 풀리는 성격인 듯하다.

"한마디로 밀폐폭발이에요. 그것밖에는 생각할 수 없어요!"

"생각할 수 없다는 말은 두 가지로 해석이 가능하죠. 아니, 그건 됐습니다. 그런데 무슨 말이죠?"

케이는 두 손을 머리 뒤로 깍지 끼며 허리를 폈다.

"범인은 해저에서 31기압의 공기를 채운 밀폐용기를 내보냈어요. 플라스틱처럼 딱딱하고 신축성이 없는 용기죠. 처음에는 용기 안팎의 압력이 균형을 이루지만, 상승하며 점점 바깥쪽 기압이 내려가고 용기에 강한 내압이 걸리게 되죠. 그러다 고무보트 바로 밑에서 더 이상 견디지 못하고 뻥 터진 거예요!"

생각 탓인지 케이의 눈빛이 날카로워진 듯했다.

좋아, 반응이 있다.

"밀폐폭발의 원리는 아시죠? 화약을 그대로 폭발시키는 게 아니라, 파이프 같은 밀폐용기에 넣어 폭발시켰을 때 위력이 몇 배 커지잖아요."

"……폭발하려는 힘을 한순간이라도 막으면 분명히 파괴력은 커집니다. 화약의 폭굉(爆轟, 불길의 전달 속도가 음속보다 큰 폭발현상)만이 아니라 페트병에 드라이아이스를 넣고 방치해도 큰 부상으로 이어질 수 있죠."

케이는 팔짱을 끼고 생각에 잠겼다.

"실험해 보지 않은 이상 확실히 말하기는 어렵지만, 그 방법이라면 고무보트를 전복시킬 만한 위력이 있을 수도 있겠군요."

"그렇죠? 그러면 정해졌네요! 이 방법으로 고무보트를 뒤집히게 만들어 호테이 씨를 바다에 내동댕이친 거예요! 이제 호테이 씨를 바닷속으로 끌고 들어간 방법만 찾으면……."

"유감스럽게도 이번 경우 밀폐폭발은 정답이 아닙니다."

케이는 준코의 흥분에 찬물이라도 끼얹었듯 단호하게 말했다.

"왜죠?"

준코는 비명처럼 소리를 질렀다.

케이는 범인에게 마지막 선언을 할 때처럼 가학적인 표정을 지었다.

"소리입니다. 들으셨겠지만, 고무보트가 뒤집힌 순간의 소리가 녹음돼 있죠. 쾅! 하는 무거운 충격음이었어요. 증폭돼 있어서 상당히 크게 들렸는데, 직접 들었다면 조금만 떨어져 있어도 거의 안 들렸을 거예요. 그 후의 물소리와 비교해도 훨씬 작았으니까요. 만약 밀폐용기가 고무보트를 날려버릴 정도의 위력으로 폭발했다면 그런 소리로 끝나지 않았을 겁니다. 바닷물을 마구 뒤흔들며 폭발임을 알 수 있는 굉음이 녹음되었겠죠."

준코는 고개를 떨구었다. 그때 새로운 영감이 그녀를 찾아왔다.

어떻게 된 걸까? 이것 또한 신의 장난이자 잘못된 계시일까? 아니다. 이번이야말로 정답일지 모른다.

"알았다!"

케이는 그런 준코를 보고는 잠시 휘청거렸다. 그러더니 의미를 알 수 없는 혼잣말을 토해냈다.

"……젠장. 불사신인가? 멘탈이 불사신이냔 말이야!"

"이번에는 고무보트를 어떻게 전복시켰느냐는 트릭이 아니에요. 지금 이야기가 힌트로 작용해 다른 의문에 대한 답을 발견했다고 할까요?"

준코의 내면에서 흥분이 좀비처럼 되살아나 춤을 추었다.

"다른 의문은 또 뭔가요?"

"그날 밤, 고무보트 주변에 왜 상어들이 모여 있었을까요? 아무리 상어가 많은 해역이라도 좀 이상하지 않나요? 우연 같진 않아요. 범인이 미리 손을 쓴 거라고 생각해야 하지 않을까요?"

케이가 눈을 가늘게 뜨며 물었다.

"어떻게요?"

"풍선에 31기압의 공기를 넣고 해저에서 상승시키면 어떻게 될까요?"

준코는 손에 든 빈 캔을 풍선처럼 높이 치켜들며 말을 이었다.

"풍선이 조금씩 팽창하다 해수면의 약간 아래쪽에서 한계를 벗어나 터진 건 아닐까요?"

"그것이 상어와 무슨 상관이죠?"

케이는 이해할 수 없다는 표정으로 미간을 찌푸렸다.

"만약 풍선에 공기가 아니라 동물의 피 같은 게 들어 있었다면요? 풍선이 터져 피냄새가 단숨에 사방으로 흩어졌고, 그로 인해 상어가 모여들었다……. 어때요?"

케이는 잠시 침묵했다. 역시 이번에도 아닌 걸까?

"굉장하군요!"

그는 두 팔을 활짝 벌리고 천천히 손뼉을 쳤다. 마침내 해낸 건가? 메인 트릭이 아니더라도 내 추리가 드디어 타당성을 부여받은 걸까?

잠깐만. 조심해라. 마구 치켜세우고는 나중에 가차 없이 떨어뜨릴지도 모른다. 지금까지 무시당한 게 어디 한두 번인가?

준코는 경계를 늦추지 않은 채 케이의 말을 기다렸다.

"그겁니다. 상어가 모여든 게 범인의 계획이라곤 추측했지만, 어떤 방법을 사용했는지 생각을 못했거든요. 그런데 그 방법이라면 어렵지 않게 상어를 모을 수 있을 것 같아요. 정말 굉장해요!"

준코는 황홀한 표정으로 케이의 칭찬을 들었다.

"그렇다면 범행이 벌어지기 조금 전에 난 소리도 확인해 볼 필요가 있겠어요. 만약 풍선 터지는 소리가 기록돼 있다면 틀림없을 겁니다."

케이의 인정은 준코에게 마약 같은 효과를 가져왔다. 마치 비난의 폭풍우를 퍼부은 후 다정한 말을 해주는 수법에 세뇌되는 사이비 종교의 신자처럼.

"그게 정답이었군. 역시 난 대단해. 진실을 꿰뚫어보는 힘이 있다니까? ……그렇다면 그게 트릭의 전부였을지도 모르겠군."

준코는 반쯤 몽롱한 상태로 중얼거렸다.

"그래, 그거예요! 그렇게 모여든 상어들이 고무보트에 미친 듯이 몸을 부딪혀 뒤집힌 거죠. 호테이 씨가 바다에 빠지자 덥석 물고 깊은 곳으로 사라졌고요!"

그러자 케이가 의아한 표정을 지었다.

"상어는 보통 그렇게 하지……."

"서로 사냥감을 놓고 싸우다 재빨리 갖고 도망치더라도 이상한 일은 아니죠."

"하지만 뭉툭코여섯줄아가미상어는 수심……."

"뭉툭코여섯줄아가미상어는 배가 고팠어요. 이미 며칠째 아무것도 못 먹었죠. 그때였어요. 해수면 쪽에서 진한 피냄새가 났어요. 먹이다! 그렇게 생각하자 잠시도 가만있을 수 없었던 거죠."

준코는 눈을 감고 머릿속에 떠오른 모습을 이야기했다.

"뭉툭코여섯줄아가미상어가 위로 떠올랐어요. 평소에는 깊은 바다에서 생활해 해수면 근처까지 오는 일은 없죠. 하지만 배고픔과 생존에 대한 욕구가 뭉툭코여섯줄아가미상어를 움직였어요. 그리고 마침내……!"

"변호사님, 정신 차리세요!"

준코는 눈을 떴다. 케이가 어이없다는 듯 쳐다보았다.

"상어만으로 모든 상황을 설명하는 건 불가능합니다. 호테이 씨 팔에 난 상처는 상어의 이빨자국으로 보기 힘들고요."

"그래요? ……그렇군요."

준코는 혼잣말처럼 중얼거렸다. 환상적인 꿈에서 깨어난 듯한 기분이 들었다.

"해저에서 원격조종한 게 아닐까 하는 생각은 저도 했어요. 하지만 세상에는 가능한 일과 불가능한 일이 있습니다. 상어를 모으는 일이나 고무보트를 전복시키는 일까지는 가능했을지 몰라요. 하지만 호테이 씨를 살해하려면 가까운 곳에 있어야 하죠."

살해. 가까운 곳…….

"호테이 씨 같은 건장한 남자를 살해하려면 어떤 방법이든 파워가 필요합니다. 트릭의 내용에 따라 달라지겠지만, 어느 정도는 세밀한 작업도 필요하고요. 그것을 전부 원격조종으로 해내기란 도저히 불가능하다는 게 제 결론입니다."

파워……, 세밀한 작업……, 원격조종. 설마. ……아니, 이거라면 가능할지도 모른다.

"변호사님?"

"알았어요!"

준코가 소리를 지르며 자리에서 벌떡 일어섰다. 몇 발짝 뒤로 물러난 케이의 얼굴에 공포가 깃들었다.

"역시 원격조종이었어요! 더구나 어느 정도 파워가 있고 복잡한 작업을 해낼 수 있는……. 그날 밤 그게 가능했던 사람은 딱 한 사람이에요!"

밖으로 도망치려던 케이가 다시 돌아왔다. 역시 호기심을 이기지 못한 모양이다.

"누구 말인가요?"

"다루메요."

이미 혐의가 굳어진 만큼 '씨'라고 부르지 않아도 상관없으리라.

"……그럼 원격조종이란 건."

준코가 생긋 웃으며 대답했다.

"네. ROV인 배럴아이를 사용한 거예요. 본인도 말했지만 배럴아이를 잇는 케이블은 매우 길어요. 호테이 씨의 고무보트 옆까지 도달할 수 있을 정도니까요."

케이는 다시 생각에 잠기는 듯했다.

"배럴아이를 어떻게 사용하면 그런 범행이 가능할까요?"

머리가 좋은 케이도 거기까지는 상상력이 못 미치는 모양이다. 해적이라면 몰라도 어차피 육지 도둑이다.

"……실물은 못 봤지만 ROV의 크기나 파워로 볼 때, 밑에서 부딪친다고 고무보트가 뒤집힐 것 같진 않습니다. 작은 머니퓰레이터가 붙어 있긴 하죠. 하지만 그걸로 호테이 씨를 붙잡아 바닷속 깊은 곳까지 끌고 들어갈 수 있을지는 상당히 의문……, 아니 불가능할 겁니다."

준코는 고개를 끄덕였다.

"알았어요. 순서대로 설명할게요."

준코는 카페오레의 빈 캔을 옆으로 치켜들었다.

"그게 뭐죠?"

"배럴아이라고 생각하세요."

준코는 입으로 스크루 소리를 내며 빈 캔을 수평으로 움직였다. 케이가 어이없다는 표정으로 그 모습을 지켜보았다.

준코는 빈 캔을 밑으로 내리고 설명을 시작했다.

"……일단 어떤 식으로 고무보트를 뒤집었느냐는 건데요. 그 고무보트는 상당히 크고, 무게도 있으며, 안정성도 좋은 것 같더군요. 그렇게 쉽게 뒤집힐 것 같진 않아요. 따라서 결론은 하나예요."

준코가 얼굴을 쑥 내밀고 케이에게 다가갔다. 그러자 케이는 화들짝 놀라 몸을 뒤로 뺐다.

"고무보트는 전복되지 않았어요."

케이가 멍하니 입을 벌렸다.

"하지만 그건……."

"끝까지 들으세요. 야스다 씨가 이렇게 증언했죠. '고무보트는 제대로 있었어요. 파란색 집어등이 보여 전복된 줄 알았는데, 잠깐 바닥이 보였을 뿐 다시 원래대로 돌아온 것 같더군요'라고요. 즉, 실제로 전복된 상황은 못 봤잖아요?"

"그러면 파란색 집어등이 보였다는 건 무슨 뜻이죠?"

준코는 검지를 세워 좌우로 흔들었다.

"그게 트릭이에요. 다루메가 배럴아이에 파란색 LED를 부착해 목격자를 속인 거죠."

케이는 곤혹감을 감추지 못했다.

"……전복된 것처럼 위장하는 것에 어떤 이점이 있나요?"

"일단 호테이 씨를 바닷속으로 어떻게 끌고 들어갔을까요?"

준코는 케이의 질문을 무시한 채 이야기를 전개시켰다.

"아마 이렇게 했을 거예요."

그녀는 다시 빈 캔을 들어올렸다. 그런 다음 입으로 소리를 내며 수평으로 움직였다.

"호테이 씨는 고무보트에서 낚싯줄을 드리우고 있었어요. 밤이니까 해수면 밑이 캄캄해 위에서는 잘 보이지 않았겠죠.

그때 배럴아이가 머니퓰레이터로 낚싯줄을 잡아당겨 입질처럼 보이게 했어요."

준코는 왼손으로 낚싯줄을 잡고 살짝 잡아당기는 동작을 취했다.

"호테이 씨는 오징어나 물고기가 걸렸다고 생각했겠죠. 그래서 들어올리기 위해 낚싯대를 꽉 잡았어요. 어쩌면 들어올렸을지도 모르죠. 바로 그때였어요!"

준코는 빈 캔을 든 손가락 두 개를 움직여 머니퓰레이터를 표현했다.

"배럴아이는 낚싯줄을 머니퓰레이터에 감은 채 재빨리 잠행해 호테이 씨를 바닷속으로 끌고 들어갔어요. 그때 세찬 물소리가 나면서 주위에 모여 있던 뱀상어, 청새리상어 등이 호테이 씨를 공격하고 물어뜯었죠. 한편 심해에서 뭉툭코여섯줄아가미상어가 올라와 이 가공할 만한 쟁탈전에 동참했어요."

케이는 두 손으로 얼굴을 감쌌다. 자신의 미숙함을 부끄러워하는 것이리라.

"o과 xx인가······?"

케이가 무슨 말을 했는데, 목소리가 너무 작아 알아들을 수 없었다.

"네? 다시 말씀해 주시겠어요?"

케이는 얼굴에서 손을 떼며 말했다.

"톰과 제리인가, 하고 말했어요. 그런 만화 같은 방법으로 호테이 씨를 바다로 끌고 들어갔다곤 생각하기 어려워요. 애초 ROV의 머니퓰레이터가 낚싯줄을 잡을 수 있을 만큼 정밀하던가요?"

"아! 그렇다면 낚싯줄이 아니라 미끼를 잡은 게……."

"머니퓰레이터에는 촉각도 없고 움직임도 너무 느려 세심한 입질을 하는 건 어렵지……, 아니 그런 건 아무래도 좋습니다."

케이는 화가 난 듯 보였다.

"애당초 배럴아이가 범행에 사용되었다면, 그 모습이 녹화되지 않았겠어요?"

"그걸 관리하는 사람이 다루메잖아요. 영상을 바꿔치기하는 일이라면 식은 죽 먹기 아닐까요?"

케이는 두통이 느껴지는지 관자놀이를 손으로 눌렀다.

"알겠습니다. 그런데 오구치 씨 증언을 잊었어요? 그는 분명히 이렇게 말했죠. '배럴아이의 활동범위는 수심 약 300미터에서 부상하더라도 겨우 200미터 정도입니다. 해수면에는 한 번도 다가가지 않았고, 다른 물체의 스크루 소리와 뒤섞이는 일도 있을 수 없어요.'"

케이는 오구치의 말을 토씨 하나 틀리지 않고 재연했다.

"오구치 씨는 스크루 소리가 들리지 않아 그렇게 말한 거죠. 하지만 범인이 엄청난 거품을 만들어내 스크루 소리를 감춘 건 아닐까요?"

"아뇨. 거품 소리와 스크루 소리는 근본적으로 다릅니다. 그런 것도 구별하지 못할 정도라면 패시브 소나 연구를 당장 때

려치우라고 말하고 싶군요!"

케이는 큰소리로 말하고는 이내 반성하듯 조용한 목소리로 돌아갔다.

"더구나 호테이 씨 팔에 있던 상처는 어떻게 설명하실 겁니까?"

준코는 잠시 생각한 후 대답했다.

"신종 상어나 심해어, 어쩌면 정말로 남극하트지느러미오징어였는지도 몰라요. 아까 야스다 씨한테 들었는데, 일본 근해에는 세계에서 세 번째로 큰 오니키아오징어란 게 있대요. 이것 역시 촉완에 가시가 있다고 하더군요. 이쪽도 용의자는 많아요. 어류라든지 연체동물뿐이지만요."

케이는 푸웃 하고 웃음을 터트렸다. 고개를 가로저으며 서글픈 눈길로 준코를 보던 그는 이내 시선을 돌렸다. 그리고 생각에 잠겼다.

잠시 후, 그는 팝송 〈마이 웨이〉를 흥얼거리며 묘하리만큼 가벼운 발걸음으로 직원식당을 나갔다.

4

"정면에 있는 게 선상감압실인 DDC입니다."

야스다가 안쪽에 있는 거대한 철제 탱크를 가리키며 작게 말했다.

준코는 조심스럽게 걸음을 옮겼다.

케이의 추리가 맞다면 이 안에 범인이 있다.

형사변호사로서 지금까지 수많은 살인범과 대치해 왔다. 하지만 그중 절반 가까이는 인간적인 감정이 결여된 사이코패스였다. 따라서 마치 인간처럼 생긴 파충류와 대화하는 듯한 느낌에 휩싸이곤 했다.

그런데 만나기 전부터 살인자가 아닐까 하고 강하게 의심되는 경우는 이번이 처음이었다. 걸음을 옮길 때마다 긴장이 고조되는 듯했다.

DDC는 원통형으로, 철문에 둥근 창문이 있었다. 두터운 유리를 통해 내부에 있는 사람의 그림자가 보였다. 양쪽에 앉을 수 있는 긴 의자가 있으며, 각자 편한 자세로 시간을 보내고 있었다.

야스다가 인터폰으로 내부에 말을 걸었다.

"호라이. 아까 말한 아오토 변호사님이 오셨어. 자네 말을 듣고 싶다니까 잠시만 와주게."

그러자 맨 안쪽에서 등을 보이던 남자가 이쪽으로 천천히 걸어왔다.

데자뷔.

어디서 봤을까? 분명히 이런 장면을 본 적이 있다.

즉시 떠올랐다. 영화 「양들의 침묵」에서 클라리스가 한니발 렉터를 처음 만나는 장면. 독방의 강화유리를 사이에 두고 만나는 상황이다.

심장소리가 빨라지고 등줄기의 입모근이 수축되는 느낌이 들었다.

둥근 창 너머에 호라이가 섰다.

키는 180센티미터쯤 될까? 호테이만큼은 아니지만 잠수사로서는 큰 편이다. 티셔츠를 입은 상반신에 멋지게 단련된 대흉근이 불룩 튀어나와 있었다.

덥수룩한 머리칼 밑에는 마치 혼혈인처럼 이목구비가 뚜렷한 얼굴이 자리했다. 이마는 넓고 눈썹은 짙었으며, 쌍꺼풀 없는 길고 아름다운 눈이 조용히 이쪽을 바라보았다.

호라이가 안에서 수화기를 들었다.

준코도 야스다에게 수화기를 넘겨받았다.

"아오토 준코라고 합니다. 호테이 씨의 사망사건을 조사하고 있는데, 몇 가지 여쭤봐도 될까요?"

준코가 긴장하며 말을 꺼내자 호라이는 살며시 미소를 지었다.

"네, 얼마든지요. 뭐든지 물어보세요."

숨 막히는 긴장감을 단숨에 무너뜨리는 헬륨보이스였다.

"저……, 지금 그 안에서 천천히 감압해 31기압에 익숙했던 몸을 원래대로 되돌리는 중이죠?"

"그렇습니다. 가압할 때는 10시간인데, 원래대로 되돌릴 때는 12일이나 걸리죠. 몸 상태도 이상하고 사내들뿐이라서 숨도 막히고, 정말이지 답답해 미치겠습니다~."

호라이의 말투는 묘하리만큼 밝았다.

"그동안 잘 몰랐는데 굉장히 힘든 일이군요."

"세상에 편한 일은 없으니까요. 그런데 일반 잠수사와 달리 포화잠수사는 수입이 꽤 짭짤하거든요. 더구나 석 달 일하면 한 달을 쉴 수 있으니, 악착같이 벌어서 실컷 놀고 싶은 나 같은 사람에게는 천직이죠."

맙소사! 이런 상태라면 상대를 어떤 모드로 대해야 할지 헷갈린다.

준코는 점점 더 혼란스러워졌다.

철문을 사이에 두고 코앞에 있는 사람은 살인자, 그것도 매우 계획적이고 잔인한 살인자일 가능성이 크다. 그런데 여자라면 누구나 반할 만한 꽃미남에 육체미의 소유자다. 게다가 하필이면 도날드덕처럼 장난스러운 목소리로 말하다니.

"호테이 씨와는 친했나요?"

일단 변호사로서 철저히 사무적으로 대했다. 그러면서 호라이의 표정 변화에 주목했다.

"그렇습니다. 그래서 아직도 믿을 수가 없어요. 죽여도 안 죽을 것 같은 녀석이었거든요. 더구나 제가 이처럼 감옥에 있는 거나 마찬가지라서 장례식에도 갈 수 없었죠. 얼마나 마음이 아픈지 모릅니다."

호라이의 표정에는 변화가 전혀 없었다.

"호테이 씨가 사망한 날 밤 말인데요. 로크아웃하셨다면서요? 혹시 뭔가 특별한 점은 없었나요?"

"이렇게 바다 밑바닥에 있었는데 뭘 알겠어요? 여긴 바다

위와 달리 캄캄해서 아무것도 안 보입니다."

호라이는 살짝 고개를 갸웃거렸다.

"그렇군요. 그렇겠죠. ……시라이 나기사 씨가 호라이 씨 애인이었나요?"

기습적인 질문이었다. 하지만 호라이는 똑같은 페이스로 대답했다.

"네. 한때 사귀었죠. 오래전 헤어졌지만요. 하지만 바다에서 그런 사고를 당하고, 이번에 호테이까지 그렇게 되다니. 정말로 충격을 받았습니다."

"당시 나기사 씨는 호테이 씨와 사귀는 사이였다고 들었어요. 괜찮으시면 나기사 씨가 왜 호라이 씨와 헤어지고 호테이 씨와 사귀게 되었는지 말씀해 주시겠어요?"

화를 낼 수도 있는 질문이었다. 하지만 호라이의 태도에는 여전히 변화가 없었다.

"으음, 왜 헤어졌을까요……? 남녀 사이에 놓인 심연은 저 바닷속보다 깊다고 해야 할까요? 헤어진 건 아주 사소한 이유 때문이지만, 나와 헤어지고 호테이와 사귀다니. 그건 상상도 못했던 일이에요."

역시 이상하다. 상당히 감정을 뒤흔드는 질문이라고 생각했는데, 호라이는 아무런 반응도 보이지 않았다. 사이코패스이기 때문은 아니다. 그들은 비교적 쉽게 흥분한다. 호라이는 강력한 의지로 자신을 완벽하게 통제하고 있는 듯했다.

그때 뒤쪽에서 케이가 다가왔다. 준코는 그에게 수화기를 건넸다.

"저도 몇 가지 질문 좀 드려도 될까요?"

케이는 자기소개도 하지 않고 그렇게 말했다.

"네. 얼마든지요. 뭐든지 물어보세요."

처음 준코에게 대답했을 때와 토씨 하나 다르지 않았다. 케이가 누구인지 묻지도 않는다.

"호테이 씨가 사망한 상황에 대해서는 이미 들으셨겠죠? 범인이 누구라고 생각하세요?"

"으음, 남극하트지느러미오징어?"

호라이가 고개를 갸웃거리며 덧붙였다.

"하지만 도저히 믿기지 않아요. 야스다 씨가 그렇게 말했지만, 이 일대에서 그런 걸 본 적이 없거든요."

"호라이 씨, 저는 범인이 누구냐고 물었습니다. 이건 엄연한 살인사건이에요. 호테이 씨를 죽인 건 틀림없이 사람이죠."

케이의 목소리가 날카로워졌다.

준코는 이번에야말로 호라이가 반응을 보이리라 생각했다.

"네? 그게 정말인가요? 살인사건이라고요? 그런 일은 있을 수 없을 텐데요."

호라이의 강철 같은 억제력은 무너지지 않았다.

"하지만 동기가 있을 법한 사람은 몇 명 떠오르는군요."

"누구죠?"

"일단 뭐니 뭐니 해도 야스다 씨죠. 그리고 오구치 씨라든지 다루메 씨도. ⋯⋯여기 있는 미쓰마타와 요코도 그렇지 않을까요?"

호라이 뒤에서 "무슨 말이야?" "난 빼줘" 하고 항의하는 헬륨보이스들이 들렸다.

"호테이 씨를 살해할 만한 동기를 가진 사람이 왜 그렇게 많은가요?"

케이는 DDC의 창문 안쪽을 뚫어지게 쳐다보았다.

"아마 그것 때문 아닐까요? 사내 갑질? 나기사 건으로도 이런저런 일이 있었고요."

호라이가 히쭉 웃으며 덧붙였다.

"그리고 저 또한 빠질 수 없겠죠. 음, 때려죽이고 싶었거든요. 할 수만 있다면 말이죠."

뜨겁게 내리쬐는 눈부신 태양. 수평선 끝까지 푸르른 바다.

준코는 순간 현기증이 일었다. 아직 오가사와라에 있는 듯한 착각에 휩싸인 것이다. 하지만 여기는 오키나와의 하마히가시마 섬에 있는 어항이었다.

준코는 불신의 눈으로 케이를 노려보았다.

1년 전 세상을 떠난 시라이 나기사에 대해 조사한다며 사흘 전 이곳에 왔다. 하지만 케이는 보트를 타고 섬을 일주하거나 바다낚시를 즐기고, 밤이면 밤마다 술집에 가는 등 멋대로 행동했다. 나중에 술값 영수증을 내놓기가 꺼림칙해 준코는 술집엔 따라가지 않았다.

오미 유리, 즉 오야시마 해양개발이 의뢰인이므로 비용이 조금 많이 나와도 문제는 없으리라. 하지만 그에 걸맞은 성과를 아직 손에 쥐지 못했다.

한편, 장마가 끝난 지 얼마 안 된 지금이 오키나와 관광에 안성맞춤이었다. 특히 하마히가시마 섬에 있는 이 어항은 한산한 요트하버 같은 분위기라서 마음에 쏙 들었다.

꽃돔 색깔의 오키나와식 알로하셔츠에 하얀 반바지를 입은 작은 체구의 남성이 제방에 서 있었다. 뒷모습만 봐도 어딘지 모르게 장난기가 떠다니는 듯했다.

말을 걸자 그는 즉시 뒤를 돌아보았다. 준코는 자신과 케이를 소개하고, 만남에 응해줘서 고맙다고 인사했다. 그런 다음 재빨리 본론으로 들어가 그날 상황을 물어보았다.

"그날 밤 일이라면 똑똑히 기억하고 있지."

히메지라는 이름의 어부는 고개를 크게 끄덕였다. 50대 후반쯤일까? 새카맣게 탄 얼굴에 깜짝 놀란 듯 보이는 큼지막한 눈이 빛났다. 양쪽으로 뻗은 미꾸라지 수염이 매력 포인트처럼 보인다.

"밤의 시저는 위험하다고, 나기사 양에게 그렇게 강조했는데 말이야."

"시저라뇨?"

준코가 물었다.

"그것 말이야, 동갈치. 밤에 불을 켜면 여기저기서 쉭~ 쉭~ 날아오거든. 보트 위에 있으면 안 돼. 꽉 박히니까."

히메지는 손짓과 몸짓으로 동갈치가 날아오는 모습을 표

현했다. 그 모습에 순간적으로 야스다가 떠올랐다.

"참, 그렇지. 오늘 아침에 잡았는데, 아직 안 팔린 녀석이 한 마리 있어. 보겠나?"

히메지는 그렇게 말하고 소형 어선 쪽으로 걸어갔다. 가뿐하게 어선에 올라탄 그는 수조에서 가늘고 기다란 물고기를 들어올렸다. 1미터가 넘어 보였다. 힘이 빠진 듯했지만, 가늘고 기다란 몸을 비틀자 은색 비늘이 햇살에 반짝거렸다. 갈치와 비슷했다. 그런데 주둥이가 칼처럼 날카롭게 튀어나와, 거기에 찔리면 그대로 황천행이리라.

"히메지 씨는……."

케이가 그렇게 말하자 그는 손을 휘휘 저었다.

"그냥 아저씨라고 부르게. 다들 그렇게 부르니까."

"저……."

바로 아저씨라고 부르기가 불편했는지, 케이는 주어를 생략했다.

"시라이 나기사 씨하곤 친하셨나요?"

히메지의 표정이 숙연해졌다.

"당연하지. 나기사 양을 안 지 꽤 오래됐거든. 참 좋은 사람이었지. 나기사 양은 오키나와를 굉장히 사랑했네. 해마다 여기 오면 '아저씨! 아저씨!' 하면서 잘 따랐는데……. 이제는 만날 수 없다는 게 믿기지 않아."

준코가 신중하게 말을 꺼냈다.

"이런 걸 물으면 마음이 아프시겠지만, 나기사 씨는 베테랑 다이빙 강사에 오키나와에도 자주 왔잖아요? 그런데 동갈치, 즉 시저가 얼마나 무서운지 몰랐다는 게 이상하지 않나요?"

그러자 히메지는 고개를 갸웃거렸다.

"그러게. 왜 그랬을까? 자네 말처럼 나기사 양이 시저를 몰랐을 리 없을 텐데."

케이가 조심스러운 목소리로 물었다.

"그날 밤에만 우연히 깜빡한 걸까요?"

"아니, 그런 일은 있을 수 없네. 초보자들에게 나이트 다이빙도 가르쳤거든."

히메지 역시 부자연스러운 사고였다고 생각하는 모양이다.

"투광기가 켜져 있는 걸 아저씨가 보신 거죠? 그래서 빨리 끄라고 큰소리로 말씀하신 거죠?"

케이는 이제 히메지를 '아저씨'라고 불렀다. 히메지는 고개를 주억거렸다.

"그래, 큰소리로 '꺼!' 하고 소리쳤지. 하지만 대답이 없었어."

히메지는 자신의 목소리가 충분히 들렸다고 생각하는 듯했다. 그렇다면 점점 더 이상하다.

"혹시 나기사 씨가 누군가에게 살해되었을 가능성은 없을까요?"

케이의 질문에 히메지는 눈을 크게 떴다.

"살해돼? ……어떻게 말인가?"

케이는 신중하게 단어를 선택하며 말했다.

"예를 들어, 나기사 씨가 바다에 들어간 순간 누군가 투광기를 켰다면요?"

히메지가 얼굴을 찡그렸다.

"그건 말이 안 돼. 내가 나기사 양을 구하러 갔을 때 보트에 아무도 없었거든."

"아저씨가 배를 가지러 간 사이 도망쳤을지도 모르잖습니까?"

"내 배는 바로 옆에 있었고, 나기사 양 보트는 계속 시야에 들어와 있었네. 다른 배가 존재했다면 알았을 거야."

준코가 재빨리 끼어들었다.

"하지만 주변이 캄캄하지 않았나요?"

"그래, 캄캄했지. ……투광기가 켜지기 전까지는."

히메지는 당연하다는 얼굴로 말했다.

준코는 실망을 금할 수 없었다. 그동안 케이에게는 두들겨 맞은 적이 많아 어느 정도 익숙해졌다. 하지만 이렇게 순박한 어부에게까지 태클을 당할 줄은 몰랐다.

"그래서 나기사 양 보트 주변이 아주 밝았어."

"혹시 바다로 잠수해 도망쳤을 가능성은 없나요?"

준코가 밑져야 본전이라는 생각으로 물었다.

"시저가 우글거리는 바다로 들어간단 말인가? 죽을 생각이라면 그렇게 했겠지."

히메지가 안쓰러운 표정으로 말했다.

역시 말이 안 되는 건가? 준코는 상처받은 자존심을 일단 잊기로 했다.

나기사가 사망한 현장은 360도 트인 바다였지만 일종의 밀실이라 할 수 있다. 호테이가 죽은 오가사와라의 바다처럼.

그렇다면 이쪽에 사용된 트릭을 밝혀낼 경우 호테이 사건도 풀 수 있을지 모른다.

"혹시 호테이 유이치 씨를 아세요?"

말이 채 끝나기도 전에 히메지가 얼굴을 찌푸렸다.

"그래. 알고 있지."

"나기사 씨가 사망했을 때 호테이 씨는 어디 있었을까요?"

"글쎄……. 애인을 내팽개치고 어디서 뭘 했을까? 아마 섬에 있는 어느 술집에서 술에 떡이 되어 있었겠지 뭐."

히메지는 호테이를 별로 좋아하지 않는 듯했다.

"호라이 히로아키 씨도 아세요?"

그러자 히메지가 얼굴 주름이 펴질 만큼 환하게 웃었다.

"히로짱이라면 잘 알고말고. 나기사 양 예전 애인이었지."

그는 팔짱을 낀 채 안타까운 얼굴로 한숨을 쉬었다.

"나기사 양이 왜 히로짱과 헤어지고 호테이 같은 녀석을 만났을까? 나기사 양을 진심으로 사랑한 사람은 히로짱이었는데."

준코는 속으로 회심의 미소를 지었다. 이건 행운이다. 히메지를 나기사 사건의 단순한 목격자로만 생각했다. 그런데 세 사람 관계를 잘 아는 것 같다.

"호라이 씨는 나기사 씨를 사랑했지만, 호테이 씨는 달랐다는 건가요?"

준코는 슬며시 히메지의 속내를 떠보았다.

"나기사 양이 죽은 뒤 두 사람이 어떻게 행동했는지를 보면 한눈에 알 수 있잖나?"

"무슨 일이 있었나요?"

히메지는 기억을 떠올리려는 듯 큰 눈을 감았다.

"히로짱의 모습은 눈뜨고는 도저히 볼 수 없을 정도였어. 사고 소식을 듣자마자 달려왔는데, 눈이 온통 새빨갛고 얼굴은 초췌했지. 내 배로 나기사 양이 사망한 바다에 꽃다발을 던지러 갔는데, 평생 그렇게 슬픈 눈은 본 적이 없다네."

"호테이 씨는요?"

"다른 때와 똑같았지. 이쪽에서 장례식을 치렀는데, 평소와 털끝만큼도 다르지 않았네. 나기사 양이 기르던 개도 빨리 처분하고 싶어하는 눈치더군."

"으음……, 개라고요?"

준코가 메모를 하며 물었다.

"그래. 이름이 콜로였지. 누가 버린 개를 유기견 보호센터에서 데려왔다더군. 바다에도 익숙해, 나기사 양의 보트 앞쪽에 오도카니 앉아있곤 했어."

"그 개는 지금 어디에 있나요?"

그러자 히메지가 고개를 가로저었다.

"죽었어. 나기사 양이 죽고 호테이가 돌봐준 것 같은데, 어찌된 일인지 먹이를 전혀 입에 대지 않았네."

설마 개까지 죽임을 당한 걸까? 준코의 의혹을 알아차린 듯 히메지가 말을 이었다.

"콜로의 마지막은 히로짱도 지켜보았다더군. 호테이가 부르면 전혀 반응을 보이지 않았지만, 히로짱에게는 반갑게 꼬리를 흔들었지. 먹이는 계속 안 먹었지만 말이야."

"어떤 개였나요?"

케이는 또다시 사소한 것에 집착을 보였다.

"어떤 개였냐면……, 잡종이었어. 늑대처럼 강인한 얼굴에 몸은 전체적으로 길었지. 나기사 양이 개를 키우고 싶다고 해, 히로짱이 유기견 보호센터에서 데려왔다고 하더군. 한 마리만 데려오는 건 나머지 다른 개들을 버리는 행동 같다며 나기사 양은 가지 않았고 말이야."

"개 장례식도 이쪽에서 치렀나요?"

케이는 아무런 의미가 없어 보이는 질문을 계속했다.

"글쎄, 어떻게 했더라? 기억이 잘 안 나네."

"개가 죽은 건 나기사 씨가 사망한 지 얼마 안 되었을 때인가요?"

"그래. 얼마나 지났을까? 굶어죽었다기보다 슬픔을 견디지 못해 죽은 것 같아."

"나기사 씨 장례식 후 호라이 씨가 여기에 얼마나 머물렀나요?"

"한 달 넘게 있었을 거야."

"그동안 뭘 한 거죠?"

"글쎄, 뭘 했더라? 사람들과 술도 안 마시고 매일 바닷가를 걸어다녔어."

"호테이 씨는요?"

히메지는 그때까지의 다정했던 표정을 확 바꾸며 토해내듯 말했다.

"한동안 여기 머물기는 했지만, 상어 낚시를 하며 희희낙락 보냈지 뭐."

오야시마 해양개발의 응접실에서 유리는 굳은 얼굴로 케이의 이야기를 들었다. 그러더니 따지듯 말했다.

"내가 변호사님에게 의뢰한 일은 유이치 씨의 사망사건에 대한 조사예요. 그 사람의 과거가 아니라고요!"

그러자 케이가 냉정하게 대꾸했다.

"호테이 씨의 사망은 단순한 사고가 아니라 살인사건일 가능성이 매우 높습니다. 호테이 씨 사망사건의 수수께끼를 풀기 위해서는, 1년 전 일어난 나기사 씨 사망사건의 진실을 알아야 하고요."

"하지만 그 사람이 나기사란 여자를 죽였다니 도저히 믿을 수가 없군요."

유리는 괴로운 표정으로 중얼거렸다.

준코가 위로라도 하듯 다정한 목소리로 말했다.

"그 마음 충분히 이해해요. 나기사 씨의 죽음은 사고로 처리되었지만, 지금 말씀드린 것처럼 아무래도 타살 같아요. 당시 나기사 씨와 오키나와에 같이 간 사람이 호테이 씨였어요."

유리는 애인의 죽음뿐만 아니라, 배신과 살인이라는 악몽

같은 사태에 직면해 있었다. 최대한 자극하지 않도록 주의해야 한다.

"1년 전이라면 유리 씨와 호테이 씨가 이미 사귀던 시점이죠? 호테이 씨가 나기사 씨와 여행갔다는 사실을 알고 계셨나요?"

그러자 유리가 나지막한 목소리로 대답했다.

"몰랐어요."

케이가 옆에서 말을 덧붙였다.

"호테이 씨는 유리 씨를 만나기 전에 나기사 씨와 남녀관계를 맺고 있었던 듯합니다. 유리 씨와 만나고는 나기사 씨를 방해물로 인식했겠죠."

'남녀관계'란 말이 나오자 유리의 얼굴이 점점 굳어졌다.

"이건 아직 추측에 불과하지만, 호테이 씨가 나기사 씨에게 여행을 제안한 다음 사고를 가장해 살해한 것 같습니다. 이번에 호테이 씨가 살해된 건 그에 대한 복수가 아닐까 하는 게 현시점에서 가장 설득력 있는 가설이고요."

케이의 말이 끝나기 무섭게 유리가 반론을 제기했다.

"가설이요? 억측 내지 단순한 공상 아닌가요? 하마히가시마 섬 사건만 해도 현장이 밀실이라 범인이 도망치기 어려웠을 거라고 하셨죠? 어떻게 도망쳤는지 알아냈나요?"

"뭐 대강은요."

케이의 태연한 대답에 준코는 황급히 그를 쳐다보았다. 둘이 회의했을 때만 해도 그런 말은 없었는데?

"어떻게 도망친 거죠?"

유리는 몸을 앞으로 내밀며 매서운 눈으로 케이를 쳐다보았다. 하지만 케이는 조금도 동요하지 않았다.

"그걸 설명하기 위해선 아직 조각을 더 채워야 합니다."

"좀 서둘러 주세요. 이미 많은 비용을 사용하셨죠? 이제 보수에 걸맞은 성과를 내주셔야 하지 않나요?"

유리는 가까스로 감정을 억누르는 듯했다.

"이 조각을 채울 수 있는 사람은 유리 씨, 당신뿐입니다."

"무슨 말이죠?"

"1년 전 호테이 씨는 이미 오야시마 해양개발에 입사해 있었습니다. 당시 직책이 뭐였죠?"

유리가 손가락으로 이마를 짚었다.

"……아마 자재과 과장이었을 거예요."

"그럼 오야시마 해양개발의 여러 자료를 들여다볼 수 있었겠네요?"

"아마도 그랬겠죠. 그런데 그건 왜요?"

유리는 신중한 표정을 지었다.

"그 무렵 자재 가운데 분실된 물건이 없었습니까?"

준코는 분노를 억누르며 케이 쪽을 보았다. 그런 말은 지금까지 나눈 적이 없지 않은가? 왜 같은 편인 자신에게까지 비밀주의로 일관하는가?

"분실된 물건이요? ……글쎄요. 잘 기억나지 않는군요."

유리는 잠시 생각에 잠겼다. 그녀를 보던 준코는 흠칫 놀랐다. 아무래도 짚이는 게 있는 표정이었다.

"있었던 것 같군요."

케이도 유리의 표정에서 뭔가를 알아차린 듯했다.

"그 물건이 무엇인지 묻지 않는 건, 그게 무엇인지 생각났기 때문이겠죠?"

유리는 지친 얼굴로 소파 등받이에 몸을 기댔다.

"있었다면요? 그럼 어떻게 되죠?"

"나기사 씨를 살해하는 데 사용되었을 가능성이 높습니다."

케이의 폭탄 발언에 유리는 감정을 폭발시켰다.

"뭔지 알면서 그런 말을 하는 건가요? 그냥 떠보는 것으로밖에 생각되지 않는데요."

"어떤 물건인지는 정확히 모릅니다. 하지만 분명 잠수 관련 기자재일 겁니다."

유리는 더 이상 반박하지 않았다. 그저 멍하니 입을 벌릴 뿐이었다.

"그리고 매우 단단한 물질……, 아마 금속으로 만들어졌을 겁니다. 제가 상상하는 걸 말씀드리자면, 잠수복의 일종이겠군요."

유리가 고개를 떨구며 말했다.

"……보시겠어요?"

"네. 부탁합니다."

창고 천장의 크레인에 매달린 물체를 보고 준코의 눈이 휘

둥그레졌다. 이건 잠수복이라기보다……

"꼭 모빌 슈트(건담 시리즈에 등장하는 인간형 기동병기) 같군요."

변호사로서 좀 더 재치 있는 감상을 말하고 싶었지만, 그것이 한계였다.

"전체적으로 디자인이 둥글둥글해서 그런지, 건담이라기보다 옛날 SF 만화영화에 나왔던 로봇 같군요."

케이의 감상도 준코와 별반 다르지 않았다.

"대기압 잠수복이에요. 캐나다에서 만든 살라만더 슈트라는 거죠."

유리가 차가운 목소리로 말했다.

"지금 모빌 슈트라고 하셨는데, 그것과 비슷합니다. 잠수복이긴 하지만 바깥 부분이 매우 튼튼하고 이동용 스크루도 달려 있어, 일종의 소형 잠수정이라고 할 수 있죠."

'호넨'이라는 이름표를 단 직원이 준코에게 설명했다. 동글동글한 눈에 귀엽게 생긴 젊은 남자다. 눈이 반짝반짝하고 신선함이 넘치는 걸 보니 신입사원 아닐까?

"어디에 사용하는 잠수복인가요?"

준코는 자기도 모르게 목소리가 들떴다. 케이처럼 냉소적이고 이상한 사람과 달리, 아직 때가 묻지 않은 순수한 남자는 얼마나 사랑스러운가?

호넨이 활짝 웃으며 설명했다.

"대기압 잠수복이라는 건 이름 그대로, 내부를 1기압으로 유지한 채 심해로 잠수할 수 있는 슈트입니다. 지금 오가사와라에서는 포화잠수로 수심 300미터까지 들어가는 실험을 진행 중인데, 그러려면 신체를 31기압에 익숙하도록 만들기 위해 가감압실에서 장시간……, 약 열 시간을 지내야 하죠. 반대로 1기압으로 돌아오려면 12일이 걸리고요. 하지만 이 대기압 잠수복을 입을 경우 즉시 300미터까지 잠수가 가능합니다. 바로 올라올 수도 있죠."

이게 뭐지? 전부 장점만 있잖아? 그렇다면 호라이를 비롯한 포화잠수사들이 무엇 때문에 그런 고행을 견뎌야 하는 걸까?

"……그런데 여기에도 단점이 있습니다. 첫째, 무게가 270킬로에 이르기 때문에 취급이 힘듭니다. 꺼내고 넣는 데에도 크레인을 사용해야 하죠. 입을 때도 옆에서 도와줘야 하고요."

그때 케이가 손을 들고 질문했다.

"혼자 입기가 불가능한가요?"

"살라만더 슈트는 상당히 진화했기 때문에, 크레인 같은 설비가 있고 물에 띄울 수만 있으면 100퍼센트 불가능한 건 아닙니다. 하지만 그러려면 상당히 숙련된 기술이 필요하죠."

호넨은 대기압 잠수복의 손끝을 가리켰다. 그곳에는 매직 핸드나 악어입 클립 같은 머니퓰레이터가 장착되어 있었다.

"또 한 가지는 이겁니다. 뭔가를 잡을 수는 있지만 섬세한 작업은 불가능합니다. 그런데 심해에서는 섬세함이 필요한 복잡한 작업이 많거든요."

이때 유리가 끼어들었다.

"최대 단점은 가격이에요. 환율에 따라 다르지만 한 벌에 3천만 엔쯤 하거든요."

그렇게 비싸다면 몇 벌씩 보유하기는 어렵다. 사람 손으로 섬세하게 작업할 수 있는 이점을 생각하면 포화잠수를 왜 계속 연구하는지 알 것 같았다.

"이 바깥부분 말인데요. 얼마나 단단한가요?"

케이의 질문에 호넨은 곤혹스러운 표정을 지었다.

"아주 단단한데, ······어떻게 말씀드려야 할까요?"

"예를 들어 총알을 튕겨낼 정도라든지, 칼은 어떤가요?"

케이가 왜 그런 질문을 하는지 눈치챈 준코는 아연실색했다. 이게 시라이 나기사를 살해한 트릭이었단 말인가?

"총알은 실험한 적이 없어서 잘 모릅니다. 다만 일반적인 권총으로는 관통시킬 수 없을 겁니다. 칼은 말씀드릴 필요도 없고요. 알루미늄 합금이니 표면에 살짝 흠집나는 게 고작일 겁니다."

"······그러면 동갈치떼의 습격을 받아도 괜찮겠네요?"

준코의 중얼거림에 이번에는 호넨이 어리둥절한 표정을 지었다.

"동갈치······라면, 물고기 말인가요? 물론입니다."

케이가 이번에는 유리를 향해 물었다.

"도난당한 대기압 잠수복은 이 창고에 보관되어 있었나요?"

"그래요."

"네? 도난당하다니······. 그럼 또 한 벌이 있었다는 건가요? 언제 도난당했는데요?"

호넨이 호들갑스럽게 떠들자, 유리가 얼굴을 찌푸리며 상황을 일축했다.

"그쪽이 입사하기 전이니 신경 안 써도 돼."

호넨은 정말로 신입사원인 모양이다.

"이제 이 창고의 경비 시스템에 대해 말씀해 주십시오."

케이는 이상한 요구를 계속했다. 설마 다음에 훔치러 들어올 생각은 아니겠지.

"그건 상관없지만, 이제 그만 말씀해 주시겠어요? 나기사 씨가 어떤 방법으로 살해됐는지를요."

그 말을 들은 호넨이 눈을 동그랗게 떴다.

"알겠습니다. 이제 대강 아시리라 생각하지만, 제가 세운 가설을 말씀드리겠습니다."

케이가 침착하게 말을 이었다.

"이곳에 침입해 270킬로그램이나 되는 물건을 훔쳐내는 건 매우 어려운 일이죠. 하지만 내부인의 짓이라면 이야기가 달라집니다. 경비 시스템을 잘 몰라 확실히 말할 수는 없지만, 호테이 씨라면 가능한 직위였을 겁니다. 창고에서 대기압 잠수복을 훔친 후 트럭 같은 것에 싣고 항구로 가져갔겠죠. 그리고 미리 준비해 둔 배에 실었을 겁니다."

그때 유리가 무언가 생각난 듯한 반응을 보였다.

"호테이 씨에게 자유롭게 사용할 수 있는 크루저 같은 게 있었나요?"

"네. ······제 거예요. 그 사람이 빌려달라고 했어요. 딱 1년 전이었죠."

유리의 목소리에 힘이 없었다.

"그렇군요. 호테이 씨는 크루저를 이용해 대기압 잠수복을 오키나와로 운반했을 겁니다. 그리고 하마히가시마에 숨겨두었겠죠. 섬을 한 바퀴 둘러봤는데, 큼지막한 바위들이 많아 적당히 위장해 두면 눈에 띄지 않겠더군요. 인적이 드문 곳의 바다 밑바닥에 가라앉혀 두었을지도 모르고요."

케이는 말을 멈추고, 핏기가 사라진 유리의 얼굴을 빤히 쳐다보았다.

"실제의 살인행위에 대해서는 장황하게 설명할 필요가 없겠죠. 문제는 동갈치떼에게서 탈출하는 트릭입니다. 그런데 이것만 입으면 아무런 문제가 없어요. 동갈치가 어떻게 공격하든 무사히 도망칠 수 있으니까요."

"이렇게 한 건가요? 나이트 다이빙을 하는 나기사 씨에게 접근해 호테이 씨가 투광기를 켰어요. 흥분한 동갈치떼가 두 사람을 습격했고요. 나기사 씨는 동갈치에 찔려 죽었지만, 호테이 씨는 살라만더 슈트 덕에 무사할 수 있었죠. 그런 다음 바닷속으로 도주했기 때문에 해안에 있던 히메지 씨 눈에 띄지 않은 거예요……."

준코는 케이의 추리를 토대로 나름 쉽게 설명했다고 생각했다. 하지만 케이의 생각은 다른 듯했다.

"아닙니다. 확실성이 부족해요. 아무리 라이트를 켜놓더라도 나기사 씨가 동갈치에 찔려죽을 거라곤 확신할 수 없어요."

준코가 발끈해서 따지고 들었다.

"그럼 어떻게 했다는 거예요?"

"유리 씨를 생각해 일부러 생략한 건데……."

케이는 모든 게 준코 때문이라는 듯 과장되게 한숨을 내쉬었다.

"실제 살인은 손으로 진행되었어요. 호테이는—이제 호칭은 생략하겠습니다—그날 밤 나기사 씨와 같이 배를 탔죠. 그리고 틈을 노려 나기사 씨를 칼로 찔러 죽인 겁니다."

준코는 머릿속에 떠오른 의문을 말했다.

"그런 건 부검으로 알 수 있잖아요? 동갈치에게 찔린 상처, 칼에 찔린 상처, 얼음송곳에 찔린 상처는 전부 모양이 다를 텐데요?"

"그래요. 그래서 호테이는 동갈치 주둥이 모양의 흉기를 만들어 나기사 씨를 찔렀어요."

케이의 말을 듣던 유리가 손으로 입을 가렸다.

"진짜 동갈치만 한 마리 구하면 그 다음은 간단합니다. 실리콘으로 틀을 만들어 융점이 낮은 납이나 화이트메탈을 흘려 넣으면 되죠. 나기사 씨의 목덜미나 복부처럼 부드러운 부분을 몇 번 찌르면 되니, 강도가 높을 필요는 없으리라 생각합니다. 혹시 중심에 쇠막대기를 넣었을지도 모르고요."

그때 유리가 오열하기 시작했다.

"호테이는 숨이 끊어진 나기사 씨를 뱃전에 기대어 놓고, 숨겨두었던 살라만더 슈트를 입습니다. 그런 다음 바닷속으로 그녀를 끌고 들어가죠. 그리고 투광기 스위치를 켭니다. 호테이의 계산대로 동갈치떼가 미친 듯이 날뛰었겠죠. 하지만 이미 사망한 나기사 씨를 찌르든 찌르지 않든 상관없었을 겁니다. 호테이는 슈트를 입은 채 현장을 떠납니다."

"다른 가능성도 있지 않나요? 나기사 씨가 나이트 다이빙하는 동안, 호테이가 살라만더 슈트를 입고 몰래 다가가 흉기로 찔러 죽인 후 투광기 스위치를 켜는 거요."

하지만 케이는 이번에도 머리를 가로저었다.

"그런 일은 불가능에 가깝습니다. 이렇게 무겁고 부피가 큰 잠수복을 입고 나기사 씨를 잡을 수 있었을까요? 아무리 기습적으로 공격한다고 하더라도 말이죠. 더구나 이런 손으로는 흉기를 이용하기 어려웠을 겁니다."

케이가 살라만더 슈트의 매직 핸드를 가리켰다.

"만일을 위해 호테이의 알리바이도 조사했습니다. 하마히가시마의 모든 음식점에 그날 밤 호테이가 왔는지 확인했죠."

그래서 매일 밤 술집을 돌아다녔던가? 준코는 그동안 오해한 것이 미안했다.

"어디에도 안 갔나요?"

"아뇨. 아마미추 식당에 갔다고 합니다. 1년 전인데도 덩치가 워낙 커서 그런지 식당 사람들이 기억하더군요. 다만 그곳에 간 시각이 한밤중이었어요. 나기사 씨를 살해한 후, 살라만더 슈트를 숨긴 다음 갔더라도 충분한 시간입니다."

유리가 다시 오열하기 시작했다. 그녀는 잠시 고개를 돌리고 손수건으로 눈가를 닦는가 싶더니, 이내 케이를 노려 보았다.

"……그게 진실이라면, 나기사 씨의 복수 차원에서 그 사람 이 살해된 거라고 하셨죠?"

케이는 차분한 얼굴로 대답했다.

"그럴 가능성이 크다고 생각합니다. 따라서 여기서 조사를 멈출지 계속할지에 대한 유리 씨 생각을 알고 싶군요. 조사를 그만하라고 하시면 여기서 철수하겠습니다. 대가 없이 일할 수는 없으니까요."

그걸 왜 당신 마음대로 정해? 준코는 그렇게 생각했지만 잠 시 상황을 지켜보았다.

유리는 그 즉시 대답했다.

"계속 조사해 주세요. 물론 대가는 지급하겠어요."

"괜찮겠습니까? 호테이 씨의 죽음에 대한 진실이 밝혀지면, 그가 저지른 범죄까지 드러날 텐데요."

그런데 놀랍게도 유리는 미소를 지으며 말했다.

"혹시 그 반대가 될지도 모르잖아요? 당신 추리가 전부 빗 나가는 거예요. 어느 쪽이든 여기서 멈추는 선택지는 없어요. ……더구나."

유리는 한숨과 함께 떨리는 목소리로 덧붙였다.

"범인이 누구인지, 그 사람을 어떻게 죽였는지 꼭 알고 싶 어요."

살라만더 슈트가 보관돼 있던 창고의 보안은 거의 완벽했던 것 같다. '거의'라는 말은 외부 침입과 장비 도난 가능성은 매우 낮지만, 내부 범행의 경우 꼭 그렇지만은 않다는 뜻이다.

"외부 경비는 거의 무방비더군요. 펜스는 쉽게 뛰어넘을 수 있고, 철책이나 가시철조망도 없었어요. 적외선 센서나 압력 센서도 없어, 침입하려고 마음만 먹으면 프리패스나 마찬가지였습니다. 문도 열려 있으니, 외발 자전거를 타고 저글링하며 들어올 수 있을 정도입니다."

보안 시스템을 확인한 케이가 응접실에서 준코와 유리에게 설명했다. 절도범의 관점에서 말하는 건 상관없지만, 경비 시스템을 조롱하는 듯한 말투가 마음에 걸렸다.

"단 CCTV는 지나치게 많아 사각지대가 없을 뿐만 아니라, 모든 장소를 두 대 이상이 커버하더군요. 스마트카메라와 토털트럭 시스템을 이용해 즉시 침입자를 알아낼 수 있을 겁니다."

"토털트럭이 뭐예요?"

준코가 미간에 주름을 잡으며 물었다.

"스마트카메라가 포착한 수상한 사람이나 차량을, CCTV와 연계해 끝까지 추적하는 시스템입니다. 그동안 경비실에서는 계속 비상벨이 울리고, 경비회사에도 신고가 들어가니 정말 골치 아픈 놈이죠."

유리 역시 미간에 주름을 잡았다. 케이의 마지막 말에서 묘한 느낌을 받은 모양이다.

"하지만 내부인이 살라만더 슈트를 훔쳐내는 건 식은 죽 먹기였을 겁니다. 호테이 씨의 ID 카드를 사용하면 어느 사무실이든, 어느 창고든 들어갈 수 있었겠죠. 권한 있는 사람이 창고에서 장비를 가지고 나오면, CCTV에만 녹화될 뿐 비상벨은 울리지 않습니다. 회사에 있는 CCTV 영상은 경비회사에 보내거나 365일 모니터하는 게 아니므로, 나중에 그 부분을 삭제하면 어떤 증거도 남지 않아요."

"하지만 그럴 수 있는 사람은 한정적이잖아요? 뒤늦게 발견되더라도 조사하면 범인을 찾아낼 수 있지 않아요?"

준코가 유리를 보며 물었다.

"그건 그렇지만, 범인은 살라만더 슈트를 전시용으로 만든 가짜와 바꿔치기했어요. 처음에는 가짜 슈트가 없어졌다는 보고를 받았죠. 그때는 별 문제 아니라고 생각해 무시했고요. 진짜가 사라졌다는 사실을 알았을 때는 이미 몇 달이 지난 터라, CCTV 영상에 덮어쓰기가 되어 있었어요. 범인이 이미 손을 썼는지 안 썼는지조차 파악하기 어려웠습니다."

유리는 그렇게 말하며 고개를 떨구었다.

"경찰에 신고했나요?"

"안 했어요. 실수로 뭔가에 섞여 어딘가에 보관되고 있을지도 모르니 일단 찾아보기로 하다……, 결국 그대로."

준코는 유리를 똑바로 쳐다보았다. 혹시 처음부터 호테이를 의심한 건 아닐까? 하지만 약혼자가 도둑이라는 사실을 인정하기 싫어 절도사건을 흐지부지 종결시켰는지도 모른다.

준코는 순간적으로 심술궂은 마음이 생겨났다.

"하지만 3천만 엔이나 하는 장비를 도난당한 거잖아요?"

"그게 없어도 일반적인 업무는 지장이 없고, 정식으로 공표하면 회사 이미지가 추락할 것 같았어요. ……지금은 잘못된 판단이라고 생각하지만요."

유리는 살라만더 슈트를 훔쳐간 목적이 업자에게 팔아넘기기 위해서라고 생각했을 것이다. 그런데 만약 살인사건에 악용되었다면 단순히 꿈자리 사나운 것으로 끝나지 않으리라.

"……정말로 단독범죄인가요? 살라만더 슈트는 270킬로나 되잖아요? 혼자 갖고 나가는 건 불가능하지 않아요?"

준코가 이번에는 케이에게 물었다. 케이는 자신만만하게 대답했다.

"그 정도는 아무것도 아닙니다. 수동 리프트를 사용해 얼마든지 옮길 수 있죠. 더구나 호테이 씨는 근력이 상당히 좋았던 것으로 보이고요. ……여담이지만 금고를 바닥에 고정시키지 않으면 의미가 없다고 하는데, 이유가 이번 경우와 똑같습니다. 600킬로 이상 되는 금고도 건장한 남자 세 명과 전동 리프트를 이용해 쉽게 옮겼으니까요."

옮겼다……? 과거형인가? 지금 자신의 경험을 말한 걸까?

"살라만더 슈트 역시 골판지 상자로 덮어 트럭 짐칸에 싣기만 하면, 그걸로 모든 게 해결되죠."

마치 좋은 일이라도 있는 듯 가벼운 말투였다.

"에노모토 씨의 가설에는 설득력이 있어요. 확실한 증거는 없지만, 나기사 씨의 죽음은 사고라고 하기에 이상한 점이 너무 많아요. 살라만더 슈트, 즉 대기압 잠수복을 사용하면 호테이 씨가 나기사 씨를 살해하고 현장에서 도망칠 수 있었겠네요. 호테이 씨에겐 나기사 씨를 살해할 만한 동기도 있었고요."

준코의 말에 유리의 얼굴빛이 흐려졌다.

"한편, 호라이 씨에겐 호테이 씨를 살해할 만한 동기가 있죠. 나기사 씨의 복수요. 하지만 여전히 두 가지 의문이 남는군요."

"두 가지요?"

케이가 고개를 갸웃거렸다.

"첫째, 호라이 씨는 어떻게 호테이 씨를 범인으로 확신했을까요? 둘째, 그날 밤 수심 300미터의 해저에 있던 호라이 씨가 어떻게 호테이 씨를 살해했을까요?"

"첫 번째 의문에 대해서는 범인에게 직접 들어야겠죠. 두 번째 의문, 즉 가장 중요한 해상 밀실살인의 트릭 말인데요."

케이는 일부러 뜸을 들이는 듯 헛기침을 했다.

"대강 짐작이 갑니다."

"정말요?"

유리의 얼굴에 긴장감이 감돌았다.

"어떻게 한 거죠? 얼른 이야기해 주세요."

준코도 눈을 반짝이며 재촉했다.

"그건……, 이따 말씀드리겠습니다."

"왜죠? 대강이라도 지금 말해주면 안 되나요?"

준코의 목소리가 자신도 모르게 높아졌다.

"아직은 머릿속 생각일 뿐입니다. 정말로 그런 방법이 가능할지, 전문가에게 확인한 다음 말씀드리겠습니다."

케이는 적당한 핑계를 대며 빠져나갔다. 마치 끈적한 점액질을 내뿜으며 자신의 몸을 지키는 먹장어처럼.

"이것만은 이야기할 수 있어요. 만약 제 상상이 맞는다면 사건은 이미 해결된 거나 마찬가지입니다."

"꽤 자신만만하시군요."

유리는 입술 끝을 올리며 비아냥거렸다. 아직 머릿속 생각일 뿐이라면서 이렇게 호언장담하다니.

"이건 굉장한 트릭입니다. 누구도 눈치채지 못할, 상상조차할 수 없는 트릭이죠. 그 대신 한 번 간파당하면 범인은 도망칠 길이 없어집니다. 살인을 저지른 후 치명적인 증거를 남길 수밖에 없는 데다, 감압실에 들어간 12일 동안은 그걸 은폐할 수도 없으니까요."

이렇게 거만하게 말했는데 허탕으로 끝난다면, 케이에게 맹비난을 퍼부어 주리라 준코는 결심했다.

5

쌍안경 너머에 있는 호라이는 편안하게 쉬는 것처럼 보였다. 낚싯대를 드리우고 있지만 물고기를 잡는 것에는 관심이 없는지, 고무보트에 누워 파란 하늘을 바라보았다.

여기는 실험선 우나바라의 갑판. 쌍안경을 이용해 호라이를 지켜보던 준코가 케이에게 말했다.

"여전히 움직임이 없네요. 언제까지 이런 짓을 해야 하죠?"

그러자 케이는 하품을 하며 대답했다.

"그건 모르죠. 하지만 언젠가는 움직일 겁니다. 저건 단순한 위장이니까요. 호라이라는 사람은 본래 한시도 가만히 있지 못하는 활동적인 성격입니다. 속으론 당장이라도 움직이고 싶을 겁니다. 강철 같은 자제심으로 억누르며 가만히 있기가 상당히 고통스러울 테니까요."

"하지만 말이야, 진짜로 쉬는 것일 수도 있잖아?"

백호가 그려진 알로하셔츠를 입은 대머리황새, 즉 고노 미쓰오 경부보가 야수처럼 으르렁거리며 말했다. 그 순간 상쾌했던 오가사와라 공기에 오염이 발생한 듯한 착각이 들었다. 입에서 새어나오는 숨소리에서마저 악취가 풍기는 것 같았다.

"캄캄한 300미터 해저에서 관절통을 견디며 힘들게 노동하던 사람이, 좁고 답답한 감압실에서 12일 동안이나 견디고 겨우 밖으로 나왔어. 오랜만에 태양을 바라보며 느긋하게 낮잠 좀 잔다고 누가 뭐라겠어?"

"해저에서 일만 했다면 그럴지도 모르지. 하지만 녀석은 사람을 죽이고, 아직 뒤처리도 끝내지 않았어. 마음이 시커멓게 타들어가고 있을 거야."

케이는 대머리황새에게만은 경어를 쓰지 않았다. 친해서 그렇다는 느낌은 털끝만큼도 들지 않지만.

"애초 정말로 휴가를 즐기고 싶었다면 왜 이곳에 있지? 아무리 여기가 아름다워도 녀석에게는 일터야. 다른 곳으로 가서 기분을 바꾸고 싶은 게 인지상정 아닌가?"

준코는 다시 쌍안경으로 호라이 쪽을 살폈다. 짧은 기간에 도쿄→오가사와라→오키나와→도쿄→오가사와라로 이동하느라 자신이 어디에 있는지조차 헷갈렸다.

하지만 이렇게 아름다운 곳에서 시간을 보내는 것도 나쁘지 않다는 생각이 들었다.

그때 고무보트가 천천히 앞으로 이동했다.

"아, 움직이기 시작했다!"

"드디어 가나?"

대머리황새가 엉거주춤 일어섰다.

"서두를 필요 없어. 어차피 멀리 가지는 않을 테고, 오구치 씨의 패시브 소나와 다루메 씨의 배럴아이로 확실하게 감시 중이니까. 더구나 이런 대낮에 증거를 어떻게 인멸하겠어? 일단 위치를 확인하고 사람들 관심이 식으면 회수할 작정이겠지."

케이는 여유만만이었다.

케이의 예언대로 고무보트는 200미터쯤 가다 정지했다.

"그런데 물속에선 전파가 안 닿잖아? 물건이 있는 위치를 어떻게 확인한 거지?"

대머리황새가 턱을 내밀고 갈라진 목소리로 말했다.

"해비탯에서의 거리뿐만 아니라 잠수사용 컴퍼스를 사용해 방위도 기록해 뒀을 거야."

케이는 물을 한모금 마셨다.

"장소를 안다고 해도, 300미터 해저에 있는 물건을 어떻게 회수할까요?"

준코는 내리쬐는 햇살을 피하느라 눈을 가늘게 떴다. 선크림을 바르긴 했지만 기미라도 생기면 어떡하지? 그녀에게는 그게 더 큰 문제였다.

"해수면 밑에 밧줄로 묶어둔 부표가 있겠죠. 수심 30미터 정도는 그냥 잠수할 수 있을 테니, 부표에 다른 밧줄을 묶어 윈치로 끌어올리지 않을까요?"

고무보트는 더 이상 움직이지 않았다. 호라이가 다이빙 슈트로 갈아입는 모양이었다.

준코에게 쌍안경을 건네받아 상황을 살피던 케이가 만족스러운 목소리로 말했다.

"저기가 틀림없는 것 같군요. 위치를 확인했으니 됐습니다. 이제 가볼까요?"

세 사람은 우나바라에서 소형 보트로 갈아타고 호라이가 있는 곳으로 향했다.

엔진 소리가 들렸는지 잠수해 있던 호라이가 바다사자처럼 머리를 내밀었다.

"여기까지 웬일이세요?"

배가 서로 붙을 만큼 가까워지자 보트로 올라온 호라이가 웃으며 말했다. 감압실에 있을 때의 헬륨보이스에서 벗어나 깊이감이 느껴지는 근사한 목소리였다.

"당신이 감춰놓은 걸 가지러 왔습니다."

케이가 준엄한 목소리로 말했다.

"감춰놓은 거요? 무슨 말씀이죠?"

호라이는 전혀 동요하지 않았다.

"대기압 잠수복인 살라만더 슈트 말입니다. 본래 오야시마 해양개발 소유물인데, 사망한 호테이 씨가 무단으로 가져간 모양이더군요."

호라이가 고개를 가로저었다.

"무슨 말인지 모르겠군요. 내가 왜 그걸 가지고 있다는 거죠?"

"끝까지 시치미를 떼는군! 이제 그만 포기하고 자백하시지!"

대머리황새가 으름장을 놓으며 위협했다.

"이미 여기에 있다는 걸 알고 있습니다. 경시청에서 잠수사를 파견해 끌어올릴 수도 있지만, 가급적 호라이 씨께서 자발적으로 협조해 주시길 부탁드립니다."

케이는 끝까지 정중하게 말했다.

한순간 호라이의 갈색 눈동자가 대머리황새에 대한 투쟁심으로 불타오르는 듯했다. 하지만 케이에게 시선을 돌렸을 때는 이미 원래의 온화한 눈길로 돌아와 있었다.

"협조하면 절도죄는 그냥 넘어가 주시나요? 원래 훔쳐낸 사람은 호테이이고, 난 그저 우연히 발견했을 뿐입니다. 뭐, 어디서 훔쳐냈는지는 짐작이 가지만요."

"절도죄는 문제가 되지 않겠죠. ……하지만 어떤 사정이든 살인죄는 용서가 안 됩니다."

"살인죄요? 내가 누구를 죽였다는 겁니까?"

더는 참기가 어려워 준코가 끼어들었다.

"모르는 척하지 마세요. 호테이 유이치 씨 말이에요."

"호테이가 사망한 날 밤, 나는 300미터 해저에 있었습니다. 함부로 올라갔다간 감압증으로 즉사했겠죠."

"당신이 어떤 식으로 30기압의 벽을 뛰어넘었는지는 이미 알고 있습니다."

케이가 바다 밑을 가리키며 말을 이었다.

"그걸 반대로 사용할 거라곤 상상도 못했지만요."

호라이는 한동안 꼼짝도 하지 않았다.

"……단지 억측일 뿐이죠? 증거 있습니까?"

"첫째, 당신이 살라만더 슈트를 손에 넣은 겁니다. 둘째, 슈트의 표면을 자세히 조사하면 여러 증거가 나올 겁니다. 동갈치 주둥이로 인한 흠집이라든지 상어, 그중에서도 심해에만 서식하는 뭉툭코여섯줄아가미상어의 이빨자국이라든지."

"언제 생긴 흠집인지 알아볼 수 있을까요?"

호라이의 미소가 부자연스럽게 일그러졌다.

케이는 눈도 깜빡하지 않고 대꾸했다.

"그럴 수도 있겠군요. ……그렇다면 확실한 시간 증거는 어떨까요? 얼마 전 센주 선생님이 주신 자료가 있습니다. 로크 아웃하는 동안, 우나바라 선내에서 당신의 호흡과 심박 등의 바이털 사인을 모니터해 기록했다더군요. 정확한 시각과 같이요."

"그게 무슨 증거라는 거죠?"

호라이의 눈에 거대한 육식동물을 연상시키는 강렬한 빛이 감돌았다. 대머리황새도 주춤거릴 정도의 기세였다.

"거기에 흥미로운 포인트가 세 군데 있더군요. 우선 도중에 두 번이나 끊긴 곳이 있습니다. 그리고 중간쯤에 갑자기 산처럼 올라간 곳도 있죠. 10여 초 동안 호흡과 심박수가 확실히 상승했어요. 바로 호테이 씨가 사망할 때죠. 이걸 우연이라고 우기기는 힘들 텐데요?"

무슨 말을 하는지, 준코는 이해가 안 되었다.

하지만 호라이는 두 손을 허리에 얹은 채 깊은 숨을 토해냈다. 그리고 미소를 지었다.

"······그렇군요. 아무도 눈치채지 못하리라 생각했는데요."

"실제로 어려운 과정이었죠. 제가 진실을 알아낸 데에는, 호테이 씨가 나기사 씨를 살해한 방법이 단초가 되었습니다."

호라이는 의연한 표정으로 얼굴을 들었다. 두 눈이 분노로 타오르고 있었다.

"그 갈아 마셔도 시원찮을 놈이 한 짓도······, 전부 알고 있나요?"

"그렇습니다. 동갈치 주둥이처럼 생긴 흉기를 사용했다는 것도, 살라만더 슈트를 이용해 진짜 동갈치에게서 도망쳤다는 것도요."

케이의 대답에 호라이가 고개를 흔들었다.

"기왕이면 나기사가 살해당했을 당시 알아냈으면 좋았을 텐데요."

케이는 호라이를 똑바로 쳐다보며 말했다.

"그때 호테이 씨를 고발할 수도 있었잖아요? 1년 전 하마히가시마에서 살라만더 슈트를 발견했을 때 말입니다."

"호테이 씨를 형사고발하더라도 유죄를 선고받기 어렵다고 생각하셨나요? 충분한 증거가 없어서요?"

준코는 호라이의 마음을 배려해 그렇게 질문했다. 하지만 그는 천천히 머리를 가로저었다.

"살라만더 슈트가 커다란 바위 사이에 숨겨져 있었죠. 동갈치 주둥이 때문에 생긴 흠집을 보고 바로 알았습니다. 녀석이 훔쳐낸 것도 증명할 수 있었을 거예요. 그것뿐만이 아닙니다. 녀석이 사용한 흉기도 발견했습니다. 동갈치 주둥이처럼 생긴, 납으로 만든 단검이었어요."

준코가 숨을 집어삼키며 물었다.

"어디에 있었나요?"

"살해현장과 가까운 바다 밑바닥에서 찾았죠. 한 달 동안 그 주변을 수십 번 잠수하고 금속탐지기로 이 잡듯이 뒤졌거든요."

"호테이 씨가 도망치며 흉기를 버린 건가요?"

준코는 깜짝 놀랐다. 세상을 얕잡아보는 오만한 남자였던 것 같기는 하다. 아무리 그래도 살인 증거를 함부로 버리다니.

"아마 도망치다가 떨어뜨렸을 겁니다. 사악한 본성과 걸맞지 않게 얼빠진 면이 있는 놈이었죠."

호라이의 얼굴에 차가운 미소가 감돌았다.

"그때 왜 경찰에 증거를 제출하지 않은 거야?"

대머리황새가 호통을 쳤다.

"그걸 몰라서 물어? 살인죄로 재판에 넘겨지더라도 피해자가 한 사람이면 사형 판결을 받기 어렵잖아. 혹시 판사가 사형을 선고해도 2심에서 감형해 줄 게 뻔하고. 반성하고 있다는 둥, 아직 젊으니까 갱생할 기회를 주자는 둥 하면서 말이야. 결국 나기사를 잔인하게 살해한 호테이는 10여 년 후 세상으로 돌아오겠지. 그러고는 '죗값을 치렀다'거나 '다시 새 출발하겠다'는 식으로 지껄일 거야. ……그런 상황은 절대로 용납할 수 없었어!"

호라이는 대머리황새를 똑바로 노려보았다.

"그로 인해 본인이 살인자가 되어 처벌을 받아도요?"

케이의 말에는 한숨이 섞여 있었다.

"절대 들키지 않으리라 생각했어요. 아무도 눈치채지 못할 거라고 말이죠. 하지만 후회하지는 않습니다. 그때는 선택의 여지가 없었으니까요. 나기사를 잊고 나 혼자 살아갈 자신이 없었어요."

호라이는 오히려 후련한 표정을 지었다.

이렇게까지 외골수인 사람에게 무슨 말을 해야 할까? 준코는 가슴이 먹먹해졌다.

"녀석이 범인이란 사실을 알고는 자나깨나 그 생각밖에 안

났습니다. 미칠 것 같았어요. ……계속 끙끙거리며 고민하는 건 내 성격에 안 맞죠. 결국 완전범죄를 이용해 녀석을 묻어버리기로 한 겁니다."

"호테이 씨를 범인으로 확신한 건 흉기를 발견하고서죠? 그런데 왜 금속탐지기까지 사용해 바다 밑을 수색한 겁니까?"

준코의 질문에 호라이는 고개를 끄덕인 뒤 대답했다.

"살라만더 슈트나 흉기를 발견하기 전 이미 나기사를 죽인 범인이 그 녀석임을 확신했어요. 나기사의 장례식이 끝나고 며칠 후였습니다."

"무슨 일이 있었나요?"

"……나기사는 개를 키웠습니다. 내가 직접 유기견 보호센터에서 데려와 콜로라는 이름을 붙여주었죠. 몸이 길쭉하게 생긴 잡종이었는데, 늑대처럼 보이는 대담한 눈초리가 마음에 들었어요."

호라이가 사건과 상관없는 이야기를 한다고 판단한 준코가 재빨리 끼어들었다.

"콜로라고요? 무슨 뜻이죠?"

하지만 그녀는 곧 자신이 시시한 질문을 했다며 후회했다. 케이가 가끔 이해할 수 없는 질문을 한다고 한심하게 여기곤 했는데.

"콜로는 콜로서스의 약칭으로, 옛 영국 전함의 이름입니다. 과거 하얀 개에게 레드라고 이름 붙여 사람들의 놀림을 받은 적이 있죠. 사실 그 녀석 이름도 드레드노트라는 전함에서 따온 겁니다."

호라이는 그리운 추억이라도 떠올리는 듯했다.

"콜로에게는 그것 말고도 확실한 특징이 있었어요. 네 발에 커다란 낭조(狼爪)가 있었죠."

"낭조요?"

준코가 고개를 갸웃거렸다. 그런 단어는 처음 듣는다.

"개의 발에서 볼 수 있는 여분의 발톱이라고나 할까, 발가락을 말하죠. 보통은 앞다리에 있는데, 뒷다리에 있는 경우도 있습니다."

호라이를 대신해 케이가 설명했다.

"콜로의 낭조는 상당히 크고 날카로우며 굽어 있어서, 마치 독수리의 갈고리발톱처럼 보였습니다. 그래서 앞발만 봐도 콜로란 걸 금방 알 수 있었죠."

그렇게 말하는 호라이의 표정이 어두워졌다.

"나기사가 죽자 콜로는 먹이를 입에 대지 않았어요. 아마도 그녀가 세상에 없다는 사실을 알았겠죠. 나기사가 사다놓은 사료를 호테이가 주었는데, 쳐다보지도 않더군요. 본능적으로 녀석을 불신하는 것 같았습니다."

준코가 고개를 갸웃거리며 물었다.

"그것만으로 호테이 씨 짓이라고 생각한 건가요?"

"아닙니다. 콜로는 내가 주는 먹이도 먹지 않았으니까요. 그저 나기사 곁으로 빨리 가고 싶어하는 것 같았습니다."

호라이는 잠시 말을 멈추고 눈을 감았다.

"콜로의 최후를 지켜본 나는 뒷일을 호테이에게 맡겼죠. 나 기사의 죽음으로 머릿속이 새하얘져 콜로에게까지 신경쓸 여력이 없었어요. 그건 지금도 후회하고 있습니다. 하지만 그 덕분에 호테이의 본성을 알게 되었죠. 지금은 콜로가 스스로를 희생해 가르쳐주었다고 생각합니다."

숙연했던 호라이의 말투가 갑자기 날카로워졌다.

"콜로가 죽은 뒤 나는 더 이상 오키나와에 있고 싶지 않았습니다. 그래서 도쿄로 돌아가기로 결정했죠. 마지막으로 호테이를 만나러 갔는데, 상어 낚시를 하느라 정신이 없더군요. ……그것 자체를 비난할 생각은 없었습니다. 낚시가 우울한 마음을 달래주기도 하니까요. 그런데 그때 봤습니다. 녀석의 크루저에 쌓여 있던 것들을요."

준코는 마른침을 삼키며 뒷말을 기다렸다.

"항구로 돌아온 녀석의 크루저에 뱀상어, 청새리상어가 잔뜩 쌓여 있더군요. 물고기를 보관할 곳이 없어서인지, 머리를 자른 상어가 여기저기 굴러다녔어요. 갑판이 살인사건의 현장이라도 되는 것처럼 온통 피투성이였죠. 녀석은 상어 외줄낚시를 진심으로 즐기는 것 같았습니다."

불의의 사고로 애인을 잃은 사람의 행동이라곤 생각하기 힘들다. 호라이는 잠시 말을 멈추었다. 그리고 마음을 진정시키려는 듯 거친 숨을 토해냈다.

"그런데 한 상어의 입에서 낚시에 사용한 미끼 일부가 튀어나와 있었어요. 그걸 보자마자 개의 다리라는 걸 알았습니다. 아실지 모르지만, 상어 낚시에 개의 시체를 미끼로 사용하는 사람들이 가끔 있어요. 그런데 그 다리에는 확실한 특징이 있었죠. 눈에 익은, 많이 굽은 낭조가 보였습니다. 바로 콜로의 것이었어요."

호라이의 목소리는 점점 커졌다. 감정을 억제하기 힘든 듯했다.

"분노로 온몸이 떨려왔어요. 녀석에게 콜로는 곧 썩어문드러져 지독한 냄새를 풍기게 될 고깃덩어리에 불과했던 겁니다. 따라서 돈을 주고 처분하기보다 상어 낚시의 미끼로 활용하는 편이 좋다고 생각했겠죠. 어쩌면 합리적인 생각일지도 모릅니다. 하지만 보통 사람들은 감히 그런 생각을 안 하죠."

호라이의 얼굴은 섬뜩할 만큼 진지했다.

"콜로의 갈고리발톱을 본 순간, 호테이는 진짜 사이코패스고 나기사를 살해한 게 틀림없다는 확신이 들었습니다. 이런 짓을 할 수 있는 녀석이라면, 자기 앞길에 방해가 되는 여자쯤은 얼마든지 죽일 수 있다고 말이죠. 그래서 한 달여 동안 주변 바다를 샅샅이 조사해 증거를 찾아낸 겁니다."

그 말을 끝으로 호라이는 입을 다물었다.

대머리황새가 그를 보며 비아냥거렸다.

"그래서 하늘을 대신해 복수한 건가?"

그러자 호라이는 근엄한 표정으로 말했다.

"그래. 녀석에게 걸맞은 심판이었다고 생각해."

"이번에는 당신이 심판받을 차례군."

"각오는 돼 있어."

케이가 팽팽한 분위기를 깨트리며 물었다.

"호테이 씨 살해방법을 구체적으로 말씀해 주시겠습니까?"

"그러죠. 그런데 새삼스레 설명할 필요가 있을까요? 전부 알고 계시는 것 같은데요."

호라이가 밝은 목소리로 대답했다.

"살라만더 슈트를 혼자 어떻게 입은 겁니까?"

"해비탯의 에어로크를 이용했습니다. 그곳에 천장 크레인이 있어 편리했거든요. 가장 큰 문제는 감시를 어떻게 피하느냐였죠. 포화잠수하는 동안은 불의의 사고를 막기 위해 호흡이나 심박수까지 체크하니까요."

호라이는 천연덕스럽게 대답했다.

"바이털 사인이 몇 초 동안 두 번 끊겼던데, 옷을 갈아입을 때죠?"

"그렇습니다. 대기압 잠수복을 입을 때와 벗을 때 가슴에 달린 전극을 떼야 했으니까요. 전극이 떨어지는 일은 흔히 있으니, 센주 선생님도 이상하게 여기지는 않았을 겁니다."

"……그러면 그 후에는 계속 정상적이었나요? 당신의 호흡과 맥박 정보 말이에요. 아까 에노모토 씨가 말한, 갑자기 산처럼 올라간 곳이라는 건……."

준코는 그제야 상황을 알아차리고 경악했다.

"세계 최초의 귀중한 자료가 되겠군요. 살인 전후와 도중에 범인의 호흡이나 심박수가 어떻게 변하는지 알 수 있으니까요."

호라이가 희미하게 미소 지으며 덧붙였다.

"문제는 바이털 사인의 모니터만이 아니었습니다. 헬멧에 부착된 카메라와 저를 지켜보는 중이었던 ROV 배럴아이도 마찬가지였죠."

"그래서 시야를 흐리게 만든 거군요."

"해저의 진흙이 한 번 소용돌이치면 30분 정도는 가라앉지 않는다는 사실을 경험으로 알고 있었으니까요."

"그런데 그날 밤에는 그런 상태가 한 시간이나 이어졌어요. 진흙 소용돌이가 일어나도록 도와준 사람이 있지 않았나요?"

케이의 질문에 호라이는 대답하지 않았다. 미쓰마타와 요코 중 한 사람이거나 양쪽 모두 도와주었지만, 동료는 팔지 않겠다는 뜻이리라.

"……알겠습니다. 헬멧의 카메라는 어떻게 했나요?"

"해저에 방치해 뒀습니다. 헤드라이트가 달려 있지만 어차피 혼탁한 물밖에 비추지 않아, 어디에 있는지 찾아내긴 힘들 겁니다."

포화잠수사를 지키기 위한, 성선설에 근거한 감시체제에서 그렇게 의도적으로 속이면 어쩔 도리가 없어진다.

케이는 마치 수상자를 소개하듯 준코를 가리키며 말했다.

"당신이 상어를 현장으로 유인한 트릭은 아오토 변호사님이 알아냈습니다. 풍선에 31기압의 공기를 넣고 해저에서 상승시킨 것 아니냐고요. 풍선에는 공기 외에 동물의 피 같은 걸 넣었겠죠. 풍선이 위로 올라가면서 팽창해 터질 테고, 그러면 피냄새가 주변으로 퍼져 상어가 몰려들 수밖에요."

준코가 처음 그 가설을 말했을 때 케이가 그랬던 것처럼, 호라이도 손뼉을 쳤다.

"정확합니다. 안에 물고기의 피를 넣었습니다."

준코가 칭찬받을 부분은 그것밖에 없으리라.

"의문점이 또 있습니다. 그날 밤 바다에는 달이 떠 있었지만 해저는 캄캄했을 겁니다. 호테이 씨가 탄 고무보트 위치를 어떻게 알아낸 거죠?"

"해비탯에는 패시브 소나가 있어, 호테이의 어군탐지기 음파를 이용해 위치를 확인할 수 있었어요. 방향만 알면 그쪽을 향해 그은 선과 해수면이 교차하는 곳에 고무보트가 있을 테니까요."

오구치의 설명과 일치하는 걸 보면 틀림없으리라.

"해수면이 희미하게 보일 때까지 올라가자, 호테이가 오징어 낚시를 위해 설치해둔 집어용 LED 라이트가 보이더군요. 반짝반짝 빛나는 모습이 정말 장관이었어요."

호라이가 새하얀 치아를 드러내며 웃었다.

"그것 말인데요. 어떻게 올라온 거죠? 범행 시간에서 역산해 보니, 상당히 빠른 속도로 떠올라야 했던데요."

호라이는 다시 히쭉 웃었다.

"낙하산 모양의 물돛을 매달았습니다."

준코의 머릿속에 물돛이 떠올랐다. 고무보트를 조사하려고 바다에 들어갔을 때 본 적이 있다. 끝이 접힌 원추형 주머니로, 물의 저항을 이용해 보트가 떠내려가지 않도록 하는 닻의 일종이다.

"해수면을 향해 세운 다음, 펼쳐진 아래쪽에서 31기압의 에어를 넣으면 열기구처럼 상승합니다. 끝이 뾰족하니 물의 저항도 많이 받지 않고, 위로 떠올라 수압이 낮아지면 팽창한 공기가 로켓처럼 밑으로 뿜어져 나오죠. 그것이 추진력이 된 건지는 확실하지 않지만요."

준코는 배럴아이가 촬영한 영상이 떠올랐다.

끝이 뾰족하며 길고 가느다란 대왕오징어 같은 실루엣. 물 돛 밑에서 뿜어져 나오는 엄청난 거품으로 라이트의 빛이 난반사하는 바람에, 호라이의 모습까지는 정확히 확인할 수 없었다.

준코가 조심스럽게 손을 들었다.

"이야기가 상당히 진행되었는데, 근본적인 질문을 한 가지 할게요. 위로 쉽게 떠오른 것처럼 말씀하셨는데, 31기압에서 1기압으로 급격히 감압하면 잠수병에 걸려 죽음에 이르지 않나요?"

"네. 죽습니다. 1기압에서 31기압까지 가압한 경우도 마찬가지죠. 만약 고노 경부보님이 맨몸으로 300미터 해저를 잠수한다면, 가슴팍이 납작하게 찌부러지고 피를 토한 뒤 단말마의 비명을 지르면서 죽게 될 겁니다. ……그런데 대기압 잠수복을 입으면 이야기가 달라지죠."

대머리황새가 즐거운 표정으로 대답하는 케이를 노려보았다.

"지금부터 해저에 있는 살라만더 슈트를 끌어올릴 예정인데요. 아오토 변호사님이 그걸 입고 300미터 해저까지 잠수하더라도, 슈트 안의 대기압은 유지될 것이며 외부 압력의 영향 또한 받지 않을 겁니다."

"잠깐만요. 대기압이란 게 1기압이라는 뜻이라면 앞뒤가 안 맞잖아요. 만약 잠수복 안이 1기압이라면 해저에서 31기압에 익숙해진 호라이 씨는 잠수복을 입는 것 자체가 불가능하지 않아요?"

준코가 혼란스러워하며 소리쳤다.

"일반적으론 그렇죠. 살라만더 슈트 내부는 외부가 31기압이어도 항상 1기압을 유지하니까요. ……그런데 호라이 씨는 반대로 사용했어요. 그렇게 이용한 사람은 전 세계에서 유일할 겁니다."

"반대요? 아까도 그렇게 말했는데, 무슨 뜻이죠?"

케이는 한심하다는 듯 준코를 쳐다보았다.

"해저에 있는 해비탯 내부의 공기는 31기압입니다. 그곳에서 대기압 잠수복을 입으면 내부는 자연히 31기압이 되죠. 그래서 수심 300미터 기압에 적응한 사람이 그대로 해수면까지 떠올라도 감압증에 걸리지 않는 겁니다."

준코는 그제야 겨우 이해가 되었다.

"호라이 씨는 일시적으로 31기압 세계에 순응한 사람, 이른바 다른 별 사람이었습니다. 그에게 우리가 사는 1기압 세계는 우주공간과 마찬가지니, 맨몸으로 떠오르면 즉사했겠죠. 따라서 우주복을 대신할 수 있는 것, 즉 대기압 잠수복이 필요했던 겁니다."

"좀 이상한데? 해상에서 해저로 잠수해 외부의 고압에 견디는 것도, 해저에서 해상으로 떠올라 내부의 압력에 견디는 것도 잠수복의 내구성이라는 면에서 똑같다는 건가?"

놀라운 일이 벌어졌다. 이야기를 제대로 이해한 건지 대머리황새가 의문을 제기한 것이다.

"엄밀히 말하면, 내압과 외압의 조건은 달라. 해상에서 수심 300미터 해저로 가면 안쪽이 1기압, 외부가 31기압이 되어 굉장한 외압을 받게 되지. 이건 압축하는 힘이야. 반대로 300미터 해저에서 해상으로 올라가면 외부가 1기압, 내부가 31기압이 되니 잠수복을 안쪽에서 팽창시켜 뜯어지게 만들려는 힘, 즉 인장응력을 견디지 않으면 안 돼."

케이가 전문가에게 들은 지식들을 펼쳐놓았다.

"대기압 잠수복은 외압에 견디도록 설계되어 있지만, 애초 내구성을 약간 여유 있게 계산했을 테니 31기압 정도였다면 내압에도 견딜 수 있으리라 생각한 거지. 금속의 경우 압축응력과 인장응력의 한계는 거의 같으니까 말이야."

호라이가 멍한 표정의 준코를 보고 말했다.

"하늘에 모든 걸 맡기고 무모한 마음으로 시도한 건 아닙니다. 대기압 잠수복의 내부 가압 실험을 몇 번이나 반복했고, 이 정도라면 괜찮다는 확신이 들어 실행한 거예요."

실행……, 그건 곧 살인이다.

"캄캄한 바닷속에서 위로 떠오르는 감각에 몸을 맡겼습니다. 머리 위에서 엄청난 거품이 뿜어져 나와 나를 감싸다 떠나갔죠. 배럴아이가 가까이 다가온 것도 알았어요. 시간이 지나자 주위가 조금씩 밝아지더군요. 칠흑 같은 어둠에서 농밀한 블루의 세계로요."

호라이는 그렇게 말하며 눈을 감았다. 속눈썹이 길었다.

"그때 생각났습니다. 나기사와 함께 헤엄치던 밤바다 풍경이…….초승달이 뜨는 시기라 바다는 캄캄했지만, 멀리 등대에서 흘러나온 불빛이 우리를 비추곤 했죠. 위험하다는 생각은 조금도 없었어요. 우리는 헤엄도 치고 장난도 치며 해변으로 올라와 서로를 끌어안곤 했습니다."

호라이는 다시 눈을 떴다. 하지만 그에게는 현실세계가 보이지 않는 것 같았다.

"……마치 어둠 속에서 나기사가 나타나, 나와 같이 위로 올라가는 것 같았어요. 내가 하려는 일을 뒤에서 밀어주고 있다는 생각이 들었죠.

거품과 바닷물의 격렬한 흔들림으로 눈 깜짝할 사이 쑥쑥 떠오르는 게 느껴졌습니다. 몸에 힘이 가득차고 피가 순환하며 목 혈관이 부풀어올랐죠. 흥분으로 온몸이 떨렸습니다. ……모니터를 보다 저의 급격한 변화에 놀랐는지, 센주 선생님이 뭐라고 말씀하시더군요. 어떻게 대답했는지 기억도 안 납니다.

그때 위쪽이 희미하게 보이기 시작했습니다. 아직은 아득하지만 해수면이 달빛을 받으며 펼쳐져 있더군요. 조금 전 말한 파란색 불빛이 눈에 들어왔습니다. 오징어를 유인하기 위한 집어용 LED 라이트는 오징어뿐만 아니라 내게도 좋은 이정표가 되었죠.

엄청난 거품에 감싸여 나는 계속 올라갔습니다. 바로 위로 푸른빛을 매단 고무보트의 검은 실루엣이 나타났어요. 나는 목표를 정해 머리로 들이받았죠. 아마도 차가 세차게 부딪치는 것만큼 충격이 컸을 겁니다. 살라만더 슈트의 중량과 해저에서 단숨에 떠오른 속도감 때문에 한순간 고무보트가 세로로 설 정도였으니까요.

호테이가 고무보트에서 바다로 떨어지는 게 똑똑히 보였습니다. 나는 녀석의 눈앞으로 다가갔죠.

헬멧 유리 너머로 녀석의 얼굴이 보였습니다. 공포와 경악으로 눈이 커지더군요. 녀석은 내 정체를 알고, 순식간에 자신의 운명을 깨달은 것 같았습니다. 나는 살라만더 슈트의 머니퓰레이터로 녀석의 두 팔을 단단히 잡았어요. 어두운 바다에 피가 안개처럼 퍼져나갔습니다. 녀석은 고통으로 얼굴이 일그러졌고, 입에서 거품을 토해내며 죽을힘을 다해 도망치려 했어요. 하지만 머니퓰레이터에 날카로운 징을 용접해 놨기 때문에 꼼짝도 할 수 없었죠. 남극하트지느러미오징어의 촉완에 붙잡힌 거나 마찬가지였습니다.

그리고 즉시 상어들이 모여들었어요. 그동안 호테이의 즐거움을 위해 많은 동료들이 희생됐으니 녀석들도 원한이 사무쳤겠죠. 나는 호테이를 끌고 재빨리 바다 밑으로 이동했습니다. 잠수복에 프리 다이빙용 추를 매달아놓았기 때문에, 물돛을 손에서 놓자 계속 가라앉았지요.

호테이는 지옥의 밑바닥으로 끌려 들어가며 계속 해수면을 올려다보았습니다. 동요 가운데 이런 노래가 있죠? '집이 점점 멀어지네. 멀어지네. 지금 온 이 길로 돌아가자. 돌아가자.' 아마 그런 심정이었을 테죠. 본인에게 물어본 건 아니라서 진심은 모르겠지만요.

100미터쯤 잠수하자 호테이는 더 이상 움직이지 않았습니다. 피냄새에 이끌렸는지 심해에서 뭉툭코여섯줄아가미상어가 튀어나와 호테이를 덥석 물었지만, 이미 반응은 없었어요.

150미터쯤 가다 호테이를 놓아주었죠. 상어에게 완전히 찢기지 않은 구명조끼 덕분에 호테이는 해수면을 향해 천천히 떠올랐습니다…… 하고 말하고 싶지만, 이미 주변은 캄캄한 어둠에 갇혀 아무것도 보이지 않았어요. 호테이를 떠나보내는 순간, 이미 그 녀석에 대한 관심은 모조리 사라지고 아무것도 남지 않았습니다.

내 심정이 어땠는지 들어주시겠습니까? 복수에 성공했다는 만족감은 조금도 생기지 않았어요. 물론 공포나 후회, 죄의식은 처음부터 없었죠."

호라이는 말없이 서 있는 세 사람을 맑은 눈으로 차례차례 쳐다보았다.

"마침내 내 일이 끝났다……. 가슴속에서 퍼져나가는 감정은 오직 그것뿐이었습니다. 그리고 해저로 돌아간 다음 어떻게 해야 할지 생각하기 시작했어요. 뒤처리해야 할 게 몇 가지 남아 있었으니까요. 그것뿐입니다. ……정말로 그것뿐이었습니다."

추리소설 전성시대의 진정한 퍼즐러 작품!

그야말로 추리소설의 전성시대다.

요즘 새로 출간되는 소설의 절반은 추리소설이 아닐까?

추리소설의 기원은 1841년 에드거 앨런 포가 발표한 『모르그 거리의 살인』이라고 한다. 그 후 수많은 작가들이 앞다투어 해당 장르에 뛰어들었고, 덕분에 대중들은 심장을 두근거리게 만드는 추리소설의 매력에 흠뻑 빠질 수 있었다.

그런데 추리소설이란 무엇일까?

일본 추리소설의 아버지로 불리는 에도가와 란포는 추리소설을 다음과 같이 정의했다.

"범죄에 관한 난해한 비밀이 논리적으로 서서히 풀려가는 과정의 재미를 주로 다루는 문학이다."

한마디로 '수수께끼 풀이에 중점을 두는 소설'이란 뜻이다. 따라서 우리는 에드거 앨런 포의 뒤를 이어 그러한 정의를 충실하게 받아들인 작품을 본격 추리소설로 칭한다.

본격 추리소설이 있다는 말은, 한편으로 변격 추리소설이 있다는 의미이기도 하다. 수수께끼를 논리적으로 풀어가는 방식보다 결말의 카타르시스에 중점을 두는 방식으로, 요즘은 변격 추리소설이 훨씬 많은 부분을 차지하고 있다.

최근에는 신본격 추리소설이라는 단어도 등장했는데, 새로운 장르라기보다 1980년대 후반 등장한 본격 추리소설 작가의 작품을 가리키는 용어라고 할 수 있다.

기시 유스케가 이번에 내놓은 『미스터리 클락』은 수수께끼 풀이에 중점을 둔 본격 추리소설인 동시에, 『유리망치』의 뒤를 이어 에노모토 케이와 아오토 준코의 환상적인 케미를 경험할 수 있는 작품이다.

그는 이번 작품에서도 추리소설 작가들에게 가장 큰 벽이자 난제인 '밀실트릭'에 도전했다.

지난 170여 년 동안 수많은 추리소설 작가들이 밀실트릭을 내놓았다. 그리하여 실현 가능성 있는 밀실은 이제 모두 등장한 것 아닐까 하고 생각하는 사람이 많다. 더구나 스마트폰을 비롯해 최첨단 기기가 발달하면서 밀실트릭을 구사하기가 더욱 어려워진 게 현실이다. 따라서 본격 추리소설 작가라 할지라도 밀실트릭에 도전하는 사람은 그렇게 많지 않다.

하지만 기시 유스케의 생각은 다르다.

"저도 『유리망치』를 쓰기 전에는 그렇게 생각했습니다. 하지만 과학기술의 발달로 그때까지 생각지 못했던 트릭이 새로 태어나기도 합니다. 본격 추리소설은 독특한 세계입니다. 퍼즐러 작품(수수께끼 풀이가 중심인 추리소설)의 재미를 널리 알리고 싶습니다."

독자들에게 퍼즐러 작품의 재미를 알리기 위해 아무리 어려워도 밀실 추리를 그만둘 생각이 없다는 게 그의 생각이다. 이것이 기시 유스케의 대단한 점이고, 팬들을 열광하게 만드는 지점이리라.

이 책에는 색깔이 다른 네 편의 중단편이 실려 있다. 기시 유스케가 취향이 다른 독자들을 위해 마련한 본격 추리소설의 종합선물세트라고 할 수 있을 것 같다.

첫 번째 작품은 「완만한 자살」이다. 폭력조직 단원의 죽음이 자살인지 타살인지를 파헤치는 내용으로, 다른 작품에서는 찾아보기 어려운 기시 유스케의 독특한 유머(?)를 경험할 수 있다.

두 번째 작품은 「거울나라의 살인」이다. 이 작품을 읽다 보면, 우리 눈앞에 마술과도 같은 트릭아트의 세계가 펼쳐진다.

세 번째 작품은 「미스터리 클락」이다. 이번 책에서 가장 퍼즐러 작품에 해당된다고 할 수 있을 것이다. 범인과 케이의 치열한 두뇌싸움이 읽는 사람의 숨을 막히게 할 정도다. 시간을 이용한 트릭 가운데 가장 복잡하고 치밀한 작품이 아닐까 싶다.

네 번째 작품은 「콜로서스의 갈고리발톱」이다. 개인적으로 이번 책에서 가장 깊숙이 감정이입을 했던, 가슴 시린 작품이다. 살인을 저지르고 죽임을 당한 사이코패스는 피해자일까, 가해자일까?

일반적인 소설과 본격 추리소설의 재미 포인트는 서로 다르다. 일반적인 소설은 '과연 다음 내용이 어떻게 될까?' 하며 설레는 마음으로 책장을 넘긴다면, 본격 추리소설은 이미 범인을 짐작하는 상황에서 그가 '어떤 트릭을 사용했을까?' '피해자는 어떤 방식으로 죽음에 이르렀을까?'를 거슬러 올라가 생각하게 된다.

이 책에 실린 네 작품 역시 비교적 이른 단계에 범인을 짐작할 수 있다. 그리하여 케이는 범인이 어떤 방법으로, 어떤 트릭을 이용해 범행을 실행했는지 추리해 나간다. 트릭을 사용한 방식도, 트릭을 풀어나가는 방식도 네 작품이 완전히 다르다.

자, 지금부터 범인과 케이의 치열한 두뇌싸움에 우리 모두 동참해 보자.

2018년 7월
이선희

미스터리 클락

지은이 기시 유스케
옮긴이 이선희

펴낸곳 도서출판 창해
펴낸이 전형배

출판등록 제9-281호(1993년 11월 17일)
1판 1쇄 발행 2018년 8월 27일
1판 2쇄 발행 2018년 9월 05일

주소 서울시 마포구 토정로 222(신수동 448-6) 한국출판콘텐츠센터 316호
전화 02-333-5678
팩스 070-7966-0973
E-mail changhae@changhae.biz

ISBN 978-89-7919-175-2 03830
ⓒ CHANGHAE, 2018, Printed in Korea.

「이 도서의 국립중앙도서관 출판예정도서목록(CIP)은
서지정보유통지원시스템 홈페이지(http://seoji.nl.go.kr)와
국가자료공동목록시스템(http://www.nl.go.kr/kolisnet)에서
이용하실 수 있습니다.(CIP제어번호:CIP2018023072)」